Nuova Narrativa Newton
1283

Titolo originale: *The Other Woman*

First published 2018 by Pan Books
an imprint of Pan Macmillan

Traduzione dalla lingua inglese di Eleonora Motta
Prima edizione: luglio 2022

ISBN 978-88-227-5831-6

www.newtoncompton.com

Realizzazione a cura di Caratteri Speciali, Roma
Stampato nel luglio 2022 da Puntoweb s.r.l., Ariccia (Roma)

Sandie Jones

Una donna di troppo

Newton Compton editori

Per Ivy Rolph, mia nonna,
che mi ha sempre incoraggiata
a essere chi volevo essere

Prologo

È bellissima nel suo abito da sposa. Le sta alla perfezione ed è esattamente quello che immaginavo che avrebbe scelto. Raffinato, sobrio e unico. Proprio come lei. Mi si spezza il cuore al pensiero che il suo giorno non verrà mai. Ma non è necessario che lo sappia, ancora.

Penso agli ospiti che non verranno, le cornici senza foto, il primo ballo senza musica, la torta che nessuno mangerà, e sento la mia determinazione indebolirsi. Mi tiro su. Non è il momento di esitare.

C'è ancora molto lavoro da fare. Molta sofferenza da infliggere. Ma non mi farò scoraggiare. Ho già fallito in passato, questa volta andrà tutto come deve.

La posta in gioco è troppo alta per sbagliare.

1

Quando vidi Adam per la prima volta, nel bar affollato del Grosvenor Hotel di Londra, non trovai chissà quante cose che non mi piacevano in lui. A parte la sua mancanza di empatia. Ero appena uscita da una noiosissima conferenza sul "Futuro del Collocamento" e di sicuro né lui né il barista potevano rendersi conto di quanto fosse disperato il mio bisogno di un drink.

Mi sembrava di essere al bancone da un'eternità. Con fare drammatico sventolavo in aria una banconota da dieci sterline quando, proprio accanto a me, un uomo con i capelli neri si fece strada sgomitando e brandendo una carta di credito.

«Sì. Qui, amico», chiamò con voce tonante.

«Uhm, mi scusi», dissi a voce più alta di quanto avrei voluto. «C'ero prima io».

Il tizio scrollò le spalle e sorrise. «Mi dispiace, ma aspetto da una vita».

Rimasi a guardarlo a bocca aperta mentre lui e il barman si scambiavano un cenno della testa e, senza bisogno di ulteriori parole, dal nulla apparve sul banco una bottiglia di Peroni.

«Incredibile», commentai mentre il barman mi guardava. Poi mi rivolse un altro sorriso e si girò verso un gruppo di uomini lì accanto, pronto a prendere le loro ordinazioni.

«Mi sta prendendo in giro», gemetti, lasciando ricadere la testa sulle braccia mentre aspettavo. Mi chiesi se e quando sarebbe arrivato il mio turno.

«Cosa le porto?», mi chiese all'improvviso l'uomo dietro al bancone. «Il tizio laggiù ritiene che lei sia il tipo da rosé, ma sono pronto a scommettere che preferisce un gin tonic».

Sorrisi, mio malgrado. «Non so cosa darei per dimostrargli che si sbaglia, ma temo che un bicchiere di rosé sarebbe perfetto, grazie». Feci per allungargli il denaro quando posò il bicchiere davanti a me, ma scosse la testa.

«Non è necessario», mi informò, ammiccante. «La prego di accettarlo con i complimenti del signore che ha saltato la fila».

Non sapevo se amavo di più il barman – secondo me, si sarebbe meritato di essere promosso all'istante capo sommelier – o il tizio molto gentile che mi sorrideva in fondo al bancone. Oh, il potere di un bicchiere di rosé ghiacciato. Il mio viso si infiammò assumendo la stessa sfumatura del vino mentre, calice in pugno, mi dirigevo verso l'angolo in cui si erano sistemati i miei colleghi del seminario, ognuno con la sua buona dose di alcol. Eravamo dei totali estranei fino a sette ore prima, quindi avevamo raggiunto una sorta di tacito consenso: ognuno poteva prendere da bere ciò che desiderava senza preoccuparsi degli altri.

Ovviamente, Mister Peroni non ha lo stesso accordo con i suoi amici, pensai, sorridendo tra me e me mentre lo osservavo – stava continuando a ordinare senza ritegno.

Bevvi un sorso di vino e percepii le papille gustative ringraziarmi per il liquido freddo che le stuzzicava prima di raggiungere il fondo della gola. Che magia è custodita nel primo assaggio! Ha qualcosa che non può essere replicato. A volte mi ritrovo a rimandare quel momento iniziale proprio per timore di perdere la dolcissima sensazione.

Certo, così sembra che io sia un'alcolizzata incallita, ma in realtà bevo solo nei weekend e nei noiosissimi mercoledì, dopo essere stata intrappolata tutto il giorno con duecento membri del personale delle risorse umane. Durante la conferenza intitolata "Non piacciamo a nessuno. Non ci importa", ci hanno opportunamente informati che da un recente sondaggio era emerso che i consulenti del lavoro stavano diventando i professionisti più antipatici, secondi solo agli agenti immobiliari. Vorrei tanto sfidare gli hater e dimostrare che non siamo tutti operatori privi di moralità e di etica. Ma quando osservo gli irriverenti e chiassosi futuri ragazzi della City, con i capelli pettinati all'indietro e l'espressione falsa, sono costretta ad alzare le mani in segno di sconfitta.

Anche se mi ero presentata al forum all'inizio di giornata, mi sentii in obbligo di farlo di nuovo mentre mi avvicinavo al gruppo chiassoso.

«Salve, sono Emily», dissi impacciata al tizio più esterno del cerchio. Non che fosse una persona con cui desideravo chiacchierare in maniera particolare, ma dovevo pure aprire bocca se volevo terminare il bicchiere di vino senza fare la figura della solitaria asociale. «Sono una consulente della Faulkner», proseguii.

Gli tesi la mano e lui la strinse bruscamente, come in difesa del territorio. "Questo è il mio castello e tu sei nel mio territorio" fu il messaggio che trasmise, anche se avevamo trascorso l'intera giornata a comportarci come se fosse vero l'esatto opposto.

«Sii aperto. Sii disponibile», aveva asserito il secondo relatore. «Datori di lavoro e dipendenti vogliono avere a che fare con un volto cordiale. Hanno bisogno di sentire che possono fidarsi di voi. Che lavorate per loro, non il contrario. Trattate i clienti alle loro condizioni, non alle vostre, anche a costo di intaccare il vostro orgoglio. Perciò, valutate e affrontate di volta in volta la situazione contingente e reagite di conseguenza».

Mi sono sempre vantata di comportarmi così, ecco perché per sette mesi consecutivi ero stata la migliore consulente della Faulkner. Di persona, ero l'antitesi di quello che la gente si aspettava. Onesta, premurosa, quasi indifferente all'obiettivo commerciale. Finché avevo denaro a sufficienza per pagare l'affitto, mangiare e riscaldarmi, ero contenta. Sulla carta, tuttavia, stavo ottenendo un grande successo. I clienti volevano trattare solo con me, e avevo imbastito più affari di chiunque altro nella nostra rete, che racchiudeva cinque uffici. Gli incarichi si riversavano sulla mia scrivania in quantità incredibili. Forse avrei dovuto salirci io, su quel podio, a insegnare loro come andava fatto quel lavoro.

L'uomo, di una sconosciuta agenzia di Leigh-on-Sea, fece un timido tentativo di attirarmi nel gruppo. Nessuno si presentò, preferendo studiarmi dalla testa ai piedi, come se non avessero mai visto una donna in vita loro. Uno scosse la testa ed emise persino un lento fischio. Lo fulminai con indignazione prima di rendermi conto che era Ivor, il direttore pelato e sovrappeso di un ufficio di Balham con cui avevo avuto la sventura di collaborare in un esercizio di role-play poco prima di pranzo. Il fiato gli puzzava del curry della sera precedente – immaginavo l'avesse ingurgitato con voracità, da un contenitore di alluminio appoggiato in grembo.

«Vendimi questa penna», aveva abbaiato durante l'esercitazione del corso "Come vendere la neve a un eschimese". Una nuvola di curcuma stantia aveva pervaso l'aria e avevo arricciato il naso per il disgusto. Gli avevo preso dalle mani una normale penna Bic e avevo iniziato a decantare le caratteristiche che la distinguevano. La plastica di qualità superiore, la punta liscia, il flusso scorrevole dell'inchiostro. Mi ero domandata, e non per la prima volta, quale fosse il senso di tutto ciò. Il mio capo, Nathan, insisteva sul fatto che quelle conferenze ci facevano bene, ci mantenevano in esercizio.

Se aveva sperato di motivarmi si sbagliava. E si sbagliava ancora di più se si era convinto che mi sarei fatta conquistare da modalità nuove ed eccitanti per concludere affari. E di sicuro ero finita in coppia con il compagno meno adatto.

Avevo proseguito a elencare con entusiasmo le prerogative della penna ma, quando avevo alzato lo sguardo, gli occhi di Ivor non erano affatto puntati sull'oggetto che avevo in mano. Erano spudoratamente più interessati alla mia scollatura.

«Ehm». Avevo accennato un colpo di tosse nel tentativo di riportare la sua attenzione sul compito in questione, ma lui si era limitato a sorridere, come se stesse assaporando le sue fantasticherie. D'istinto, avevo tirato su la camicetta, rimpiangendo di non aver messo una polo.

Anche in quel momento i suoi piccoli occhi viscidi erano fissi su di me. «Emma, giusto?», chiese mentre si avvicinava.

Abbassai lo sguardo sul badge appuntato sul seno sinistro, quasi volessi controllare. «No. E-mi-ly», sillabai.

«Emma, Emily… è lo stesso».

«Non è affatto lo stesso».

«Ci hanno fatto lavorare in coppia stamattina», informò con fierezza gli altri uomini del gruppo. «Ci siamo divertiti, non è vero, Em?».

Una sensazione fortissima e fastidiosa. Come se qualcosa mi strisciasse sulla pelle. «Mi chiamo Emily, non Em», ripetei esasperata. «E non mi sembra che abbiamo lavorato particolarmente bene insieme».

«Oh, andiamo», disse guardandosi attorno con un'espressione incerta che contraddiceva la voce ferma. «Eravamo una grande squadra. Lo avrai percepito».

Lo fissai con aria inespressiva. Non c'erano parole per ribattere e, se anche ci fossero state, non avrei sprecato il fiato. Scossi la testa mentre il resto del gruppo, decisamente imbarazzato, abbassava lo sguardo sul pavimento. Senza dubbio, una volta che mi fossi voltata, gli avrebbero dato un paio di pacche sulla spalla. *Ottimo lavoro*.

Con il bicchiere di vino mezzo vuoto, mi spostai in fondo al bar affollato. Trascorsero due minuti prima che mi rendessi conto che c'era un motivo se quel punto era deserto: venivi colpito di continuo da gomitate nella schiena o travolto dai camerieri che riportavano i bicchieri.

«È la nostra zona», abbaiò una ragazza dal viso affilato e sciupato. «Si tolga di mezzo».

«Per favore», sbuffai sottovoce, ma lei era troppo occupata e importante per fermarsi e dare peso alla mia difficoltà. Decisi così di spostarmi dalla "sua zona" e frugai nella borsa alla ricerca del telefono. Mi restavano tre piccoli sorsi di vino. O uno solo, ma grande. Quattro minuti al massimo e poi me ne sarei andata.

Controllai furtivamente le email nella speranza che a) nessuno mi infastidisse e b) avessi l'aria di una che sta aspettando qualcuno. Mi domandai cosa facevamo prima dell'avvento dei cellulari e dei loro continui flussi di informazioni. Sarei stata lì a scorrere il «Financial Times» o, ancora meglio, a desiderare di avviare una conversazione con uno sconosciuto che avrebbe potuto rivelarsi interessante? In entrambi i casi, sarei stata di sicuro più informata, quindi che senso aveva accedere a Twitter per vedere cosa stava combinando Kim Kardashian?

Mi abbandonai a un gemito interiore quando mi sentii chiamare.

«Emily, ti va un altro drink?».

Sul serio? Non aveva capito l'antifona? Mi voltai verso Ivor che, però, era assorto in una conversazione. Allora mi guardai attorno, imbarazzata: la persona che mi aveva parlato probabilmente aveva colto la mia confusione. Posai fugacemente gli occhi su Mister Peroni che mi stava rivolgendo un ampio sorriso, mettendo in mostra denti bianchi e dritti. Sorrisi anche io, tra me e me, ricordando il consiglio che mia madre mi aveva dato una volta: «Sta tutto nei denti, Emily», aveva sentenziato dopo aver conosciuto Tom, il mio ultimo ragazzo. «Puoi sempre fidarti di un uomo con una bella dentatura».

Come no… guarda com'è andata a finire.

La cosa davvero importante è che il sorriso illumini anche gli occhi, proprio come stava accadendo al ragazzo davanti a me. Lo spogliai mentalmente, senza neppure rendermene conto, così notai che l'abito scuro, la camicia bianca e la cravatta appena allentata fasciavano un corpo ben fatto. Immaginai le ampie spalle, la schiena possente, la vita stretta. Una forma triangolare. O forse no. È difficile intuire cosa si nasconde sotto un abito.

Poteva anche celare una moltitudine di oscurità peccaminose. Sperai che fosse proprio così.

Un violento calore mi risalì lungo il collo mentre lui mi fissava, scostando i capelli da un lato. Gli rivolsi un sorriso un po' spento, prima di girare la testa a trecentosessanta gradi per cercare la voce.

«È un sì o un no?», continuò, più vicina.

Mister Peroni si era fatto largo tra la folla. Mi aveva praticamente raggiunto. Solo una persona si frapponeva ormai tra me e lui.

«Quanti ne hai bevuti?», rise mentre continuavo a fissarlo con aria assente. Non così assente, però, da non notare quanto fosse alto, ora che ce l'avevo così vicino.

«Scusa, pensavo di aver sentito qualcuno che mi chiamava», replicai.

«Sono Adam», si presentò.

«Oh, Emily». Gli porsi la mano che era diventata umidiccia. «Sono Emily».

«Lo so. È scritto a grandi lettere sul tuo petto».

Abbassai lo sguardo e arrossii con violenza. «Ah, e io che volevo giocare a fare la donna del mistero».

Inclinò la testa di lato con uno scintillio malizioso negli occhi. «Come fai a sapere che ho voglia di giocare?».

Flirtare non era mai stato il mio forte. Non sapevo neppure da dove cominciare, perciò, se era un gioco che cercava, avrebbe dovuto accontentarsi di giocare da solo.

«Quindi, qual è il problema con il nome sul badge?», chiese Mister Peroni, alias Adam, con quel fare da cascamorto tipicamente maschile.

«Sono un membro di una conferenza d'élite», replicai con una baldanza che non provavo affatto.

«Niente meno». Sorrise.

Annuii. «Sappi che sono il meglio del meglio nel mio settore. Una delle più alte personalità».

«Wow!». Increspò le labbra. «Dunque, fai parte del seminario dei venditori di carta igienica. Ho visto il tabellone quando sono entrato».

Trattenni un sorriso. «A dire il vero, è un incontro segreto degli agenti dell'MI5», bisbigliai, guardandomi attorno con fare cospiratorio.

«Ed è per questo che hanno scritto il tuo nome a lettere cubitali sul tuo seno? Per assicurarsi che nessuno scopra chi sei?».

Tentai di mantenere un'espressione seria, ma gli angoli della bocca si piegarono in un sorriso. «È il mio nome sotto copertura», gli spiegai, picchiettando l'unghia sul badge di plastica scadente. «Lo pseudonimo per la conferenza».

«Capisco, agente Emily», replicò, sollevando la manica per parlare nell'orologio. «Quindi, anche l'uomo a ore tre è un agente?».

Attese che rispondessi, ma non sapevo nemmeno da che parte guardare. Mi contorsi in ogni direzione, tentando di trovare le tre nella mia bussola interna. Lui scoppiò a ridere e mi afferrò le spalle per girarmi verso Ivor che stava gesticolando come un matto in faccia a un collega, mentre sbavava guardando una donna con un paio di pantaloni di pelle aderenti poco più in là. Per fortuna, lei era ignara dello sguardo viscido che la stava letteralmente spogliando. Rabbrividii.

«Negativo», replicai, portando una mano all'orecchio. «Non è né un agente né un gentiluomo».

Adam rise mentre mi lasciavo prendere dal gioco. «Possiamo classificarlo come nemico?»

«Affermativo. Eliminalo se vuoi».

Strinse gli occhi nel tentativo di leggere il nome del colpevole sul badge. «Ivor?».

Annuii.

«Ivor Biggun?», mi guardò in attesa di una reazione.

Mi ci volle un po' per comprendere. Lui rimase lì a fissarmi.

2

Non ero alla ricerca di un ragazzo. Non sapevo neppure di volerne uno fino a quando non si è presentato Adam.

Vivevo beatamente con Pippa, la mia coinquilina. Andavamo a lavorare, tornavamo a casa, prendevamo il tè e ci rimpinzavamo di cioccolata mentre ci sparavamo una maratona di *Prison Break*. Era il paradiso in terra per quelle poche e brevi ore ma, la mattina successiva, salivo sulla bilancia e maledicevo i nove chili invernali che avevo messo su. Tutti gli anni la stessa storia. E il fatto che non andassi mai in palestra, nonostante le settantadue sterline che sborsavo ogni mese, non mi aiutava neanche un po'. Non entravo più nei jeans che indossavo l'estate precedente ma, piuttosto che ammettere di aver guadagnato una taglia in più, preferivo setacciare i negozi alla ricerca di un paio della stessa misura, solo un po' più generoso, in cui infilarmi. Avevo trascorso l'intera estate a negare l'evidenza, e mi stavo ancora prendendo in giro illudendomi che la tanto agognata parentesi di bel tempo autunnale potesse darmi una mano.

Uscivo ogni tanto, soprattutto a ridosso dei giorni di paga, ma le sere fuori non erano più come un tempo. Forse perché stavo invecchiando, o perché tutti gli altri erano più giovani, ma non provavo più un gran divertimento a starmene impalata in un pub affollato a sgomitare per raggiungere il bancone nella speranza di bere qualcosa. Pippa mi aveva trascinato con la forza ad alcuni concerti, ma purtroppo non nell'arena coperta dell'O2. Preferiva le caverne sotterranee in cui le band – a quanto pareva si era portata a letto quasi tutti, dai cantanti in giù – si dimenavano sul palco e incoraggiavano il pubblico a fare lo stesso. Io ero quella che rimaneva in fondo, con gli auricolari nascosti ad ascoltare i Greatest Hits dei più grandi musical.

Grazie al cielo al mondo esisteva Seb, caro amico e mia controparte maschile. Lo avrei sposato anni fa se avessi pensato che ci fosse anche una sola cellula etero in lui ma, ahimè, dovevo accontentarmi di serate chiusa in una cabina karaoke insonorizzata, a litigarci le migliori canzoni di *Les Misérables*.

Ci siamo conosciuti durante quello che lui ha definito il mio "periodo di parrucchiere". Insoddisfatta del mio lavoro di segretaria, mi ero iscritta a un corso serale per parrucchiere. Naturalmente cullavo il sogno di diventare l'alter ego femminile di Nicky Clarke, con un salone alla moda a Mayfair in cui persino le celebrità avrebbero dovuto prenotare con mesi di anticipo. Invece, trascorsi novanta giorni a spazzare capelli sul pavimento e a procurarmi un brutto eczema alle mani a causa degli shampoo aggressivi. Mi venivano spesso queste idee assurde che mi precipitavo a tentare di realizzarle. Alla fine, ogni volta, le mie manie di grandezza venivano puntualmente frustrate. Come quando mi ero iscritta a un corso di attività casalinghe al college locale. In realtà non avevo alcuna intenzione di imparare a creare un bel cuscino o di passare ore a strofinare gusci d'uovo su una vecchia cassettiera.

No, sarei diventata la nuova Kelly Hoppen, designer d'interni, e avrei evitato le faticose fasi iniziali che comportavano l'apprendimento di un'attività. Sarei andata dritta a New York, dove avrei ricevuto all'istante l'incarico di progettare un ampio loft per Chandler di *Friends*. Inutile dire che non terminai mai il cuscino. E tutti i campioni di carta da parati e di tessuto che avevo acquistato non videro più la luce del giorno.

Seb ha assistito almeno a quattro dei miei cambi di carriera e mi ha sempre sostenuta con il massimo dell'entusiasmo, assicurandomi ogni volta che ero "nata per quello".

Eppure, mano a mano che una singola fase andava e veniva, tra i miei psicodrammi sul divano e le lamentele su quanto ero inutile, lui riusciva a convincermi che non ero mai stata tagliata per quella professione. Adesso, però, ho finalmente trovato la mia vocazione. È arrivata più tardi di quanto avessi pianificato, ma "vendere" le persone è la mia specialità. So quello che faccio e sono brava.

«Quindi è un analista informatico?», ripeté Seb con espressione sospettosa mentre eravamo seduti a Soho Square a mangiare un sandwich e un'insalata da M&S, il giorno seguente. «Qualunque cosa significhi».

Annuii con entusiasmo ma, dentro di me, mi ponevo lo stesso interrogativo. Io sistemavo persone reali in posizioni lavorative reali. Commessi nei negozi, segretari negli uffici, assistenti alla poltrona negli studi dentistici. Il settore informatico era tutto un altro paio di maniche, un mostro industriale, uno che alla Faulkner lasciavamo agli esperti.

«Be', sembra un vero spasso», osservò Seb, tentando disperatamente di restare serio. «Cos'ha fatto? Ti ha ammaliato con i suoi megabyte?».

Mi misi a ridere. «Non è come te lo aspetteresti».

«Quindi, non porta gli occhiali e non ha la riga in mezzo?».

Scossi la testa e gli sorrisi.

«E non si chiama Eugene?»

«No», borbottai tra un boccone e l'altro di pane e roastbeef. «È alto, castano e ha dei bellissimi denti».

«Oh, tua madre ne sarà contenta».

Gli toccai una spalla. «E ha una voce molto sexy. Profonda e misteriosa. Come Matthew McConaughey, ma senza l'accento texano».

Seb inarcò le sopracciglia con aria interrogativa. «Il che non lo fa assomigliare affatto a McConaughey».

«Sai cosa intendo», insistetti. «Ha mani grandi… davvero grandi, e le unghie ben curate».

«Perché diavolo gli hai guardato le mani?», mi chiese quando riuscì a riprendere fiato, dato che per poco non aveva sputato la limonata. «Siete stati insieme solo quindici minuti e sei comunque riuscita a controllargli le cuticole?».

Mi strinsi nelle spalle, stizzita. «Sto solo puntualizzando che è uno che si prende cura di sé. Ed è una cosa che mi piace in un uomo. È importante».

Seb emise un verso di disapprovazione. «Sembra tutto molto bello ma, su una scala da uno a dieci, quante probabilità ci sono che tu lo riveda?»

«Onestamente? Una o due. Innanzi tutto, mi dava l'idea di avere una ragazza e, secondo, penso che fosse in preda ai fumi della birra».

«Vuoi dire che era proprio ubriaco? Il classico uomo sposato che affoga i dispiaceri nell'alcol?»

«Difficile dirlo. Credo che abbia accennato al fatto che veniva da un pub nella City, perciò aveva iniziato a bere già da un po'. Adam sembrava a posto, un po' arruffato forse ma, in fondo, non so che aspetto abbia normalmente. Alcuni dei suoi amici, però, erano decisamente sulla buona strada. Stentavano a stare in piedi».

Seb rise. «Oh, immagino che il Grosvenor sia stato entusiasta della loro presenza».

«Penso che lo staff li abbia invitati a lasciare il locale mentre me ne stavo andando». Accennai una smorfia. «Iniziavano ad arrivare i clienti raffinati. Sembrava più un posticino sul lungomare che un locale di Park Lane».

«Non vedo buone prospettive, bimba», commentò Seb.

Arricciai il naso. «No, hai ragione. Credo che le probabilità di avere sue notizie siano piuttosto scarse».

«Gli hai lanciato "quella" occhiata?»

«Quale occhiata?»

«Sai bene quale. Quella portami-a-letto-o-mi-perderai-persempre».

Sbatté le ciglia e si inumidì le labbra nel modo meno sexy che si possa immaginare. Pareva un cane che ha appena mangiato un dolcetto al cioccolato.

Una volta un mio potenziale corteggiatore gli aveva riferito che avevo "occhi da camera da letto" e "labbra gonfie", e chissà cos'altro.

«Allora, l'hai fatto o no?»

«Oh, smettila!».

«Com'eri vestita?», mi chiese.

Aggrottai la fronte. «Gonna a sigaretta nera e camicetta bianca. Perché?»

«Ti chiamerà», sorrise. «Se avessi indossato quella specie di tenda che chiami vestito che hai acquistato ai saldi di Whistles, avrei scommesso che eri fregata. Zero chance. Ma con la gonna stretta... Diciamo che le tue speranze si situano nel range tra "moderate" e "alte"».

Scoppiai a ridere e gli lanciai una foglia molliccia di lattuga. Ogni donna avrebbe dovuto avere un Seb. Mi dava consigli brutalmente onesti che, in alcuni giorni, mi mandavano fuori di testa e mi facevano rivalutare la mia intera esistenza, ma in quel momento ero in grado di accettarli. Anzi, ero felice che lui esaminasse la situazione con il suo infallibile occhio.

«Quindi, come ti giocherai la cosa quando ti chiamerà?», volle sapere, togliendosi la foglia dalla barba per gettarla sull'erba.

«*Se* mi chiamerà», sottolineai, «mi comporterò come faccio sempre. Mi mostrerò riservata e posata».

Seb si lasciò andare e ricadde sulla schiena, ridendo a crepapelle. «Se tu sei riservata e posata io sono un macho».

Fui tentata di rovesciargli sulla testa ciò che rimaneva nella ciotola dell'insalata mentre era ancora disteso sull'erba, ma sapevo che la scaramuccia sarebbe degenerata in una vera e propria battaglia con il cibo. Quel pomeriggio avevo un'agenda piuttosto fitta e volevo risparmiare alla mia camicetta di seta un attacco con l'aceto balsamico. Perciò mi limitai a colpirlo con la punta di una delle mie décolleté di vernice.

«Bell'amico che sei», ribattei con aria altezzosa mentre mi alzavo per andarmene.

«Chiamami quando si fa vivo», mi gridò dietro, continuando a sghignazzare.

«Ti avvertirò *se* si farà vivo», lo corressi.

Più tardi, quel pomeriggio, mi trovavo nel bel mezzo di un colloquio quando il cellulare squillò. Il mio cliente, un imprenditore cinese che, con il supporto di un interprete, stava cercando del personale per la sua azienda in espansione, mi fece cenno di rispondere. Gli sorrisi educatamente e scossi la testa. Sullo schermo non compariva però il nome del contatto, cosa che mi incuriosì. Al terzo trillo, l'imprenditore mi guardò con espressione afflitta, quasi supplicandomi di rispondere.

«Mi scusi». Uscii dalla stanza. Mi augurai che fosse importante. «Emily Havistock», risposi facendo scorrere il tasto sull'iPhone.

«Havistock?», ripeté una voce.

«Sì. Come posso aiutarla?»

«Non mi meraviglio che non ci fosse il tuo cognome sul badge», lo sentii ridere.

Un velo di rossore mi risalì dal collo alle guance. «Temo di essere impegnata in questo momento. Posso richiamarla?»

«Non ricordavo che fossi così affettata. O questa è la tua voce al telefono?».

Rimasi in silenzio, ma sorrisi tra me e me.

«D'accordo, richiamami», si arrese. «A proposito, sono Adam. Adam Banks».

A quanti uomini credi che lasci il mio numero?

«Ti mando un messaggio, nel caso il mio numero non venga visualizzato».

«Grazie, ti richiamo a breve». Riagganciai, ma non prima di averlo sentito ridacchiare.

Non riuscii più a concentrarmi per il resto del colloquio e cercai di concluderlo in maniera sbrigativa. Poi però pensai che non volevo apparire eccessivamente entusiasta richiamandolo con troppa fretta. Così, quando l'interprete mi riferì che il cliente desiderava mostrarmi i nuovi uffici, qualche piano più sopra, accettai volentieri.

Durante la cena, una settimana più tardi, dovetti spiegare a Adam come mai mi ero presa tre ore piene prima di restituirgli la telefonata.

Mi guardò sbigottito. «Ti aspetti davvero che ci creda?»

«Te lo giuro. Non sono il tipo da fare la scena per sembrare distaccata. Potevo farti attendere per un'ora, magari. Ma tre? È pura scortesia», replicai ridendo.

Cercò di nascondere un sorriso. «E sei rimasta veramente bloccata in ascensore per tutto quel tempo?»

«Sì. Per tre incredibili, infinite ore con un uomo che masticava a malapena l'inglese e due super smartphone che, a quanto pareva, non erano poi così smart da riuscire a trovare aiuto».

Il Sauvignon Blanc gli andò di traverso. «La tecnologia cinese, al tuo servizio».

Quando presentai Adam a Seb, un mese più tardi, ci eravamo visti diciotto volte.

«Dici sul serio?», si lamentò Seb quando ammisi per la terza volta di seguito che non potevamo vederci in serata. «Quando pensi di potermi inserire tra tutti i tuoi impegni?»

«Oh, non fare il geloso», lo presi in giro. «Magari domani sera?»

«Sempre che lui non ti chieda di uscire di nuovo, suppongo».

«Ti prometto che domani sera sarò tua e solo tua». Ma mentre replicavo, avvertii un'ombra di risentimento.

«Okay. Cosa vuoi fare?», mi chiese con tono imbronciato. «È uscito quel film... quello tratto dal libro che ci è piaciuto».

«*Colpa delle stelle*?», replicai senza pensare. «Vado a vederlo stasera con Adam».

«Oh...».

La sua delusione fu palpabile. Mi sarei volentieri presa a schiaffi.

«Ma non c'è problema», mi affrettai a dire. «Torno a vederlo anche domani. Il libro è fantastico, perciò lo sarà anche il film, no? *Dobbiamo* andare a vederlo insieme».

«Se sei sicura...», replicò Seb un po' sollevato. «Cerca di non fartelo piacere troppo, con il tuo ragazzo».

Sì, magari. Quella sera Adam si agitava sulla poltrona, controllava il telefono di continuo. Non riuscivo a concentrarmi.

«Una storiella felice», commentò due ore più tardi mentre uscivamo dal cinema.

«A te è andata bene», rimbeccai asciugandomi di nascosto il naso con il fazzoletto. «Io dovrò vederlo di nuovo domani, sai».

Si fermò in mezzo alla strada e si girò verso di me. «E perché?»

«Perché ho promesso a Seb che lo avremmo visto insieme».

Adam inarcò le sopracciglia con aria interrogativa.

«Il libro è piaciuto molto a entrambi e ci siamo ripromessi che, se ne avessero tratto un film, l'avremmo visto insieme».

«Ma lo hai visto adesso. Missione compiuta».

«Lo so, ma è una cosa che volevamo fare».

«Devo incontrare questo Seb che ti porta via da me», osservò, attirandomi a sé e respirando forte tra i miei capelli.

«Se fosse etero, avresti un bel problema», commentai con una risata. «Ma non hai nulla di cui preoccuparti».

«Comunque sia, usciamo tutti insieme una sera della prossima settimana. Così potremo discutere i pregi e i difetti del film sciocco che abbiamo appena visto».

Gli assestai scherzosamente un pugno sul braccio e lui mi scoccò un bacio sulla testa. Sembrava che stessimo insieme da una vita, eppure l'eccitazione di averlo al mio fianco mi crepitava dentro, mi incendiava ogni terminazione nervosa. Volevo che quella sensazione non mi abbandonasse mai.

Era troppo presto per dirlo, ma c'era una parte preponderante di me, una parte che nessuno vedeva, che sperava che quello che c'era tra noi fosse davvero importante. Non ero tanto coraggiosa e forse nemmeno tanto stupida da mettermi a gridare ai quattro venti che Adam era "quello giusto". Tuttavia, mi piaceva quella sensazione. Era diversa e, incrociavo le dita delle mani (e anche dei piedi), augurandomi che l'istinto non mi tradisse.

Stavamo bene insieme, non al punto di lasciare la porta del bagno aperta. Diciamo che non ero più ossessionata dalla paura che il colore dello smalto non fosse coordinato a quello del rossetto. Non molti ragazzi erano durati tanto a lungo da arrivare a quella fase.

«Sicura che non sia troppo presto per il mio "Sebometro"?», chiese Seb, asciugandosi gli occhi mentre uscivamo dallo stesso cinema ventiquattro ore dopo. «Insomma... non è trascorso ancora neppure un mese, non ti pare?»

«Grazie per la fiducia», rimbeccai.

Anche io stavo piagnucolando come la sera prima ma, dato che ero con Seb, la cosa non mi importava. Infilai il braccio sotto il suo, stringendoci nella comune tristezza per il finale del film.

«Non vorrei sembrarti eccessivamente negativo, ma è tutto un po' troppo esagerato per durare, non credi? Lo vedi quasi ogni sera. Non temi che tutto si possa esaurire con la stessa rapidità con cui è iniziato? Non dimenticare che so come sei fatta».

Sorrisi, anche se l'insinuazione che quella tra Adam e me fosse una semplice avventura mi aveva ferita. «Non mi sono mai sentita così, Seb. *Devi* conoscerlo, perché penso che questa storia possa andare lontano. Inoltre, per me è importante che ti piaccia».

«Sei consapevole, vero, che avrai una valutazione onesta? Sei pronta?»

«Sono sicura che ti piacerà. E se non sarà così, fingi».

Rise. «C'è qualche argomento off-limits? Come la volta che mi hai chiesto di sposarti, o quando hai lanciato le mutandine ai Take That?».

Scoppiai a ridere. «No, non c'è nessun problema. Puoi dire tutto quello che vuoi. Non c'è nulla che voglio tenergli nascosto».

«Aspetta». Seb si bloccò e si chinò in avanti, simulando dei conati di vomito. «Fatto. Ora mi sento meglio. Dove eravamo rimasti?».

Continuai a ridere. «Sai che sei un insopportabile rompipalle quando vuoi?»

«Non ti piacerei se fossi diverso».

«Sul serio, è un tipo rilassato. Non credo che riuscirai a turbarlo facilmente».

Era questo l'unico problema di Adam. Non sarebbe potuto essere più rilassato nemmeno se si fosse addormentato. Nel suo mondo, ogni cosa era calma e sotto controllo, come un mare senza onde. Non si esasperava mai quando rimanevamo bloccati dietro a un'auto terribilmente lenta. Non ingiuriava i treni del sud-est quando le foglie sui binari causavano ritardi inimmaginabili. Non incolpava i social media di tutti i mali del mondo. «Se non ti piace ciò che ci trovi, perché continui a usarli?», mi aveva chiesto, quando mi ero lamentata che alcune vecchie compagne di scuola pubblicavano ogni ruttino o puzzetta o parolina biascicata dai figli.

Nessuna delle cose banali che mi facevano sputare veleno di continuo durante la giornata sembrava turbarlo. Forse lui si era ripromesso di solcare con calma le mie maree e le mie correnti prima di svelare le sue, ma io pretendevo di più. Avevo bisogno di sapere che il sangue gli scorreva nelle vene, che avrebbe perso sangue se si fosse tagliato.

Avevo tentato di provocargli una reazione, non fosse altro per controllare che ci fosse un battito, ma non avevo ottenuto nemmeno un sussulto. Sembrava felice di vivere a passo d'uomo, senza né una reale necessità né il desiderio di offrire di più. Forse ero ingiusta, forse lui era proprio così, ma ogni tanto mi piaceva affrontare qualche sfida, fosse anche solo una discussione su un articolo del «Daily Mail». Non mi importava di cosa si trattava, mi sarebbe piaciuto che mi aprisse uno spiraglio sul suo mondo. Ma per quanto ci provassi, finivamo sempre per parlare di me, anche quando ero io a fare le domande. Non potevo negare che, a volte, era una cosa rigenerante, considerato che l'ultimo ragazzo con cui ero uscita mi aveva parlato tutta la sera della sua ossessione per i videogiochi. Tuttavia, la sua incrollabile determinazione a eludere le mie domande mi faceva sorgere dei dubbi. Cosa sapevo *davvero* di lui?

Ecco perché avevo bisogno di Seb. Lui andava dritto al punto insinuandosi negli strati più profondi dei caratteri delle persone. Scavava nelle loro anime: molti si mettevano a nudo pochi minuti dopo averlo conosciuto. Una volta aveva chiesto a mia madre se mio padre fosse stato l'unico uomo con cui era stata. Io avevo portato subito le mani alle orecchie, cantando ad alta voce, ma lei aveva confessato di avere avuto una bellissima avventura con un americano che aveva conosciuto poco prima di mettersi con papà.

«Non era il tipo di storia di cui voi ragazzi parlate al giorno d'oggi», aveva precisato. «Niente incontri clandestini e sesso illecito. Nessuno di noi era sposato, perciò non è stata un'avventura come intendete voi. È stato solo un magnifico incontro di due persone in perfetta sintonia tra loro».

Ero rimasta a bocca aperta. A parte lo shock di sapere che mia madre, com'era ovvio, aveva fatto sesso più di due volte – quelle necessarie per concepire me e mio fratello – adesso veniva fuori che l'aveva fatto con un altro uomo! In qualità di figlia era raro scoprire gemme del passato, ed era troppo tardi per porre delle domande. Quando, però, ti trovavi con qualcuno come Seb, le perle affioravano senza che tu te ne rendessi conto.

La settimana seguente, Adam, Seb e io ci organizzammo per vederci in un bar a Covent Garden. Non me l'ero sentita di proporre una cena, non volevo che la cosa apparisse troppo forzata e imbarazzante. Speravo che la serata si concludesse intorno a un tavolo in maniera naturale. Non avevamo ancora finito il primo drink che Seb chiese a Adam dov'era cresciuto.

«Appena fuori Reading», replicò lui. «Ci siamo trasferiti a Sevenoaks quando avevo nove anni. Tu, invece?».

Eccoci, di nuovo.

Ma Seb non si lasciò sviare. «Sono nato all'ospedale di Lewisham, e sono sempre rimasto lì. Non in ospedale, naturalmente, ma a sole due strade di distanza, fuori High Street. Sono stato a Sevenoaks un paio di anni fa. Un tizio con cui mi vedevo aveva uno studio di consulenza di design là. È molto carina. Che cosa vi ha spinto a trasferirvi da Reading?».

Adam cambiò posizione, decisamente a disagio. «Ecco... mio padre è morto. Mia madre aveva degli amici a Sevenoaks e aveva bisogno di aiuto con due figli piccoli, io e mio fratello minore. Non c'era nulla che ci trattenesse a Reading. Mio padre aveva lavorato per la Microsoft per anni ma, quando è scomparso...». Si interruppe.

«Capisco. Anche io ho perso mio padre», disse Seb. «Brutta faccenda, eh?».

Adam replicò con un mesto cenno del capo.

«Allora, tua madre è rimasta sola o ha incontrato qualcun altro?», gli chiese Seb. «Oh, scusa, suppongo che tua madre ci sia ancora», si affrettò ad aggiungere.

Adam annuì. «Sì, grazie al cielo. Sta a Sevenoaks ed è ancora sola».

«È dura quando rimangono sole, non è vero? Ti senti responsabile per loro anche quando sei solo un bambino, figuriamoci con il passare degli anni...».

Adam inarcò un sopracciglio e annuì di nuovo. Io non potevo inserirmi nella conversazione perché, grazie al cielo, i miei erano ancora vivi. Così mi offrii di andare a prendere un altro giro di drink.

«No, vado io», propose Adam, senza dubbio sollevato alla prospettiva di sfuggire alle minuziose domande di Seb. «Lo stesso di prima?».

Seb e io gli rispondemmo con un cenno affermativo.

«Allora?», chiesi al mio amico non appena Adam ci ebbe voltato le spalle.

«Molto carino. Molto carino».

«Ma?». Sapevo che c'era un ma.

«Non so...».

Il cuore mi sprofondò.

«C'è qualcosa che non mi torna ma che non riesco a individuare».

Quella sera stessa, dopo aver fatto l'amore, distesi uno accanto all'altra, mentre gli accarezzavo il petto con la punta delle dita, sollevai di nuovo la questione dei suoi genitori.

«Pensi che piacerei a tua madre?», gli chiesi.

Si girò e si sollevò su un gomito. La luce era spenta, ma le tende erano aperte e la luna brillava nel cielo. Intravidi la sua silhouette vicino a me, avvertii il suo respiro sul viso.

«Naturalmente. Ti considererebbe perfetta».

Non potei farei a meno di notare che aveva usato il condizionale e non il futuro. Un'enorme differenza. Un'ipotesi contro un'intenzione. Il che la diceva lunga.

«Quindi, non prevedi di presentarci presto?», chiesi, usando il tono più leggero che riuscii a tirar fuori.

«Stiamo insieme solo da un mese», sospirò, intuendo il vero peso di quella domanda. «Non affrettiamo le cose. Vediamo come va».

«Perciò vado bene per venire a letto con te, ma non per conoscere tua madre?»

«Sei perfetta per entrambe le cose». Si mise a ridere. «Dico solo andiamoci piano. Nessuna pressione. Nessuna promessa».

Deglutii a stento il groppo in gola e mi voltai verso di lui.

Nessuna pressione. Nessuna promessa. Cosa voleva dire? E perché mai era così importante? Potevo contare sulle dita delle mani gli amanti che avevo avuto. Ognuno aveva significato qualcosa, a parte l'avventura di una notte, piuttosto insolita, che avevo avuto alla festa del ventunesimo compleanno di un'amica.

Tuttavia, anche se in precedenza ero già stata innamorata e avevo fatto sesso, non riuscivo a ricordare di essermi mai sentita così al sicuro. Sì, perché era così che Adam mi faceva sentire – oltre che innamorata e smaniosa. Insomma, il pacchetto completo.

Per la prima volta nella mia vita da adulta, mi sentivo *risolta*. Come se tutti i pezzi del puzzle si fossero incastrati nel modo giusto.

«D'accordo», accettai, infastidita dalle mie stesse smanie.

Io lo avrei presentato volentieri alla cugina di secondo grado della zia di mia madre. Era chiaro che lui non la pensava come me. Non potevo negare che la cosa mi feriva.

3

L'urlo di un clacson.

«Il tuo ragazzo è qui con la sua auto da riccone», urlò Pippa che stava alla finestra a fumare di nascosto.

«Ssh!», la zittii. «Ti sentirà».

«È tre piani più sotto. E poi metà della strada avrà sentito *lui*, perciò non devi preoccuparti».

Mi infilai accanto a lei alla finestra e gli feci un cenno con la mano. In risposta, lui suonò di nuovo il clacson.

Bill, il nostro vicino, stava lavando la macchina. Sollevò lo sguardo.

«È tutto a posto, Bill», gli gridò Pippa. «È lo spasimante di Emily».

Bill scrollò le spalle e tornò a occuparsi della sua auto. Era il miglior vicino che si potesse desiderare. Stava all'erta o chiudeva un occhio a seconda della necessità.

Pippa e io non rientravamo nel modello demografico della zona in cui la normalità era rappresentata da giovani coppie sposate con 2,5 figli. Tutti affermavano di amare Lee, questa variegata enclave tra Lewisham e Blackheath. In realtà, sia noi che loro sapevamo che stavano solo aspettando di riuscire a salire l'ultimo importante gradino per raggiungere Blackheath. Il quartiere dal codice postale SE3: era quello dove tutti sognavano di abitare, con la sua particolare atmosfera da villaggio e i vasti spazi aperti. Si dice che gli appestati del diciassettesimo secolo siano stati seppelliti a Blackheath – da lì, appunto, il nome che significa "brughiera nera" – ma la cosa non sembra motivo di preoccupazione per tutti coloro che smaniano di improvvisare barbecue nelle sere d'estate. Un sacco di volte io e Pippa ci siamo unite alla massa fingendo di vivere lì, accendendo un barbecue improvvisato con la stagnola dopo aver acquistato in tutta fretta il necessario usa e getta al distributore di benzina. Ma siamo sempre arrivate troppo tardi per accaparrarci i posti migliori vicino ai pub. Di solito, quando arriviamo a fidarci del clima inglese, sono le quattro passate e la zona per i barbecue di Sainsbury è già stata depredata.

«Ooh, sei proprio carina», osservò Pippa.

Lisciai l'abito aderente, anche se non c'erano pieghe da spianare. «Lo pensi davvero?».

Avevo trascorso quasi un'ora a scegliere cosa indossare, in un dibattito con me stessa tra una bella camicetta e un paio di jeans bianchi da una parte, e un look più formale con un vestito classico dall'altra. Non volevo dare l'impressione di essermi sforzata particolarmente, ma probabilmente sarebbe stato peggio sembrare sciatta. Così, alla fine avevo scelto l'abito blu scuro. La crêpe si arricciava in vita per poi allargarsi sui fianchi e ricadere sotto il ginocchio. La scollatura era minima e il tessuto si modellava in maniera impeccabile al seno. «Questo vestito fascia tutti i punti giusti», avrebbe detto mia madre.

«Nervosa?»

«Al momento, no. Sto bene», mentii.

Non era necessario che sapesse che avevo trascorso un'altra ora ad asciugarmi i capelli, a tirarli su, poi a lasciarli giù, e a tirarli su di nuovo. Erano più lunghi del solito, mi ricadevano appena sotto le spalle e avevo fatto alcuni colpi di sole per illuminare la mia naturale tonalità ramata. Alla fine, avevo deciso di tenerli raccolti con un paio di ricci ai lati del viso per addolcire il look. La french manicure che mi ero fatta fare due giorni prima stava reggendo bene, e avevo applicato un trucco leggero e naturale. Semplice e chic. Questa era l'immagine che volevo dare. In fin dei conti, stavo solo per conoscere la madre del mio ragazzo. Ma in realtà mi ero impegnata di meno quella volta che mi ero dovuta preparare per andare al matrimonio di una delle mie più care amiche.

«Buona fortuna», mi gridò mentre raggiungevo la porta. «Sono sicura che ti adorerà».

Avrei voluto avere la sua stessa fiducia.

Percorsi il vialetto con un bouquet in mano. Avevo gli occhi di Adam puntati addosso, così calcai un po' la mano, ancheggiando appena.

«Wow, sei incantevole», esclamò quando salii in auto e mi sporsi per dargli un bacio. Bacio che si protrasse più di quanto ci aspettassimo. Lo rimproverai per avermi rovinato il rossetto.

«Forse dovrai metterlo di nuovo», ammise con un sorriso, pulendosi le labbra. «Hai anche un paio di calze di scorta?». Fece scorrere la mano sulle mie gambe. «Nel caso dovessi strapparle».

Alzai lo sguardo su Bill, che stava lucidando il cofano della sua macchina, e allontanai scherzosamente la mano di Adam. «Smettila. Quel pover'uomo ha già avuto un infarto. Non voglio fargliene venire un altro».

Si mise a ridere. «Probabilmente è la cosa più spinta che ha visto negli ultimi anni».

Sbuffai e appoggiai con cura i fiori sul sedile posteriore.

«Cerchiamo di fare buona impressione su qualcuno, non è così?», mi chiese sorridendo.

«Ah, ah. Non sei affatto divertente».

«Te la senti?». Si allungò per stringermi la mano.

«Ho un po' di nausea», ammisi. «Ho incontrato solo una mamma prima d'ora».

Rise. «Non dev'essere andata troppo bene se adesso sei qui con me».

Gli assestai una gomitata scherzosa. «È una cosa importante. Se non le piaccio, sono spacciata. Probabilmente non mi riaccompagnerai neppure a casa».

«Ti adorerà», mi rassicurò, cercando di scompigliarmi i capelli.

Gli afferrai la mano a mezz'aria. «Non pensarci nemmeno. Hai idea di quanto ci ho messo a farmi questa acconciatura?»

«Santo cielo, non ti prepari così nemmeno per uscire con me. Forse dovrei presentarti a mia madre più spesso». Rise di nuovo.

«Non devo più fare colpo su di te», rimbeccai. «Ti tengo già in pugno come voglio. È tua madre che devo far cadere sotto il mio incantesimo adesso. Se riesco a conquistarla, posso dominare il mondo», dichiarai con un ghigno sinistro.

«Le ho detto che sei normale. È meglio se inizi subito a comportarti di conseguenza».

«Le hai detto che sono normale?», strillai, fingendo di protestare. «Non mi fa sembrare entusiasmante. Non avresti potuto rendermi un po' più provocante?». Sorrise. «Cos'altro le hai detto di me?».

Ci rifletté un istante. «Che sei divertente, intelligente e che prepari fantastiche colazioni inglesi».

«Adam!», mi lamentai. «È così? Sono solo questo per te? Una fornitrice di salsicce?». Scoppiammo a ridere entrambi. «Pensi che le piacerò? Sinceramente».

«Sinceramente, credo che ti adorerà. Non c'è niente in te che non si possa amare».

Se quello era il suo modo di dichiararmi il suo amore, be', per me andava bene. Non era proprio il massimo, ma poteva andare. Non me lo aveva ancora detto come si deve, ma in fondo stavamo insieme da neanche due mesi, perciò avevo scelto di cogliere una dichiarazione nelle cose che faceva, come presentarsi nel mio ufficio all'ora di pranzo con un panino da mangiare insieme alla scrivania. O quando veniva nel mio appartamento se avevo il raffreddore e si stendeva sul letto accanto a me mentre gli starnutivo addosso e tiravo su con il naso. Quei gesti valevano di sicuro più di due stupide parole. Chiunque poteva pronunciarle e non pensarle davvero. La mia filosofia era che i fatti parlano più delle parole, e ci avrei creduto fermamente fino al momento in cui mi avesse detto il fatidico "ti amo" – a quel punto le azioni sarebbero passate in secondo piano.

Ci dirigemmo verso la A21, ascoltando Smooth Radio. Era la stazione preferita di sua madre, mi informò. Mi avrebbe aiutato a entrare nel giusto stato d'animo. Avrei avuto bisogno più che altro di *non* pensare all'incontro con lei piuttosto che memorizzare i suoi brani preferiti.

«Allora, com'è?», gli chiesi.

Ci pensò, strofinandosi la barba sul mento. «È come ogni altra mamma, suppongo. Una casalinga, tranquilla, ferocemente leale e protettiva nei confronti dei figli. E io ricambio la sua lealtà. Non sopporto che qualcuno parli male di lei. È una brava donna».

Già sentivo la pressione di doverle piacere: il suo commento non fece che aggravare le cose. E se lei non fosse piaciuta a me? *Che Dio non voglia!* Sapevo già che in quel caso mi sarei ritrovata da sola. Quindi, dovevo assolutamente far funzionare le cose, per il bene di entrambe.

Fui grata quando alla radio partì *Summertime*, nella versione di Will Smith. Ci mettemmo a cantare, fino al verso "il profumo di una bella griglia suscita nostalgia".

«Non è "bella griglia"!», scoppiò a ridere. «Ma è "bella figlia", nel senso di bella ragazza!».

«Non essere ridicolo», ribattei. «Bella figlia? Il suo profumo risveglia la nostalgia? Stanno facendo un barbecue, con tanto di salsicce che sfrigolano sul fuoco e pensano al profumo di una ragazza? Ma dai!».

Mi guardò come se fossi matta. «Quale odore di una grigliata susciterebbe nostalgia?»

«Non riesco nemmeno a credere che stiamo facendo questa conversazione. Tutti sanno che si tratta della griglia».

«Lo cercheremo su Google quando arriviamo da mamma».

Mi piacque il modo in cui la chiamò. Molto meglio di "*mia* madre". Mi fece sentire più accettata.

«Questa Smooth Radio è una rivelazione», riconobbi. «Non avrei mai pensato che tua madre fosse una fan dell'album *Big Willie Style*. È una sorpresa».

La sua espressione cambiò e l'atmosfera divenne gelida. «È di mia madre che stai parlando», replicò con tono tagliente. «Non mi sembra appropriato, non trovi?».

Mi misi a ridere, pensando che mi stesse prendendo in giro. Ma quando osservai i suoi lineamenti bloccarsi in una rigidità totale, mi resi conto che non si trattava di uno scherzo.

«Oh, andiamo, non scaldarti in questo modo», ridacchiai in attesa che il suo volto si ammorbidisse. Invece, rimase teso.

«Sei stata irrispettosa».

Repressi una risatina. «Cristo, stavo solo...».

«Stavi solo cosa?», sbottò.

Mise la freccia per immettersi nella corsia di destra, e io mi sentii stringere il petto mentre ipotizzavo cosa poteva accadere nei minuti successivi. Lo immaginai girare all'uscita seguente e lasciarmi sotto casa, per poi allontanarsi sgommando. Come era passato dallo scherzare con serenità a una reazione tanto brusca? Come era possibile che fosse andato tutto storto in così poco tempo?

Adam stringeva il volante con una forza tale che le sue nocche erano diventate bianche.

Mi allungai e posai la mano sulla sua con delicatezza. «Mi dispiace», mi scusai, anche se non sapevo per cosa.

«Vuoi farlo o no?». La sua voce si era addolcita. «Perché possiamo annullare tutto se non sei pronta...».

Mi fece sentire come se fossi la cavia di una sorta di test. E forse lo ero veramente.

«Mi dispiace», ripetei. Non volevo assumere un tono troppo conciliante, ma ero talmente sconvolta che non riuscii a trattenermi.

Lui cambiò stazione e passò a Kiss FM. Proseguimmo il resto del viaggio in silenzio.

4

«Mi sono sempre ripromessa di non essere *quel* genere di mamma, ma… lascia che ti mostri questo».

Adam sbuffò mentre la madre sfogliava un grosso album di fotografie rilegato in pelle marrone che teneva sulle ginocchia.

«Oh, smettila di mugugnare», lo rimproverò. «Eri un bambino stupendo». Batté la mano sul divano a fiori per farmi segno di accomodarmi accanto a lei. «Guarda. Qui sono Adam e James nel giardino della nostra casa a Reading. Ci sono tredici mesi di differenza tra loro, ma è difficile distinguerli, non è vero? Erano dei bambini così buoni. Tutti i vicini dicevano che avevano dei bei visetti. E non li sentivi mai piangere. Erano perfetti».

Lanciai un'occhiata a Adam che, con un mugugno di disapprovazione e le mani in tasca, si diresse verso la libreria nell'angolo della stanza. Inclinò la testa per leggere il dorso dei circa venti album sistemati sugli scaffali, accuratamente organizzati in ordine cronologico.

«È bello avere tante foto», osservai. «Di quelle che puoi guardare davvero, intendo».

«Oh, hai proprio ragione, cara. Nessuno le stampa più al giorno d'oggi, non è così? Tutti le tengono sui telefoni e probabilmente non le guarderanno mai più. Che peccato. È così che le foto dovrebbero essere mostrate». Accarezzò la pellicola di plastica che ricopriva un'istantanea di Adam a quattro anni, tutto raggiante, che sollevava con orgoglio un pesce, anche se era piuttosto piccolo. Alle sue spalle, un uomo sorrideva all'obiettivo.

«È il padre di Adam?», mi azzardai a chiedere.

Lui si era scusato per avermi aggredita verbalmente prima, tuttavia mi sentivo ancora nervosa. Non avevo mai visto quel suo lato finora. Mi domandai se ero stata "inappropriata" ad accennare al padre, ma lui non si voltò. Rimase immobile, con le spalle contratte.

«Sì», replicò la madre con voce rotta, dopo una pausa di qualche istante. «Questo è il mio Jim. Era un brav'uomo. Un vero pilastro della comunità. "Ecco Pammie e Jim", dicevano tutti quando ci vedevano arrivare. Eravamo una coppia perfetta».

Il suo petto iniziò a sollevarsi affannosamente, estrasse un fazzoletto dalla manica del cardigan. «Mi dispiace, cara». Si soffiò il naso. «Mi fa ancora soffrire, nonostante siano trascorsi tanti anni. È sciocco da parte mia, ma non riesco a trattenermi».

Posai una mano sulla sua e gliela strinsi. «Non si preoccupi. Dev'essere molto difficile per lei. Non riesco nemmeno a immaginarlo. Suo marito era molto giovane, vero?»

«Coraggio, mamma, va tutto bene», la confortò Adam, avvicinandosi e chinandosi davanti a lei.

La madre si liberò della mia stretta per prendere tra le mani il viso del figlio e accarezzargli la barba di due settimane. Alcune lacrime le rotolarono sulle guance e lui gliele asciugò con delicatezza.

«Va tutto bene, mamma. Va tutto bene».

«Lo so, lo so», replicò raddrizzandosi come per farsi forza. «Non capisco perché mi faccia ancora così male».

«Sono sicura che sia assolutamente normale», mi permisi di osservare, ritraendo la mano – me l'aveva presa per mettersela sul ginocchio.

Sistemai una ciocca di capelli dietro l'orecchio e, guardando Pammie, mi sentii pervasa da un'ondata di senso di colpa. Avevo trascorso quasi tre giorni a pianificare quell'evento nella mente. Cosa avrei indossato, che impressione volevo fare, come avrei dovuto comportarmi e cosa avrei dovuto dire.

Quanto ero stata egoista. Quella donna – e poco importava quanto si prendeva cura di sé stessa – non poteva nascondere i pesanti anni di sofferenze che le avevano incurvato le spalle. I capelli cotonati, che le incorniciavano il viso e il collo, con alcune striature grigie *en vogue* così accurate che potevano essere state fatte solo in un salone, non avrebbero mai mascherato il suo dolore. Così come non poteva farlo la sua pelle liscia come la porcellana che formava delle profonde pieghe attorno agli occhi mesti e vuoti mentre mi guardava, mordicchiandosi il labbro inferiore. Lo shock e l'afflizione di avere perso l'amato marito tanti anni prima, poco dopo essere diventati genitori, erano ancora impressi sul suo viso. Prima erano stati una coppia felice che stava affrontando un nuovo ed elettrizzante capitolo della vita, e subito dopo era rimasta vedova, sola e con due figli da crescere. Il mio look, cosa avrei dovuto indossare… in quel momento mi parvero preoccupazioni patetiche e banali. Così come le crude parole di Adam, poco prima. La situazione era molto più seria e, se volevo ritagliarmi un ruolo, avrei dovuto saggiamente rammentarmi ciò che era importante e ciò che non lo era.

«Suppongo che dobbiamo ringraziare questa adorabile ragazza per questa novità». Si sforzò di sorridere, accarezzando la barba di Adam.

Alzai le mani, simulando un finto rimorso. «Mi dichiaro colpevole», ammisi. «Mi piace e penso che gli stia bene».

«Oh, sì, sì», esclamò. «Ti rende ancora più affascinante». Lo attirò a sé e si appoggiò contro la sua spalla. «Il mio splendido ragazzo. Sarai sempre il mio splendido ragazzo».

Adam si districò dal suo abbraccio con movimenti goffi e mi guardò, il volto arrossato. «Che ne dite se pranziamo? Possiamo aiutarti in qualche modo?».

Pammie smise di tirare su con il naso, si rimboccò le maniche del cardigan e si lisciò la gonna scozzese.

«Niente affatto», affermò, agitando l'indice. «È pronto. Ho preparato tutto stamattina. Solo… Adam mi aiuteresti a prendere i piatti dalla cucina?».

Feci per alzarmi dal divano.

«No, no», insistette. «Tu rimani qui». Posò con cura l'album sul cuscino accanto al mio e seguì Adam in un'altra stanza. «Torniamo subito».

Non volevo continuare a guardare le foto senza Pammie o Adam. Mi sembrava troppo invadente. Tuttavia, lasciai cadere lo sguardo sulla pagina aperta davanti a me. In alto a destra c'era un'istantanea di Adam con le braccia strette attorno a una donna, le labbra che le sfioravano dolcemente una guancia. Il mio cuore sussultò mentre mi avvicinavo per osservare meglio. Trasudavano felicità, sapientemente immortalati da quell'abile scatto. Non erano in posa, ma era un attimo spontaneo in cui la coppia ignara era stata catturata dall'indiscreto obiettivo. Cercai di placare la stretta al petto che minacciava di serrarmi la gola.

Sapevo che aveva avuto altre ragazze prima di me, ovvio, ma questo non bastava a frenare l'insicurezza che mi stava assalendo. Lui sembrava così rilassato e sicuro di sé. Pensavo che fosse felice quando stava con me, ma l'espressione su quella fotografia era diversa. Non l'avevo mai vista. Aveva i capelli più lunghi, il viso più pieno ma, soprattutto, sembrava spensierato, pieno di vita. Anche la ragazza era serena, con morbidi ricci castani che le incorniciavano il volto. I suoi occhi ridevano mentre le braccia forti di Adam l'avvolgevano.

Anche noi saremmo stati così se ci avessero immortalati in un'istantanea? Avremmo avuto la stessa espressione di rilassato abbandono? I nostri sentimenti sarebbero stati chiari ed evidenti a un eventuale osservatore?

Mi rimproverai per aver permesso a dubbi e gelosie meschine di insinuarsi dentro di me. Se fossero stati così felici non si sarebbero lasciati, no? *Adesso starebbero ancora insieme, e le nostre strade non si sarebbero mai incrociate.*

«È la vita», aveva affermato Adam quando, dopo tre settimane che ci frequentavamo, gli avevo chiesto perché fosse finita con la sua ultima ragazza. «A volte accadono cose che non riesci neppure a capire. Cerchi di trovare una giustificazione, ma non sempre esiste una risposta. È solo la vita».

«Da come ne parli, sembra che tu non volessi rompere con lei», gli avevo fatto notare. «È stata lei a chiudere? Ti ha tradito?»

«No, niente del genere. Ma non ne parliamo. Il passato è passato. E noi siamo il presente». Mi aveva presa tra le braccia. Mi aveva tenuta così stretta… come se non volesse più lasciarmi andare. Aveva respirato il profumo dei miei capelli posandomi un delicato bacio sulla testa. Io avevo sollevato lo sguardo, così da godermi i suoi splendidi lineamenti da una prospettiva privilegiata. I suoi occhi nocciola screziati di verde che brillavano sotto i lampioni di Borough High Street, la mascella forte che una volta avevo definito "cesellata", strappandogli una risata. «Mi fai sembrare una cassetta degli attrezzi», aveva commentato. Mi aveva preso il viso tra le mani e mi aveva baciata, dapprima con dolcezza, poi con maggior intensità. Come per impedire che qualcosa, qualsiasi cosa, potesse mai frapporsi tra noi.

Quella sera, fare l'amore era stato diverso. Mi aveva tenuta per mano mentre salivamo le scale per raggiungere il suo appartamento sopra il mercato. Solo di rado riuscivamo a percorrere tutto il corridoio senza perdere qualche capo d'abbigliamento, ma quella sera eravamo arrivati vestiti di tutto punto in camera sua, dove aveva cominciato a spogliarmi lentamente. Avevo allungato un braccio per spegnere la lampada sul comodino, ansiosa di tenere al buio le parti di me che non mi piacevano, ma lui aveva bloccato la mia mano.

«No. Lasciala accesa. Voglio vederti».

Avevo esitato, le mie insicurezze in lotta con il desiderio di acconsentire.

«Sei talmente bella», aveva sussurrato, sfiorandomi le labbra con il pollice. Mi aveva baciato il collo mentre mi accarezzava la schiena con tocchi leggerissimi che mi avevano scatenato dei fremiti in tutto il corpo. Non mi aveva tolto gli occhi di dosso neppure per un attimo mentre facevamo l'amore, affondandoli nei miei come se stesse cercando qualcosa di nascosto. Per la prima volta, mi aveva donato qualcosa che non mi aveva mai dato prima. Non so spiegare di cosa si trattasse, ma avevo percepito una profonda connessione con lui. Un tacito impegno, l'ammissione che ciò che c'era tra noi era reale.

Adesso, mentre fissavo di nuovo l'immagine davanti a me, mi chiesi se stessi osservando la donna dalla quale aveva cercato di fuggire quella sera. Si era liberato dalle catene che lo avevano ancorato a lei? Aveva scelto quel momento per recidere ogni legame?

Pammie e Adam tornarono in soggiorno. Lui abbassò la testa per passare sotto la porta con le travi a vista.

«Eccoci qua», esclamò la madre, sistemando un vassoio sul tavolo davanti alla finestra. «Questo ti farà ingrassare».

Chiusi l'album mentre mi alzavo, ma non prima di aver scorto fugacemente la didascalia sotto l'istantanea.

Cara Rebecca, mi manchi ogni giorno.

5

«Mi stai prendendo in giro?», farfugliò Pippa, infilandosi una fetta di pizza in bocca.

Scossi la testa.

«Sicura che erano una coppia? Dico, una vera coppia, non solo buoni amici? Magari erano compagni di scuola o facevano parte di un gruppo».

Scossi di nuovo la testa. «Non credo. Sembravano davvero molto presi l'uno dall'altra. Esattamente come due ragazzi che stanno insieme».

Pippa smise di masticare e una ciocca della frangia rosa le ricadde sull'occhio. «Potrebbe anche non essere morta».

«No, no, impossibile. Come si spiega altrimenti la scritta "mi manchi ogni giorno"? Non lo scriveresti mai a qualcuno che vive felicemente a mezzo chilometro da te».

«Forse sua madre… Si chiama Pammie, giusto?».

Annuii.

«Forse la ragazza le piaceva e, quando si sono lasciati, c'è rimasta male e sente la sua mancanza». Sapeva anche lei che si stava arrampicando sugli specchi.

Scrollai le spalle. A dire il vero, una piccola parte di me sperava egoisticamente che fosse morta – sempre meglio che essere rimpianta da Pammie al punto di suscitarle l'impulso di scrivere una didascalia sotto una foto. Era dura rapportarsi a lei e sentirsi all'altezza.

«Perché non lo hai chiesto a Adam durante il viaggio di ritorno?»

«Non volevo rovinare tutto», replicai. «Abbiamo avuto uno strano scambio di battute all'andata, ed è chiaro che lui è molto protettivo nei riguardi di sua madre. Perciò preferisco procedere con cautela».

«Però non si tratta di chiedergli della madre, ma della possibilità che una sua ex sia morta. È una faccenda grossa, Em. Voglio dire, se le cose stanno così, avrebbe dovuto parlartene prima, no?», mi domandò con tono delicato, come ad attutire il colpo della frase precedente.

Non sapevo cosa pensare. Ogni volta che cercavo di rispondere a quell'interrogativo, dovevo ricordare a me stessa che stavamo insieme da poco più di due mesi. Sembrava passato più tempo perché il nostro rapporto era particolarmente intenso. Ma come ci si può aspettare di raccontare in otto settimane decenni di vita vissuta? In effetti, avevamo accennato qualcosa riguardo ai nostri ex, ma stavamo ancora girando attorno a certe faccende per non essere troppo pesanti, troppo presto. Ogni volta che tiravamo fuori i reciproci trascorsi, stavamo attenti a tararci sul tono più spensierato possibile. Una ex ragazza morta non sarebbe stato un argomento facile da inserire in nessuna delle conversazioni che avevamo intavolato finora. Come non lo sarebbe stato parlare del mio ex, Tom. Al contrario ero stata felice di narrargli la mia piccola trasgressione di una notte con Graham o Giles, o come accidenti si chiamava.

«Ma è scioccante!». Adam era scoppiato ridere, seduto di fronte a me, mentre ci dividevamo una coppa gelato Rocky Road da TGI Friday a Covent Garden un paio di settimane prima. «Hai fatto sesso con un uomo e non sapevi nemmeno il suo nome?»

«Oh, perché a te non è mai accaduto?», avevo rimbeccato.

«Riconosco di aver avuto un'avventura di una notte, ma le ho chiesto il nome prima e me lo ricordo ancora».

«Coraggio, allora, presuntuoso che non sei altro, come si chiamava?».

Aveva riflettuto un istante. «Sophia», aveva esclamato poi con fierezza.

Avevo deriso il suo compiacimento.

«E poi ci sono state Louisa, Isabelle, Natalie, Phoebe...».

Avevo risucchiato un mini marshmallow con la cannuccia e glielo avevo lanciato addosso.

«Quindi, cosa intendi fare?», mi chiese Pippa, riportandomi al presente. «È una cosa che vuoi sapere a tutti i costi, o sei disposta a lasciar perdere?»

«Lui mi piace molto, Pip. E, a parte questo, sta andando tutto bene. Non mi sono mai sentita così prima d'ora e non voglio fare niente che possa mettere a repentaglio il rapporto. È solo una piccola macchia nel paesaggio. Sono sicura che, alla fine, si risolverà».

Annuì e si allungò per toccarmi la mano e rassicurami ulteriormente. «Allora, com'era sua madre? Credi di esserle piaciuta?»

«Oh, è stata gentilissima. Ha fatto di tutto per mettermi a mio agio. Avevo dei presagi orribili, soprattutto dopo il diverbio in auto: pensavo di essere l'ennesima ragazza che le veniva presentata. In realtà, prima che ce ne andassimo, mi ha presa da parte e mi ha detto: "Sei la prima che Adam porta a casa dopo tanto, tanto tempo"».

«Be', mi sembra molto positivo», osservò Pippa con tono pratico, cercando di strapparmi dal tormentoso pensiero della sua ex. «Sua madre ti adora. Si dice che la strada per il cuore di un uomo passi dalla madre».

Scoppiai a ridere. «Pensavo passasse dallo stomaco».

«Oh, anche da quello, ma sappiamo tutti che, in realtà, passa dal suo uccello!».

Il vino mi andò di traverso e lei cadde dal divano.

Non ci si annoiava mai con Pippa. Il suo atteggiamento beffardo nei confronti della vita quando le cose non vanno come dovrebbero è la qualità che mi ha attratto di lei quando ci siamo incontrate per la prima volta, lavorando in un negozio di scarpe. La nostra direttrice, Eileen, non apprezzava molto l'esuberanza di Pippa: ben presto le cose sono precipitate.

«Temo di non avere il quaranta di quello stivale», aveva detto Pippa a una cliente, facendosi sentire da Eileen. «Ma ho delle ballerine numero trentaquattro. Potrebbero andare?».

Ero scoppiata a ridere e mi ero dovuta scusare con la mia cliente prima di correre sul retro, le lacrime agli occhi, insieme a Pippa, inseguite a ruota da Eileen.

«Quando si ha a che fare con la clientela, è necessario rispettare un certo livello di professionalità», aveva sbraitato agitando l'indice. «Avete entrambe superato il limite oggi e ne parlerò con il mio superiore».

«Certo, Eileen», aveva cantilenato Pippa. «Magari ti porta a cena...».

Il respiro mi si era bloccato in gola, il viso era diventato paonazzo e la vescica aveva minacciato di collassare mentre Eileen, che aveva i capelli ricci e scuri, la fissava con espressione truce.

«Se pensi di essere divertente...».

«Ti consiglio un bel vestitino», aveva suggerito Pippa gentilmente, prima di uscire.

Io ero sopravvissuta solo una settimana in più, lavorando persino nel periodo di preavviso. Mi sarebbe piaciuto avere la faccia tosta di Pippa, ma non ero altrettanto coraggiosa o aggressiva. Ho sempre creduto di aver bisogno di referenze per presentarmi a un posto di lavoro, ma lei se ne infischiava e, a sua difesa, dovevo dire che aveva ragione. Aveva sempre ottenuto i lavori nei bar per cui aveva presentato domanda e stava anche prendendo una laurea come operatore sanitario alla Open University.

Eravamo allo stesso tempo molto diverse e molto simili. Io non riuscivo a pensare a niente di peggio che andare a lavorare di sera. Avrei preferito infilarmi degli spilli negli occhi piuttosto che tornare a scuola, eppure in qualche modo il nostro sembrava un incastro perfetto. Io lavoravo tutto il giorno dal lunedì al sabato, con il mercoledì libero, e lei sgobbava tutte le sere all'All Bar One a Covent Garden e studiava di giorno. Non ci stavamo mai tra i piedi, così era bellissimo ritrovarsi la domenica per raccontarci quello che era accaduto durante la settimana. Ero sempre io che avevo bisogno di assistenza e consigli perché sembrava che le avversità della vita scivolassero addosso a Pippa. Era molto più spensierata di me, mollava gli uomini per capriccio, non si piegava mai alle regole. Mi sarebbe piaciuto possedere un po' della sua leggerezza, invece di farmi sempre paralizzare dalla necessità di analizzare in maniera ossessiva ogni situazione. Nelle rare occasioni in cui avevo gettato al vento la cautela avevo finito sempre per fallire, perciò non era stato un gran divertimento. Era il desiderio di essere simile a Pippa a spingermi di tanto in tanto fuori dai miei schemi e a prendere decisioni insolite per me. Come per esempio con Grant, o Gerry – comunque era un nome che iniziava con la G – al ventunesimo compleanno di Beth.

«Perché non mi hai fermata?», mi ero lamentata il giorno dopo mentre eravamo distese sul mio letto a guardare Netflix. Ricordavo che quel tipo mi aveva presa in braccio per portarmi fuori e io gli avevo allacciato le gambe intorno alla vita. «Deve essere stato così sfacciato. Lo avranno visto tutti».

«È stato proprio questo il bello», aveva replicato. «Per una volta nella tua vita, non ti importava niente del mondo. Hai fatto semplicemente quello che ti andava di fare, fregandotene di tutto e di tutti».

Era quello il problema.

«Non uscirò mai più», avevo piagnucolato, nascondendo il viso tra le mani. E, in quel momento, dicevo sul serio.

6

Per quanto ci provassi, non riuscivo a togliermi dalla testa Rebecca, e la cosa mi tormentava. Volevo sapere chi era, cos'era accaduto tra loro, ma temevo di scoperchiare incautamente un vaso di Pandora che non ero del tutto sicura di voler aprire. Anche Adam non sembrava più lo stesso da quando eravamo andati da sua madre due settimane prima. Quindi, mi ritrovai a girare intorno all'enigma del "mi manchi ogni giorno", sperando che, in qualche modo, potesse spuntare l'occasione giusta per affrontare l'argomento.

La prima chance capitò quando io e Adam addobbammo l'albero di Natale nel mio appartamento. Era preoccupato di togliere il divertimento a Pippa, ma lei non aveva la pazienza per dedicarsi a un'incombenza così delicata. Per tre anni di seguito avevo fatto tutto da sola e lei era stata a guardarmi lanciando in aria Malteser, dolcetti di malto e cioccolata, per poi prenderli con la bocca. Me ne era sempre stata grata e ripagava i miei sforzi con una bottiglia di Advocaat, un liquore a base di uova, zucchero e brandy. Era diventata una sorta di tradizione, anche se nessuna delle due avrebbe saputo trovarvi un minimo di razionalità.

«Ci dev'essere una buona ragione perché non beviamo questa roba tutto l'anno», avevo osservato il Natale precedente. Eravamo al terzo bicchiere, senza più preoccuparci della ciliegina nel cocktail.

«Già», aveva convenuto. «È lì, con aria speranzosa e ottimista sullo scaffale dei prodotti natalizi del supermercato a implorare i clienti che passano. "Ti prego, comprami. Sono qui solo per poco tempo. Sai che te ne pentirai se non lo farai"».

Ero scoppiata a ridere. «E se qualcuno si presentasse all'improvviso durante le feste natalizie, chiedendo un eggnog, cioè uno zabaione? Come faresti senza di me?».

Era una tradizione antica, eppure non riuscivo a ricordare un solo visitatore che ci avesse chiesto Advocaat e limonata. Nemmeno quando i vicini facevano un salto a casa dei miei genitori durante la mia infanzia. Mai una volta in trent'anni. Mai.

Eppure, non c'era nulla che mi facesse immergere nell'atmosfera natalizia come quel piccolo rito. Così presi la bottiglia dal fondo del mobiletto della cucina e agitai il denso composto giallo.

«Posso tentarti?», chiesi a Adam. Be', lo chiesi al suo sedere, l'unica parte di lui che non era infilata sotto l'albero mentre armeggiava con la prolunga.

«Immagino che sia dell'anno scorso», osservò, districandosi dai rami e sollevando lo sguardo.

Annuii, scusandomi. «Ma non va a male mai».

«Sono a posto, grazie», sorrise. «Ecco fatto. Che ne pensi?».

Indietreggiammo di qualche passo per ammirare la maestria della nostra opera.

«Forse avremmo dovuto provare le lucine prima di metterle sull'albero. Adesso lo scopriremo», disse lui.

Miracolosamente, per la prima volta dopo non so quanti anni, si accesero al primo colpo, così ci accasciammo sul divano, sollevati e orgogliosi.

Mi accomodai con una gamba sotto il sedere e mi voltai a guardarlo. Un enorme sorriso gli illuminava il volto. Un'espressione così diversa da quella che aveva avuto nelle ultime due settimane. «Sto bene», mi aveva risposto ogni volta che gli avevo domandato perché fosse così serio.

«Come va il lavoro?», gli chiesi, studiando la mistura dal dubbio aspetto che si stava rapprendendo sul fondo del mio bicchiere.

«Meglio», sospirò. «Finalmente ho tirato la testa fuori dall'acqua questa settimana».

Dunque, era stato il lavoro a occupargli la mente. Tutti gli "e se?" che mi avevano ronzato nel cervello furono messi a tacere. *E se* non volesse stare con me? *E se* avesse conosciuto un'altra? *E se* stesse solo cercando il modo giusto per dirmelo? Esalai lentamente un respiro, contenta di sapere che era solo una questione lavorativa. Una cosa che si sarebbe potuta risolvere facilmente.

«Come mai? Cosa è stato a tenerti tanto impegnato?».

Sbuffò. «L'account su cui sto lavorando è diventato più grande di quanto avessimo previsto. Credevo di averlo coperto e stavo per arrivare in fondo quando ci siamo imbattuti in un problema».

«Che tipo di problema?», chiesi, corrugando la fronte.

«Roba informatica. Qualcosa che comunque sono in grado di sistemare. Ma ci stava portando via più tempo di quanto ne avessimo a disposizione».

«E poi cos'è cambiato?»

«Ai piani alti hanno finalmente avuto il buon senso di affiancarci un'altra persona. È questo ha fatto la differenza, grazie al cielo».

«Grandioso», commentai. «Vai d'accordo con il nuovo arrivato?»

«In realtà è una donna». Fece una breve pausa. «E... sì, in realtà mi sembra okay».

Due "in realtà" nella stessa frase? Di solito, non era mai così eloquente. Mi sforzai di non mutare espressione e continuare a sorridere, contrastando il tremolio dei muscoli che si stavano tendendo.

«Bene», replicai con il tono più disinvolto che riuscii a tirar fuori. «Come si chiama?»

«Rebecca», mi riferì, tranquillo.

Attesi che mi dicesse qualcosa di più, ma cosa poteva aggiungere? E allora perché avevo la sensazione che sotto la sua reticenza mi stesse nascondendo qualcosa?

«Che buffo». Non sapevo cos'altro dire.

«Cosa?», chiese circospetto, come se avesse intuito quello

che stavo pensando – anche se io stessa non avrei saputo descriverlo con precisione.

«Che si chiami Rebecca».

Si voltò e mi guardò.

«Immagino che non sia la *tua* Rebecca?», aggiunsi, per alleggerire l'atmosfera.

Mi studiò per un istante con la fronte aggrottata, quindi scosse la testa lentamente e distolse lo sguardo.

Non capivo se volevo saperne di più sulla Rebecca del lavoro o sulla "sua" Rebecca. Difficile individuare quale fosse la più problematica.

«Sarebbe stato un po' strano, no?», proseguii. «Pensa se una tua ex si presentasse al lavoro. Come ti sentiresti?».

Si strofinò gli occhi con il pollice e l'indice. «È improbabile che accada».

«Allora, com'è questa Rebecca?» Decisi di affrontare per prima la minaccia più vicina. «È evidente che ti è stata di aiuto».

«Sì, è brava. Sembra che sappia il fatto suo, e questo mi evita il fastidio di doverle spiegare ogni cosa. Inoltre, è in azienda da un po', anche se non ho idea di dove la tenessero nascosta».

Intendeva dire che, se *non* fosse stata nascosta, l'avrebbe notata? Non mi interessava sapere quanto fosse brava nel suo lavoro, volevo conoscere i dettagli fisici e il colore dei capelli. Le domande che mi vorticavano in testa mi avrebbero fatto sembrare una ragazza ossessiva e paranoica, ne ero perfettamente consapevole. Ma non era forse questa la persona in cui mi aveva trasformata Tom? Dunque, non riuscii a trattenermi.

«Quindi, è un tipo sexy?».

Corrugò la fronte, elaborando probabilmente una risposta diplomatica. Se avesse detto "no" troppo in fretta, avrei capito che stava mentendo. Se avesse detto "sì", sarebbe stato pazzo. Sapevamo entrambi che non se la sarebbe cavata con facilità.

«È un tipo a posto, suppongo», fu tutto ciò che riuscì a elaborare. E date le opzioni a sua disposizione, era la migliore risposta che potesse scegliere.

«La tua ex Rebecca lavora nella City?», gli chiesi.

Si drizzò a sedere. «No», replicò, esitante.

Tutto qui? «Dunque, non lavora nel tuo settore? Non è così che vi siete conosciuti?»

«Non mi pare di aver mai menzionato Rebecca», rimbeccò secco.

Una vampata di calore mi si diffuse rapidamente per tutto il corpo mentre mi rendevo conto che in effetti non l'aveva fatto. Avrei fatto meglio a mettere il suo riluttante "preferisco non parlarne" insieme alla fotografia di lui con una donna che pensavo si chiamasse Rebecca, lasciando che la mia mente si scatenasse in tutta la sua potenza. Volevo rimangiarmi tutte le parole stupide e insicure che mi ero lasciata sfuggire.

Si voltò verso di me con aria seria. «Cos'è questa storia?».

Mi avvicinai e, sollevandogli il braccio, appoggiai la testa sulle sue ginocchia. Una tattica diversiva per dare tempo alle mie gote di raffreddarsi.

«Credo che mi manchino grossi pezzi della tua vita, cose di cui non sono a conoscenza», mi giustificai. «E mi piacerebbe sapere tutto quello che c'è da sapere». Con una risatina, gli presi la mano che era appoggiata sul mio ventre e la portai alle labbra.

Il cuore prese a galoppare in maniera forsennata mentre attendevo la sua risposta. Mi ero spinta troppo oltre? Si sarebbe alzato e se ne sarebbe andato?

I secondi mi parvero lunghi come ore. Cercai di valutare in che direzione sarebbe andata quella discussione mentre sentivo pulsare la sua coscia contro la guancia.

«Cosa vuoi sapere?», disse infine.

Esalai un sospiro liberatorio. «Tutto!».

Rise. «Immagino che tu intenda "tutto" riguardo alla mia vita sentimentale. Non è quella l'unica cosa che le ragazze vogliono sempre sapere?».

Mi strinsi nelle spalle e arricciai il naso. «È così ovvio, eh?».

Abbassò lo sguardo su di me e vidi le lucine dell'albero riflesse nei suoi occhi. Quando mi sorrise, lo stomaco fece una capriola. «Okay, comincia tu», propose. «Qual è il posto più strano in cui hai fatto l'amore?».

Quasi soffocai e mi alzai a sedere. «Questa è facile. Ho avuto un'avventura di una sera in un campo da cricket, ma lo sai già».

«Raccontamelo di nuovo, lentamente», mi prese in giro.

Stavo per colpirlo alla testa con un cuscino, ma lo bloccò a mezz'aria. «D'accordo. Sei mai stata innamorata?»

«Non tocca a te!».

Inclinò la testa e inarcò le sopracciglia. «Sì o no?».

L'atmosfera si caricò all'improvviso di trepidazione. Strano come si possa parlare con allegria e umorismo di un atto fisico assolutamente reale e concreto come il sesso, persino con dei totali estranei, mentre discutere di un'emozione invisibile come l'amore sia al contrario qualcosa di delicato, irto di tensioni.

«Una volta», replicai, determinata a mantenere la voce calma e ferma.

«Di chi?»

«Un tizio di nome Tom. L'ho conosciuto al lavoro, nel mio "periodo da commessa"».

Mi rivolse uno sguardo interrogativo.

«Lo sai, la fase tra quella di parrucchiera e designer d'interni». Ero sicura di avergli fatto, non so quando, una rapida rassegna del mio disordinatissimo curriculum.

«Ah», sospirò. «Gli anni del risveglio e dell'illuminazione».

Gli sorrisi, grata per avere alleggerito l'intensità della conversazione.

«Allora, cos'è successo?».

Mi schiarii la gola. «Ci siamo conosciuti quando avevo vent'anni. Dopo tre anni che ci frequentavamo, ho iniziato a pensare che avessimo un futuro».

«Ma?»

«Ma, nonostante quello che provavo per lui e quello che lui affermava di provare per me, continuava ad andare a letto con un'altra».

«Oh», commentò. «Come lo hai scoperto?»

«Era una mia cara amica, Charlotte: aveva deciso che preferiva essere innamorata di lui piuttosto che leale con me».

«Cristo. Immagino che non siate più amiche».

Mi lasciai sfuggire una risatina beffarda. «Indovinato. Non le parlo più da allora. E non ho nessuna intenzione di farlo in futuro».

«Quindi, è stato il tuo ultimo ragazzo... prima che ci incontrassimo?»

«Ehi, dico. Mi hai fatto mille domande e io nemmeno una», ribattei, ridendo. «È stata la mia unica storia seria. Ho avuto altre relazioni durante i tre anni successivi, ma nessuna di importanza significativa, fino a quando non ho conosciuto te».

Sorrise.

«Adesso è il mio turno», dichiarai.

Si appoggiò allo schienale, gli occhi fissi davanti a sé, evitando il mio sguardo.

«Allora, cosa mi dici di te? Sei mai stato innamorato?».

Con il piede colpì il bordo del tappeto blu cobalto sotto il tavolino da caffè. Non volevo forzarlo, magari era ancora troppo presto. Attesi alcuni istanti.

«Non è importante», mi affrettai a dire con un tono fintamente spensierato. «Se è...».

«Sì», replicò a bassa voce.

«Di Rebecca?», azzardai.

Annuì. «Era la donna con cui pensavo di trascorrere il resto della mia vita, ma... non era destino».

La sua risposta mi fece desiderare di non aver mai fatto quella domanda.

«Ma ora basta con queste cose», annunciò come per tirarsi fuori dalla situazione spinosa in cui si era trovato. «Volevo chiederti se ti va di trascorrere un po' di tempo insieme a Natale. Se è difficile, capisco... insomma, se è... pensavo solo che...».

Allungai una mano e gli posai un dito sulle labbra.

Sorrise. «È un sì, allora?». Mi attirò a sé e mi baciò. «Quindi, verrai per la cena di Natale?». Era elettrizzato.

Arricciai il naso. «Non posso venire il giorno di Natale». Abbassò di scatto le spalle. «Ma puoi venire tu dai miei genitori. Sarebbero felici di conoscerti», aggiunsi.

«Sai che non posso», replicò con voce mesta. «Mia madre è sola perché James è a pranzo con la sua ragazza, Chloe. Perciò è necessario che le faccia compagnia. È un periodo dell'anno difficile per lei».

Annui, ricordandomi che suo padre era morto due giorni prima di Natale.

«Perché non vieni per Santo Stefano?»

«Mio fratello e sua moglie vengono a pranzo e portano la bimba». Anche mentre lo dicevo, tuttavia, mi rendevo conto che sarebbe stato più facile se fossi andata io da lui piuttosto che il contrario. I miei erano in due, e poi c'erano Stuart, Laura e la piccola. Pammie, al massimo, avrebbe visto una vicina di casa.

«Forse potrei raggiungervi nel tardo pomeriggio», proposi.

«E rimanere a dormire? Potremmo fare un giro il giorno dopo, trovare un bel pub o qualcosa del genere».

Sembravamo due bambini sovreccitati che escogitavano un piano.

Il giorno seguente, chiamai Pammie per sentire se era d'accordo. Mi sembrò un doveroso atto di cortesia.

«Be', tutto questo è inaspettato», osservò, mettendomi sulla difensiva.

«Mi dispiace, Pammie. Credevo che Adam gliene avesse già parlato. Mi ha detto che l'avrebbe chiamata stamattina».

«No, cara. Ma non importa. Sarà bello vederti. Rimarrai qui a dormire?»

«Sì, anche se non credo di arrivare prima del tardo pomeriggio».

«Dunque, prenderai il tè con noi?»
«Mia madre preparerà il tacchino per pranzo, quindi solo qualcosa di leggero la sera andrà benissimo», replicai cercando di non essere scortese o ingrata.
«Ma non ti aspetteremo...».
«Oddio, no. Voi fate quello che dovete e io arriverò appena posso».
«È che Adam ha sempre molto appetito e sarà morto di fame per allora», proseguì.
«Certo, capisco. Voi fate pure. Io prenderò il tè con voi più tardi».
«Allora, mangeremo tutti insieme?», continuò come se non mi stesse ascoltando.
«Perfetto», dissi, anche se non sapevo cosa avevo accettato.

7

In quel momento mi era sembrata una bella idea. In realtà, quando mi trovai da mamma e papà, capii che rimanere con loro sarebbe stata una gioia. Era tutto caldo e accogliente, e mi ricordava i Natali passati, come quella volta in cui, a sette anni, ero andata a svegliare il mio fratellino, super eccitata, nel bel mezzo della notte. Eravamo scesi giù per le scale in punta di piedi, terrorizzati ma, allo stesso tempo, desiderosi di incontrare Babbo Natale.

«Lui lo saprà che non stiamo dormendo», aveva bisbigliato Stuart. «E se non siamo a letto, non ci lascerà i suoi doni».

«Ssh!», lo avevo zittito, con il cuore in gola. «Copriti gli occhi e guarda solo attraverso le fessure tra le dita».

Muovendoci a tentoni lungo il corrimano, ci eravamo avvicinati adagio all'albero nell'angolo della sala, passando davanti al camino dove avevamo lasciato un bicchiere di latte e una fetta di torta. Avevo sbirciato tra le dita mentre i raggi della luna illuminavano la stanza quel tanto che bastava per vedere le briciole della torta sul piatto. Avevo trattenuto il respiro, sussultando.

«Che cosa c'è? È stato qui?», aveva piagnucolato Stuart con impazienza.

Ero riuscita a distinguere le forme dei regali incartati sotto l'albero e il cuore mi era balzato nel petto per la gioia.

«È stato qui!», gli avevo sussurrato, trattenendo a stento l'eccitazione. «È stato qui!».

Vent'anni dopo, le cose non erano poi cambiate così tanto. Nonostante fosse Santo Stefano, ci comportavamo come se fosse il giorno di Natale. Eravamo ancora riuniti attorno al vecchio albero.

«Se non è rotto, non è necessario aggiustarlo», non faceva che ripetere mio padre, da dieci anni ormai. Anche se c'erano uno o due rami conciati male e altrettanti che avevano bisogno di una bella sistemata.

Mamma continuava a insistere che lei non aveva nulla a che fare con i doni sotto l'albero, e Stuart e io ci scambiammo un'occhiata d'intesa, come se fossimo disposti a crederle.

«Allora, come procede la tua storia d'amore?», mi chiese mia cognata Laura, tra un boccone e l'altro delle famose patate arrosto di mia madre.

Annuii con la bocca piena di croccante Yorkshire pudding. «Tutto bene», sorrisi.

«Oh, ha quel luccichio negli occhi», osservò mio padre. «Non te lo avevo detto, Valerie? Ho fatto notare a tua madre che avevi di nuovo quel luccichio due settimane fa».

«*Di nuovo*?», chiesi.

«Non è vero, Val?», gridò verso la cucina, dove mia madre stata riempiendo per la seconda volta la salsiera con il sugo della carne. «Non avevo detto che aveva di nuovo quel luccichio negli occhi?»

«Che cosa vuol dire *di nuovo*?», ripetei, ridendo.

Io e Stuart alzammo gli occhi al cielo. Non sarebbe stato Natale se papà non avesse esagerato con lo sherry.

«Intende dopo Tom». Mia madre sbuffò, precipitandosi in sala da pranzo con il grembiule ancora addosso. Non capirò mai perché lo usava sempre e solo a Natale, dal momento che cucinava comunque anche tutti gli altri giorni. «Insomma, Gerald, hai il tatto di un...»

La guardai con il fiato sospeso.

«Vai avanti, mamma» la incitò Stuart. «Il tatto di che cosa?»

«Il tatto di un...», ripeté, anche se nessuno di noi riusciva a capire cosa volesse dire.

Feci una smorfia.

«Ci sono tre conversazioni diverse qui», brontolò mia madre, fintamente oltraggiata. Assumeva sempre l'espressione contrariata come se trovasse tutto indecoroso ed eccessivo, ma sapevo bene che amava avere la famiglia intorno a sé. E ora che c'era la piccola Sophie, era ancora più felice.

«Dunque, di chi erano gli occhi che brillavano?», chiese mio padre, come se parlasse tra sé e sé.

«Hai detto che erano quelli di Emily», brontolò mia madre, sconfortata. «Perché ha un nuovo ragazzo».

«Allora, quando lo conoscerò?», chiese lui, alzando un po' la voce. «Mi auguro che non sia un bastardo come quell'altro».

«Gerald!», lo riprese mamma. «Modera il linguaggio».

«Da quanto tempo state insieme?», volle sapere Laura, con sincero interesse.

«Oh, da poco. Solo tre mesi», replicai con disinvoltura. Me ne pentii subito, però. Con il mio tono avevo ridotto la nostra relazione a un'avventura casuale. «Ma mi piacerebbe farvelo conoscere».

«Be', assicurati solo che, questa volta, ti tratti bene. Non ascoltare le sue...».

«Gerald!».

Scoppiammo tutti a ridere e, in quel momento, desiderai che Adam fosse lì. Che conoscesse la mia pazza famiglia, solo perché si rendesse conto in che guaio si stava cacciando.

Me ne andai con estrema riluttanza. Mi sarebbero mancate le sciarade un po' troppo alcoliche, e l'incapacità di mia madre di ricordare quante sillabe c'erano in *Balla coi Lupi*. Stuart glielo faceva mimare ogni Natale, per il gusto di vederla arrabattarsi. E ogni anno, lei affrontava la sfida come se fosse la prima volta che ne sentiva parlare.

«Abbi cura di te, tesoro», mi salutò mia madre con un abbraccio alla porta.

Se non fosse stato per Adam, sarei rimasta lì, a farmi coccolare dalla sua calda stretta. Profumava di vin brulé e arance.

«Grazie, mamma. Ti chiamo quando arrivo là».

«Non ti va un eggnog, prima di andare?», mi chiese mio padre mentre veniva alla porta con in testa il cappello di carta tutto storto. «Ho acquistato una bottiglia apposta».

«Non può bere, Gerald», lo rimproverò mia madre. «Deve guidare. E poi a chi va quella roba?».

Sorrisi tra me e me, salutai tutti e diedi alla piccola Sophie un abbraccio in più, prima di costringermi a uscire nell'aria gelida. Com'era prevedibile, le strade erano deserte, perché probabilmente le persone sane di mente si erano già sistemate per la notte, ben poco disposte a lasciare il calore delle loro case e incapaci di resistere al richiamo di un altro sherry.

Era tardi quando fermai l'auto davanti al cottage di Pammie, uno di una fila di cinque. La porta d'ingresso di legno bianco si spalancò prima ancora che avessi spento i fari. La possente figura di Adam si stagliò sul portico, il respiro che si condensava nell'aria fredda, in contrasto con la luce calda che si riversava dal corridoio alle sue spalle.

«Vieni». Mi fece un cenno come un ragazzino eccitato. «Sei in ritardo. Sbrigati».

Controllai l'orologio. Erano le cinque e sei minuti. Ero in ritardo di soli sei minuti rispetto al previsto. Ci baciammo sulla veranda. Mi sembrava di non vederlo da secoli. Erano trascorsi solo tre giorni ma, con il Natale nel mezzo, mi pareva di aver passato intere settimane seduta in casa a guardare la televisione e a mangiare fino a stare male.

«Hmm, mi sei mancata», mormorò. «Entra. Ti abbiamo aspettato. La cena sta per essere servita».

«La cena?», vacillai. «Ma…».

Mi baciò di nuovo e mi aiutò a sfilarmi il cappotto. «Stiamo tutti morendo di fame, ma mia madre ha insistito che ti aspettassimo».

«Tutti? Ma…», provai a ribattere. Troppo tardi.

«Eccoti qua», esclamò Pammie, venendomi incontro e prendendomi il viso tra le mani. «Oh, povera piccola. Sei gelata. Vieni a mangiare, così ti scaldi».

La guardai con espressione interrogativa. «Non si preoccupi per me. Ho mangiato…», iniziai, ma lei si stava già dirigendo verso la cucina.

«Spero che tu abbia fame», gridò. «Potrei nutrire un esercito con tutta questa roba».

Adam mi porse un bicchiere di spumante e, considerati i nervi a fior di pelle, il freddo formicolio dell'alcol sulla lingua fu una benedizione.

«Che cosa prendiamo per il tè?», chiesi costringendomi a sorridere, attenta a mantenere la parola "tè" allegra e leggera, come se lo desiderassi davvero.

«Sarebbe più facile dire cosa *non* abbiamo».

«Adam, non posso…», ritentai mentre entravamo nella sala da pranzo. Quando, però, vidi la tavola ben apparecchiata per quattro, con tovagliette luccicanti, candidi tovaglioli accuratamente arrotolati in anelli d'argento e un centrotavola composto da bacche rosse e pigne, non ebbi cuore di dire nulla.

«Ecco qua», esclamò Pammie con voce cantilenante, portando due piatti colmi di un'intera cena natalizia con tanto di contorni. «Questo è per te. Te ne ho servito di più perché ho pensato che, al tuo arrivo, saresti stata affamata».

Mi sentii morire.

«Spero che ti piaccia. Sono stata in cucina tutto il giorno».

Sorrisi a denti stretti. «Sembra delizioso, Pammie».

«Siediti qui», mi indicò. «E tu, Adam, là. Vado a prendere gli altri due».

Guardai Adam quando la madre uscì dalla stanza e inclinai la testa verso il posto vuoto, apparecchiato come gli altri tre.

«Oh, è per James, mio fratello», mi spiegò, in risposta alla mia silente domanda. «Si è presentato in maniera del tutto inaspettata la Vigilia di Natale ed è ancora qua. Pensavo di avertelo detto al telefono».

Scossi la testa.

«James!», gridò Pammie. «La cena è pronta!».

Osservai il piatto davanti a me. Anche se avessi digiunato per una settimana, non sarei stata in grado di affrontare quella montagna di verdure. Intravedevo appena i bordi delle fette di tacchino che spuntavano da sotto due Yorkshire pudding. Il colore del piatto... impossibile da decifrare.

Il mio stomaco già gonfio gemette e, con discrezione, slacciai i primi due bottoni dei pantaloni aderenti mentre mi sedevo. Grazie al cielo, avevo una camicetta lunga, così non ebbi problemi quando dovetti rialzarmi all'arrivo di James.

«Non alzarti per me», si premurò, tendendomi la mano. «Lieto di conoscerti, finalmente».

Finalmente? Mi piacque. Come se io e Adam stessimo insieme da chissà quanto. Dunque gli aveva parlato di me.

Gli rivolsi un sorriso compassato, rendendomi conto di quanto fosse imbarazzante sedere a tavola con un perfetto, eppure importante, sconosciuto.

Adam non mi aveva parlato molto del fratello, a parte sottolineare quanto fossero diversi. Lui aveva un impiego molto impegnativo nella City, mentre James aveva avviato una piccola ditta di architettura paesaggistica al confine tra il Kent e il Sussex. Adam era il primo ad ammettere di essere motivato dal denaro, invece il fratello era felice di vivere alla giornata, purché fosse all'aria aperta e potesse fare ciò che amava.

Lo osservai mentre si sedeva, poi allungava la mano per prendere il sale e il pepe. I suoi modi erano gli stessi di Adam. Si somigliavano anche molto. James, però, aveva i capelli più lunghi e i lineamenti più marcati, il viso levigato e senza i segni che uno stressante lavoro in città poteva lasciare.

Forse saremmo tutti così se non dovessimo sgobbare e lottare per procurarci un contratto e, senz'altro, non saremmo condannati a una morte precoce. Invece, lui viveva placidamente facendo quello che gli piaceva, e veniva comunque pagato, il che era ancora meglio.

«James ha avuto uno screzio con la sua ragazza», mi sussurrò Pammie con fare cospiratorio.
«Mamma», brontolò lui, «sono sicuro che a Emily non interessa».
«Certo che le interessa», replicò, indignata. «Non c'è donna al mondo che non ami i pettegolezzi».
Sorrisi e annuii, cercando ancora la forza di prendere coltello e forchetta.
«Intendiamoci, non eravamo proprio sicuri che fosse la ragazza giusta per lui, non è vero?», proseguì, intrecciando la mano a quella del figlio tra un boccone e l'altro.
«Mamma, ti prego».
«Stavo solo dicendo quello che pensano tutti. Ecco... lei aveva molte... come possiamo definirle? Problematiche. E per quanto mi riguarda, è meglio che se ne sia liberato».
Riuscii a mettere in bocca un pezzetto di tutto, tranne i cavolini di Bruxelles, otto dei quali galleggiavano nel sugo di carne.
«Oddio», gemette Pammie, quando mi vide abbassare le posate. «Non ti piace? Ho fatto qualcosa di sbagliato?»
«Affatto», replicai, imbarazzata dagli sguardi preoccupati dei ragazzi. «È solo che...».
«Hai detto che avresti avuto fame, non è vero?», insistette. «Hai detto che avresti gradito il tè non appena arrivata, o sbaglio?».
Annuii senza dire nulla. A casa mia, quello non era un tè.
«Ti senti bene, Em?», mi chiese Adam.
«Ah, gli amori giovanili» cinguettò Pammie. «Ricordo quando il mio Jim si preoccupava per me».
«Mamma si è data tanto da fare», sottolineò Adam con tono pacato.
«Sto bene. È tutto squisito, davvero. Sto solo facendo una pausa», mi giustificai a testa bassa.
«Ma, Em, lo hai appena toccato», proseguì lei.
Il mio diminutivo suonò sarcastico, come se l'avesse pronunciato un bambino dispettoso in un parco giochi.

Mi decisi a fissarla, attenta a mantenere i lineamenti ben rilassati. Lei ricambiò il mio sguardo, ma avrei giurato di scorgere una scintilla di compiaciuta soddisfazione.

«Allora, come vanno le cose nel campo del collocamento?», mi chiese James con tono allegro.

Altro punto a suo favore. Adam aveva parlato molto di me.

«Sono sicura che Emily non abbia molta voglia di parlare di lavoro», rise Pammie.

«Scusa, io...», esitò lui.

«Non mi dispiace affatto», affermai con sincerità. Qualunque cosa pur di distrarmi da ciò che avevo nel piatto. «I settori in cui lavoro reggono ancora piuttosto bene, in verità, anche se la minaccia della concorrenza online è sempre incombente».

Lui annuì. «E immagino che il settore informatico sia più caldo che mai». Batté una mano sulla spalla di Adam. «Se c'è del vero in ciò che racconta questo ragazzo».

«Ah, si è vantato di nuovo?». Mi misi a ridere. «Il grande manager informatico».

«Qualcosa del genere», sorrise James.

«Non faccio che ripetergli che è roba vecchia», scherzai. «Questa cosa tecnologica non durerà mai». Gettai un'occhiata a Adam che accennò un sorriso che, però, non scaldò il suo sguardo.

James rise e sentii che avrei dovuto girarmi verso di lui. Ma rimasi impacciata, avvertendo il peso del suo sguardo.

«Forse dovrei mettermi gli stivali di gomma e iniziare a spalare il letame con te, fratellino», controbatté Adam, ricambiando la paternalistica pacca sulla spalla. Strano che non avessi avuto la stessa impressione sgradevole quando era stato James a punzecchiare lui. Mi rimproverai per avere incoraggiato la rivalità tra fratelli. Ne avevo uno anche io e avrei dovuto sapere come ci si comporta.

Con la forchetta, James giocherellò con un cavolino vagante.

«Abiti da queste parti?», gli chiesi nel disperato tentativo di alleggerire la pesante atmosfera che era calata nella stanza.

Annuì. «Ho un contratto informale con un tizio che abita in un villaggio poco lontano. Mi concede l'uso di un cottage nella sua tenuta in cambio della cura e manutenzione dei giardini».

«Il problema è che si tratta del padre della sua ragazza», aggiunse Pammie.

Accennai una smorfia e gli lanciai un'occhiata. «Oh, capisco».

«È complicato», affermò come se sentisse il bisogno di giustificarsi. «Un altro pasticcio in cui mi sono cacciato».

Gli sorrisi. «E come va l'attività florovivaistica? Ti impegna molto?». Non pensavo toccasse a me tenere viva la conversazione, ma Pammie e Adam restavano muti, preferendo divorare la cena.

«Amo ciò che faccio», dichiarò con reale convinzione. «E, come dicono le persone che amano la propria attività, è una vocazione, non un lavoro».

«Dicevo lo stesso quando lavoravo in un negozio di scarpe», ammisi. «Tutti quei piedi che avevano bisogno di aiuto e assistenza. Lo avrei fatto gratuitamente, tanta era la mia passione».

Un ampio sorriso gli illuminò il viso, e i suoi occhi gentili non lasciarono i miei. «Sei una vera guerriera della vita. Ti ringrazio dal profondo del cuore».

Si portò una mano al petto e, per un istante, mi sembrò che fossimo le uniche persone nella stanza. Poi il picchiettio dei coltelli e delle forchette di Pammie e Adam mi riportarono alla realtà.

«Scusatemi», dissi alzandomi e spingendo indietro la sedia.

Avevo mangiato tutto quello che avevo potuto. Il mio corpo iniziava a reagire e l'intestino si contorceva. Non capii se ero più stravolta dal panico per la serata o per il turbamento che James mi aveva creato nell'animo. Ero sicura che non lo avesse notato nessuno. Era forse colpa della mia immaginazione troppo fervida? Me lo augurai con tutto il cuore.

Dopo aver sparecchiato e sistemato la cucina, attesi che Pammie e James si trovassero a distanza di sicurezza prima di avvicinarmi a Adam.

«Ti andrebbe di fare due passi?», gli chiesi a voce bassa.

«Certo. Prendo il cappotto».

«Dove vai?», chiese Pammie, vedendo Adam in corridoio. «Non ve ne andrete, vero?». Colsi una nota di panico nella voce. «Pensavo che saresti rimasti».

«È così, mamma, resteremo qua. Andiamo solo a fare una passeggiata per smaltire la tua cena deliziosa».

«Ma... vuoi dire che lei rimarrà qui a dormire?»

«Certo. Rimaniamo per la notte e torniamo a casa domattina dopo colazione».

«Dove dormirà?», chiese in tono più calmo.

«Con me», dichiarò lui.

«Non credo proprio, figliolo. C'è anche James e non c'è abbastanza spazio».

«Vorrà dire che James dormirà sul divano, mentre io ed Emily ci sistemeremo nella camera degli ospiti».

«Non dormirete insieme in questa casa», ribatté, tremante. «Non è corretto. Ed è irrispettoso».

Adam rise, nervoso. «Mamma, ho ventinove anni. Non siamo adolescenti».

«Non mi interessa quanti anni hai. Non dormirete insieme sotto il mio tetto. Non sarebbe giusto. E poi Emily ha detto che sarebbe andata in un hotel per la notte».

Che cosa? Ero già stata più che brava – in fondo ero ancora in cucina e, facendo appello a tutta la mia determinazione, non avevo afferrato uno strofinaccio per azzannarlo e soffocare le mie urla. Quando mai avevo detto che sarei andata in hotel?

«Emily non andrebbe mai in albergo, mamma», cercò di farla ragionare Adam. «Non avrebbe senso».

«Ma è quello che mi ha detto al telefono», insistette, indignata. «Se intende rimanere qua, potrà dormire sul divano. Tu e James dormirete nella stanza degli ospiti».

«Ma mamma...», iniziò Adam.

Quando misi piede in corridoio, la vidi con la mano a mezz'aria, a pochi centimetri dal viso del figlio.

«Non ci sono ma. Si farà così, che ti piaccia a no. Se tu mi volessi bene e mi portassi rispetto, non me lo avresti mai chiesto».

Le lacrime iniziarono a rigarle il viso, dapprima lentamente e in silenzio. Poi, quando capì che Adam non le si sarebbe avvicinato, i singhiozzi divennero più forti. Io rimasi immobile, sbigottita. Sperando dentro di me che lui resistesse e mantenesse il punto.

Quando le spalle di Pammie presero a scuotersi, Adam l'abbracciò stretta. «Ssh, va tutto bene, mamma. Mi dispiace, non volevo turbarti. Va tutto bene».

«Io non ho mai detto che...», tentai di protestare, ma un'occhiata di Adam mi intimò di tacere.

«Qualunque cosa vuoi, la faremo», la rassicurò, cullandola come una bambina.

Lui mi guardò, stringendosi nelle spalle, come per dire "cos'altro posso fare?". Io mi voltai dall'altra parte mentre saliva su per le scale.

Avvertii un leggero fremito di stizza ribollirmi dentro. Se non avessi bevuto troppo, probabilmente me ne sarei tornata a casa mia. Se avessi saputo che ci sarebbe stato anche James e che avrei dovuto dormire su un vecchio divano, sarei rimasta dai miei genitori. Io volevo stare con Adam e pensavo che lui volesse stare con me, invece mi ritrovavo ad assecondare i piagnistei di sua madre e a dovermi difendere, per di più.

«Non ti dispiace, vero?», mi disse Pammie con aria più sollevata, portandomi un piumone e un cuscino dal piano di sopra.

Mi stampai un sorriso sul viso e scossi la testa con noncuranza.

«Il fatto è che devono pur esserci dei limiti. Ai giorni nostri, non si pensava di andare a letto con qualcuno prima di sposarsi. So che le cose sono diverse adesso, ma questo non significa che io debba essere d'accordo. Non so come facciate voi giovani ad andare a letto con chiunque vi piaccia. È una preoccupazione che mi affligge per i miei ragazzi. Potrebbe saltare fuori una qualsiasi sgualdrinella che, all'improvviso, dichiari di essere incinta».

Stava forse riferendosi a me? Presi un paio di respiri profondi ed espirai con impazienza. Non sbuffai proprio, ma lei colse il mio stato d'animo.

«Oh, Dio», esclamò. «Non sto dicendo che tu faresti una cosa del genere, ma non possiamo correre il rischio, giusto? E se anche non dovessimo preoccuparci di una gravidanza, non possiamo comunque sottovalutare il pericolo di una qualche malattia».

Perché accidenti parlava al plurale?

«Qua, lascia fare a me», si offrì James, afferrando e scuotendo due angoli del piumone che la madre mi stava porgendo.

«Mi dispiace. È bello averti qui, ma se avessi saputo che saresti rimasta...», proseguì Pammie.

«Mamma, perché non vai a prendere un lenzuolo nell'armadio per la biancheria?», la invitò James. «Così, lo potremo mettere sul divano».

La osservai mentre lasciava la stanza e poi rivolsi lo sguardo a James. Ci volle tutta la mia forza di volontà per non mettermi a gridare per l'esasperazione.

«Mi dispiace», si scusò lui. Era evidente che non stavo nascondendo bene la mia irritazione. «È una vecchio stile».

Sorrisi, grata per la sua comprensione.

«Puoi dormire nel mio letto se vuoi».

Era stato un commento innocente, ma le gote mi si incendiarono ugualmente. Sprimacciai il guanciale nonostante non ne avesse alcun bisogno.

«Mi sistemerò con Adam», continuò. «Non è la notte di

Santo Stefano più romantica che possiate trascorrere tu e mio fratello, lo so, ma temo che sia il massimo che posso offrire».

«Lo apprezzo», replicai con sincerità. «Ma va bene così, davvero». Studiai i cuscini nodosi e bitorzoluti del divano. «Ho dormito in posti peggiori».

James inarcò le sopracciglia e sorrise, mettendo in risalto una fossetta che non avevo notato prima. «Ti crederò sulla parola».

All'improvviso, mi resi conto che il mio commento poteva essere frainteso. «Volevo dire che, quando un tempo andavo in campeggio con la mia famiglia, sceglievamo sempre un posto in Cornovaglia che, per una bambina di otto anni, sembrava uscito da un'opera di Enid Blyton, la famosa scrittrice di romanzi per ragazzi. Il ruscello che gorgogliava, le mucche che si adagiavano sul prato se pioveva, i grossi sassi che dovevamo trovare per tenere ferma la tenda, i moscerini che erano amici delle fate…».

Mi osservava come se fossi impazzita.

«Da bambina leggevo molti libri e scrivevo delle storie», proseguii, come a scusarmi.

«Quello non è niente», replicò con tono competitivo. «Quando ero piccolo, combattevo contro i mostruosi pterodattili e i mammut lanosi…».

«Oh, anche tu amavi leggere», osservai.

«Avevo nove anni, che vuoi che ti dica?», si giustificò.

Scoppiammo a ridere. «A quanto pare, avevamo entrambi una fervida immaginazione. A volte, vorrei avere ancora quell'età. La vita era molto più semplice. Adesso, dovrebbero pagarmi per farmi dormire in un campo, con un ruscello rumoroso, mucche sporche, sassi scomodi e moscerini che pungono!».

«Dunque, questo vecchio divano è quasi attraente, non è così?», commentò, strappandomi un sorriso.

«Dove andate, allora, voi due piccioncini?», chiese Pammie quando tornò nella stanza e stese il lenzuolo.

«Emily è molto carina», replicò James. «Ma è la ragazza di mio fratello. Perciò non so cosa tu stia insinuando e cosa questo possa dire di me». Rise di cuore.

«Oh, mio Dio», gemette Pammie. «Credevo che fossi Adam!». Quindi, si rivolse a me. «Si assomigliano tanto. Sono sempre stati due gocce d'acqua».

Continuai a sforzarmi di sorridere.

«C'è un bel pub circa un chilometro lungo la strada», suggerì lei. «Se non ricordo male, hanno anche delle camere. È probabile che siano pieni, considerato che è la notte di Santo Stefano e tutto il resto, ma si può sempre chiedere, dal momento che hai detto…».

«Pronta?», gridò Adam, scendendo le scale, berretto e guanti in mano.

Ero troppo sbalordita per replicare tempestivamente, ma lo fece Pammie per me. Sembrava abilissima in questo.

«Sì, è qui. Andate a fare una bella passeggiata. Vi preparerò un buon caffè quando tornate».

Mi avvolsi la sciarpa stretta al collo, coprendomi la bocca, per assicurarmi di trattenere le parole che stavo pensando.

Adam mi prese per mano mentre ci avviavamo lungo il vicolo poco illuminato. «Scusa per quello che è successo».

Mi sentii sollevata. Dunque, non stavo impazzendo. Anche lui aveva notato la stranezza della situazione.

«So che non è l'ideale, ma è casa sua», proseguì.

Mi fermai di colpo in mezzo alla strada e mi girai verso di lui. «È tutto ciò di cui intendi scusarti?»

«Che cosa? Lo so che è una seccatura, ma è solo per una notte, e partiremo domattina presto. Voglio portarti a casa mia». Si avvicinò e mi sfiorò le labbra con un bacio, ma io mi irrigidii e mi girai dall'altra parte.

«Che cosa c'è che non va?». Il suo tono cambiò.

«Non lo capisci proprio?», replicai più forte di quanto intendessi. «Sei completamente cieco?»

«Di cosa stai parlando? Cieco riguardo a cosa?»

Schioccai la lingua, sul punto di mettermi a ridere. «Tu

vaghi nel tuo piccolo e confortevole mondo, senza lasciare che nulla ti turbi, ma sai una cosa? La vita non è così. E tutte le volte che incastri la testa in un buco, isolandoti da ogni sollecitazione esterna, io sono qui fuori a sorbirmi tutte le rogne.»

«Stai parlando sul serio?» chiese, pronto a girarsi e a tornare a casa.

«Non ti rendi conto di quello che succede qui?», gridai. «Quello che sta tentando di fare?»

«Chi? Cosa?»

«Ho detto a tua madre che avrei preso solo un po' di tè e lei mi ha costretto a mangiare una cena natalizia completa. Le ho anche detto che sarei rimasta a dormire e lei mi ha assicurato che non c'era problema. Non sarei mai venuta se avessi saputo...».

«Se avessi saputo cosa?», sibilò, dilatando le narici. «A casa nostra, il tè significa cena. Inoltre, sei sicura che lei abbia acconsentito a ospitarti a dormire? Perché lo ha permesso unicamente a una ragazza e stavamo insieme da due anni. Noi usciamo insieme da quanto? Due mesi?».

Le sue parole furono come un pugno in pieno petto. «A dire il vero, sono tre», sbottai.

Alzò le braccia al cielo e, decisamente esasperato, si voltò per risalire il viottolo.

Sua madre mi aveva chiesto se sarei rimasta a dormire? Le avevo esposto con chiarezza i miei piani? Ero più che certa di non averle detto che sarei andata in un hotel, ma magari avevo dato per scontato troppe cose. Non riuscivo più a ragionare con lucidità.

Adam continuava a camminare e già lo vedevo entrare in casa di Pammie – e io che lo seguivo, con qualche istante di ritardo. Non potevo permettere che accadesse.

Mi misi a piangere, il viso rigato da lacrime di frustrazione. Dio, cosa stavo dicendo? Che cosa stavo facendo? Stavo trasformando una vecchia donna indifesa in una specie di mostro materno. Era folle. *Io* ero folle.

«Mi dispiace», mi scusai e lui si fermò. Si girò e tornò indietro, verso di me. Ero ridotta a uno straccio piagnucoloso in mezzo alla strada.

«Che cosa c'è che non va, Em?». Mi prese tra le braccia, stringendomi a sé.

Percepii il suo respiro caldo sulla testa mentre il mio petto sobbalzava su e giù. «Va tutto bene e io sto bene», replicai senza convinzione. «Non so che cosa mi sia preso».

«Sei nervosa all'idea di tornare al lavoro?», mi chiese in tono gentile.

Annuii. «Sì, credo di essere provata dallo stress», mentii.

Avrei voluto confessargli quello che mi aveva davvero sconvolto. Non mi piaceva che ci fossero segreti tra noi, ma cosa avrei potuto dirgli? Qualcosa tipo "Sai, penso che tua madre sia una strega vendicativa"? Era ridicolo. E che prove avevo a sostegno della mia teoria? La sua memoria selettiva e la propensione a nutrire le persone in maniera esagerata? No, qualunque fosse la mia opinione riguardo a sua madre, che fosse una squilibrata o no, per il momento l'avrei tenuta per me.

8

Avrei voluto stare alla larga da Pammie per un po', giusto per concedermi il tempo di calmarmi e rivalutare il suo strano comportamento. Dopotutto, ero sicura che non ci fosse poi nulla di così assurdo: solo una madre che proteggeva il figlio. Se fossi riuscita a vederla in quel modo, avrei anche iniziato a comprenderla. Ma tre settimane dopo Natale, due giorni prima del mio compleanno, lei chiamò Adam per domandargli se poteva portarci fuori entrambi a festeggiare.

Provai in tutti i modi a sganciarmi, ma stavo esaurendo le scuse. «Devo organizzare qualcosa con Pippa e Seb», dissi a Adam. «E anche in ufficio mi hanno informata che hanno intenzione di organizzare qualcosa».

«Puoi uscire con loro un'altra volta», mi aveva ripreso Adam in tono severo. «Offrirà mia madre».

Il che significava che saremmo andati in un ristorante di sua scelta nella sua città, a Sevenoaks. Perciò, anche se era il *mio* compleanno, avremmo dovuto sottostare alle *sue* condizioni.

«Oh, Emily, che bello vederti», esclamò quando raggiunse il tavolo dove la stavamo attendendo da venti minuti. Mi squadrò dalla testa ai piedi. «Stai… bene».

Fu gentile e delicata mentre gustavamo l'antipasto, così iniziai a rilassarmi. Ma poi mi chiese cosa mi avesse regalato Adam per il mio compleanno. Lo fissai, dall'altra parte del tavolo. Annuì come per concedermi il permesso di dirglielo.

«Mi porterà in Scozia», annunciai con entusiasmo.

Il viso di Pammie tremolò intrappolato in una smorfia tra

la confusione e il dispiacere, la bocca dischiusa in una O perfetta.

«Non ci vado da anni», intervenne Adam.

«E io non ci sono mai stata», conclusi io.

«Ecco… quando andrete?», balbettò.

«Domani!», esclamammo in coro.

Fu come se qualcuno l'avesse spinta all'indietro: si accasciò contro lo schienale senza fiato.

«Stai bene, mamma?», le chiese Adam. «Sembra che tu abbia visto un fantasma».

Pammie scosse la testa, ma le ci vollero alcuni istanti prima che ritrovasse la voce. «Dove soggiornerete?», volle sapere.

«Ho prenotato un albergo molto carino per un paio di notti», la informò lui. «Zia Linda ha detto che avremmo potuto stare da lei, ma non mi sembrava gentile imporre la nostra presenza».

Mi sentii scioccamente trionfante. «Zia Linda ci ha invitati a stare con lei», ripetei cantilenando nella testa. «Ecco». Mi rimproverai per il mio comportamento immaturo.

«Oh, be', sono scioccata», osservò Pammie. «Non ne avevo idea».

Mi domandai perché mai avrebbe dovuto saperlo.

«Linda ha insistito perché andassimo da lei almeno a pranzo», proseguì Adam. «Chiamerà anche Fraser ed Ewan. Vorrei che Emily li conoscesse».

«Santo cielo, questa è una sorpresa». Batté la mano su quella del figlio. «È una cosa molto, molto carina».

La conversazione proseguì in maniera forzata mentre attendevamo la portata principale. Accolsi il mio branzino come un vecchio amico, lieta di avere qualcosa su cui concentrare l'attenzione. Quando Adam si scusò per andare in bagno, ebbi la tentazione di corrergli dietro.

«Allora, le cose stanno andando avanti in fretta, eh?», affermò Pammie senza neppure attendere che la porta della toilette degli uomini si chiudesse.

Mi limitai a sorridere. «Uh, uh».

«Da quanto tempo state insieme?». Strinse le labbra, bevendo un sorso di vino bianco e soda.

«Quattro mesi».

«Santo cielo, non è proprio il momento», commentò con un sorriso fossilizzato.

«Non è mai il momento giusto, non è così?». Feci del mio meglio per mantenere un tono leggero. «Dipende da come ci si sente».

«È così». Annuì lentamente. «E tu credi che Adam sia quello giusto?»

«Lo spero davvero». Non volevo aprirmi più del necessario con lei.

«Pensi che lui provi le stesse cose per te?», insistette, con espressione severa, come se stesse discutendo con una bambina ingenua.

«Me lo auguro proprio. Praticamente viviamo insieme, perciò...». Lasciai deliberatamente la mia replica in sospeso, come se fossi disposta a sentire la sua opinione, anche se in realtà ne avrei fatto a meno volentieri.

«Sarebbe saggio fare un passo indietro», osservò. «A lui piace avere il suo spazio e, se gli stai addosso, lo farai scappare a gambe levate».

«Le ha forse detto qualcosa?». Fui quasi costretta a chiederglielo, non riuscii a trattenermi.

Mi rivolse un sorriso compiaciuto e mi maledissi per non essermi fatta un nodo alla lingua.

«Oh, solo qualcosa qua e là», replicò con indifferenza, sapendo perfettamente che non avrei mai lasciato perdere.

«Tipo cosa?», volli sapere. «Qualcosa qua e là, cosa?»

«Oh, sai, le solite banalità. Che si sente soffocare. Che ti deve rendere conto di tutto quello che fa, in ogni momento».

Una vampata di calore mi si diffuse dal petto. Era così che lo facevo sentire? *Non essere ridicola*, mi rimproverai da sola. *C'è un'assoluta parità di coppia tra noi. Non siamo così.* Poi mi venne in mente di averlo ripreso per essere arrivato tardi il giovedì precedente. Domenica gli avevo chiesto per quanto tempo sarebbe rimasto in palestra. Ero davvero io quella persona? Era stanco di essere messo sotto interrogatorio, al punto di confidarsi con la madre?

La fissai mentre il mio cervello vorticava frenetico. Mi chiesi, non per la prima volta, se lei sapesse fin troppo bene cosa stava facendo. Oppure ero io che avevo capito male un'altra volta?

Si accorse che Adam stava tornando al tavolo. Sorrise e posò la mano sulla mia.

«Sono sicura che non ci sia nulla di cui preoccuparsi», disse con tono allegro, forse un po' troppo sdolcinato.

«Quindi, fammi capire, non è che una vecchia pazza, sola e annoiata?», mi chiese Pippa, quando Adam mi riaccompagnò a casa, più tardi.

Avrebbe desiderato che andassi da lui, ma Pammie mi aveva esaurito mentalmente e volevo stare da sola.

Scossi la testa e mi strinsi nelle spalle.

«O è anche più perfida di quanto sembri?», proseguì Pippa in tono cupo e sinistro. «Sta forse architettando qualche strano gioco?»

«Non lo so proprio», replicai con sincerità. «A volte, penso che si tratti solo di stupida meschinità, ma poi qualcosa mi scava dentro e non mi abbandona fino a quando non mi convinco che è solo una psicopatica, amareggiata e gelosa».

«Ehi, aspetta un attimo, calmati». Alzò le mani. «Ha sessantatré anni, giusto?»

«Sì, e allora?»

«Allora, stento a credere che una sessantenne possa essere una psicopatica, tutto qua».

Scoppiai a ridere. La faccenda appariva ridicola a parlarne ad alta voce. Avrei dovuto tenerlo a mente.

9

Il messaggio diceva:

Certo. Sarebbe bello vederti, figliolo. A che ora pensi che sarai qui? Spero che lei non sia in giro a spassarsela. Succede così spesso al giorno d'oggi. Baci, mamma.

Che cosa? Lo rilessi. Di cosa diavolo stava parlando Pammie? Feci scorrere i messaggi. L'ultimo che le avevo inviato era stato un riluttante «Grazie per la cena per il mio compleanno la settimana scorsa».

Lo lessi un'altra volta. *Spero che lei non sia in giro a spassarsela.* Era evidente che non fosse diretto a me. Doveva essere per James. Era tornato insieme alla giovane che a lei non piaceva. Una spiegazione plausibile.

Povera ragazza. A quanto pareva, stava passando un momento peggiore del mio.

Mi fermai un istante ad ascoltare lo scorrere dell'acqua della doccia prima di allungarmi per prendere il cellulare di Adam sul comodino. Esaminai rapida i suoi messaggi. Ce n'era uno di venti minuti prima.

Ciao, mamma. Emily sarà a un congresso di lavoro questo weekend, perciò pensavo di venire a trovarti. Ti andrebbe bene sabato? Baci.

Una vampata mi incendiò la testa. Allora, stava parlando di me. Pammie aveva inviato la risposta a me invece che a lui. Trattenni a stento un urlo di frustrazione e strinsi i pugni, resistendo alla tentazione di gettarmi sul letto e prendere a cazzotti i cuscini. La maniglia della porta del bagno ruotò e gettai il telefono di Adam sul comodino.

«Ehi, che c'è?», mi chiese con addosso solo un asciugamano attorno alla vita.

Non so se vide la colpevolezza nei miei occhi, o la collera che mi ribolliva dentro.

«Niente», replicai secca, girandomi per aprire l'armadio. La maggior parte dei miei vestiti era a casa sua adesso, dove trascorrevo la maggior parte del tempo. Pagavo ancora l'affitto dell'appartamento che condividevo con Pippa, ma ci trascorrevo sì e no due notti alla settimana. Io e Adam stavamo vagliando le nostre opzioni.

«Vuoi trasferirti qui e lasciare il tuo appartamento definitivamente?», mi aveva chiesto la sera prima mentre eravamo a letto.

Alle sue parole, avevo cercato di non lasciarmi sfuggire uno strillo di eccitazione. «Non ha molto senso quello che stiamo facendo al momento, non è vero?», avevo replicato con fare disinvolto, anche se sono sicura che lui avesse percepito la leggera nota isterica nella mia voce.

Aveva scosso la testa.

«Ma non credo di voler abitare qui stabilmente». Avevo arricciato il naso e lui si era sollevato per appoggiarsi su un gomito.

«Che cosa? Non ti piace svegliarti alle cinque con il baccano degli ambulanti?». Aveva sorriso. «Tutte quelle urla sguaiate a ore improponibili di sabato mattina? Cos'hai che non va?».

Lo avevo colpito con uno schiaffo scherzoso sul braccio.

«Quindi, vorresti che abbandonassimo entrambi i nostri appartamenti per cercare un posto insieme?».

Gli avevo sorriso e avevamo suggellato il patto facendo l'amore.

Quella mattina, ci eravamo svegliati pieni di entusiasmo ed eravamo pronti per andare a visitare diverse agenzie a Blackheath, anche solo per qualcosa in affitto. Ma chi avrebbe mai pensato che sarei andata a vivere nella zona con il codice postale SE3? Mi ero sentita elettrizzata fino a quando non mi era arrivato il messaggio di sua madre. Adesso sentivo un fastidioso peso sul petto, come se lei avesse premuto una mano proprio lì, trascinandomi giù.

Di certo avrei potuto rivelare a Adam qual era il problema e leggergli il messaggio per mostrargli quanto poteva essere offensiva. Tuttavia, sentivo il bisogno di poter contare sull'onestà del mio compagno. Doveva ammettere che il messaggio era diretto a lui e parlava di me. Senza dubbio avrebbe liquidato la cosa con indifferenza. "Oh, conosci mia madre", avrebbe detto. "Le sue intenzioni sono buone". Quest'ultimo punto era irrilevante. Mi sarei aspettata che lui fosse dalla mia parte e mi supportasse, non che difendesse la madre.

Anche se, a essere sincera, dubitavo delle priorità di Adam, dopo un paio di commenti che aveva fatto all'inizio della settimana, mentre eravamo in Scozia.

«Allora, sentiremo presto le campane nuziali?», aveva scherzato la deliziosa Linda con il suo leggero accento scozzese.

L'avevo affettuosamente definita così perché era davvero… deliziosa. Avevo cercato di andare oltre la somiglianza familiare, il piccolo naso a punta e le labbra sottili. Linda ne era uscita vincitrice per il calore negli occhi, che Pammie non aveva.

«Ehi, calma», aveva riso Adam. «Ci siamo appena conosciuti».

Io avevo sorriso, ma non avevo potuto evitare di avvertire una fitta amara per la leggerezza con cui aveva liquidato la nostra relazione.

«Sì, ma se lo sai, lo sai, non è così?». Linda aveva fatto l'occhiolino.

«Vedremo», aveva replicato Adam, prendendomi la mano.

«Ma lo fareste?», aveva insistito Linda. «Fareste un grande matrimonio tradizionale?»

«*Se* dovessi sposarmi», avevo ridacchiato, enfatizzando il "se", «mi piacerebbe andare in un posto caldo solo con i parenti e gli amici più stretti, e tenere la cerimonia da qualche parte su una spiaggia».

«Oh, già me lo immagino», aveva esclamato lei. «Un'idea favolosa».

«Non potremmo farlo», aveva commentato Adam, fissandomi come se fossi pazza. «Le nostre famiglie andrebbero fuori di testa».

«Ai miei piacerebbe», avevo obiettato.

«Non preoccupatevi per noi», era intervenuta Linda. «Voi dovete fare quello che volete».

«Mia madre non ne sarebbe felice», aveva proseguito Adam. «Sono sicuro che preferirebbe un grande matrimonio qui, così che tutta la famiglia possa partecipare».

«È la *vostra* giornata», aveva tenuto a sottolineare Linda. «Nessun altro ha il diritto di metterci bocca».

«Potreste sempre fare un salto a Gretna Green», aveva suggerito Ewan, il cugino di Adam. «È in fondo alla strada e non avete nemmeno bisogno di un testimone».

Eravamo scoppiati tutti a ridere, ma nel chiasso avevo sentito Adam che commentava.

«Non la farei mai franca!».

Quindi, avevo capito qual era la mia posizione. Dal basso del mio secondo posto, avrei dovuto pianificare le mie mosse con cautela. Nel frattempo, mi sarei goduta il presente per quello che era e che poteva essere. Volevo girare per Blackheath Village come tutte le altre coppie. Avrei studiato le vetrine delle agenzie immobiliari prima di entrare ed elencare le nostre richieste. Sì, avevamo deciso che una seconda camera da letto sarebbe stata utile. Sì, se non avessimo dovuto scendere a compromessi per la posizione, un piccolo giardino sarebbe stato un enorme punto a favore. No, non possedevamo animali domestici. La sera prima avevamo compilato la nostra lista dei desideri come due bambini piccoli, finché non era diventata troppo sciocca. No, non avremmo preso in considerazione uno scantinato senza finestre. Sì, ci sarebbe piaciuto che si affacciasse sulla brughiera se ci fosse stata la remota possibilità che il costo non superasse i nostri due stipendi messi insieme.

Poteva essere una splendida giornata, perciò avrei dovuto dirgli cosa aveva fatto sua madre e come mi aveva fatto sentire? Avrei dovuto tacere? C'era un'altra scelta?

Adam mi si avvicinò alle spalle e mi cinse la vita, lasciando cadere a terra l'asciugamano. Persi la concentrazione e dimenticai cosa stavo cercando. Non riuscii neppure a vedere le camicette che stavo spostando lungo la guida dell'armadio. Erano solo macchie di colore, non distinguevo i capi d'abbigliamento mentre la rabbia montava a ogni movimento degli appendiabiti.

«Sicura che vada tutto bene?», mi chiese, strofinando il naso sul mio collo.

Di' qualcosa, non rovinare tutto. La cosa poteva facilmente prendere due strade molto diverse.

«Sì, davvero», replicai, voltandomi per ricambiare il suo bacio. «Sto solo pensando al lavoro. Ho una montagna di cose da fare».

«Ho in mente qualcosa che ti rilasserà», mormorò. «Che ti libererà la mente». Chinò la testa, mi sfilò il delicato pizzo del reggiseno e mi tormentò un capezzolo con la lingua.

La rabbia dentro di me andò svanendo mentre le sue dita scendevano per scostare le mie mutandine.

Tentai con poca convinzione di allontanarlo. «Non possiamo. Abbiamo delle cose da fare».

«Abbiamo un sacco di tempo. Ma prima, vediamo se riesco a liberarti da tutte le preoccupazioni e lo stress».

Non aveva senso fermarlo. Sapevamo entrambi che non ci avrei nemmeno provato. Avevo bisogno di lui, tanto quanto lui aveva bisogno di me. A volte, anche di più. Avevo sempre pensato che il sesso fosse sopravvalutato prima di conoscere Adam. Certo, mi piaceva fare l'amore, ma mi sconcertavano tutti quegli articoli sulle riviste femminili che affermavano che, se non lo facevamo cinque volte alla settimana, aggrappandoci ai lampadari in due o tre occasioni per l'eccitazione, allora doveva esserci qualcosa che non andava in noi.

Nemmeno con Tom, con cui ero stata parecchio audace,

era mai successo. Facevamo l'amore due volte alla settimana, con lui sopra di me finché non veniva, e poi mi soddisfaceva in altri modi. Il sesso era il sesso, e mi andava bene così. Con Adam, però, era completamente diverso. Avevo compreso l'entusiasmo delle altre persone. Lui conosceva me e io conoscevo lui. Eravamo un incastro perfetto. Non passavano mai troppi giorni prima che uno di noi si facesse vincere dalla necessità impellente del corpo dell'altro. Era una cosa che ci cambiava l'umore. Il sesso era passato dall'essere la parte meno importante di una relazione a diventare una priorità.

Mi lasciai sfuggire un gemito quando la sua bocca scivolò più giù. Il fiato mi si bloccò in gola.

L'immagine del volto inorridito di Pammie mi balenò nella mente e mi costrinsi ad allontanarla. *Ci sentiamo più tardi*, pensai tra me e me, mentre mi abbandonavo alle sensazioni che la lingua di Adam mi procurava. *Ma prima suo figlio farà l'amore con me.* Una perversa ondata di soddisfazione mi travolse, più forte e trascendente di Adam.

Eravamo ancora avvinghiati, il respiro affannato e pesante, quando un trillo del telefono di Adam ci avvisò dell'arrivo di un messaggio. Si sciolse dal nostro abbraccio e allungò la mano verso il comodino.

«Chi è che ti cerca?», chiesi con tono disinvolto, domandandomi se Pammie avesse scritto a lui questa volta.

«Pete dall'ufficio e mia madre».

Finsi un interesse superficiale. «Oh, sta bene?»

«Sì, tutto bene. Le avevo chiesto se era libera il prossimo fine settimana. Pensavo di fare un salto da lei mentre sei al congresso».

«Ottima idea. Ha accettato?», insistetti.

Lui digitò una risposta. «Sì, tutto sistemato».

Avrei voluto che mi riferisse il messaggio. Così avremmo potuto riderne insieme, e lui avrebbe potuto ammettere che sua madre era una sciocca vecchia megera. Invece niente.

«Vado a trovarla sabato», mi informò.

Dannazione, Adam. Perché non sei stato onesto?

10

Ero al lavoro quando il cellulare mi avvertì dell'arrivo di un messaggio.

Sei pazza?

Non riconobbi il numero, perciò gettai il cellulare in borsa, fuori portata, lontano da ogni tentazione. Ma riuscii a resistere solo per un paio di minuti. Come si poteva ignorare un messaggio del genere?

Scusi?, risposi.

Sei una masochista?

Iniziai a spaventarmi. O conoscevo bene questa persona, oppure era un'offerta ingannevole e sospetta di qualche setta sadomasochista.

Nessuna delle due cose, perciò credo che abbia sbagliato persona, replicai secca.

Devi essere fuori di testa se pensi di andare a trovare la mia folle famiglia per prenderti una pausa dal lavoro.

Mi appoggiai allo schienale della poltroncina e riflettei per alcuni istanti, prima di sorridere. Non poteva che essere una persona.

James?

Eh, già. Chi poteva essere altrimenti?

Io: *Ciao, come stai?*

James: *Sto bene. Come sono andati i giorni con i bifolchi?*

Scoppiai a ridere così forte che Tess, la mia collega alla scrivania di fronte, sorrise e inarcò le sopracciglia.

Io: *Benissimo! Fossi in te non li criticherei. Vi assomigliate in maniera sorprendente.*

James: *Che cosa? Come sarebbe a dire?*

Io: *Fraser ed Ewan sono identici a te e Adam. Le mele non cadono mai lontano dall'albero.*

James: *Be', è davvero imbarazzante dal momento che sono stati adottati entrambi.*

Io: *Oh, mio Dio! Mi dispiace. Non ne avevo idea.*

James: *Non hai accennato a nessuna somiglianza, vero? Sono molto sensibili.*

Frugai nel cervello cercando disperatamente di ricordare se l'avevo fatto o no. Sarebbe stato uno dei miei tipici commenti, tanto per fare un po' di banale conversazione.

Io: *Spero di no. Adesso, al solo pensiero, mi sento male.*

James: *Te ne saresti accorta se lo avessi fatto. Fraser ti avrebbe aggredita. Quel ragazzo ha la miccia corta.*

Dovevo presumere di non aver detto niente, ma non mi sentii affatto meglio.

James: *Sei ancora lì?*

Ero rimasta immobile per alcuni istanti.

Io: *Sì.*

James: *E non hai detto niente, vero, del fatto che zia Linda ha sposato suo fratello?*

Cosa? Piccola canaglia.

Io: *Oh, molto divertente!*

James: *Ci eri quasi cascata, non è vero?*

Io: *Certo che no! Non so come sia possibile che quel lato della famiglia sia così gentile! Dovresti andare a trovarli più spesso. Avresti molto da imparare.*

James: *Non posso. Mi sanguina il naso ogni volta che vado a nord del Tamigi.*

Mi dovetti tappare la bocca per soffocare una risata.

James: *Sei pronta per la festa di Adam? Hai preso il vestito?*

Io: *Sì. E tu hai preso il tuo?*

James: *Ah, ah… Il mio è rosso, giusto perché tu lo sappia. Non voglio che le nostre* mise *stridano.*

Io: *Ti tiri su i capelli o li lasci sciolti?*

James: *Oh, decisamente raccolti. Le acconciature do-up vanno di gran moda oggi.*

Io: *Non si chiamano do-up, ma up-do!*
James: *È la stessa cosa.*
Io: *Verrà anche Chloe?*
Non so perché glielo chiesi. Desiderai istantaneamente cancellare il messaggio. Ma era troppo tardi.
James: *Sì, ci sarà anche lei. Credo che avrà un abito blu, perciò non dovrebbero esserci problemi.*
Il tono della conversazione cambiò e, all'improvviso, mi sentii come una bambina capricciosa.
Io: *Grandioso. Non mancherò di salutarla.*
Accennare alla sua ragazza fu un azzardo destabilizzante: mi rispose con una emoticon ammiccante e un bacio.
Non replicai.

11

«Tanti auguri, caro Adam, tanti auguri a te!».

Terminato il ritornello, un applauso fragoroso rimbombò nel club del rugby e numerose urla chiesero "discorso, discorso!"

Adam alzò le mani e attraversò la pista da ballo per raggiungere il microfono. «D'accordo, d'accordo. Ssh, silenzio, prego. Grazie, grazie».

«Coraggio, vai avanti», gridò Mike, il migliore amico di Adam e compagno di squadra. «Dannazione, parla come gioca in campo... leeeento».

Tutti i ragazzi del team esultarono e si scambiarono pacche sulle spalle, come uomini di Neanderthal attorno al fuoco in una caverna.

Pur sorridendo come tutti, scambiai uno sguardo di rassegnazione con le altre ragazze: eravamo consapevoli che, a un certo punto della serata, i nostri compagni, nessuno escluso, si sarebbero ritrovati con le mutande alle caviglie, a tracannare birra e a cantare *Swing Low, Sweet Chariot*, la canzone simbolo dei tifosi del rugby. Ero stata al club solo tre volte, e Adam si era denudato in ogni occasione.

Guardai in direzione di Amy, la ragazza di Mike, e alzammo entrambe gli occhi al cielo. L'avevo incrociata una volta o due, ma non l'avevo mai vista in ghingheri. Aveva una nuvola svolazzante di lunghi capelli castani che le ricadevano sulle spalle e un seno prorompente che tendeva allo spasimo il succinto abito nero. Studiai le strette spalline che stavano faticando a sorreggere il capo d'abbigliamento – non so se desiderassi vederle spezzarsi ed esporre il suo patrimonio, o che rimanessero ben salde per evitare un infarto ai maschi presenti nella sala.

«Tua madre ha delle violente vampate», mi sussurrò Pippa all'orecchio, interrompendo le mie invidiose elucubrazioni. «Che ne dici se apro una finestra?».

Mi girai verso il tavolo di cui si era impossessata la mia famiglia, nell'angolo più buio del salone. Erano felici laggiù, lontano dalla massa urlante. Mio padre stava trangugiando la seconda e ultima pinta di birra, come mia madre gli aveva ricordato, seduta con fare protettivo accanto a un secchiello di ghiaccio d'argento contenente una bottiglia di prosecco.

«Per festeggiare finalmente il nostro incontro», aveva annunciato Adam quando le si era presentato con il raffinato vino, in netto contrasto con la sporcizia e la grossolanità dell'ambiente circostante.

Lo avevo osservato, del tutto a suo agio, e mi domandai perché c'era voluto così tanto tempo perché si conoscessero. Le tre occasioni precedenti in cui avevamo tentato di organizzare l'incontro erano miseramente fallite. Le prime due volte Adam era stato chiamato al lavoro; la terza, aveva dovuto gestire i capricci della madre.

«Emily, sono io», mi aveva detto senza fiato mentre ero seduta alla Côte Brasserie a Blackheath, con i miei che stavano per arrivare.

«Ciao», avevo sorriso. «Dove sei?»

«Scusami, piccola, ma temo che non ce la farò a venire».

Sul momento, avevo creduto che stesse scherzando. Sapeva quanto ci tenessi che incontrasse i miei genitori. Nonostante pensassi che stesse fingendo, avevo avvertito una morsa allo stomaco.

«Il fatto è che mia madre è un po' sottosopra».

«Mi dispiace», avevo replicato, cercando con tutta me stessa di non lasciare che dalla voce trasparisse la mia collera, continuando a sorridere a denti stretti.

«Sì... scusami».

«Che cosa vuol dire che tua madre è sottosopra?». La mia

indignazione aveva fatto sussultare la coppia al tavolo accanto al mio. I due mi avevano fissato e poi si erano guardati, inarcando le sopracciglia.

«Si è agitata per una lettera che ha ricevuto dal consiglio».

La conversazione della sera precedente mi era risuonata nella testa. Quella in cui avevo sentito Adam informare Pammie al telefono dei nostri programmi.

«Mi stai prendendo in giro?», avevo sibilato.

«Ecco, no. E faresti meglio a cambiare atteggiamento», aveva reagito.

Avevo abbassato la voce. «Puoi sistemare la questione di quella fottuta lettera del consiglio domani. Stasera ho bisogno che tu venga qui».

«Sto entrando adesso a Sevenoaks», mi aveva riferito. «Ti raggiungerò se riesco a tornare presto».

Avevo chiuso la telefonata. Era già là? Come aveva potuto andare da lei quando sapeva che lo stavo aspettando? O meglio, che lo stavamo aspettando?

Guardandolo adesso, un mese più tardi, con un braccio sulle spalle di mia madre, mi sembrava in tutto e per tutto il fascino fatto persona.

«Oh, mi piace molto», aveva commentato lei, entusiasta, le guance arrossate. «È un perfetto gentiluomo».

«Davvero?», avevo replicato con enfasi. «Lo pensi davvero?»

«Sì, è un uomo da non lasciarsi sfuggire».

Mia madre era un tipo abbastanza facile da accontentare. Era mio padre quello che un potenziale corteggiatore doveva conquistare.

«Allora, cosa ne pensi?», gli avevo chiesto non appena Adam si era trovato fuori portata d'orecchio.

«Dovrà darsi da fare per dimostrarmi che vale davvero», aveva dichiarato con tono burbero.

«Gli è piaciuto», aveva commentato Seb con sarcasmo, seduto accanto a lui.

Mi voltai verso Pippa che adesso era davanti a me. «Mia

madre sta bene?». Notai che i vetri delle finestre dietro il loro tavolo erano appannati e imperlati di condensa.

Annuì. «Sì. È uno dei suoi soliti attacchi, ma non vuole aprire perché pensa che fuori faccia troppo freddo».

Non era ancora marzo e l'aria era frizzante e pungente. «Qualcuno potrebbe lamentarsi», osservai. «Ma dovranno accettarlo».

«Non c'è problema», replicò Pippa. «Ma, senti un po', chi è il ragazzo dietro la mia spalla destra? Quello con la maglietta rosa».

Seguii le sue indicazioni e il mio cuore ebbe un sussulto, anche se non ne compresi il motivo. «Oh, quello è James, il fratello di Adam», la informai con una disinvoltura che non provavo davvero.

«Mio Dio, è un gran bel bocconcino».

Sorrisi. «Temo che sia già impegnato».

«Oh, no. Non è possibile. E con chi?».

Finsi di cercare una ragazza con un abito blu, ma ero piuttosto sicura che non ci fosse. Avevo già tentato individuarla prima. Quindi, o non era venuta, oppure indossava un vestito di un altro colore.

I ragazzi ripresero a fare chiasso: era solo una questione di tempo prima che qualcuno di loro esponesse la propria virilità a un gruppo di esibizionisti della stessa risma.

L'unica salvezza su cui si poteva contare era la presenza della principessa Pammie che era riuscita, non si sa come, a separare i ragazzi dagli uomini. Tuttavia, se avessi potuto scegliere, avrei preferito vedere peni flaccidi di sedicenni mostrati con orgoglio dai proprietari, piuttosto che la madre di Adam. Quella osservazione avrebbe dovuto rattristarmi ma, con mezza bottiglia di prosecco in corpo, la trovai molto divertente. Il solo pensiero mi fece sorridere. Non mi sarei lasciata innervosire da lei, nonostante i suoi tentativi.

«Aspetta un momento», gridò Pammie mentre si precipitava verso Adam attraversando il pavimento di legno.

La gonna lunga e aderente le limitava i movimenti delle gambe, facendo sì che la sua parte superiore sembrasse andare più spedita rispetto a quella inferiore. Si stampò un sorriso sul viso e fece un cenno con il capo verso gli ospiti che non aveva ancora salutato, come se fosse la sua festa.

«Oh, Gemma, che bello vederti», gridò, mandando un bacio.

Feci appello al mio mantra mentre la osservavo con quel suo fare adulatorio e pomposo. *Non mi lascerò condizionare da lei, per quanto ci provi.*

«Quando sei pronta, mamma», la richiamò Adam dal microfono.

«Sì, sì», sbuffò. «Voglio solo fare una foto».

«Che cosa? *Adesso?*»

«Sì, adesso», insistette Pammie con aria teatrale.

Il pubblico ridacchiò. Si sentiva a suo agio di fronte alla folla, anche se fingeva di detestarlo.

«Solo una foto veloce ora che ne abbiamo la possibilità, prima che siate completamente ubriachi. Ora, dove sono tutti? Dov'è la famiglia? Ne voglio una insieme a tutta la famiglia».

Adam alzò gli occhi al cielo, ma osservò con grande pazienza l'ape regina che ronzava qua e là, sistemando i parenti in tre file di otto persone. James, alle mie spalle, mi posò una mano sulla parte bassa della schiena mentre passava.

«Ora, Lucy e Brad, voi piccolini, accovacciatevi qui», ordinò Pammie. «I vostri genitori possono andare dietro. Albert, tu sul fondo. Non riusciremo più a rimetterti in piedi se ti inginocchi».

Tutto intorno, si levarono risatine sforzate.

«Okay. Ci siamo tutti? Emily? Dov'è Emily?», chiamò a gran voce.

Mi feci avanti con il bicchiere di prosecco in mano, consapevole che altre persone non erano state invitate a far parte dell'album di famiglia dei Banks.

«Adam, dammi il tuo cellulare», chiese Pammie. «Il mio non funziona bene. Scatteremo la foto con il tuo».

Lui glielo consegnò con teatrale riluttanza.

«Bene. Ora, Emily, dammi il tuo bicchiere».

Ubbidii e attesi di essere sistemata da qualche parte nel gruppo, imbarazzata dal silenzio che stava calando nella sala.

Lei indietreggiò di un passo per controllare che tutti fossero al loro posto. «Okay... Toby spostati un po', così riesco a infilarmi nel mezzo. Perfetto».

Si girò verso di me e mi porse il telefono. «Grazie, Emily», disse in maniera frettolosa prima di precipitarsi nell'inquadratura, stampandosi sul volto un raggiante sorriso. «Dite cheese!».

Una vampata di calore iniziò a salirmi dalla punta dei piedi fino a pervadere tutto il corpo, come una colata di lava che erutta da un vulcano. La tensione in fondo alla gola mi suggerì che imminenti fiumi di lacrime stavano per traboccare. Riuscii a respingerle, sbattendo furiosamente le palpebre. Girai la schiena agli altri invitati perché non vedessero l'umiliante rossore che mi colorava il collo. Tentai di sorridere e fingere che non mi aspettavo di entrare nella foto di famiglia. Dopo tutto, ragionai, *non* ne facevo parte. Dunque, non era un grosso problema. Eppure... in un certo senso lo era. E faceva molto male.

Guardai Adam che si trovava nell'ultima fila, mentre scattavo: tutto sorrisi, senza la benché minima preoccupazione al mondo. Sentii il cuore spezzarsi in due.

«Dunque, dov'ero rimasto?», chiese poi, riprendendo posto al microfono.

Mi defilai tra la calca davanti a lui.

«Sì, sì», insistette sopra il frastuono della sala. «Fate silenzio. Ho qualcosa di importante da dire».

La folla tacque.

«E così ho trent'anni. È ora che cresca e che maturi».

«Non accadrà mai», gridò Deano, un altro compagno di squadra, dal fondo.

«Ah, ah. Invece, ti sorprenderò, amico mio. Prima di tutto,

voglio ringraziarvi per essere venuti. Significa molto per me avervi qui. Sono particolarmente felice che mio cugino Frank abbia preso un aereo dal Canada per essere qui stasera».

Tutti i presenti applaudirono e ci fu la solita sequenza di pacche sulle spalle.

«Vorrei anche ringraziare Emily, la mia bellissima ragazza, perché mi sopporta e perché è semplicemente fantastica. Em, dove sei?».

Sentii una mano che mi spingeva in avanti, ma io tenni lo sguardo basso e alzai appena il palmo per mostrare dov'ero.

«Coraggio, Em, vieni qui».

Scossi la testa, ma la pressione sulla schiena divenne più forte e mi sospinse in avanti. In realtà tutto ciò che desideravo era indietreggiare e nascondermi nell'ombra, ovvero il posto in cui dovevo stare, secondo Pammie – questo era più che evidente.

Le guance mi bruciavano così forte che credetti che mi sarebbero esplose mentre camminavo verso di lui. Vidi James dall'altra parte del semicerchio formato dalle persone. Pippa era accanto a lui. Nessuna traccia della ragazza con l'abito blu.

Ogni cellula del mio corpo sembrava bloccata, come se stessi cuocendo dall'interno, senza nessuna cappa aspirante per raffreddarmi. Lanciai un'occhiata verso Pippa che mosse lentamente le labbra per chiedermi se stavo bene. Le rivolsi un piccolo cenno con il capo prima di afferrare la mano di Adam e stamparmi un sorriso sul viso.

«Questa donna è la mia ragione di vita. Rende migliori i miei giorni buoni, e quelli brutti svaniscono».

Una strana nebbia mi offuscò la vista, ma distinsi mia madre che, al di fuori del cerchio delle persone, mi fissava con gli occhi spalancati.

Adam si girò a guardarmi. «Sinceramente... ti adoro. Non potrei vivere senza di te. Sei la cosa migliore che mi sia mai capitata».

Imbarazzatissima, gli arruffai i capelli nel tentativo di alleggerire l'atmosfera e allontanare i riflettori da me. Ma poi lui si inginocchiò.

Diversi *ooh* si trasformarono in sussulti brevi e troncati mentre io lottavo per snebbiarmi la vista. Cosa diavolo stava succedendo? Stava per fare ciò che pensavo, o era uno scherzo? Mi guardai intorno e osservai tutti i volti concentrati che fissavano quella strana bolla che mi circondava. Ogni cosa mi sembrò muoversi al rallentatore, come se mi stessi osservando dall'esterno. La voce di Adam mi giunse soffocata, come se lui fosse sott'acqua mentre, nel frattempo, i sorrisini stupidi e gli occhi sbarrati si facevano sempre più vicini. Solo un volto, contratto in una smorfia di dolore, sembrava allontanarsi sempre di più.

«Mi faresti l'onore di diventare mia moglie?», mi chiese Adam con un ginocchio a terra.

Non ricordo con esattezza quando le urla di gioia si trasformarono in grida di orrore. Ma so che, appena accarezzai i capelli di Pammie, distesa sul pavimento fradicio di birra, avevo al dito un solitario dal taglio quadrato.

Adam, inginocchiato accanto a lei, le teneva la mano. James camminava avanti e indietro mentre parlava con l'ambulanza dando indicazioni su dove ci trovavamo.

«Per favore, sbrigatevi», lo udii gridare. «È priva di sensi».

Era accaduto tutto così in fretta che il mio cervello stentava a elaborare la situazione. Avevo perso la capacità di mettere le cose in ordine temporale, e non ero in grado di determinare cosa fosse reale e cosa invece fosse frutto della mia immaginazione. Adam mi aveva veramente chiesto di sposarlo? Pammie era davvero collassata? I confini tra realtà e fantasia stavano diventando sempre più sfocati con il passare dei secondi.

«Mamma, mamma», continuava a ripetere Adam, con tono sempre più frenetico e rauco.

Lei mosse la testa leggermente, mormorando confusa.

«Mamma», sospirò Adam. «Oh, grazie al cielo! Mamma, mi senti?».

Non rispose. Aprì e richiuse subito gli occhi.

«Mamma, sono James. Riesci a sentirmi?».

Pammie farfugliò qualcosa di impercettibile.

Un raggio di luce penetrò la folla che si divise per lasciar passare i paramedici. Posarono la barella accanto a Pammie.

«Va tutto bene, mamma», la rassicurò James chinandosi accanto a me. «Presto starai bene».

Lui mi guardò, il viso stravolto dal panico, come se si attendesse che gli dicessi qualcosa per liberarlo da quel dolore. Avrei tanto desiderato potergli dare ciò di cui aveva bisogno ma, mentre fissavo Pammie, mi sentii totalmente svuotata.

«Oh, Signore, ti prego, salvala». Adam scoppiò a piangere, le spalle sussultarono per i singhiozzi.

Mike gli pose con fermezza una mano sulla schiena. «Coraggio, andrà tutto bene. Si riprenderà».

Osservai i paramedici che la chiamavano. Non ottenendo risposta, la sistemarono sulla barella.

Non spettava a me salire in ambulanza. Adam e James andarono con lei, mentre io rimasi nel vuoto surreale che avevano lasciato alle loro spalle. La festa era stata interrotta bruscamente. La musica si era fermata, le luci erano accese e il palloncino a forma di cuore che aveva ospitato il mio anello giaceva a terra in brandelli di gomma raggrinziti e irriconoscibili.

Gli invitati scioccati mi passarono davanti rivolgendomi sorrisi comprensivi, salutando e andando via prima di quanto avessero previsto. Mi chiesero di portare i loro saluti a Pammie e ai suoi figli. Ricordo vagamente una o due persone che, piuttosto goffamente, mi augurarono buona fortuna per il fidanzamento. Le loro congratulazioni in netto contrasto con le commiserazioni espresse subito dopo.

«Mi dispiace tanto, Em», cercò di consolarmi Seb, abbracciandomi. «Sono sicuro che si riprenderà. Che cosa vuoi fare? Ti accompagno a casa o preferisci restare qui?».

Guardai la sala. Solo quindici minuti prima era piena di

urla e risate di amici e parenti. Il posto in cui Adam aveva celebrato il trentesimo compleanno e dove mi aveva chiesto di sposarlo. Ma niente di tutto questo contava adesso.

«Suppongo che dovrei salutare gli ospiti e invitarli ad andarsene». Non era certa di nulla.

«Possiamo sbarazzarci di loro piuttosto rapidamente», mi rassicurò Seb. «Tu raccogli le tue cose e io mi occuperò dei tiratardi, va bene?».

No. Non c'era niente che andasse bene. Avevo appena ricevuto una proposta di matrimonio e riuscivo a malapena a ricordarmelo. Quel momento che avrebbe dovuto essere magico era annebbiato, era stato rovinato per sempre.

«Tesoro, non so cosa dire». Mia madre mi venne incontro a braccia tese e mi strinse, attirandomi a sé. «Vieni qui».

Dopo che la prima lacrima mi rotolò sulla guancia, le cateratte si aprirono e non riuscii più a fermarmi. Violenti singhiozzi mi squarciarono il petto mentre mia madre cercava di calmarmi.

«Ssh, tranquilla, andrà tutto bene».

C'è qualcosa nella voce di una mamma che nessun altro può replicare. È un suono che ti riporta a scuola, quando eri piccola e aspettavi in infermeria che lei venisse a prenderti. Ricordo che un giorno fui gettata a terra in giardino da una bambina prepotente di nome Fiona, e battei la testa sul lastrico nero di catrame. Mi venne un bernoccolo tipo quelli di *Tom and Jerry*, mi pulsava proprio sopra l'occhio. L'infermiera mi aveva portato subito in ambulatorio, un anfratto in un corridoio laterale, coperto da una tenda, dietro la quale c'erano solo un lettino e una scrivania.

Sono più che sicura che, se fossi rimasta buona buona lì, per qualche minuto, mi sarei ripresa e avrei potuto raggiungere la mia classe per la lezione di musica. Tuttavia, quando mi ritrovai seduta su una seggiolina dietro la tenda, non volli nessun altro se non mia madre.

Solo lei avrebbe potuto far scomparire il dolore fisico e quello emotivo. Il bernoccolo sarebbe senza alcun dubbio scomparso nel giro di poche ore, ma la cicatrice interiore sarebbe rimasta.

E se Fiona si fosse arrabbiata perché mi avevano portato in infermeria? Mi avrebbe aggredita anche il giorno successivo? Mi avrebbe intimorita e maltrattata per sempre? Erano enigmi che solo mia madre poteva risolvere. Almeno per la mia testa di bambina di nove anni. Mi sentivo in colpa per averla trascinata via dal lavoro, ma non abbastanza da dire di no all'infermiera quando mi aveva chiesto se volevo tornare a casa. Mi tormentavo al pensiero che forse si sarebbe infuriata con me. Che forse il bernoccolo non era così grave da giustificare una telefonata. Ma avevo talmente bisogno di sentirmi al sicuro che ero pronta a correre il rischio. Erano trascorse ore prima del suo arrivo. Eppure, ancora prima di vederla, avevo capito che era arrivata. L'avevo *percepita*. Quando aveva fatto capolino da dietro la tenda, il mio cuore era stato sul punto di scoppiare.

Quella sensazione che solo tua madre è in grado di trasmetterti non scompare mai davvero. Mentre mi sussurrava che tutto sarebbe andato bene, il cuore mi si spezzò per Adam che, senza dubbio, aveva gli stessi ricordi, ma che ora rischiava di perdere l'unica persona che può rendere migliore ogni cosa.

12

Erano le sei del mattino quando Adam telefonò. Mia madre e mio padre erano venuti a casa con me, ma quando avevano capito che avevo bisogno di dormire, mi avevano lasciato da sola, facendosi promettere che li avrei chiamati non appena avessi avuto notizie. Non sarei riuscita a dormire nemmeno se mi avessero pagato. Con la testa che mi ronzava di pensieri, camminai avanti e indietro per la cucina con un grande bicchiere di vino rosso in mano finché l'acuto squillo del cellulare mi fece sobbalzare.

«Em?». Sembrava esausto.

«Sì. Come sta?», gli chiesi subito. «Cosa sta succedendo?»

«Sta bene». La voce gli si incrinò.

«Si riprenderà?».

Udii un singulto all'altro capo della linea.

«Adam... Adam».

«Sono così sollevato». Tirò su con il naso. «Non avrei retto se le fosse accaduto qualcosa, Em. Davvero. Non so cosa avrei fatto».

«Ma starà bene?», gli chiesi di nuovo. Volevo disperatamente ottenere una conferma.

«Sì, sì. È seduta sul letto e sta bevendo una tazza di tè come se non fosse successo niente». Si lasciò sfuggire una risatina nervosa.

La voce mi si bloccò in gola. «Quindi, cosa le è accaduto? Che cosa hanno detto i medici?»

«Le hanno fatto tutte le analisi possibili – pressione, cuore, urina – ed è come nuova».

Rimasi in silenzio.

«Em?»

«Allora, cosa può averle causato il malore?», chiesi, cercando di controllare il tremito della voce.

Se lo notò, non mi disse nulla. «Ritengono che possa essere un caso di disidratazione. Lei ha ammesso di non essersi riguardata molto negli ultimi giorni a causa dello stress dovuto alla preparazione della festa, e di avere dimenticato di bere e di mangiare. Poi ha ingollato un paio di bicchieri di vino e buonanotte ai suonatori».

«Quindi, tutto qui?», commentai.

«Be', non esattamente. La disidratazione di per sé è piuttosto seria, ma le hanno fatto una flebo di soluzione salina e dicono che potrà andarsene non appena avrà finito. La porterò a casa nostra per alcuni giorni, così potrà riposare e io la terrò d'occhio».

Le lacrime iniziarono a bruciarmi la gola. «Perché James non può prendersi cura di lei?», sbottai, prima di riuscire a trattenermi.

«James?», ripeté con voce tesa. «È troppo impegnato e ha già abbastanza faccende di cui occuparsi in questo periodo. La sua ragazza gli sta dando del filo da torcere e, inoltre, non credo che il lavoro gli vada tanto bene. A ogni modo, noi adesso abbiamo una camera da letto libera, grazie al cielo, quindi usiamola».

«Mi auguro che ci lasci dormire insieme a casa nostra», osservai brusca, tentando comunque di trattenere la mia egoistica frustrazione.

Adam rise, ma era una risata vuota. «Immagino che dovrà concedercelo, dato che diventerai la signora Banks».

Sorrisi tra le lacrime, cercando disperatamente di ricordare il momento in cui mi aveva fatto la proposta. Il momento che sognavo da anni. Da bambina immaginavo che il mio principe si sarebbe inginocchiato ai miei piedi, chiedendomi di diventare sua moglie davanti a migliaia di persone radunate nella piazza del paese. Fantasticavo romanticamente su una cattedrale in cui entravo con un abito di pizzo vintage e lo strascico della stessa lunghezza di quello della principessa Diana.

Mia madre era stata una sua grande fan, e ricordavo quella domenica mattina in cui mi aveva svegliato con le lacrime agli occhi per dirmi che la principessa era morta. Eravamo rimaste sedute davanti alla TV per tutto il giorno, come milioni di persone, pregando che si fossero sbagliati. Ero troppo piccola per comprendere bene tutto, ma so di essere rimasta incantata dai filmati del suo matrimonio con il principe Carlo. Era bellissima e quel giorno era stato magico. Avevo trascorso settimane a camminare su e giù per il corridoio con un lungo abito bianco della Disney scovato nella scatola dei miei costumi e un lenzuolo annodato alla parte posteriore. Mentre io mi perdevo nel mondo dei sogni, mio padre brontolava che ero a rischio d'incendio, e mio fratello cercava sempre di sfuggire all'obbligo di recitare la parte della damigella d'onore.

Avevo sempre pensato che, quando il momento fosse giunto, sarebbe rimasto radicato nella mia mente per sempre. Sarebbe stata una storia che avrei raccontato ai miei figli e ai miei nipoti. Avrei narrato come avevo sfoggiato con orgoglio l'anello di fidanzamento che luccicava al mio dito. Come avevo guardato nel profondo degli occhi il mio fidanzato prima di sussurrare il fatidico sì. E poi, l'eccitazione della famiglia e degli amici che si erano precipitati a congratularsi con noi e a chiederci se avevamo già fissato la data delle nozze.

Invece, ero lì, solo poche ore più tardi, che stentavo a ricordare se fosse accaduto davvero. Immaginai di aver detto di sì. L'anello che portavo all'anulare lo dimostrava. Ma dal momento che Pammie era collassata in quel preciso momento, non riuscivo a rammentare nient'altro che lo shock e l'orrore sui volti delle persone presenti e il panico che si era scatenato da allora in poi. Era come se il nostro momento non fosse mai avvenuto.

«Riesci a rimanere sveglia e aspettare il nostro arrivo?», mi chiese Adam.

Guardai distrattamente il mio orologio e vidi che erano trascorsi solo tre minuti dall'ultima volta che avevo controllato. Non importava. Anche se era sabato, normale giornata di lavoro per me, avevo già preso ferie. A dire il vero, avevo sperato di dormire a lungo dopo una mostruosa sbornia, invece di restare sveglia da sola, fino alle prime ore del mattino, a domandarmi se la mia futura suocera avrebbe superato la notte.

«Ci proverò», riuscii a replicare. «Ma non posso prometterti niente».

«È stata una notte infernale». Sospirò pesantemente. «Speravo che avremmo potuto consumare il nostro fidanzamento in tutt'altro modo».

Mi domandai come potesse anche solo pensare al sesso in un momento come quello. Immaginai che, in un'altra circostanza, sarebbe stato un epilogo scontato. Senza alcun dubbio avremmo trascorso la notte e la giornata seguente a letto, alternando l'amore alle ricerche di luoghi dove celebrare il matrimonio sui nostri iPad. In quel momento, non riuscii neppure a immaginare di fare niente di tutto questo. Era una delle differenze fondamentali di come funzionavano le menti maschili e quelle femminili.

«Vedremo», replicai.

Posai il telefono, mi versai un altro bicchiere di vino e mi abbandonai a singhiozzi e calde lacrime di puro egoismo. Non mi concedevo mai di provare pena per me stessa ma, al momento, non potei fare altro. Non mi sentivo né triste né felice. Ero solo dispiaciuta per me, insensibile a tutti i tormentosi interrogativi che mi affollavano la testa.

Che cosa avevo fatto per meritarmi questo? Ero davvero la cosa migliore che era capitata a Adam? Perché Pammie mi detestava così tanto?

Ma un quesito più di qualunque altro mi martellava il cervello. Un quesito che mi rifiutavo di accettare.

Lo aveva fatto apposta?

13

Come previsto, dal momento in cui aveva messo piede in casa nostra, Pammie aveva preso il dominio delle nostre esistenze. Prima si era lamentata della temperatura dell'appartamento, poi aveva messo il broncio quando Adam le aveva comunicato che avrebbe dormito nella stanza degli ospiti.

«Ma è un letto singolo», si era lagnata. «Una brandina, per giunta. Non riuscirò a chiudere occhio».

Sapevo cosa sarebbe successo ancora prima che Adam aprisse bocca.

«D'accordo, perché non vai nel nostro letto? Em dormirà qui». Avvertii il suo sguardo su di me – voleva controllare la mia reazione.

«Oh, no. Non posso darti un tale fastidio. Perché non mi porti a casa mia? Lì starò bene».

Sprimacciai i cuscini, cercando di cancellare quella conversazione dalla mia testa. Avevo bisogno di spazio. Di uscire da lì.

«Non essere sciocca», rimbeccò Adam. «Non è un problema. Vero, Em?».

Scossi la testa, senza girarmi. Non volevo guardarlo mentre si avvicinava a lei con aria pietosa.

«Ma *tu* dove andrai?», gli chiesi infine.

«Posso dormire sul divano per qualche notte. Non c'è nessun problema, davvero».

«Se ne sei sicuro», proseguì lei. «Non voglio davvero dare disturbo a nessuno».

Ironico, dal momento che sembrava fosse proprio quella la sua missione su questa terra.

Tre giorni dopo, quando sostituì tutte le mie lozioni e creme sulla toeletta con le sue, riponendole in una scatola, mi presentai alla porta di Seb.

«Non ce la faccio più», dichiarai. «Posso stare da te un paio di notti, fino a quando lei non torna a casa sua?»

«Certo che puoi», replicò. «Ma sei sicura che sia la cosa giusta? Siete una vera coppia adesso, non è più un gioco. Vi sposerete, per l'amor di Dio, ed è necessario che risolviate il problema insieme».

«Non esiste un "insieme" quando si tratta di sua madre», mi lamentai. «Sono io contro di loro. Sono una coppia. Adam non si rende conto di quello che lei fa, di come si comporta».

Seb emise un sospiro profondo. «Forse sa com'è fatta e ha deciso di ignorarla».

Mi accasciai sul suo divano arancione, appoggiai la testa allo schienale, ripensando alla sera precedente.

«Mi auguro che sia carne macinata biologica quella che usi», aveva commentato Pammie, tirando su con il naso in maniera altezzosa, osservandomi mentre mescolavo il ragù. «È quello che Adam preferisce ed è molto meglio per lui».

«Costa anche tre volte di più», avevo sottolineato, domandandomi se il "biologico" fosse già stato inventato quando Adam viveva ancora con lei.

«Ho parlato con Adam due volte oggi, ma mi sono dimenticata di chiedergli a che ora torna a casa». Si era messa a ridere, come per sottolineare quanto fossero legati.

Non mi era sfuggito il fatto che, quando gli avevo telefonato all'ora di pranzo, era stato troppo occupato per parlare. Per sua madre il tempo lo trovava, però. Ben due volte.

«Lavorerà fino a tardi», avevo sbottato bruscamente. «Arriverà a casa alle dieci».

«Non ti preoccupa che lavori così tanto?», mi aveva chiesto.

Non avrei dovuto abboccare. Sapevo che era proprio ciò che voleva, ma ero intenzionata a fare un test. Conosceva davvero Adam meglio di me?

«Perché dovrei preoccuparmi?», le avevo chiesto.

«Ecco... magari dovresti chiederti se sta facendo quello che dice», aveva replicato con un sorriso compiaciuto. «Non si può mai sapere cosa combinano questi giovani, soprattutto uno bello come il mio Adam».

"Il mio Adam", le avevo fatto il verso dentro di me, continuando a mescolare il ragù, con più furia di prima.

Che cosa avrei dovuto replicare a un'uscita simile? Che cosa si aspettava che le dicessi? Che, fino a quel momento, non mi era passato per la mente? Però, ora che me lo faceva notare, poteva anche avere ragione. Forse si stava davvero scopando la sua bionda collega ventiduenne.

«Ha parecchio da fare in questo periodo. Ma, di solito, è a casa a quest'ora», avevo rimarcato invece. Come se dovessi in qualche modo giustificare Adam, il suo lavoro e la nostra relazione. Trovare una scusa per qualcosa che lui faceva spesso e che io, fino ad allora, non avevo mai messo in dubbio. In larga parte.

«Sarà», aveva commentato. «Ma devi stare attenta se si sente troppo stressato. Basta che ci sia qualcuno in ufficio che gli fa girare la testa, e lui parte per la tangente. Capita così spesso al giorno d'oggi».

Sprofondai ancora di più nel divano di Seb, mi portai le mani al viso e lanciai un grido di frustrazione.

«Non fa che sminuirmi ai suoi occhi. E lui se ne accorge? Le dice forse qualcosa? Ovviamente, no».

«Lui vuole solo stare sereno, Em», osservò Seb. «Probabilmente è il suo modo per placarla. La conosce bene, quindi dobbiamo presumere che sappia cosa bisogna o non bisogna fare».

«Ma non si tratta di placare lei. Si tratta di essere dalla mia parte, di difendere me, la donna che si presume voglia sposare. Siamo sinceri, Seb, non sono sicura di poter andare avanti se continua così».

«Allora, è necessario che gli parli. Digli semplicemente come ti senti e che hai bisogno del suo sostegno in questa situazione».

Annuii.
«È importante, Em. Questi dovrebbero essere i giorni più belli della tua vita. Avete un fantastico appartamento nuovo, lui ti ha messo un anello al dito e tu dovresti organizzare il vostro matrimonio. È il tuo momento di gioia e felicità».
«Lo so», sospirai. «Parlerò con lui. Devo farlo. Ma posso restare qui? Almeno per stanotte?».
Lui annuì e andò a prendere una bottiglia di vino dalla cucina mentre io chiamavo Adam.
«Come sarebbe a dire che resti lì?», abbaiò al telefono.
«Non ho voglia di discutere», replicai stancamente. «Stiamo chiacchierando e si sta facendo tardi. Torno domattina per prepararmi per andare al lavoro».
«È ridicolo», proruppe. «Non c'è alcun bisogno che tu stia lì».
«Adam, sono stanca e, sinceramente, ho bisogno di una pausa. Solo per stanotte. Sono già passate le dieci e non credo proprio che sentirai la mia mancanza».
«Torna subito a casa», sbraitò prima di interrompere la telefonata.
Una sensazione di bruciore mi attanagliò la gola e gli occhi mi si appannarono di lacrime. Lottai per trattenerle ma, non appena Seb rientrò nella stanza, iniziarono a bagnarmi le guance.
«Ehi, cosa diavolo è successo?». Mi strinse in un abbraccio, brandendo la bottiglia. «Che cosa è stato?»
«Lui proprio… non capisce», replicai tra i singhiozzi.
«Coraggio», mi rassicurò Seb. «Per stanotte rimarrai qui, e domani tutto sarà diverso. Vedrai».
«Non posso. Devo andare a casa…», balbettai.
Avrei dato qualsiasi cosa per restare nel caldo e confortante abbraccio di Seb, ma dovevo andare. Adam aveva ragione.
Trascorsero due giorni senza che trovassi il coraggio di dire nulla. Non temevo di essere in errore, né che Pammie lo scoprisse: la verità era che non avevo idea di come avrebbe potuto reagire Adam. Non era pazzesco? Non sapevo

assolutamente come avrebbe reagito l'uomo che amavo più della mia stessa vita. Ed era proprio quello il problema. Nonostante lo conoscessi e lo amassi, non avrei mai potuto competere con sua madre. Avevano un legame unico che non poteva essere spezzato o alterato in alcun modo.

«Emily, Emily», la sentii chiamare.

Presi un altro respiro profondo prima di replicare.

«Sì, Pammie?»

«Sii gentile. Accendi il bollitore. Sto morendo di sete».

Ero appena entrata. Avevo ancora addosso il cappotto inzuppato dall'improvviso acquazzone che era iniziato nell'istante in cui ero scesa dal treno. Di sicuro mi aveva sentita armeggiare con la chiave nella serratura. Dovevo chiedere al padrone di casa di darle un'occhiata prima che si bloccasse del tutto.

Contai fino a dieci prima di entrare in cucina. Tutto ciò che desideravo era prendere ogni maledetta stoviglia e spaccarla sul pavimento. Invece, posai con cura la sua tazza preferita sul piano di lavoro in granito e mi domandai se sarebbe stato poi così complicato somministrarle del cianuro.

«Oh, sei un tesoro», cinguettò, trascinandosi in cucina con una lentezza eccessiva – ero più che sicura che fosse perfettamente in grado di camminare molto più velocemente.

«Com'è andata la giornata?», mi chiese senza concedermi il tempo di rispondere. «Vedrai che ho lavato i piatti che erano rimasti lì ieri sera», proseguì, afferrando uno strofinaccio per lucidare le superfici immacolate. «Se lasci quella roba in giro per troppo tempo, si raccolgono tutti i tipi di parassiti e dubito che il padrone di casa ne sarebbe contento. Probabilmente ne avrà già abbastanza di quel ristorante italiano al piano di sotto. Il disordine e la spazzatura che lasciano sul retro sono sconvolgenti. Ci saranno un sacco di topi che girano indisturbati dappertutto».

Le rivolsi un sorriso inespressivo. Era stata una lunga giornata e non vedevo l'ora di fare un bagno, infilarmi il pigiama e rilassarmi sul divano con una bella serie televisiva. Fare sesso con il mio fidanzato, per la prima volta dopo quasi una settimana – in pratica, dalla sera in cui mi aveva fatto la proposta di matrimonio – sarebbe stata la prima voce della mia lista di cose da fare ma, dato che era fuori per lavoro, e c'era il diavolo in persona che dormiva nel nostro letto, la possibilità di ritagliarci un po' di intimità era a dir poco remota.

«Oh, ma hai i capelli diversi», disse, come se mi vedesse per la prima volta. «Che cosa hai fatto? No, no. Non mi piacciono neanche un po'. Preferivo l'altra pettinatura. Quella che hai sempre avuto».

«Sono stata sorpresa dalla pioggia», replicai, esausta. «Si arricciano quando sono bagnati».

Ridacchiò. «Non farti vedere così da Adam. Altrimenti si chiederà in che diavolo di guaio è andato a cacciarsi».

Con il cappotto grondante ancora addosso, mi versai un bicchiere di vino dal frigo e mi diressi verso il bagno.

«È un po' presto per bere, non trovi?».

Fu l'ultima cosa che udii prima di sbattere la porta.

14

Aspettai Adam sveglia. Sua madre e io avevamo trascorso la serata ingaggiando una lotta di potere per motivi meschini e insignificanti. A partire da cosa avremmo mangiato con il tè per finire con chi doveva gestire il telecomando. Tutto ciò che richiedeva una decisione scatenava una piccola guerra per il controllo. Era veramente patetico, e mi aveva riportato a quando, da ragazzina, al culmine della pubertà, mi toccava scontrarmi con la volontà ferrea di mio fratello di dieci anni.

«Me lo avevi promesso!», aveva piagnucolato Stuart, mentre cambiavo canale per vedere *Blue Peter*, un programma per ragazzi. «Avevi detto che potevo guardare la serie *Byker Grove* oggi. Abbiamo fatto giurin giurello».

«Non è vero, non ho mai fatto una cosa del genere», avevo sbraitato.

«Sì, invece. E poi tu hai guardato *Blue Peter* ieri. Oggi tocca a me».

Lo avevo fulminato. In quegli anni, lanciavo occhiatacce a chiunque. Uno sguardo imbronciato sembrava essere in grado di ottenere una risposta di gran lunga migliore rispetto alle parole confuse che spesso mi uscivano dalla bocca. I pensieri che mi frullavano per la testa erano di rado in correlazione con il modo in cui li esprimevo.

E stasera mi ritrovavo a tenere di nuovo il broncio con Pammie. In realtà avevo deciso di chiamarla Pamela perché le si addiceva di più. Non era né amichevole né affettuoso. Inoltre, sapevo che lei lo detestava.

«Stasera c'è un programma che voglio vedere», dichiarò.

«Anche io», replicai, allungando furtivamente la mano sul divano verso il telecomando. «Qual è?»

«*Britain's Biggest Scams*, le più grandi truffe attuate in Gran Bretagna, o qualcosa del genere».

«Oh, il mio è un film drammatico».

Mi misi a scorrere febbrilmente i canali alla ricerca di qualsiasi cosa che apparisse o somigliasse in maniera vaga a un dramma. Con riluttanza, optai per l'ennesima replica di *Orgoglio e Pregiudizio*, un film talmente lontano dalla mia lista dei desideri che, se Adam fosse stato lì, lo avrebbe definito "il mio peggiore incubo". Ma la lotta per il potere tra noi era così accanita che avrei guardato volentieri qualunque cosa piuttosto che lasciarla vincere.

«Perché non vai a letto?», mi suggerì mezz'ora dopo, mentre gli occhi mi si chiudevano e iniziavo ad allentare la presa sul telecomando che, piano piano, scivolava tra noi.

La sua voce mi scosse e tornai alla realtà. «Cosa? Perché?».

Lei rise. «È evidente che sei esausta. Vai a letto. Rimarrò io sveglia ad aspettare Adam».

«Ha trent'anni, Pamela». La vidi sussultare. «Nessuna di noi deve restare alzata per lui. Men che meno sua madre».

«Io stavo sempre sveglia ad attendere il mio Jim».

«Era suo marito».

«E presto Adam sarà il tuo. È questo che una moglie deve fare. Non c'è mai stata una sola notte in cui sono andata a dormire senza di lui».

«Immagino che si sarà anche messa un fiocco tra i capelli», borbottai.

«Che cosa?»

«Penso che, prima o poi, scoprirà che i tempi sono cambiati da quando lei era sposata».

«Sappi che io sono ancora sposata, signorina. E se desideri che il tuo matrimonio sopravviva per più di un anno, faresti bene a prendere esempio da me. Dovresti essere sottomessa. Non dovresti neppure andare a lavorare tutte quelle ore come fai. Il posto di una donna è in casa».

Scoppiai in una risata fragorosa. «A proposito di casa, quando pensa di tornare nella sua? Ormai è qui da una settimana».

Cercò di impossessarsi del telecomando appoggiato sulle mie ginocchia. Io lo afferrai per prima. Che cosa ridicola.

«Quando Adam deciderà che è il momento», sbottò.

«Adam? Non è una decisione che spetta a lui».

«Ne abbiamo parlato qualche giorno fa». Il suo tono complice voleva sottolineare che avevano avuto una conversazione alla quale ovviamente non avevo partecipato. «Ha detto che si sente più tranquillo a sapere che sono qui, dove può prendersi cura di me».

Peccato che non è lui a farlo, ma io, pensai sopraffatta dall'amarezza.

«Quindi, quando Adam e io converremo che è giunto il momento, tornerò a casa». Sbadigliò e guardò l'orologio.

«Certo, Pamela. Dovrebbe farlo solo quando si sente pronta. Mi dispiacerebbe che le accadesse qualcosa proprio mentre è da sola. Potrebbe avere un'altra crisi e andarsene in qualsiasi momento, perciò dobbiamo stare attenti». Calcai le parole agitando le mani soprattutto quando pronunciai "andarsene". Contrasse la mascella, forse per quel mio riferimento, o forse perché l'avevo di nuovo chiamata Pamela. «È tardi. Vada a dormire. Aspetterò io Adam», proseguii. «Ha ragione. Dovrei rimanere alzata per lui. Non si sa mai di cosa può avere bisogno».

Il suo volto rimase impassibile, ma sapevamo entrambe che era un punto per me.

«Brava ragazza», sentenziò, alzandosi dal divano.

La osservai quando, una volta in piedi, allungò le braccia sopra la testa. Un gesto che non avrebbe mai fatto davanti a Adam, nel timore che lui si accorgesse di quanto fosse agile in realtà. Era diventata una maestra dell'inganno, mutando sottilmente il suo comportamento, le sue capacità, e persino la voce, avevo notato, quando era in presenza del figlio.

«Dunque, ti assicurerai che rientri sano e salvo?».

Annuii.
«E se ha bevuto, non iniziare a brontolare e ad assillarlo. Ogni tanto, è giusto che si liberi del guinzaglio».
La guardai e scossi la testa, incredula. Mi domandai se il suo matrimonio con Jim fosse davvero così come millantava. Non riuscivo a immaginarla come una moglie oppressa e bistrattata, che sopportava i capricci e le bizze del marito. Possedeva un carattere troppo forte. Tuttavia, poteva anche essere che avesse acquisito quel vigore dopo aver perso il compagno. Aveva dovuto rimboccarsi le maniche per prendersi cura dei figli. Non riesco nemmeno a immaginare di poter fare altrettanto. Mi domandai se era proprio questo che aveva creato il loro legame anomalo, che adesso sentiva minacciato dal fatto che i due ragazzi avevano delle normali relazioni. Una piccola parte di me provava pena per lei. Avrei voluto dirle di sedersi e rassicurarla, non le stavo portando via il figlio. Anzi, avrebbe comunque fatto parte della sua vita, della nostra vita. Non doveva essere una specie di virtuale tiro alla fune, in cui entrambe ci sentivamo costrette a dimostrare chi amava di più Adam. Poi, però, mi venivano in mente tutte le cose che aveva detto e che aveva fatto, causandomi un inutile dolore.
Avremmo potuto essere amiche. Cristo, lei avrebbe persino potuto ottenere dalla sorte una figlia, una benedizione di cui, come mi aveva confidato una volta, aveva sempre sentito la mancanza. Ma quella possibilità era svanita, solo e solamente per colpa sua. E se era così che voleva che andassero le cose, allora, pazienza. Tuttavia, non le avrei permesso di sopraffarmi, men che meno a casa mia.
Doveva andarsene.
Il lettore DVD segnava ventiquattro minuti dopo la mezzanotte l'ultima volta che lo controllai, ma non ho idea di che ora fosse quando Adam mi rovinò addosso nel goffo tentativo di togliersi le scarpe.
«Oh, Cristo», esclamò al mio grido. «Che cosa ci fai qui?».
Mi sollevai a sedere, gli occhi annebbiati dal sonno, il col-

lo contratto e rigido. «Ti stavo aspettando come una brava mogliettina», mormorai, tentando di schiarirmi la mente e orientarmi.

Scalzo, in piedi davanti a me, ondeggiò leggermente. «Oh, che cosa dolce», commentò. «Che cosa ho fatto per meritarmi questo?»

«Non si tratta di ciò che meriti, ma di ciò di cui ho bisogno», ridacchiai, afferrandolo per la cintura. «È passato così tanto tempo». Avevo la cerniera dei suoi pantaloni proprio davanti al viso, e allungai una mano.

«Non possiamo», brontolò a malincuore. «Mia madre potrebbe entrare da un momento all'altro».

Scrollai le spalle e ci riprovai.

«Ssh, no, Emily. Sul serio, non possiamo». Ridacchiò anche lui e compresi che avrebbe ceduto perché ero sicura che lo voleva.

«È passata una settimana», sussurrai, con le dita che si davano da fare. «Quanto dobbiamo aspettare ancora?».

All'improvviso, mi bloccò le mani. «Solo un po'. Fino a quando non starà in piedi come si deve.»

«Ancora un po', quanto?», insistetti, liberandomi dalla sua presa. «Ho bisogno di una data, un obiettivo da prefiggermi, per sapere quando finalmente riavremo il nostro appartamento».

«So che è dura, Em. Ma concedile ancora qualche giorno».

«Tipo, entro domenica?», gli feci pressione.

Lui esitò.

«Promettimi che andrà via domenica. Altrimenti, non ce la farò».

Si mise a ridere. «Così mi metti con le spalle al muro. Ne uscirò sconfitto».

Finalmente abbassai la cerniera, glielo presi in mano e Adam si irrigidì.

«Oh, Cristo», sospirò.

«Dunque, quando sarà?», lo tormentai. «Di' domenica e mi fermerò».

Presi ad accarezzarlo con più convinzione, aumentando il ritmo.

«Gesù, Em!».

«Domenica e mi fermo, o domenica e continuo?».

Adam aveva ragione. Era destinato a cedere.

Si abbandonò a un gemito e seppi che, per nessuna ragione al mondo, mi avrebbe detto di fermarmi.

«Continua», sibilò. «Non fermarti».

Era quello che pensavo. Era necessario che le dinamiche in quella relazione a tre cambiassero. La cara Pammie doveva capire che eravamo io e Adam contro il mondo, insieme alla pari. Una coppia, e non due entità separate come lei aveva erroneamente creduto nella sua mente contorta e perversa.

Non avrei mai pensato che vedere il suo angelico figliolo tra le mie labbra mi avrebbe fatto raggiungere l'obiettivo.

15

Non sentimmo la madre di Adam per tre settimane. A quanto pareva, lo shock di averci sorpresi in una situazione piuttosto compromettente l'aveva sconvolta e traumatizzata.

«Nessuna madre dovrebbe mai vedere certe cose», aveva confessato con enfasi drammatica a James. Ce lo aveva raccontato lui stesso quando era passato per discutere degli accordi a proposito del nostro imminente matrimonio.

Era iniziato un repentino flusso di attività quando Adam aveva trovato uno splendido hotel a Tunbridge Wells, con annessa cappella. Dato che sarebbe stata libera un solo sabato nel primo periodo estivo, ci eravamo precipitati a prenotare. Avevamo giusto un paio di mesi a disposizione per organizzare il tutto, quindi il panico andava crescendo di giorno in giorno. Ogni questione doveva essere risolta *tout de suite*. Solo l'organizzazione delle feste di addio al celibato avrebbe richiesto più tempo e se ne sarebbero occupati James e Adam.

«Non mi va di parlarne», sbottò Adam, mentre ci trovavamo tutti e tre in cucina, dopo che James ci aveva riferito il tragico sfogo della madre.

Tentai di avvicinarmi, ma lui si girò e se ne andò in camera da letto sbuffando, lasciandomi sola con James. Con espressione divertita, soffocammo una risatina. Sulla sua guancia sinistra apparve una fossetta.

«Mi dispiace se mi viene da ridere, ma altrimenti mi metto a piangere», commentai.

Lui mi osservò da sopra la tazza di caffè, con gli occhi che gli scintillavano. «Sarebbe potuta andare peggio».

Lo guardai come se fosse uscito di senno. «E come, per l'esattezza?»

«Be', non lo so», borbottò. «Ma sono sicuro che qualcuno là fuori si sia trovato in una situazione peggiore».

Mi misi a ridere. «E questo dovrebbe farmi sentire meglio, non è così?».

Si portò un dito alle labbra. «Ssh, non facciamoci sentire che stiamo ridendo. Si infurierebbe».

«È già arrabbiato», replicai a bassa voce. «È di pessimo umore da quando è successo. E soprattutto dà la colpa a me».

«Mi prendi in giro?».

Scossi la testa.

Inarcò le sopracciglia. «Forse ha bisogno che qualcuno gli ricordi che bisogna essere in due per ballare il tango».

Stavamo bisbigliando perché non volevo che Adam pensasse che stessimo parlando di lui. Anche se era così.

«Allora...», dissi ad alta voce. «Un altro po' di caffè?».

Non mi venne in mente nient'altro da dire. Lui sollevò la tazza ancora mezza piena e scosse la testa. Io, invece, me ne preparai un altro, facendo un po' di rumore mentre mi muovevo in cucina.

«Hai qualche idea su cosa potremmo fare nei riguardi di vostra madre?», gli chiesi, rendendomi conto che forse avevo oltrepassato il limite. Assunsi un'espressione corrucciata mentre attendevo la sua risposta.

«Le passerà», replicò con tono gentile.

Gli sorrisi. «Non credo che succederà tanto presto. Sai com'è fatta tua madre. La trascinerà alle lunghe più che potrà». Forse avrei fatto meglio a non dirlo.

«Il suo è tutto un abbaiare, ma non morde», osservò dopo alcuni istanti. «Si riprenderà».

Esalai il respiro che stavo trattenendo e la tensione svanì dalle mie spalle. Se Adam non fosse stato proprio nella stanza accanto, avrei raccontato a James tutto quanto. Ce l'avevo proprio lì, sulla punta della lingua, le parole smaniavano per uscire fuori. Mi sarebbe piaciuto che Adam fosse più simile a James. Sarebbe stato più facile parlargli della madre. James avrebbe capito come mi sentivo e, soprattutto, come *lei* mi faceva sentire. Mi avrebbe sostenuta e difesa quando lei mi metteva con le spalle al muro. Sapevo che lo avrebbe fatto.

Mi rivolse di nuovo quel suo particolare sorriso, come se mi avesse letto nella mente. «Ha solo bisogno di tempo, tutto qua».

Non mi importava. Poteva prendersi tutto il tempo del mondo. Tutto quello di cui aveva bisogno. A dire il vero, ero segretamente contenta che questo episodio avesse creato una certa distanza tra lei e noi. Tuttavia, dovevo stare attenta a ciò che desideravo perché, dopo il fattaccio, la pulsione sessuale di Adam era crollata ai minimi storici. Era pressoché impossibile farlo entrare nello spirito giusto per qualcosa che andasse oltre il casto bacio che ci scambiavamo quando andava in ufficio. Tentai di convincermi che era solo una coincidenza e che lui era sotto pressione al lavoro ed era esausto. Ma ogni volta che ripensavo a come Pammie ci aveva sorpresi, e allo shock che avevo sentito attraversare il corpo di Adam, mi rendevo conto che quella situazione aveva avuto su di lui un effetto peggiore di quanto potessi immaginare.

«Scusa, ma proprio non ne ho voglia stanotte», disse più tardi quella sera quando mi vide entrare in camera con un nuovo completo di biancheria intima di pizzo di Victoria's Secret.

«E quando pensi che ti verrà voglia?», gli chiesi, imbronciata. «A breve?»

«Dacci un taglio, okay?», sbottò prima di voltarmi le spalle e spegnere la luce.

Il mio pessimo umore non migliorò la mattina successiva, quando due dei miei tirocinanti risultarono ammalati. Sapevo che uno di loro era inaffidabile, ma rimasi piuttosto sorpresa e delusa da Ryan. La sua agenda era piena zeppa di appuntamenti, e questo mi costrinse a destreggiarmi alla bell'e meglio tra i nostri impegni e fare miracoli per trovarmi contemporaneamente in due posti.

A mezzogiorno, mi sentivo come se mi uscisse il fumo dalle orecchie. Il mio capo, Nathan, voleva che offrissi nuovi servizi, e un cliente su cui mi ero concentrata per settimane stava per assegnare il contratto a un'agenzia rivale. Non avevo previsto nessuno dei due intoppi.

Il cellulare squillò almeno trenta volte, il mio livello di stress andava aumentando a ogni telefonata.

«Sì, Emily Havistock», abbaiai con un tono più aggressivo di quanto avessi previsto.

«Va così male, eh?», disse una voce maschile.

«Scusi, chi parla?». Non avevo riconosciuto il numero e mi maledissi per aver risposto. Non avevo tempo per le chiamate di operatori di marketing.

«Sono James», replicò.

Attesi che nella mia mente si accendesse una qualche lampadina. «Mi perdoni, James...?»

«Il fratello di Adam», precisò con tono esitante.

«Oh, scusami!», esclamai. «Stavo cercando nel cervello un James che avesse a che fare con il lavoro. Ciao. Come va? Non sono con Adam, se è per questo che mi chiami. Si tratta di Pammie? Sta bene?». Stavo divagando mentre immaginavo mille scenari diversi.

«Sì, sta bene. È tutto a posto».

Attesi che mi dicesse qualcosa di più, ma a quanto pareva sarei stata costretta a tirargli fuori le parole di bocca. «Dunque, cosa c'è? Stai bene?».

Era strano parlare al telefono con James. Scambiarci messaggi era in qualche modo diverso. La nostra amicizia, che era sempre stata facile e spontanea, aveva superato un limite.

«Sì, tutto okay», replicò lentamente.

Non sapendo cosa dire, aspettai di nuovo che dicesse qualcosa.

«È che, ecco... sono dalle tue parti e mi domandavo se sei libera per prendere un caffè veloce».

«Che cosa?». Forse lo chiesi ad alta voce, forse no, non ne sono sicura.

«Pronto?»

«Ehm… sì, sono qui».

«Non ho sentito cosa hai detto. Era un sì o un no?»

«Oh, mi dispiace. Sono a Canary Wharf in questo momento. Sarebbe stato fantastico, ma oggi sono impegnatissima. Ho un appuntamento dopo l'altro. Ci fanno sgobbare in questo settore». Mi resi conto di aver accennato una risata falsa per alleggerire l'atmosfera. Ma dubitavo che lui mi conoscesse così bene da accorgersene.

Riflettei sull'uomo all'altro capo della linea. Lo avevo sempre immaginato in mezzo a campi e giardini, intento a rastrellare aiuole e ad asciugarsi le mani su una sudicia maglietta grigia che un tempo era stata bianca. I suoi lineamenti, così simili a quelli di Adam, ma più giovani, più marcati e più cesellati. Le unghie incrostate di terra che scostavano i capelli dal viso.

Adesso, invece, si trovava in quella che lo avevo sentito definire "la metropoli di cemento". Avevo compreso che non era un grande fan della città, allora cosa ci faceva qua? Magari indossava un completo e passeggiava nel labirinto degli altissimi palazzi, sempre più disperato e desideroso di tornare ai verdi pascoli che adorava.

Quando mi resi conto che stavo fantasticando su di lui, e non per la prima volta, arrossii.

«Ecco…», balbettai nel pesante silenzio che era calato tra noi. «Magari un'altra volta?»

«Sì, certo. Non c'è problema», replicò in fretta con una nota d'imbarazzo, impaziente di chiudere la telefonata.

Lo salutai, anche se la linea era già stata interrotta. Rimasi immobile all'angolo di Cabot Square, perplessa, a fissare il cellulare mentre il vento pungente sibilava tutto intorno.

Cercai di concentrarmi sul lavoro, ma un pensiero in fondo alla mente non cessava più di tormentarmi. *Sono dalle tue parti*. Era davvero così o era stato un gesto pianificato? E, in tal caso, perché?

16

Non so perché non dissi a Adam che James mi aveva chiamato. Sentivo che avrei dovuto farlo, ma poi, in fondo, cosa c'era da dire? Come aveva ammesso James stesso, non era un problema. Eppure, se Adam avesse telefonato alla ragazza del fratello, possibilità remota, solo perché stava passando dalle sue parti, avrei pensato che la cosa era sospetta. Dovetti ammettere che, in quella situazione, usavo due pesi e due misure.

Avevo trascorso quelle ultime tre settimane dopo "l'incidente" cercando di approcciarmi con atteggiamento maturo allo stallo che permaneva tra me e Pammie. Ciò che era accaduto era disdicevole ma, una volta che ci ebbi riflettuto, mi resi conto che la questione era molto più pesante per Adam e la madre che per me. Certo, ero imbarazzata, ma ero solo una pedina intrappolata nel mezzo. Se, povera me, fosse accaduto il contrario, e fosse stata mia madre a sorprenderci come aveva fatto Pammie, mi sarei sentita un verme. Completamente devastata. Certo, non sarebbe mai stata una delle mie persone preferite al mondo, eppure decisi che avrei fatto del mio meglio per aggiustare le cose con lei quando fosse capitato il momento giusto. Ma francamente non mi aspettavo di mettere alla prova la mia nuova filosofia così presto.

Decidemmo di incontrarci per pranzo la domenica successiva in un ristorante di pesce a Sevenoaks. «Meglio vederci in territorio neutro», aveva suggerito Pammie, facendolo sembrare un affare di Stato, un incontro tra due presidenti per scongiurare la Terza guerra mondiale. Così, facemmo come ci era stato richiesto, come al solito, e ci vedemmo a Loch Fyne, appena fuori High Street. Parcheggiammo dietro Mark & Spencer e Adam mi cinse le spalle mentre attraversavamo il vicolo. Fu un gesto semplice, che aveva fatto un centinaio di volte prima di allora, ma dopo un mese che non facevamo l'amore, il suo tocco mi scatenò forti brividi in tutto il corpo. *Ci riproverò quando torneremo a casa*, mi ripromisi. Erano innumerevoli le volte in cui avevo continuato a mettermi in gioco, pur sapendo che sarai stata rifiutata. Mi stampavo un leggero sorriso sul viso e fingevo che non avesse importanza, attirandolo a me per una coccola, nelle rare occasioni in cui lo permetteva. Invece, aveva importanza eccome, e faceva male. E, ancora una volta, era colpa di sua madre.

Una folata di brezza gelida mi colse di sorpresa quando svoltammo l'angolo. Mi strinsi con forza nel cappotto, grata di averlo abbinato a un pesante maglione. Non era il mio outfit più elegante, ma non avevo alcuna pretesa in fatto di look in quel momento. Non mi ero neppure presa il disturbo di lavarmi i capelli quella mattina. Sarebbe stato uno spreco di shampoo e balsamo. Tanto mi attendeva comunque un commento derisorio, indipendentemente dal fatto che avessi una coda unticcia o che i ricci mi ricadessero morbidi e luminosi sulle spalle.

Nonostante fossimo in ritardo di cinque minuti, sapevo che non l'avremmo trovata lì. Non succedeva mai. Le piaceva attendere un buon quarto d'ora per fare il suo ingresso, non solo per assicurarsi di avere l'attenzione di tutti, ma anche per evitare l'imbarazzo di aspettare da sola. Erano numerosi gli assi nella manica di Pammie, e io avevo imparato alcuni dei suoi trucchetti. Ma non li avrei mai conosciuti tutti.

«Quindi, affrontiamo il discorso di quanto è accaduto?», chiesi a Adam mentre il maître gli prendeva il cappotto. Io preferii tenere il mio. Prima volevo scaldarmi un po'.

«No», fu la sua secca risposta.

«Ma non ritieni che sia il caso di...».

«Santo cielo, Em. Lascia perdere. Ne ha già passate abbastanza. Sono sicuro che non abbia bisogno che le venga rammentata quella storia. Ci posso giurare».

Oh, che bella prospettiva. Mi attendevano due o forse tre ore con una donna che non tollerava nemmeno di vedermi e un fidanzato che mi sopportava a malapena. Solo allora, seduti in una specie di separé, mi venne in mente che forse ci sarebbe stato anche James a sostenere la povera madre addolorata. Grandioso. Poteva andare peggio di così?

Come da programma, quindici minuti dopo l'orario fissato per l'appuntamento, arrivò Pammie, con una complessa mescolanza di amore e odio stampata sul viso.

Strinse Adam in un forte abbraccio. «Oh, tesoro, che bello vederti. Iniziavo a domandarmi...». Si interruppe e abbassò gli occhi tristi per ottenere il massimo effetto drammatico. «E... Emily». Si girò verso di me, fingendosi quasi sorpresa della mia presenza. «È passato un po' di tempo». Con tono freddo, distolse lo sguardo. «Ma ti trovo bene. Hai messo su un po' di peso, era davvero necessario».

Feci un cenno a Adam nella speranza che notasse la mia disperazione, ma si limitò a scuotere con discrezione la testa e riportò lo sguardo su di lei.

«In realtà, non ho preso un solo grammo. Deve essere questo ampio cappotto e il maglione», replicai, tirandone il bordo per dimostrarne il volume. Ma loro due avevano già cambiato discorso.

Tre bicchieri di Pinot dopo, la situazione andò peggiorando. Sembrava che si fossero rinchiusi all'interno del loro club privato, del quale non potevo fare parte.

«Ti ricordi quando tu e James avete trovato quei granchi sulla spiaggia di Whitstable?», rise.

Adam le rivolse un ampio sorriso. «E scrivemmo i nostri nomi sui carapaci e li facemmo gareggiare».

«Esatto!», replicò lei con una risatina esagerata.

«Il mio non vinse mai».

«Non ci fu un gran trambusto o qualcosa del genere?», gli chiese Pammie. «Ricordo che James pianse per tutto il viaggio di ritorno».

Adam alzò gli occhi al cielo. «Sì, era disperato. Siamo andati a riempire i secchielli di acqua di mare e, al nostro ritorno, ha trovato il suo granchio schiacciato».

Pammie annuì lentamente. «Adesso me lo ricordo. Ma non so proprio come sia potuto succedere».

Lui rise. «Probabilmente sarà stato un pezzo di roccia che, trascinato dal riflusso del mare, lo ha colpito. Oppure si è trattato dell'omicidio perfetto...». Si girò verso di me. «Non ho più mangiato granchi da allora».

Mi costrinsi a sorridere.

Tentai di rassicurarmi, dicendomi che stava solo facendo un po' di scena per rimettere il loro rapporto in carreggiata. Ma il *nostro* rapporto? Non era quello che aveva bisogno di essere salvato? Ci eravamo a malapena rivolti la parola dal momento in cui lei ci aveva sorpresi. Per non parlare dell'intimità. E tutta questa situazione iniziava a logorarmi a poco a poco. Ogni cosa sarebbe stata perfetta tra noi se lei si fosse comportata normalmente, come ci si poteva attendere da una madre.

Al quarto bicchiere, nel momento in cui lei stava chiedendo a Adam cosa potessero comprare a Ewan, il figlio di Linda, per il suo ventunesimo compleanno, avvertii una spiacevole sensazione montare dentro di me.

«Pensi che gli potrebbe piacere un bel portafoglio?», domandò al figlio, non a me.

Non mi aveva più degnata di uno sguardo dopo il commento sul mio peso, e anche allora dubito che mi avesse vista davvero. Altrimenti avrebbe notato che in realtà ero dimagrita. Ma a quel punto addio divertimento, no?

«Credo che ne sarà entusiasta. Se mettiamo tutti cinquanta sterline, possiamo prendergli qualcosa di dignitoso, magari di Paul Smith», suggerì Adam.

«D'accordo», cinguettò Pammie, elettrizzata. «Io ne metto cinquanta, tu anche, e James… vedremo. Sai bene che non guadagna quanto te», proseguì, sempre parlando solo e soltanto con il figlio.

«Ovviamente, io ne metterò venticinque», intervenni. «Metà della quota di Adam. Così sarà da parte di tutti e due».

Pamela mi guardò con assoluto disprezzo. «Grazie, cara, ma non sarà affatto necessario. È un regalo da parte della famiglia». Con una risatina, si voltò di nuovo verso Adam.

«Ma io faccio parte della famiglia», sibilai. Avevo bevuto troppo, evidentemente, perché era come se la bocca non facesse più parte del mio corpo. Le labbra si muovevano, ma non potevo controllare cosa ne usciva.

«Va tutto bene, Emily. Li metterò io per entrambi», affermò Adam.

«Non voglio che tu li metta per me», rimbeccai. «Se ci sarà il mio nome sul biglietto, ci tengo a contribuire».

Pammie schioccò la lingua con disapprovazione e mi rivolse un'occhiata di condiscendenza. Con gli occhiali senza montatura appollaiati sulla punta del naso, sembrava una preside.

«Okay», sospirò Adam. «Fa' come vuoi».

«Be', a me sembra ridicolo», rise Pammie. «Lo conosci a malapena, perciò non devi frugarti nelle tasche. Non è nemmeno la tua famiglia».

«La famiglia di Adam è la mia famiglia». A quanto pareva non avevo alcun controllo sul volume della mia voce. «Ci sposeremo tra due mesi e diventerò la signora Banks». La vidi sussultare in maniera evidente. «E di conseguenza saremo tutti una famiglia».

«Se è questo ciò che vuole, mamma, va bene», intervenne Adam.

Sì! Grazie, Adam!

«Ecco, io penso solo che…», iniziò Pammie, ma io alzai la mano per fermarla.

«Già che ci siamo», dissi, «nessuno di noi intende trovare

il coraggio di affrontare la pesante questione che tutti stiamo evitando?»

«Ora basta, Emily», mi ordinò Adam con voce dura.

«Ora basta cosa, Adam?». Avrei desiderato rimanere composta, controllata, ma dopo settimane di frustrazione repressa non resistetti più ed esplosi. «Tua madre ha idea di come sia stata la nostra relazione in queste ultime due settimane? Da quando ci ha "scoperti" a fare ciò che fa qualsiasi coppia normale?». Detesto le persone che gesticolano mentre parlano, ma con lei proprio non riuscivo a trattenermi.

Pammie accennò un verso di disgusto e Adam mi afferrò il gomito.

«Mi dispiace, mamma», si scusò, facendomi alzare. «Non so cosa le sia preso. Sono davvero dispiaciuto».

«È quello che fanno le coppie innamorate», insistetti con una smorfia, cercando di liberarmi dalla stretta di Adam. «Dovrebbe ricordarselo...».

«Emily!», sbraitò Adam. «Smettila!». Mi afferrò il braccio con maggiore aggressività. «Scusa, mamma». Lo sentii agitarsi nel tentativo di placarla. «Ti dispiace se andiamo a casa?»

«Certo che no», replicò lei, liquidandoci con un gesto. «Hai già fin troppi problemi, vedo. Non preoccuparti per me. Assicurati di portarla a casa sana e salva».

Adam le rivolse un sorriso tirato e mi sospinse verso la porta. «Ti chiamo quando saremo arrivati».

Io feci una smorfia per imitarlo e mi voltai verso Pammie, aspettandomi di vedere l'espressione impietosita che riservava sempre a Adam per mostrargli quanto era ferita e vulnerabile. Ma adesso ero io a guardarla, non lui. Così, sorrise lentamente e sollevò il bicchiere pieno a metà di vino rosso.

Non pronunciammo una sola parola fino a quando non arrivammo a casa e Adam infilò la chiave nella porta.

«Sei ubriaca. Va' di sopra e datti una sistemata».

Sì, ero brilla. Avevo bevuto uno o due bicchieri di troppo. Ma non avevo detto nulla che non avrei voluto dire. Se fossi stata sobria, forse avrei affrontato la cosa in maniera leggermente diversa. Tuttavia, era andata così, e non me ne pentivo affatto.

L'unica parte che mi bruciava era che, ancora una volta, io ero passata per la cattiva della situazione mentre lei era rimasta saldamente sul suo trono.

17

Trascorsero tre giorni prima che Adam mi rivolgesse di nuovo la parola. E fu solo per dire “scusa” quando ci incrociammo entrando e uscendo dal bagno.

Però il ghiaccio era finalmente rotto. Non ci affrontammo in un vero confronto cuore a cuore, cosa di cui avevamo un estremo bisogno. Si trattò solo di un breve e banale scambio.

«Che cosa vuoi fare stasera a cena?»

«Non mi interessa. Ti va qualcosa da asporto?»

«Okay. Indiano o cinese?».

E così, riprendemmo almeno a parlarci. Non avevo intenzione di scusarmi, e nemmeno lui sembrava propenso. Quindi, tornammo al punto di partenza.

Ci scambiammo alcuni convenevoli mentre mangiavamo, ma l’atmosfera era imbarazzante. Eravamo come due estranei a un incontro al buio. Lui non sollevò gli occhi dal suo chow mein al pollo per il timore di incrociare i miei.

«Allora, come va Jason al lavoro?», chiesi, anche se ero più interessata a sapere come se la cavava Rebecca, l’ultimo acquisto. Tuttavia, era un argomento troppo rischioso, quindi optai per una scelta sicura.

«Va bene», replicò. «Sembra che abbia alzato il tiro, perciò vedremo. E Ryan? Come sta?»

«Meglio, per fortuna. È un bravo ragazzo e ritengo che possieda del potenziale, ma è giovane e ancora non se ne rende conto. È un peccato perché temo che potrebbero sbarazzarsi di lui prima di vedere di cosa è capace».

Un pesante silenzio cadde tra noi mentre entrambi meditavamo su come proseguire la conversazione.

«Allora, cosa accadrà adesso con mia madre?».

Come un fulmine a ciel sereno, la sua domanda mi colse alla sprovvista. Non mi aspettavo che andasse dritto al punto e, nonostante i miei sforzi, mi ritrovai a spalancare la bocca.

«Perché è chiaro che qualcosa deve cambiare. Non posso andare avanti con questa situazione tra voi due. Ovviamente hai un problema con lei. O forse con te stessa. Lei tira fuori il peggio di te».

Sospirai pesantemente.

«Non puoi negare che ci sia qualcosa che non va», proseguì. «Ti irrigidisci ogni volta che siete insieme. Persino se accenniamo a lei durante una conversazione. Mi sembra di camminare sulle uova ogni volta che pronuncio il suo nome. Mi fai sentire in colpa perché voglio vederla o anche solo parlarle».

«Tu non la vedi per quello che è», replicai in tono pacato.

«Non l'ho mai vista né sentita parlare con te se non in termini civili. Perché dovrebbe essere diversamente? Lei pensa che tu sia fantastica. L'ha sempre pensato».

«Proprio non capisci».

Spinse via il piatto e incrociò le braccia sul tavolo. «Bene, allora spiegamelo. Si è sempre presa cura di te, no? Ti ha fatto sentire parte della famiglia».

Mi lasciai sfuggire una risatina. Non avrebbe dovuto suonare sarcastica, ma fu proprio quello l'effetto.

«Ecco», sbuffò. «adesso ricominci. Qual è il problema esattamente?».

Non sapevo nemmeno spiegarlo a me stessa, figuriamoci a lui, senza apparire meschina.

«D'accordo, ti farò un esempio». Cercai qualcosa di semplice, ma non mi venne in mente niente. «Uhm...».

Lui rimase educatamente in silenzio mentre riflettevo, ma persino io iniziavo a sentirmi un'imbrogliona.

«Okay, cosa mi dici di domenica scorsa a pranzo, al ristorante di pesce?»

«Cristo, come posso dimenticarlo? Hai fatto una figuraccia orribile».

Presi un profondo respiro. Dovevo rimanere calma. Era necessario che mi spiegassi in maniera chiara e sintetica se volevo sperare che comprendesse quello che avevo sopportato.

«Lei ha fatto un commento sgradevole sul mio peso non appena siamo arrivati». Mi vennero i brividi mentre lo dicevo. Sembravo una scolaretta.

«Per l'amor di Dio, Em! Sei seria? Non è quello che fa la maggior parte delle mamme? È di questo che parliamo?».

Sorrisi pensando a mia madre che mi rimproverava se pretendevo il bis di qualche piatto, e che allo stesso tempo mi spingeva a farlo se non lo chiedevo. Mi raddrizzai. Pammie non era mia madre.

«Alla tua festa, ha sistemato tutti per la foto di famiglia e mi ha chiesto di scattare». Avrei desiderato aggiungere che secondo me il malore era simulato ma, se mi fossi sbagliata, lui non mi avrebbe mai più rivolto la parola. Inoltre, non c'era modo di provare che avevo ragione.

Mi fissò con sguardo vacuo. «E?»

«Io non c'ero nell'istantanea».

«Era solo una foto». Mi guardò incredulo. «C'era una grande confusione, tantissime persone... Sono sicuro che altri membri della famiglia siano stati esclusi, certo non in maniera intenzionale».

«Ma ha chiesto a me di scattarla», ribattei, sentendomi già sconfitta.

«Sei una persona di buon senso», affermò. «Anche se mia madre ha delle debolezze – e, credimi, so che ne ha – non sei in grado di passarci sopra? In questo modo, potremo andare avanti con la nostra vita, invece di fare una tragedia per ogni cosa che dice e che fa. E... non sto scherzando, Em, ma da come parli sembra che lei stia attuando una sorta di vendetta nei tuoi confronti. Ha più di sessant'anni, Cristo santo. Che cosa pensi che possa fare? Che ti rincorra per picchiarti a morte con un ombrello?».

Non riuscii a trattenermi una risata. Aveva ragione. Mi faceva sembrare patetica, insicura e immatura. E io non ero così. Ero una persona che sapeva affrontare qualsiasi situazione. Ero in grado di combattere le mie battaglie. Dare il meglio di me. Non era così?

«Allora, mi prometti che le concederai una possibilità?», mi chiese. «Lo farai per me?».

Lo guardai e annuii. «Adam...», sussurrai.

Questa volta mi guardò davvero. Percepii l'intensità dei suoi occhi. Lo stomaco mi si ribaltò e fui assalita da una vampata di calore che mi ricordò la nostra prima volta, quando i miei sensi erano stati talmente sopraffatti e sconvolti che mi pareva di avere un groviglio di nervi nella pancia. Rammentavo i milioni di scenari che avevano iniziato a ronzarmi nel cervello, ognuno in contraddizione con l'altro.

Ripensai a tutte quelle cose mentre mi fissava. Con l'unica differenza che adesso avevo molto più da perdere, se mi fossi sbagliata. Questi non erano i giorni esaltanti in cui una relazione amorosa scivolava in un altro stadio senza rischi. Qua si trattava del mio futuro, del nostro futuro, e doveva essere gestito con cautela.

Increspò appena gli angoli della bocca, lanciandomi il segnale che attendevo.

Mi alzai e mi protesi sul tavolo per baciargli le labbra. Poi, senza dire una parola, uscii.

Lui brontolò qualcosa, ma non volli ascoltare le sue scuse. Volevo che facesse l'amore con me. Avevo *bisogno* che facesse l'amore con me.

Quando entrò in camera, mi ero già spogliata ed ero rimasta solo con la lingerie di pizzo nero che mi aveva comprato da Agent Provocateur il Natale scorso. Non so se fu un sorriso o un ghigno quello che mi rivolse quando mi avvicinai alla luce fioca e calda che la solitaria lampada sul comodino proiettava nella stanza.

Il cuore mi martellava con furia nel petto, come se fossi una ragazzina inesperta che si trovava in intimità con un uomo per la prima volta. Mi parve di muovermi al rallentatore, come se il mio corpo si stesse preparando a combattere o a fuggire, pronto a subire il contraccolpo che stava per investirmi. Saremmo stati in grado di riprenderci se lui mi avesse respinta un'altra volta? Quasi non volevo correre quel rischio. Allo stesso tempo, tuttavia, il cervello mi incitava ad andare avanti e scoprire se eravamo in grado di proseguire, di tornare a essere la coppia che eravamo.

Adam venne verso di me adagio e, quando ci trovammo l'uno di fronte all'altra, gli presi il viso tra le mani. La sua corta barba ispida mi solleticò i palmi mentre lo fissavo.

«È tutto a posto tra noi?».

Annuì. «Lo spero. Non so se…».

Lo zittii posandogli un dito sulle labbra. Quindi lo baciai, dapprima con delicatezza, e poi con maggiore irruenza, rispondendo al suo impellente bisogno. Ci lasciammo cadere sul letto e avvertii la sua eccitazione mentre cercavo disperatamente di slacciargli i pantaloni. Mille pensieri mi ingombrarono la testa, complicando le cose più di quanto fosse necessario. Io desideravo unicamente colmare l'abisso che si era spalancato nella nostra relazione un tempo perfetta. Il sesso non era tutto, lo sapevo, ma aver smarrito quella vicinanza aveva messo in evidenza tante altre insicurezze. Mi aveva fatto mettere in dubbio la mia capacità di seduzione, spingendomi a chiedermi se vedesse un'altra. Avevo bisogno di intimità. Per me stessa e anche per lui. Per avere la conferma che sarebbe andato tutto bene.

Fu lui il primo a capire che non sarebbe successo.

«Lascia stare», mi disse, sospingendomi via.

«Rilassati», mormorai, determinata a non fermarmi.

«Ho detto lascia perdere».

La sua frustrazione mi investì come una folata di vento gelido. Avrei desiderato chiedergli cosa stavo facendo di sbagliato. Ma mi sembrava la battuta di un'attrice in un film di serie B. Dovevo apparire sicura di me, anche se la verità era completamente diversa.

Mi avvicinai di nuovo. «Vuoi che provi a…?»
«Per la miseria, Em», esclamò. «Come te lo devo dire? Non faremo niente».
Dentro di me crollai in mille pezzi. Tutti i pensieri che avevo cullato sentendomi attraente e sensuale svanirono nel nulla. Avevo fallito. Era sempre stato così facile prima. Eravamo in perfetta sintonia, entrambi sicuri di cosa fare e quando. Nessun uomo mi aveva mai fatto sentire come sapeva fare Adam. E lui aveva affermato la stessa cosa di me. Allora, com'era possibile che fosse andato tutto così male? Dovevo trovare una soluzione.
Feci un ultimo tentativo e mi misi a cavalcioni su di lui.
«Cristo», urlò spingendomi via per balzare giù dal letto e infilarsi frettolosamente i boxer. «Cos'è che non capisci?».
Mi sollevai a sedere.
«Rilassati… Vuoi che provi a…» ripeté, facendomi il verso, camminando avanti e indietro per la stanza.
«Ma dobbiamo solo…».
«*Noi* non dobbiamo fare niente», abbaiò. «Non è un tuo problema. È mio. Perciò, smettila di dirmi cosa *noi* dobbiamo fare e cosa *noi* dovremmo provare».
Sbraitava così tanto che la sua saliva mi centrò in pieno viso. Mi tirai indietro. Non lo avevo mai visto così.
Scossi la testa, frastornata. «Sto solo cercando di aiutarti», riuscii a dire con un filo di voce.
«Be', non ho bisogno del tuo aiuto. Ho bisogno di un miracolo».
Uscì dalla stanza e sbatté la porta con una tale violenza che per poco non la fece volare via dai cardini.
Rimasi seduta lì sul letto, disorientata e sconcertata. Gli occhi mi si riempirono di lacrime e mi rimproverai per il mio egoismo. Non ero io il fulcro della questione, ma lui.
Ripensai all'ultima volta che avevamo tentato di avere un po' di intimità, per quanto brevemente, quando sua madre era a casa nostra. Ricordai il suo volto inorridito quando era indietreggiato nel momento in cui lei lo aveva rimproverato

come avrebbe fatto una maestra con uno scolaretto troppo indisciplinato.

«Adam!», aveva gridato. «Cosa diavolo pensi di fare?».

Era come se essere stati beccati in un momento così delicato gli avesse provocato un dolore fisico. E forse era stato davvero così. Ma anche adesso che la sofferenza era di certo passata, gli era rimasto un blocco mentale, dal quale era molto più difficile riprendersi.

18

Non mi aspettavo di sentire di nuovo James ma, una settimana dopo la prima telefonata, mi chiamò per dirmi che stava proprio "passando dalle mie parti". Siccome avevo mezz'ora libera ed ero curiosa di sapere cosa voleva, accettai di incontrarlo per un caffè.

Ci accomodammo in un angolino di un minuscolo bar turco in Villers Street, con le vetrine appannate di condensa per il caldo che combatteva contro il pungente freddo esterno. L'inquietante uomo dietro al bancone abbaiava ordini. Chi diavolo poteva mai mangiare un kebab alle undici di mercoledì mattina? Ma almeno offriva un diversivo alla strana sensazione di intimità creata dall'essere insieme a James. Non feci che ripetermi che presto sarebbe diventato mio cognato, il che rendeva del tutto normale quella situazione. Eppure, sembrava che ci fosse qualcosa di sbagliato. Chissà se solo io provavo quel disagio, o lo sentiva anche lui.

«Allora...», iniziò prima che avessi la possibilità di dire lo stesso.

Sembrava l'unico modo per aprire una conversazione. Anche se spettava a me indirizzarla in una qualsiasi direzione. In quel momento, anche lui pareva a dir poco smarrito.

«Come vanno le cose?», mi chiese.

«Tutto bene. Sì, sì. Tutto molto bene», replicai troppo in fretta. «Tu, invece? Stai ancora con Chloe? La vostra relazione procede per il meglio?».

Non avevo idea del motivo per cui avevo tirato fuori la sua ragazza che, per altro, non avevo mai conosciuto, invece di domandargli della sua attività. E perché mai tutti quei "bene", "per il meglio"? Il senso di rilassatezza e agio che avevo sempre provato in compagnia di James era stato sostituito da una sgradevole e snervante tensione che soffocava le nostre abituali battute scherzose.

«È un susseguirsi di alti e bassi. Ma siamo ancora agli inizi».

«Da quanto tempo state insieme?», azzardai con il tono più disinvolto possibile.

«Oh, solo quattro o cinque mesi. Quindi, può succedere di tutto». Inarcò le sopracciglia e rise. «Sai come sono fatto. Non ho esattamente degli ottimi precedenti».

Sorrisi, imbarazzata. A dirla tutta, non avevo idea di come fosse fatto, quindi il suo commento adombrò un'intimità che nella realtà non esisteva.

Si tolse il soprabito blu scuro di lana, sbattendo il gomito contro il salvaparete scrostato che correva tutto intorno allo stretto angolo in cui eravamo seduti. Mormorò "ahi!" strappandomi una risatina. Si sfilò quindi la sciarpa beige che celava un'elegante camicia blu con l'emblema di un giocatore di polo a cavallo sulla tasca in alto. Anche Adam apprezzava il marchio di quel certo signor Lauren, ma se addosso a lui le camicie mettevano a dura prova le cuciture a causa delle ampie spalle e delle braccia muscolose, su James apparivano più morbide e il colletto stava al suo posto.

«Il lavoro? Sei molto impegnato?», gli chiesi.

Lui annuì mentre sorseggiava il cappuccino che gli lasciò dei divertenti baffi di schiuma bianca sul labbro superiore. Mi misi a ridere e glielo indicai, scatenando un forte rossore sulle sue guance.

«Va alla grande. Ho dovuto assumere due ragazzi per aiutarmi, e sono qui in città per un altro incontro che mi auguro mi assicuri un incarico aziendale».

«Oh, fantastico», commentai, scervellandomi nel frattempo alla ricerca di un'altra domanda.

«Un imprenditore edile sta cercando una ditta locale che si occupi di alcuni giardini comunali per un nuovo complesso residenziale vicino a Knole Park».

Annuii. Avevo sentito Pammie accennare a Knole Park, ma non ricordavo di esserci mai stata, né dove si trovasse esattamente.

«Devo presentare una proposta alla sede della società a Euston, ma ero un po' in anticipo e allora ho pensato di sentirti. Non ti dispiace, vero?»

«Affatto. Sei capitato al momento giusto, dato che ho un appuntamento ad Aldgate. Mi dispiace che la volta scorsa, quando mi hai chiamato, non sono riuscita a liberarmi».

«Nessun problema, immaginavo che non sarebbe stato facile vedersi. So quanto sei impegnata. Comunque, adesso sei qui».

Sollevai lo sguardo e gli sorrisi. «Come sta tua madre?». In realtà, non me ne importava niente, ma mi sembrava scortese non chiederglielo.

«Sta bene. Mi ha detto che ti sei divertita a Loch Fyne».

Mi sentii come se avessi ricevuto un pugno in pieno petto. «Sul serio?», replicai, incredula. «Ha detto così?»

«Sì». Si mise a ridere. «Perché, non è vero?»

«Diciamo che la situazione è stata un po' tesa…».

Assunse un'espressione interdetta. «In che senso?»

«Ecco, noi… abbiamo avuto un piccolo diverbio».

Attese che proseguissi.

«Io ho bevuto troppo, tua madre ha detto una o due cose che non ho apprezzato e… mi vergogno a dirlo, ho reagito».

Rise. «Ops!».

«Esatto!», esclamai, sorridendo.

«Poi com'è andata a finire? Siete di nuovo amiche?», volle sapere, come se fossimo due bambine che avevano bisticciato per un giocattolo.

Arricciai il naso. «Lo spero, anche se non so cosa ne pensa lei. Con il senno di poi, è probabile che stesse solo cercando di essere d'aiuto, ma l'ho trattata piuttosto male».

«A me non ha detto niente», si affrettò a informarmi. «A volte, mia madre dice la cosa sbagliata nel momento sbagliato. Ma quando la conosci, impari a prenderla con le pinze».

Mi sentii stranamente insultata. Dunque pensava che non la conoscessi ancora. Tuttavia, mi rammentai che erano trascorsi solo sei mesi. Come si fa a conoscere bene una persona in un tempo così breve?

«Me lo auguro», replicai con sincerità.

«Fidati», mi rassicurò, posando una mano sulla mia e fissandomi con intensità.

Mi sembrò di essere stata colpita da una scossa elettrica quando la sua pelle toccò la mia. E nonostante il primo istinto fosse quello di allontanarmi, non volevo farlo sentire a disagio.

«Scusa, devo controllare il telefono», dissi con un tono più acuto del normale, augurandomi che non cogliesse il mio nervosismo.

Frugai nella borsa alla ricerca del cellulare.

«Come vanno le cose con Adam?».

La sua domanda mi pietrificò. Lo fissai negli intensi occhi azzurri e, all'improvviso, avvertii l'irrefrenabile impulso di mettermi a piangere. Imbarazzata, presi un tovagliolino di carta dal tavolo e mi tamponai gli occhi.

Il suo viso si contrasse in un'espressione preoccupata. «Stai bene, Em?».

Sentirmi chiamare così, con il diminutivo, come se fossimo vecchi amici, rese ancora più difficile trattenere le lacrime. Deglutii a fatica il nodo che mi stringeva la gola.

Si protese sul tavolo e mi allontanò la mano dal viso, stringendola. «Vuoi dirmi che cosa succede?».

Avrei potuto e, soprattutto, voluto raccontargli ogni cosa. Ma sarebbe stato giusto?

Scossi la testa. «Devo andare». Avevo un disperato bisogno di uscire da lì.

Spinsi indietro la sedia, ma lui non mi lasciò la mano. Il suo sguardo su di me rimase irremovibile.

«Sono sempre qui per te, Em», dichiarò.

Lo fissai negli occhi e gli credetti.

Sentivo il cuore che mi pulsava nelle orecchie, battendo

come un tamburo. Un sibilo improvviso mi diede l'impressione di trovarmi sott'acqua. Come se fossi sul punto di annegare nei miei stessi pensieri.

Afferrai la borsetta dallo schienale della sedia e mi allontanai. «Devo andare», ripetei, prima di voltarmi, in uno stato di totale stordimento, per farmi strada tra gli otto tavolini strizzati in quel locale che avrebbe dovuto, in realtà, contenerne solo quattro. Andai a sbattere contro diverse spalle, colpii alcune tazze, rovesciando il tè nei piattini, raggiunta da numerosi "ehi, stai attenta!" mentre guadagnavo l'uscita.

Mi precipitai su per la salita che conduceva alla Strand. Nella testa continuarono a vorticarmi le parole di James. *Sono sempre qui per te.*

Volevo scappare. Allontanarmi il più possibile. Altrimenti, correvo il serio rischio di tornare dritta da lui.

19

«Cosa diavolo...?», esclamò Seb.

Dovevo dirlo a qualcuno. Qualcuno che non mi avrebbe giudicato. E anche se sapevo di potermi confidare con Pippa, purtroppo non ci vedevamo più tanto spesso da quando mi ero trasferita. Quindi, quello di Seb era l'unico paio di orecchie di cui potevo fidarmi.

«E lo hai piantato lì, nel caffè?»

«Ti prego, devi aiutarmi», lo implorai. «Fammi comprendere il senso di tutto questo».

Mi ero calmata nelle ventiquattro ore che erano trascorse dal mio incontro con James. La mia testa, tuttavia, era più annebbiata che mai. Che cosa era successo? E perché mi aveva colpita così tanto? Non c'era alcun sottinteso strano nelle sue parole, ne ero certa, eppure non riuscivo a scrollarmi di dosso quella bizzarra agitazione. Non si trattava di quello che aveva detto, ma di quello che *non* aveva detto. Quello che era rimasto sottinteso.

«Voglio dire, pensi che ci stesse provando con te? Insomma... sul serio?», mi chiese Seb.

«Sì... No... Non lo so!», gemetti, lasciando cadere la testa sullo schienale del divano. «In quel momento, mi sono sentita capace di qualsiasi cosa. Volevo parlargli, baciarlo, scappare con lui...».

«Be', quest'ultimo gesto non sarebbe stato molto saggio, ma probabilmente avresti potuto farla franca con un bacio!».

«Non mi stai aiutando», lo rimproverai, colpendolo su una mano. «È una cosa seria. Che devo fare?»

«D'accordo». Di colpo, si fece serio. «Tu cosa vuoi fare?

Esaminiamo le tue opzioni. Per come la vedo io... Ami Adam più di ogni altra cosa al mondo?».

Annuii.

«Però trovi che suo fratello sia sexy».

«Seb!».

«Scusa, scusa. Okay. Mi correggo. Tu *non* trovi che suo fratello sia sexy».

Il mio viso rimase del tutto inespressivo.

«Oh, va bene. Allora, lo trovi sexy. Magari solo un pochino. Fuochino? Sono sulla pista giusta?»

«No, non lo so. È così diverso da Adam. Lui mi ascolta, mi dà consigli, non crede che sia paranoica nei confronti di Pammie. Sembra comprendere la mia posizione, come mi sento. Inoltre, abbiamo un genuino rispetto l'uno per l'altra».

«Ed è figo da morire».

Gli lanciai un cuscino. «Sì, è anche figo da morire!».

«Lo sapevo!», esultò Seb.

«Ma non è solo questo. Mi fa sentire apprezzata sotto ogni aspetto. Sinceramente, Seb, tu sai come sono. Non vedo un tir di dieci tonnellate finché non mi viene addosso. Ma nei suoi occhi... Lui avrebbe fatto qualsiasi cosa per aiutarmi, e questa consapevolezza mi fa sentire desiderata. Ed è una situazione estremamente pericolosa per me».

«Quindi, le cose con Adam non sono migliorate per niente?», mi chiese. Serissimo, adesso.

Scossi la testa. «No». Avvertii una forte fitta in gola. «James mi ha colta in un attimo di debolezza e mi sono pateticamente sentita lusingata dalle sue attenzioni. Se fosse accaduto in un altro momento, lo avrei respinto senza problemi e non ci avrei pensato più». Non so chi stavo cercando di convincere. Seb o me stessa?

«D'accordo. Il che ci lascia con un uomo che ami, con il quale non fai sesso, e un uomo che non ami, eppure saresti pronta ad ammazzare qualcuno pur di fare sesso con lui».

«Be', grazie Sherlock. Hai riassunto la questione in maniera rapida e concisa. Ma non si tratta solo di sesso. È molto più di questo».

Seb mi fissò con fermezza. «Dunque, non hai fantasticato nemmeno per un secondo di andare a letto con James?»

Scossi la testa con foga, le guance in fiamme.

Scoppiò a ridere. «Sei una pessima bugiarda!».

«È sbagliatissimo, vero? Insomma, è una cosa orribile».

«Lo è se dai seguito alle tue fantasie. Ma per adesso, rimane tutto nascosto in una piccola e adorabile stanza fantasy che è giusto che ognuno di noi possieda e in cui è possibile sbirciare, ma mai entrare davvero. È questa la differenza».

«Quindi, cosa dico a Adam? Che ho visto suo fratello?»

«Devi già affrontare parecchie ferite che affliggono quella famiglia, perciò ti consiglio caldamente di non complicarti ulteriormente la vita. Ritengo che avresti dovuto informare Adam del vostro incontro ieri sera. Ma non l'hai fatto».

Scossi di nuovo la testa. Ci avevo rimuginato su tutta la notte, nervosa come un gatto. Avevo continuato a pensare e ripensare, giungendo ogni volta a un risultato diverso. Avrei potuto dirgli che James aveva bisogno di consigli in materia di assunzioni, ma questo avrebbe portato a un'altra bugia e sarebbe stato un disastro.

Calde lacrime mi sgorgarono dagli occhi. «Che maledetto pasticcio».

Seb si spostò sul divano e mi cinse con un braccio. «Su, dai, non abbatterti. Dovresti ritenerti fortunata ad avere due uomini che lottano per te. Io non ne ho nemmeno uno che lotti con sé stesso!».

Mi misi a ridere un po' forzatamente. «Quindi, secondo te sto facendo la cosa giusta? Mi sto comportando bene?»

«Come ho già detto, non dovrebbe esistere alcun senso di colpa per le fantasie. L'importante è non agire nel concreto».

Tirai su con il naso. «Non lo farei mai. Nemmeno tra un milione di anni».

E allora perché accettai di rivedere James per un drink dopo il lavoro, quando mi chiamò la settimana successiva?

Non lo so. E per quanto non sia una buona risposta, era l'unica che avevo.

Non ero riuscita a smettere di pensare a come mi aveva fatta sentire, e credevo che, se lo avessi visto di nuovo, sarei stata in grado di razionalizzare la cosa nella mia testa e metterci una pietra sopra. Che stupida. Dovevo sapere che la vita non funzionava così. Eppure mi cacciavo sempre in situazioni insostenibili, come se volessi dimostrare a me stessa che avevo tutto sotto controllo, che sapevo cosa fare. Anche quando, nel profondo, ero ben consapevole che tutto mi stava crollando addosso.

Potevo incolpare Adam. Dire che non mi sentivo più desiderata. Che il mio futuro marito non mi faceva sentire amata. Che non mi capiva e non mi sosteneva. E forse era tutto vero, ma non giustificava la mia infedeltà.

«Non andrò a letto con lui», rassicurai Seb quando lo chiamai per informarlo che dovevo vedere James per un'ultima volta. Per chiudere.

«Chi stai cercando di convincere? Me o te?», ridacchiò ironico. «Perché devo dire che questa volta non approvo la tua idea. Vai pure ad appagare e a compiacere il tuo ego, se è quello di cui hai bisogno, ma sappi che il tuo è un gioco pericoloso e devi stare attenta alle conseguenze. Se Adam lo scopre, anche se tra voi non succedesse niente, ti troverai in un mucchio di guai».

«So quello che faccio», sospirai pesantemente.

«Fai come ti pare, ma non venire da me quando ti troverai nella merda fino al collo».

Sentii una fitta nel petto. Seb era la persona con la mentalità più aperta che avessi mai conosciuto. E sentirmi dire chiaro e tondo come stavamo le cose peggiorò la già grave situazione.

«Chiamami quando sarai tornata in te e avrai recuperato la ragione». Quindi riagganciò.

Una piccola parte di me sperò che James annullasse l'appuntamento. Avrebbe reso le cose più facili, tirato una riga sopra questa storia. Ma non lo fece. Così, con le farfalle che mi danzavano nello stomaco, entrai nell'American Bar al Savoy. I nostri sguardi si incrociarono e mi diressi verso di lui.

«È bello vederti». Mi pose le mani sulle spalle e mi baciò sulle guance. «Hai un aspetto incantevole».

Incantevole, riflettei. Non era il commento normale di un futuro cognato. Magari poteva dire che stavo bene, che ero carina. Anche in forma. Ma incantevole? Assolutamente no. Il cuore prese a martellarmi nel petto al pensiero che c'era sul serio qualcosa di reale. Non mi ero solo immaginata lo sguardo che mi aveva rivolto, né l'intensità del sentimento dietro le sue parole.

«Che cosa posso offrirti?», mi chiese, facendo un cenno al barista.

«Un bicchiere di prosecco, grazie».

«Due bicchieri di champagne, per favore», ordinò all'uomo in giacca bianca dietro il bancone.

«Che cosa festeggiamo?»

«Sei di fronte al giardiniere ufficiale di Lansdowne Place a Knole Park».

«Ma è fantastico!», esclamai, attirandolo d'istinto verso di me per un abbraccio di congratulazioni. «Hai ottenuto l'incarico!».

Per un brevissimo istante, i nostri volti si scontrarono, incerti se fosse un abbraccio, un bacio o entrambe le cose. Ci districammo goffamente, ma la miccia era stata accesa.

Affondò gli occhi nei miei. «Adam sa che sei qui?»

«No», replicai con sincerità. «Non gliel'ho detto».

Inclinò la testa e i capelli gli ricaddero sulla spalla. «Perché no?»

«Non lo so».

«Non volevo complicarti le cose», commentò a bassa voce. Se solo avesse smesso di fissarmi a quel modo e non mi avesse sfiorato la gamba ogni volta che si muoveva.

«Non l'hai fatto. Non c'è stato alcun problema. Ero proprio qua vicino a una riunione e, con lo sciopero della metropolitana, è normale dover attendere un po' prima di poter tornare a casa».

Era tutto vero. Era una giornata normale, una come tante altre. C'era però una parte che non era necessario comunicargli, quella che avevo dedicato a convincermi che la mia minigonna di French Connection e la camicetta di seta non fossero che il mio abituale abbigliamento da lavoro, per quanto, da un mese a quella parte, avessi indossato solo pantaloni.

«Ma sei matta?», aveva osservato Adam quella mattina mentre mi vestivo, e lui si annodava la cravatta. «Oggi farà un freddo tremendo».

Avevo borbottato qualcosa di indistinto.

«Inoltre, c'è lo sciopero della metropolitana, quindi nessuno di noi sa dove andremo a finire. Faresti meglio a metterti gli stivali, invece dei tacchi».

«Sto bene», avevo ribattuto. «Smettila di preoccuparti». Ma avevo avvertito delle acute fitte di senso di colpa trafiggermi il petto.

Il barman mi posò davanti un calice di champagne con lo stelo lungo.

«Cin cin». James sollevò il bicchiere. «È davvero bello vederti».

I nostri occhi si incrociarono e sorseggiammo il pregiato drink. Fui io a distogliere per prima lo sguardo.

«Allora, come ti vanno le cose?», mi chiese posando il bicchiere sul bancone.

«Uhm, bene», replicai con indifferenza. «Molto bene».

«Strano. I tuoi occhi raccontano una storia diversa».

Sbattendo le palpebre, guardai altrove.

«Ti va di parlarne?»

«È complicato», ammisi. «Risolveremo tutto».

«Sei felice?».

Che domanda insidiosa. Ero felice? Sinceramente, non lo sapevo.

«Non sono... infelice», fu tutto ciò che potei offrirgli.

«Non credi di meritare di più? Non pensi che là fuori ci sia qualcun altro che possa renderti davvero felice?».

Non riuscivo più a respirare. Fui assalita da una vampata di calore, la bocca mi parve piena di polistirolo, ero incapace di parlare.

Mi fissò, e i suoi occhi parvero scavare disperatamente nei miei in cerca di una risposta.

«James, io…».

Lui mi afferrò una mano e la strinse forte. Un fremito di elettricità mi percorse il braccio, provocandomi la pelle d'oca.

In fondo alla mente, mi balenarono immagini come quelle di un film vecchio stile, che si susseguivano a folle velocità. Vedevo noi due che ci dirigevamo verso una stanza ai piani superiori. Che ci baciavamo in ascensore, incapaci di trattenerci un istante in più di quello necessario alla porta per chiudersi. La smania che ci spingeva lungo i corridoi di moquette. Io che scalciavo via le scarpe non appena appendevamo il cartello *Non disturbare* alla maniglia della porta.

Avremmo ignorato la bottiglia di champagne ghiacciato sul tavolino, e io avrei immaginato i volti anonimi che si muovevano lungo la strada trafficata sottostante, ignari dell'inganno e del tradimento che si stava consumando a pochi metri di distanza.

Avrei avvolto le gambe attorno ai suoi fianchi mentre mi incollava alla parete, i baci sempre più intensi, i corpi sempre più ardenti. Ci saremmo aggrappati l'uno all'altra, graffiandoci, ci saremmo strappati gli abiti di dosso, e lui mi avrebbe sollevata e poi adagiata sul letto. Saremmo affondati nelle lussuose lenzuola bianche e i suoi occhi non avrebbero lasciato i miei…

Basta!

Fermai la folle corsa del mio cervello, sapendo che, alla fine, ci saremmo pentiti di quello che avevamo fatto, desiderando che non fosse mai accaduto.

«Mi dispiace, non avrei dovuto…». Mi lasciò la mano.

Volevo che mi toccasse di nuovo. Volevo avvertire ancora una volta quell'elettricità che scorreva dentro di me.

«Amo Adam», dichiarai. «Ci sposeremo. Abbiamo i nostri problemi, ma li risolveremo».

«Tu meriti di meglio. Adam…».

«No», lo bloccai. «Questo non è giusto».

Mi alzai dallo sgabello. «Mi dispiace, James. Non posso farlo. È sbagliato».

Ripensai all'accuratezza con cui, quella mattina, avevo scelto la biancheria intima. Cosa diavolo mi era passato per la testa? Avevo davvero avuto intenzione di spingermi fino a tanto?

«Devo andare». Afferrai il cappotto e lo gettai sul braccio. «Mi dispiace davvero».

L'aria fredda mi assalì non appena spinsi le porte girevoli per uscire in strada. Il vento sferzava il Tamigi emettendo un sordo e inquietante brontolio.

«Buona serata», mi augurò il portiere con un sorriso, toccandosi il cappello.

Non sapevo da che parte andare. Pensai di chiamare Seb e sentire se era ancora in città, ma proprio quando stavo per digitare il suo nome sul telefono, fui travolta dall'impellente bisogno di correre a casa e vedere Adam. Dovevo assolutamente avere la conferma che lui non sospettava nulla. Egoistico da parte mia, ma non potei impedire al mio stomaco di rivoltarsi alla sola idea che subodorasse qualcosa. Come avrebbe reagito se avesse saputo che ero venuta qui per incontrare suo fratello, spinta anche solo da un semplice accenno di intenzione lussuriosa? L'idea non era altrettanto sbagliata dell'azione?

Cercai di fingere con me stessa che le lacrime che mi rigavano il viso erano causate dal vento, non dalla vergogna di quello che avrei potuto fare. Il cervello, però, non era stupido e, quando giunsi a Charing Cross, mi sentii in difficoltà a convincermi che non avevo superato il limite. Con la testa lo avevo fatto, anche se con il corpo non mi ero spinta a tanto.

Mi infilai nella folla del treno delle 19:42. Lo sciopero della metropolitana aveva trattenuto tutti i pendolari che dovevano attraversare la città e che di solito prendevano quello delle 18:02, così eravamo stretti come sardine. Ero schiacciata tra l'uomo calvo e in sovrappeso dietro di me, il cui respiro era così vicino al mio orecchio che avrebbe potuto leccarlo, e la ventenne davanti che aveva avuto l'accortezza di tirare fuori il cellulare per avvertire chi di dovere dei suoi spostamenti prima di salire sul treno. Ora, bloccata com'ero, con le braccia inchiodate ai fianchi, non avevo nessuna possibilità di informare Adam che stavo arrivando.

Goccioline di sudore iniziarono a imperlarmi la schiena, dopo la corsa per prendere il treno. Immaginai la sottile striscia di umidità che correva lungo la spina dorsale, filtrava attraverso la camicetta di seta verde smeraldo, accresciuta dal calore degli altri corpi che premevano contro di me. Le persone più vicine ai finestrini, quelle che negli ultimi dieci minuti avevano avuto la fortuna di sedersi in attesa della partenza, si premurarono di chiuderli quando attraversammo il fiume. Affondarono i visi nelle sciarpe di lana mentre io lottavo con il caldo opprimente che mi stava soffocando.

Cercai di muovermi un po', scostandomi dall'uomo alle mie spalle e dal suo addome prominente che colmava la concavità della mia schiena. Mi domandai se avvertisse l'odore dell'inganno su di me.

Adam era in cucina. Un profumo di cipolla e aglio mi investì non appena entrai e appesi il cappotto al gancio dietro la porta.

«Ehi, sei tu?».

Dal tono della sua voce capii che andava tutto bene. Il peso sul petto iniziò ad alleggerirsi. Non sapevo se sarei stata onesta con lui, ma di certo volevo esserlo.

Mi misi a ridere. «Chi altro stavi aspettando?»

«Hai fatto presto», osservò, dandomi un bacio e brandendo un cucchiaio di legno. «È stato un vero e proprio casino fino a un paio di ore fa».

«Sapevo che ci sarebbero stati ritardi. Per questo ho deciso di aspettare un po' e ne ho approfittato per portarmi avanti con il lavoro.»

Così, ancora una volta, senza neppure rifletterci, avevo deciso di mentire.

«Prendi le posate e versa un po' di vino. Sarò pronto tra dieci minuti».

«Sarà fatto», replicai. «Dammi solo il tempo di cambiarmi».

Entrai in bagno, mi sbottonai la camicetta e mi sfilai la gonna. Avevo bisogno di una doccia, di lavare via la sporcizia, reale e immaginaria, dal mio corpo. Feci scorrere l'acqua più calda del solito e, per quanto fastidiosa, intorpidì i nervi, impedendo loro di fremere. Con gli occhi chiusi, allungai una mano per prendere l'asciugamano sul gancio, ma mi sentii afferrare.

«Oddio!», gridai con il cuore in gola.

Adam rise. «Scusa, non volevo spaventarti. Pensavo che ti andasse questo mentre eri qui». Mi porse il telo e un bicchiere di vino rosso.

Grata per quella cortesia, sorrisi, bevvi un lungo sorso, avvertendo il calore che mi scorreva nel petto.

Si sedette sul bordo della vasca e mi osservò mentre mi asciugavo, lasciando vagare gli occhi sul mio corpo nudo.

All'improvviso, mi sentii imbarazzata e mi strinsi l'asciugamano addosso.

«Sei davvero uno schianto», commentò, alzandosi e avvicinandosi. «Togli il telo. Lascia che ti guardi».

Gli sorrisi di nuovo e, lentamente, aprii l'asciugamano.

Lui sorseggiò un altro po' di vino prima di intingere un dito nel bicchiere e sfiorarmi le labbra. Le mie papille gustative presero vita nel momento in cui gli succhiai il dito e, occhi negli occhi, percepii una pulsazione all'inguine.

Condividemmo ciò che restava nel bicchiere ma, nel momento in cui me lo porse, un po' di vino si rovesciò sul mento e sui seni. Lui chinò la testa e iniziò lentamente a leccare le gocce sulla mia pelle.

Inarcai la schiena quando risalì per impossessarsi della mia bocca. Le sue dita mi scivolarono lungo la schiena, scatenandomi mille brividi.

Mi sollevò da terra e gli avvolsi le gambe attorno al bacino. Mi portò in camera e mi adagiò sul letto.

«Dio, ti amo», mormorò.

Mi misi a piangere quando affondò dentro di me, lasciando che cocenti lacrime di sollievo, di desiderio, ma soprattutto di colpa mi rigassero il viso.

Come avrei potuto rischiare di perderlo?

20

«Raccontami di Rebecca», lo esortai subito dopo, incoraggiata dalla nostra ritrovata vicinanza.

«Cosa vuoi sapere?»

«Voglio sapere chi era, cosa provavi per lei e cosa è accaduto tra voi».

Si sollevò contro la testiera del letto, la fronte aggrottata, gli occhi stretti. «È stato molto tempo fa, Em».

«Lo so, ma è stata importante per te. Come Tom per me».

Incurvò le sopracciglia e mi rivolse uno sguardo interrogativo.

«Oh, andiamo, siamo adulti», ridacchiai. «Non fare il geloso».

«Pensi ancora a lui?»

«A volte. Ma non perché vorrei stare con lui. Mi chiedo solo che cosa starà combinando. Chissà se sta ancora con Charlotte, se è valsa la pena tradirmi e se uno dei due pensa mai a me».

Annuì con aria solenne. «Ho conosciuto Rebecca quando avevo vent'anni. Amici di amici ci hanno presentati a una festa».

«A Sevenoaks?», gli chiesi.

«Sì, ma lei abitava in un paesino poco distante che si chiamava Brasted. Insomma… scoccò la scintilla. Nessuno dei due aveva mai avuto una relazione seria prima di allora, così fu speciale. Eravamo giovani, pensavamo di essere innamorati. Tutto il resto passava in secondo piano».

«Allora, che cosa è andato storto?» Non capivo come una relazione così intensa potesse appassire e morire.

Sospirò. «Eravamo innamoratissimi. Al punto che, a torto o a ragione, abbandonammo gli amici e persino le famiglie quando i nostri cari ci fecero notare che trascorrevamo troppo tempo insieme. Non li ascoltammo. Pensavamo sinceramente che saremmo stati insieme per sempre, e che tutti gli altri avrebbero dovuto prenderci per quello che eravamo. Oppure semplicemente non prenderci affatto. Dal nostro punto di vista, non c'erano alternative».

«Non capisco. Che cosa è cambiato, allora?»

«Stavamo insieme da cinque anni. Il mio lavoro in banca andava bene, lei aveva conseguito l'abilitazione all'insegnamento e aveva trovato un posto in una scuola materna vicino a casa sua. Trovammo un appartamento in affitto a Westernham. La nostra prima casa insieme. Stavamo per trasferirci». La voce gli si spezzò.

«Dimmi», insistetti con delicatezza. «E poi?»

«Era così elettrizzata e aveva preso due giorni di permesso a scuola per sistemare le cose. Mi stavo dirigendo lì dopo il lavoro, quando mia madre mi ha chiamato per dirmi che era successo qualcosa».

«Che cosa? Che cosa era successo?»

«Non aveva senso, perché l'avevo chiamata poco prima di uscire dall'ufficio per avvisarla che stavo arrivando e sembrava felice. Mi aveva detto di sbrigarmi. Aveva preparato il chili e...».

Gli occhi gli si annebbiarono di lacrime. Non avevo mai visto Adam piangere e non sapevo se provare tristezza o risentimento nei confronti del responsabile di quella sua sofferenza.

«Mi sono fatto di corsa la strada dalla stazione ma, quando sono arrivato, era troppo tardi. L'ambulanza era già lì. I paramedici non erano riusciti a salvarla».

Sussultai e mi portai una mano alla bocca.

«Era... andata». Si mise a singhiozzare con violenza, un pianto disumano e straziante dalla bocca dello stomaco.

Mi sollevai per abbracciarlo. Non sapevo se era il caso di insistere, tuttavia sarebbe stato strano non sapere il perché di quell'assurda, incomprensibile tragedia. «Che cosa era successo?»

«Lei era sempre stata asmatica, sin da bambina, ma la cosa era sotto controllo. Poteva condurre una vita normale, divertirsi, andare in palestra. L'importante era che avesse con sé l'inalatore. Era una precauzione da tenere a mente, ma non ci aveva mai impedito di fare nulla. Era in forma, felice».

«Allora, perché non ha usato l'inalatore?».

Gli sfuggì una risata amara e sarcastica. «Questa è la domanda da un milione di dollari. Non era mai andata da nessuna parte senza. Forse con l'eccitazione del trasloco... noi abbiamo pensato che se ne fosse dimenticata».

«Noi?»

«Io e i suoi genitori. Ne aveva lasciato uno a casa loro, ma ce n'erano diversi sparsi in giro, così che ne avesse sempre uno a portata di mano. Ne ho trovato uno in un cassetto della cucina, ma era vuoto. Forse aveva dimenticato o confuso i posti in cui li aveva messi, e non aveva fatto caso a quelli che dovevano essere ricaricati».

«Mi dispiace tantissimo», sussurrai. «Perché non me ne hai parlato prima? Avrei potuto esserti di aiuto e non ti saresti sentito solo».

«Sto bene». Tirò su con il naso. «Ho sempre avuto accanto mia madre. È stata lei a trovarla e a chiamare il 911. È stata dura per lei perché adorava Becky tanto quanto me».

Avvertii una pugnalata nel petto. All'improvviso, era diventata "Becky" e lei, Adam e Pammie avevano un legame di cui non avrei potuto fare parte e che non sarei mai stata in grado di spezzare. Era una competizione a cui non potevo partecipare. Ma mi rimproverai per il mio egoismo.

Avrei dovuto considerarlo come un passo avanti per trovare risposte alla complessa dicotomia che travolgeva la famiglia Banks. Di sicuro, questo spiegava perché Pammie si comportava in quel modo nei miei confronti, e mi addolcii al pensiero che fosse collegato più al dolore per Rebecca che a un'avversione nei miei confronti. Iniziavo a capire, finalmente. Avevo qualcosa su cui lavorare, un argomento da usare in sua difesa.

Adam si spostò dalla sua parte del letto. Tirò su con il naso e si asciugò gli occhi con il dorso della mano.

Sapevo che non era importante, ma non resistetti. «Staresti ancora con lei se non fosse capitata questa tragedia?».

Fece una smorfia, scosse la testa e si alzò. «Sei incredibile», commentò prima di afferrare la maglietta e i pantaloncini in fondo al letto.

«Era solo per chiedere».

«Che cosa vuoi che risponda?», mi chiese, alzando il tono della voce. «Che sì, se non fosse morta tragicamente, saremmo ancora insieme? Ti farebbe sentire meglio?».

Scossi la testa, sentendomi all'improvviso imbarazzata.

«Bene. Allora, non porre domande stupide se non vuoi conoscere le risposte».

Non era stata quella la mia intenzione, ma capivo l'impressione che potevo aver dato. Pensavo che, ora che avevamo fatto l'amore, Adam si sarebbe sentito più felice e meno stressato. Invece, sembrava che, sotto la superficie, ribollisse una forte rabbia. Sempre rivolta contro di me.

«Vado a finire di preparare la cena».

21

Non so come mia madre fu coinvolta nell'organizzazione del mio addio al nubilato. Avevo ufficialmente consegnato il bastone del comando a Pippa, mia principale e unica damigella d'onore. Ma poi Seb aveva aggiunto un po' di denaro, mia madre aveva fatto lo stesso e, all'improvviso, ci ritrovammo tutti a muoverci in punta di piedi in un campo minato.

Pippa si lamentava che Seb non faceva che tentare di assumere il controllo. Mia madre si lamentava che Pippa le nascondeva le cose. E io, che stavo nel mezzo, non sapevo cosa dire o cosa fare.

Le uniche condizioni che avevo posto erano niente spogliarellisti, nessuna maglietta con scritte riguardanti la sposa e, per l'amor del cielo, nessuna bambola gonfiabile. "Meno è meglio", li avevo incoraggiati nella speranza di organizzare un evento più raffinato rispetto a quello di Laura, la moglie di mio fratello. Era stata portata a Blackpool per il weekend, aveva dovuto subire tutta la lista di cose che io avevo rifiutato ma, per fortuna, non si ricordava niente. Tuttavia, c'erano almeno sei di noi al matrimonio che non avevano consumato abbastanza alcol da cancellare il ricordo di lei che scivolava su e giù per un palo della lap dance.

A quanto pareva, invece, i quattro giorni di sbronza che Stuart aveva trascorso con dodici amici a Magaluf erano trascorsi senza incidenti. Si erano dedicati a partite di golf, cene la sera presto e notti tranquille. E quella era la fondamentale differenza tra noi e loro. Gli uomini facevano quello che facevano. Non se ne parlava, e andavano avanti come se nulla fosse. "Ciò che accade tra uomini, rimane tra uomini", era il mantra con cui tutti dovremmo vivere. Peccato che noi donne, dopo due bottiglie di prosecco, diventiamo nostalgiche e decidiamo di filmare ogni cosa per mostrare ai posteri e ai nostri figli quanto siamo state selvagge.

«Non c'è alcun problema», dissi a mia madre quando mi chiamò per domandarmi se mi sarebbe piaciuto che la festa si tenesse all'estero o da qualche parte nel Regno Unito. «Credo che Pippa se ne stia già occupando».

«Sì, è così», replicò. «Ma non rende le cose facili per chi non possiede abbastanza denaro per andare in giro per il mondo. Ha suggerito una cosa yoga in Islanda, o addirittura a Las Vegas. Alcune persone non hanno certe possibilità, Emily». E non le aveva nemmeno Pippa, considerato che la manteneva il padre.

«Lo so, mamma. Nemmeno io desidero qualcosa di stravagante. Inoltre, Adam e i suoi amici andranno a Las Vegas, quindi quel posto è escluso». Mi misi a ridere e lei fece schioccare la lingua in segno di disapprovazione. «Senti, Pippa sa quello che fa e sono sicura che terrà conto dei desideri di tutti».

«Be', Pammie vuole andare al Lake District», disse con tono indignato.

Fu come se fossi stata colpita da un fulmine. «Pammie? Che cosa c'entra lei?».

Speravo che, affidando l'incarico a Pippa, sarei stata esonerata da ogni responsabilità riguardo alla lista degli invitati. In questo modo, se Tess, la mia noiosa e pesante collega, non avesse superato la selezione, non sarebbe stata colpa mia. E non potevo immaginare che Pammie fosse nella lista.

«Ha chiamato ieri per sapere quali fossero i piani», mi spiegò mia madre. «Perché, se non avessimo pensato di organizzare niente, avrebbe fatto qualcosa lei».

Dunque, Pippa non l'aveva invitata. Era stata mia madre. Ruggii interiormente.

«Che cosa le hai detto?», volli sapere mantenendo un tono leggero.

Non le avevo raccontato dei miei scontri con Pammie perché non mi andava di impensierirla. Inoltre, non volevo creare altre inutili tensioni tra loro. Sarei stata già stressata a sufficienza per tutto il giorno del nostro matrimonio. Desideravo solo che la mia famiglia, soprattutto mia madre, si divertisse senza doversi preoccupare di cosa succedeva dietro le quinte. Pammie era un mio problema, e me ne sarei occupata io.

«Le ho detto che la tua amica stava svolgendo delle indagini», replicò sulla difensiva. «Che cosa dovevo fare? Non so cosa posso dire e a chi. Sta diventando un po' troppo pesante».

«No, va bene, mamma. Puoi dire quello che vuoi. Forse sono io l'unica persona a cui non dovresti dire niente, perché deve essere una sorpresa».

«Sì, lo so, cara. Mi confiderò soltanto con Pippa, Seb e Pammie».

Quando conclusi la telefonata, pensai di chiamare Pippa o Seb, giusto per controllare come andavano le cose. Ma, lottando con la maniaca del controllo che si annidava in me, lasciai perdere.

Mormorii di discordia si susseguirono fino al giorno in cui non intrapresi il mio misterioso viaggio. Cercai di ignorarli, ma la meschinità cominciava a darmi fastidio.

«Tua madre dice che non dovrei invitare qualcuno che invece vorrei coinvolgere», piagnucolava Pippa.

«Penso che tua cugina Shelley dovrebbe venire, ma Seb e Pippa sostengono che tu non la vorresti», si lamentava mia madre con tono esasperato.

Quando andai a letto la sera precedente la giornata fatale, che sarebbe iniziata alle sei del mattino, maledissi il momento in cui avevo accettato di fare quello sciagurato addio al nubilato.

«Sveglia, sveglia, dormigliona», mi sussurrò Adam prima di darmi un bacio. «Sta per iniziare il giorno in cui possiamo commettere i nostri ultimi errori prima di sposarci».

Gli assestai un pugno assonnato. «Non ci provare nemmeno», lo minacciai, girandomi poi sull'altro lato e tirando il piumone fino alle orecchie.

«Muoviti», ridacchiò. «Verranno a prenderti tra un'ora».

«Non possiamo semplicemente restare a letto per i prossimi quattro giorni?»

«Ti sentirai bene appena partirai. Da parte mia, non vedo l'ora di iniziare il mio addio al celibato», scherzò.

«Perché tu andrai a Las Vegas!», esclamai. «A me, senza dubbio, toccherà andare a Bognor. Ma non preoccuparti per me. Vai a divertirti, a giocare d'azzardo, a scommettere e a scopare in giro per il Nevada».

«Ehi, oltre a giocare d'azzardo e scommettere, non faremo altro», mi gridò dal bagno.

Scoppiammo a ridere entrambi, ma una parte di me era inquieta. Non solo per Adam e per ciò che avrebbe potuto combinare, ma anche perché non sapevo dove sarei andata e con chi.

Cinquanta minuti più tardi, dopo aver salutato Adam che, tutto elegante, attraversava la strada con dei pantaloni di cotone, una maglietta polo e un logoro borsone da viaggio di pelle marrone, mi ritrovai bendata e spinta dentro un'auto.

«È davvero necessario, Seb?», gli chiesi, ridendo. «Sei sicuro di non volermi anche ammanettare?»

«Non è il mio genere».

«C'è qualcun altro qui? Ehi?»

«Siamo da soli, sciocchina». Scoppiò a ridere. «Hai una vaga idea di dove stiamo andando?»

«Spero un paradiso edonistico a Ibiza ma, conoscendovi, è probabile che finirò con il dover partecipare a un corso di ceramica nelle isole Shetland».

Mi slegò la benda sugli occhi una volta che raggiungemmo la M25. Quando vidi che stavamo andando a ovest, capii che la possibile destinazione poteva essere l'aeroporto di Gatwick. Nel momento in cui deviammo a sinistra sulla rampa d'accesso della M23, conclusi che l'unica alternativa era Brighton.

Riflettei su ciò che avevo messo in valigia. Era come se fossi diretta a un festival in un'imprevedibile estate britannica. Stivali, sarong, un impermeabile e un paio di pantaloncini di jeans che avevo deciso di portare in preda al panico, senza sapere se stavo andando a sciare, a prendere il sole, o a fare qualcosa che stava nel mezzo.

«E se non avessi portato l'abbigliamento giusto?», lo supplicai, voltandomi verso di lui.

«Non preoccuparti. È tutto sistemato», replicò con fare misterioso.

Chi aveva sistemato tutto? Se avevano lasciato fare a Pippa, aveva di certo frugato negli abissi del mio armadio, tirando fuori capi che mi ripromettevo sempre di indossare di nuovo senza farlo mai. Come quei jeans di quando avevo diciannove anni che mi rifiutavo di credere che non avrei usato mai più. Il fatto che fossero di due taglie in meno, scampanati, con i bottoni al posto della cerniera, e orribilmente antiquati, era cancellato dal mio orgoglio eternamente ottimista. Se, Dio non voglia, mia madre avesse rovistato furtivamente tra le mie cose, avrebbe scelto la salopette a fiori e il cardigan a portafoglio, acquistati in un momento di follia ai saldi di fine stagione. Entrambi avevano ancora le etichette perché mi facevano sembrare una dodicenne.

Mi lasciai sfuggire un gemito. «Ti prego, almeno dimmi che avete chiesto consiglio a Adam. Se c'è qualcuno che ha idea di cosa mi piace o mi si addice, è lui». Gli lanciai uno sguardo implorante. Ma lui si limitò a sorridere e a guardare fuori dal finestrino il lampo arancione della coda di un EasyJet che volava basso sul campo accanto a noi.

Mi bendò di nuovo quando l'auto si fermò nell'area di carico e scarico fuori dal terminal sud.

«Non credo che la sicurezza ti permetterà di farla franca», osservai quando Seb strinse forte la benda. «Hai appena portato il traffico di esseri umani a un livello completamente diverso».

Scoppiò a ridere e mi guidò attraverso il tunnel d'ingresso

verso l'atrio delle partenze. Il mio udito acuito dal buio captò il brusio dei viaggiatori eccitati intorno a me. Girammo a sinistra e poi a destra, prima di fermarci all'improvviso in un posto dove regnava un silenzio assordante.

«Uno, due e… tre!», gridò Seb, liberandomi della benda.

Vacillai, assalita da applausi e fischi. I miei occhi non riuscirono a mettere a fuoco tutti i visi che mi sfrecciavano davanti con quegli ampi sorrisi deformati come caricature.

Una marea di persone si riversò su di me, scompigliandomi i capelli e lanciandomi baci. Non avevo assolutamente idea di quanti fossero e, soprattutto, di chi fossero.

«Eccola qui!», gridò Pippa.

«Oh, mio Dio! Sta per mettersi a piangere», osservò Tess, la mia collega.

Mi girai di qua e di là, disorientata, cercando disperatamente di distinguere le voci e abbinarle ai volti, mentre migliaia di pixel mi fluttuavano davanti agli occhi, assumendo lentamente tratti reali.

«Oh, tesoro, sembri sconvolta», esclamò mia madre ridendo. «Sei sorpresa?»

«Non riesco a credere che siate così tanti».

«Siamo nove», mi informò Pippa. «Be', adesso dieci».

Inarcai le sopracciglia con aria interrogativa.

«Mi dispiace», mormorò.

Scrutai il gruppo e i miei occhi si posarono su Pammie. Non era poi un grosso problema. Dopo aver parlato con mia madre, mi ero rassegnata alla sua presenza. Non potevo farci niente.

«Va tutto bene», sussurrai a Pippa, ma lei distolse lo sguardo, il viso carico di tensione.

Poi la vidi. Là, in piedi. I ricci biondi le rimbalzavano sulle spalle e un sorrisino lezioso, quasi compassionevole, le increspava le labbra carnose.

Charlotte.

Il mio cuore parve fermarsi. Come se una mano mi avesse trapassato il petto, lo avesse afferrato per spremerne l'ultimo battito. Anche il mondo attorno a me si arrestò. I rumori, le luci, l'aria svanirono. Vidi solo lei che mi veniva incontro a braccia aperte. Era a tre passi di distanza, non di più, ma il mio cervello stava proiettando ogni movimento al rallentatore. Trascorse un'eternità prima che mi raggiungesse.

«Ciao, Em», mi sussurrò all'orecchio, abbracciandomi e circondandomi con il suo caratteristico alone di profumo di agrumi. Usava ancora la fragranza Grapefruit di Jo Malone. «È passato così tanto tempo. Troppo. Grazie per avermi invitato a festeggiare con te».

L'ultima volta che avevo visto Charlotte era nuda, a cavalcioni di Tom, il mio ragazzo. Non ero mai riuscita a cancellare quell'immagine. La mia mente, per proteggermi, aveva registrato solo la loro espressione scioccata e la classica scena del lenzuolo sollevato per coprirsi. Cosa che avevo trovato ironicamente ridicola perché li avevo visti nudi centinaia di volte. Nonostante ciò, avevano ritenuto necessario celare la parte superiore del corpo, piuttosto che districare all'istante i genitali. Che, siamo onesti, erano proprio le parti che avevano portato alla rottura. Lui era ancora dentro di lei, senza dubbio con molto meno vigore, quando mi ero rigirata sui tacchi per andarmene.

Avevo pensato che avrei sposato Tom. In pratica, vivevamo insieme. Eppure, quella sera mi aveva chiamato dal lavoro per avvisarmi che non si sentiva bene e che credeva fosse più saggio restare a casa sua per la notte.

«Credimi», aveva detto, tirando su con il naso. «Non voglio contagiarti».

Ricordo di aver pensato che era proprio premuroso.

«Probabilmente non è che una banale infreddatura», avevo osservato, sperando di fargli cambiare idea. «Forse a te che sei uomo può sembrare una vera e propria influenza, ma per me, donna, sarebbe solo un po' di goccia al naso».

«Oh, dai». Si era messo a ridere. «Sono qui che provo a essere rispettoso e tu mi prendi in giro».

«Se vieni da me, ti spalmerò il Vicks sul petto».

«Allettante, ma non credo proprio che sarebbe giusto chiedertelo. Mi sento davvero uno schifo».

Non abbastanza, a quanto pareva, per impedire alla mia migliore amica di cavalcarlo quando ero andata a trovarlo con alcuni medicinali e una teglia di lasagne al forno presa da Sainsbury. Tutto ciò che avevo pensato, entrando, era stato se potevo fare passare o no quel piatto per una mia opera. *Mi renderebbe di sicuro una ragazza molto premurosa,* avevo considerato tra me e me, posando le chiavi sul davanzale della finestra e salendo le scale in punta di piedi.

Credo di aver sentito i rumori mentre ero a metà strada, ma il mio ingenuo cervello aveva tradotto i suoi gemiti in tosse, e il suo ansimare in respiro corto. *Forse dovrei portargli un bicchiere d'acqua*, ricordo di avere pensato, esitando sull'ultimo gradino, ancora ignara. A volte, nella mente fingevo di essere tornata al piano di sotto per prendergli da bere, avvertendoli così della mia presenza. Probabilmente l'avrebbe infilata nell'armadio senza tante cerimonie mentre noi ci lanciavamo in una sequenza di capriole degne di un musical.

Forse adesso sarei stata beatamente all'oscuro, in procinto di partire con le mie amiche per festeggiare i miei ultimi momenti di libertà prima del nostro imminente matrimonio. Charlotte sarebbe stata la mia damigella d'onore e io non mi sarei accorta di niente.

Era ancora avvinghiata a me quando Pippa mi afferrò la mano, trascinandomi via.

«Vieni, dobbiamo fare il check-in».

Avevo perso ogni capacità motoria e stavo lì, sbalordita.

«Continua a sorridere», mi sollecitò Seb. «Non so assolutamente cosa diavolo stia succedendo».

«Ma lei...», balbettai. «Com'è stato possibile?»

«Non ne ho la più pallida idea. Siamo sempre stati in nove. Pippa dice che è apparsa dal nulla».

«Che cosa pensi di fare?», mi chiese Pippa, accompagnandomi verso l'operatrice al bancone della Monarch, che stringeva le labbra sottili in una smorfia di impazienza. Registrai vagamente il cartello con il faro alle sue spalle, ma la mente non mi si illuminò. Tutto ciò che sapevo era che volevo andare il più lontano possibile da lì. Da sola.

«Quali sono le mie opzioni?», chiesi in tono sarcastico. «Ora come ora, non mi pare di averne».

«Possiamo dirle di andarsene», propose Pippa. «Non ho nessun problema a farlo se è ciò che desideri».

Non riuscivo a pensare con lucidità. Avrei voluto mettermi a piangere, ma mai e poi mai avrei dato quella soddisfazione a Charlotte. Il suo volto era una macchia sorridente oltre la spalla di Pippa.

«Non posso credere che stia accadendo davvero».

«Allora, che cosa vuoi che facciamo, Em?».

Guardai tutti i visi allegri ed eccitati, sapendo che per Trudy, Nina e Sam, mie ex colleghe, quella sarebbe stata l'unica pausa di tutto l'anno. Avevano pagato fior di quattrini per il volo e il soggiorno. Non sarebbe stato giusto da parte mia rovinare tutto ancora prima di partire.

«Vuoi che le dica qualcosa?», mi chiese Pippa.

Cercai di riprendere il controllo del cervello e mi sforzai di ricordare a chi avevo parlato di Charlotte e Tom. In quel momento, sembrava che tutti lo sapessero e che ne ridessero ogni volta che giravo le spalle. Ma non appena fui in grado di pensare razionalmente, mi resi conto che ne erano al corrente solo mia madre, Seb e Pippa. All'epoca, mi ero sentita così imbarazzata e umiliata che non l'avevo urlato ai quattro venti. Se adesso avessi fatto una scenata, tutti lo avrebbero saputo e non si sarebbe parlato d'altro, non solo durante il weekend del mio addio al nubilato, ma anche al matrimonio.

«Lasciala venire», dichiarai, brusca. «Me ne occuperò io».

Avevo trascorso così tanto tempo a immaginare quel momento, a domandarmi cosa sarebbe successo se l'avessi incontrata di nuovo. Mi sarei lanciata contro di lei per strapparle i capelli? L'avrei ignorata? Alla fine, non era accaduto proprio niente di tutto questo. Mi sentivo solo indifferente.

«Dove stiamo andando?», volli sapere, cupa.

«In Portogallo!», esclamò Pippa, piena di entusiasmo.

Cercava di sostenermi, di tenere alto il morale, ma il mio umore era impossibile da sollevare.

Cercai di concentrarmi su quello che le persone mi dicevano mentre ci accomodavamo nella sala partenze, scolandoci due bottiglie di prosecco. Erano tutti così felici, così desiderosi di rendere speciale quel momento, facevano persino a gara per ottenere la mia attenzione. Girai la testa da una parte e dall'altra, offrendo gesti esagerati. Ma mi sembrò tutto falso, come se mi stessi sforzando troppo per il timore che venisse a galla il vero problema.

Le valigie tintinnarono quando ci alzammo all'annuncio del nostro volo, i nostri acquisti duty-free che si scontravano gli uni con gli altri.

«Credo che abbiamo alcol a sufficienza per affondare una corazzata», osservò Pippa. «Cliff Richard non dovrà preoccuparsi che gli venga prosciugato il vigneto».

«Vedremo Cliff Richard?», si intromise mia madre.

«No. Produce vino laggiù».

«Non posso bere troppo», disse Tess mentre incominciavamo ad avviarci. «Ho una grossa presentazione la settimana prossima».

Ci lasciammo tutti sfuggire una sorta di grugnito.

Pippa scoppiò a ridere e mi batté la mano sulla schiena, già annebbiata dall'alcol. «Ora capisco cosa intendevi quando parlavi di lei».

«Che sorpresa vedere Charlotte», commentò mia madre a bassa voce, indietreggiando per parlarmi da sola. «Va tutto bene ora tra voi?».

Le rivolsi un sorriso sforzato.

«Sono felice che abbiate risolto le vostre questioni. Avresti dovuto dirmelo».

Rimasi senza parole. Ero troppo sconvolta anche solo per mettere insieme i pezzi di quello che stava accadendo.

Cercai di evitare Charlotte per tutto il viaggio, allontanandomi ogni volta che la sentivo scivolare verso di me di soppiatto. Pippa e Seb erano i miei respingenti, anche se il costante rifornimento di drink a bordo non li stava aiutando a mantenersi lucidi.

«Ti prometto che domani sarò più affidabile», biascicò Seb, abbandonando l'impresa di afferrare la mia valigia dal nastro trasportatore.

Invece ci riuscì Charlotte, con entusiasmo. Io la presi senza dire una parola.

Non riuscii neppure a guardarla perché, se lo avessi fatto, mi sarebbe tornato alla memoria tutto, e la cosa mi avrebbe colpita con la forza di una tonnellata di mattoni.

Mi assicurai di essere l'ultima sul minibus per non correre il rischio di ritrovarmela seduta accanto.

Di certo non avrei potuto continuare a evitarla a quel modo per quattro giorni.

Era il mio momento di felicità. Qualcosa doveva cambiare.

Mi veniva quasi da ridere. Che ironia, aver temuto che fosse Pammie la mia più grande preoccupazione di quel fine settimana.

22

Vedevo il riflesso di Charlotte dietro di me mentre scrutavamo entrambe l'oscurità fuori dal finestrino, curiose di sapere dove stavamo andando. Mi domandai se, come me, ricordava l'ultima volta che avevamo fatto un viaggio come quello. Due innocenti diciottenni in procinto di entrare nella fossa dei leoni di Ayia Napa. Avevamo riso impietosamente dei nostri compagni vacanzieri che erano stati accompagnati ai loro hotel dal pullman, e ogni posto ci era sembrato meno salubre di quello precedente.

«Sono contenta che noi non rimarremo lì», aveva commentato. «Non entrerei mai in quella piscina».

La nostra ingenuità non era passata inosservata al conducente del pullman che continuava a osservarci dallo specchietto retrovisore, sorridendo e scuotendo la testa. Era evidente che lui sapeva qualcosa che noi ignoravamo perché, quando ci aveva lasciate in mezzo al nulla, aveva riso di fronte alle nostre espressioni confuse.

«No. Non può essere», aveva insistito Charlotte mentre scendevamo dal veicolo e affondavamo i piedi nella melma viscida. «L'opuscolo diceva che si trovava nel cuore della zona».

Il nostro autista, che da quanto avevamo letto sulla targhetta si chiamava Deniz, aveva scosso la testa e sorriso.

La cruda luce di un riflettore sopra il portico ci aveva guidate lungo uno stretto sentiero, dove avevamo visto gechi guizzare via mentre trascinavamo mestamente le nostre valigie.

«Ciao!», ci aveva gridato Deniz con tono allegro prima di ripartire.

Avrei voluto corrergli dietro. Nonostante i baffi arricciati e gli occhi piccoli, sembrava un'opzione migliore e più sicura della sudaticcia matrona seduta dietro il banco della reception che allontanava gli insetti con uno scacciamosche. Ci erano voluti tre o quattro bicchieri di raki, il tipico distillato della zona, per cogliere il lato divertente della cosa. Non so quanti ne erano seguiti prima che perdessimo i sensi, svegliandoci su un lettino da spiaggia ammuffito la mattina successiva, con il calore del sole cipriota su di noi.

Da allora, ne avevamo parlato – be', almeno fino a quando avevamo smesso di rivolgerci la parola – come del nostro "viaggio verso la maturità", una scatenata fuga mistica fatta di raki, senza freni e inibizioni. Sorrisi, nonostante tutto.

La voce eccitata di Pippa invase i miei pensieri, riconducendomi alla realtà. «Deve essere questa!», strillò. «Siamo arrivati!».

La villa, con i muri color pesca delicatamente illuminati da applique, era davvero splendida. Tuttavia, avrei preferito essere lì con le persone che amavo, non con una futura suocera psicopatica e una donna che era andata a letto con il mio ex ragazzo.

«Wow!», gridarono tutti all'unisono.

«Niente male, eh?», disse Pippa.

Tutti eccitati, si affollarono attorno all'ingresso mentre lei armeggiava con la serratura. Mi trattenni in fondo al gruppo, lottando con il disperato impulso di risalire sul minibus in partenza, anche se non sapevo per dove. Ricacciai indietro le lacrime che mi pizzicavano gli occhi e, proprio in quell'istante, avvertii una mano sulla parte bassa della schiena.

«Stai bene?», mi chiese mia madre con dolcezza.

Riuscii ad annuire e a ingoiare il groppo in gola. Mia madre era qui. Sarebbe andato tutto bene.

Per la cena, Pippa aveva prenotato un tavolo al BJ, un ristorante sulla spiaggia.

«Nome appropriato», gridò l'abitualmente pacata Tess, mentre salivamo i ripidi gradini del parcheggio polveroso, sottolineando il doppio senso di BJ che, in slang, indicava un rapporto orale. «Diamoci dentro!».

Pippa scoppiò a ridere. «Oh, mio Dio. Quando ha già bevuto?».

Mi sentii strattonare una mano. Girandomi, vidi che era Charlotte.

«Non mi hai ancora rivolto la parola. Non mi hai nemmeno detto ciao».

«Non adesso», replicai. «Non sono dell'umore adatto».

«Allora, perché mi hai invitata?».

Mi bloccai e mi voltai per guardarla dritto in faccia. «Invitata? Pensi che *io* ti abbia invitata?».

Fu come se avesse ricevuto uno schiaffo. «Be', sì. È quello che mi ha detto Pammie…». Esitò. «Non è così?».

Una vampata di calore mi incendiò le orecchie. La bocca di Charlotte si muoveva, ma le parole divennero smorzate. *Pammie?* Non riuscivo nemmeno a comprendere come potesse essere accaduto. Cercai una connessione, un modo per combinare i pezzi. Nel mio cervello vorticavano immagini di Pammie, Adam, James e persino di Tom. E tutti ridevano, i lineamenti contorti come i pupazzi di Spitting Image, il programma televisivo di satira, oscillando avanti e indietro. Ebbi l'impressione che mi stessero calpestando, anche se non riuscivo a vedere chi manovrasse i fili.

Si conoscevano? Come? Quando? La mente correva tentando di dare un senso a tutto.

Rividi la scena al rallentatore di Charlotte a cavalcioni di Tom e fu necessaria tutta la mia determinazione per non spingerla oltre il ciglio e farla precipitare nel mare sottostante.

«Pammie?», le chiesi, augurandomi di aver sentito male. Ogni fibra del mio corpo si preparò alla battaglia. O alla fuga. Mi detestai per la mia debolezza. Dovevo mantenere il controllo.

«Sì. Mi ha invitata da parte tua».

Scossi la testa. «Che cosa? Come?»

«Non lo so. So solo che Pammie mi ha telefonato e mi ha detto che ti avrebbe fatto piacere se avessi partecipato al tuo addio al nubilato. Le ho chiesto se era sicura di aver capito bene. Ha detto di sì e mi sono sentita al settimo cielo. Non riuscivo a crederci».

«Come hai potuto pensare che avrei voluto rivederti dopo quello che mi hai fatto?».

Gli occhi mi si riempirono di lacrime mentre, per la prima volta, la guardavo con attenzione. Avvertii una specie di scossa man mano che le emozioni confuse mi avvelenavano il cervello inondandolo di un desiderio irrefrenabile di abbracciarla. Respinsi quell'impulso a fatica. Fino a quel momento, non mi ero resa conto di quanto mi fosse mancata.

Abbassò lo sguardo. «Mi dispiace davvero tanto», disse con un sussurro. «Non riesco ancora a credere di averlo fatto davvero».

«Ma lo hai fatto», rimbeccai secca, prima di girarmi e scendere le scale.

Avevo bisogno di un drink e, grazie al cielo, i nostri bicchieri erano già pieni quando raggiungemmo il tavolo. Ne bevvi subito un sorso generoso ancora prima di sedermi.

«D'accordo. Chi ci sta per un Fuzzy Duck?», gridò Tess. «Mettete in fila i bicchieri, signore!».

«E signori», la corresse Seb.

Sorrise e continuai a fissare davanti a me. Se mi fossi girata a destra, avrei visto Pammie, e non potevo guardarla in quel momento perché avevo paura di quello che avrei potuto fare.

«Che ne dite di giocare a obbligo o verità?», suggerì Seb.

«Sì!», gridò Tess, euforica.

Continuai a sorridere, il volto ridotto a una maschera priva di espressione. Bevvi un altro sorso. Grazie al cielo l'alcol iniziava già a intorpidire le mie terminazioni nervose.

La bottiglia di terracotta un tempo piena di Lancers Rosé roteò e rotolò fino a rallentare e a fermarsi su Seb.

«Obbligo o verità?», chiese Pippa.

«Obbligo!».

«Okay. Quando il cameriere ti domanderà cosa vorresti mangiare, dovrai fare del tuo meglio per ordinare in portoghese».

Lui sorrise e chiamò il cameriere. «Ecco... vorrei, come dite, *spaghetti bolognesi con pan du aglio come aperitif*».

Non riuscimmo a contenere le risate.

«Non so che guazzabuglio di lingue tu abbia usato, ma scommetto che nessuna di queste era portoghese», sghignazzò Tess.

«Desideri anche del parmigiano, amico?», chiese il cameriere sorridendo con un perfetto accento cockney.

Ci fu un altro scoppio di risate, ma io riuscii solo a sentire l'assordante silenzio in fondo al tavolo. Mi riempii di nuovo il bicchiere, bevvi e guardai Pammie. Lei mi lanciò un'occhiata torva, di sfida, come se mi invitasse alla lotta.

Nessuno se ne accorse. Ma nessun altro la conosceva come me. Non sapevano che la dolce vecchietta che camminava a passo lento, dandosi arie da martire, era in realtà una strega calcolatrice e intrigante. Ma se voleva continuare con quei giochetti e prendermi sistematicamente in giro fino ad annientarmi, come sperava, mi sarei fatta trovare pronta.

La bottiglia girò e si fermò davanti a Charlotte.

«Obbligo o verità?», chiese Seb.

I suoi occhi guizzarono verso di me. «Verità».

«Ho una domanda per te», gridò Pippa. «Qual è il tuo più grande rimpianto?».

Charlotte reagì come se si aspettasse già quella domanda. «Ho stupidamente pensato di essere innamorata. Ma il problema era che lui non era mio, ma era il ragazzo della mia migliore amica».

Avvertii l'agitazione di Pippa e Seb accanto a me. Tess sussultò rumorosamente.

«Come una sciocca ingenua, ho creduto che tutto sarebbe andato per il meglio», proseguì Charlotte. «Ma, naturalmente, non fu così. Non è mai così».

«Allora, che cosa è successo?», chiese Tess. «La tua amica lo ha scoperto?».

Charlotte mi fissò. «Sì, e nel peggiore dei modi. Non dimenticherò mai l'espressione sul suo volto. Era completamente a pezzi».

Sentii stringermi il petto.

«Almeno ne è valsa la pena?», insistette Tess. «Siete rimasti insieme?»

«No», replicò a bassa voce. «Le volevamo troppo bene. Tenevamo a lei più che alla nostra relazione. E quando ci siamo resi conto del male che avevamo provocato, ci siamo lasciati. Un solo insensato errore, e così tante conseguenze». Una lacrima le scivolò lungo la guancia. Se la asciugò in fretta. «Una follia che non consiglierei a nessuno». Ridacchiò in maniera sforzata e amara, nel tentativo di alleggerire l'atmosfera.

Inghiottii le lacrime. Solo in quell'istante mi resi conto del dolore che avevo trattenuto durante tutti quegli anni. Non mi ero mai fermata a valutare realmente l'enormità dello strazio di aver perso il mio ragazzo e la mia migliore amica in un colpo solo. Avevo infilato la testa nella sabbia e continuato ad andare avanti a denti stretti, negando il danno che mi avevano causato. Forse avevo pensato che, non ammettendolo, in qualche modo sarebbe sparito, come se non fosse mai accaduto. Ero giunta quasi a convincermi che fosse la cosa migliore che mi potesse capitare, perché avevo separato il grano dalla pula. Senza di loro sarei stata meglio, mi dicevo. Ma non era così. Fino ad allora, Tom era stato l'amore della mia vita, l'uomo con cui avrei avuto dei figli. E Charlotte? Era stata al mio fianco da quando ci eravamo conosciute in terza elementare.

«Inseparabili come gemelle siamesi», aveva commentato mia madre, parlando con quella di Charlotte davanti ai cancelli della scuola. «Staranno insieme per sempre».

Sorridendo, sua madre aveva annuito. Da quel momento in poi, non era trascorso un solo giorno senza che ci parlassimo. Avevamo frequentato lo stesso liceo, eravamo andate in vacanza insieme e avevamo persino trovato il nostro primo lavoro a poche strade di distanza l'una dall'altra dietro Oxford Circus. Telefonavo a sua madre ogni settimana per scambiare due chiacchiere, e lo stesso faceva Charlotte con la mia. Sembravamo uscite dallo stesso stampo, tanto eravamo simili. Ma poi lei aveva dimostrato che non ci assomigliavamo affatto.

Guardandola adesso, mentre si asciugava le lacrime, mi addolorò pensare al tempo perduto. L'affetto e le risate che avremmo potuto condividere, invece del dolore e dell'odio.

«D'accordo. Chi è il prossimo?», strillò Seb, facendo roteare di nuovo la bottiglia.

Un coro di urletti e di "ooh" divenne sempre più assordante quando la bottiglia iniziò a rallentare.

«Emily!», gridarono tutti con fragorosi applausi.

«Del tutto meritato», disse qualcuno. «La futura sposa deve pentirsi dei suoi peccati».

Sorrisi in maniera poco convincente. «Non ho scheletri nell'armadio».

«Vedremo, vedremo», commentò Pippa con una risata.

«Posso chiedere io?», implorò Tess.

Svuotai il bicchiere e mi voltai verso di lei.

«Obbligo o verità?»

«Verità».

«Okay... Sei mai stata infedele?».

Non ebbi nemmeno bisogno di pensarci. «Mai».

Si levò un gemito collettivo.

«Come sarebbe a dire mai? Nemmeno quando eri più giovane?», insistette Tess.

«No, mai». Lanciai un'occhiata a Charlotte, la mia amica più di lunga data.

Lei scosse la testa.

«Be', dipende da che cosa intendiamo per infedeltà», tenne a precisare Tess con schiettezza. «Insomma, stiamo parlando di sbaciucchiamenti, di petting o di rapporti sessuali completi?».

Tutti risero di nuovo e si finsero scioccati per l'uscita audace di Tess, sempre così pacata e composta.

«Che cos'è il petting?», chiese Pippa. «Ne parlano di continuo al talk show di Jeremy Kyle, sapete, quando fanno il test con la macchina della verità. "Da quando esci con Charmaine, hai fatto petting con qualcun'altra?"».

«Be', è più di un bacio, ma meno del sesso», ridacchiò Tess. «Insomma, è tutto quello che sta nel mezzo».

«Adesso sì che è molto più chiaro, Tess. Grazie per averci illuminati», commentò Seb, sarcastico.

«Forse è più di questo», intervenne Pammie. «Forse anche la sola intenzione è sufficiente per rientrare nella sfera del tradimento?»

«Caspita, Pammie», esclamò Pippa. «Se il solo pensiero è da considerarsi un'infedeltà, sarei la più grossa sgualdrina mai esistita su questa terra».

Mi misi a ridere mentre Pammie arricciava il naso con disgusto. «Non sto parlando dei pensieri che ti passano per la testa. Sto parlando della reale intenzione di fare qualcosa di sbagliato, come accettare di incontrare qualcuno quando sai bene come potrebbe andare a finire».

«Non saprei dirti se questo costituisca un'infedeltà, Pammie», replicò Pippa.

«Lo è se tieni quell'incontro segreto al tuo compagno, indipendentemente dal fatto che tu vada fino in fondo o no. Il semplice fatto di andarci, del tutto consapevole di ciò che potrebbe accadere, è un vero e proprio tradimento, a casa mia».

Si levarono versi di dissenso tra le ragazze e Seb.

«Allora, significa che ho tradito il mio Dan diverse volte», disse Trudy, improvvisamente sconfortata da quel pensiero.

«Quindi, ti sei incontrata con qualcuno con l'intenzione di andarci a letto?», chiese Pammie.

«Be', no. Ma ho conosciuto dei ragazzi fuori la sera che ho trovato attraenti».

«E vi siete accordati per incontrarvi di nuovo, ben consapevoli entrambi del vero motivo per cui vi trovavate lì? Perché, siamo onesti, quella è l'unica prospettiva», concluse Pammie.

«Be', no...», replicò Trudy.

«Allora sei a posto. Quello che dico io è diverso. Se tu dovessi vederti con qualcuno, con il solo intento di tradire il tuo compagno, non saresti forse infedele, anche senza poi andare fino in fondo?».

Alcune annuirono in silenzio.

«Quindi, dovresti rifare la stessa domanda a Emily», suggerì Pammie.

Le mie orecchie iniziarono ad ardere mentre la guardavo con gli occhi socchiusi. Immagini di me e James mi balenarono nella mente. Noi due seduti in atteggiamento intimo in un angolo di un caffè in una strada secondaria. Noi due appollaiati sugli sgabelli di un bar esclusivo di un albergo. La sua mano sulla mia. Il linguaggio del corpo che urlava "lo voglio, non lo voglio". Se io stessa la vedevo così, chissà come l'avrebbe presa qualcun altro. Forse ci avevano visto? Era questo che stava suggerendo?

Tess si voltò verso di me con aria solenne. «D'accordo, riformulerò la domanda. Signorina Emily Havistock, lei è mai stata infedele, anche solo intenzionalmente?».

Pammie incrociò le braccia e increspò le sopracciglia, in attesa della mia risposta. Non era possibile che lo sapesse. James non avrebbe avuto motivo di dirglielo. Perché mai? E le probabilità che qualcuno ci avesse visti, facendo due più due, erano una su un milione. Stavo diventando paranoica.

La guardai dritta negli occhi. «No, mai».

La vidi irrigidirsi sulla sedia mentre gli altri riportavano l'attenzione sul giocatore successivo.

Borbottò qualcosa sottovoce. Fui abbastanza sicura di avere distinto un nome. James.

23

«Che serata divertente», affermò mia madre mentre ci stavamo struccando davanti allo specchio del bagno.

Ondeggiavamo un po'. Almeno io. Forse era il mio barcollare a darmi l'impressione che lo stesse facendo anche lei.

«Non ridevo così da anni», ammise, sollevando una gamba per slacciarsi la scarpa.

Le sorrisi. «Credo che un cameriere si sia invaghito di te».

«Oh, smettila!». Si mise a ridere e si sporse verso di me in quell'equilibrio precario, con la gamba in aria. «Oh! Em, aiuto!».

La afferrai al volo e si appoggiò a me. «Cosa diavolo stai cercando di fare?», ridacchiai.

«Ecco, se solo io...», iniziò, prima di abbandonarsi a una crisi isterica.

Le tenni stretta per i gomiti prima che cadesse a terra. Non l'avevo mai vista così prima d'ora.

«E non è bello rivedere Charlotte?», disse. «Sono davvero contenta che tu abbia appianato le cose con lei. Nessuna amicizia vale la pena di essere distrutta a causa di un ragazzo. Soprattutto un'amicizia speciale come la vostra. L'ho detto anche a Pammie».

Sentire il suo nome mi fece tornare sobria all'istante. «Che cosa le hai detto?», le chiesi, tentando di mantenere il mio tono leggero.

«Solo questo», replicò ancora seduta sul pavimento del bagno. «Quando le ho raccontato che cosa era accaduto, ho aggiunto che la cosa mi rattristava perché un tempo eravate molto unite».

Sentii un'ondata di calore che mi ribolliva sotto la pelle. Mi lasciai cadere a terra accanto a lei. «Perché ne avete parlato, mamma?»

«Pammie mi ha chiesto se era rimasto fuori qualcuno dalla lista degli invitati al matrimonio. Stava ricontrollando che tutti avessero risposto. Le ho confermato che ero sicura che ci fossimo occupati della cosa, ma quando mi ha chiesto dei tuoi amici di gioventù, mi sono messa a riflettere».

«Ah, ecco. Ora capisco». Annuii tranquilla, ma dentro di me stavo urlando come una pazza. *Che cosa diavolo c'entra lei?* Avremmo pagato noi le spese del matrimonio, e i miei genitori ci avrebbero regalato il viaggio di nozze. Pammie non aveva alcuna voce in capitolo.

«Quindi le ho detto che l'unica persona che non era stata invitata e che in altre circostanze non sarebbe mai potuta mancare era Charlotte».

Continuai ad annuire fingendo pacatezza e pazienza, e cercando con tutta me stessa di tornare sobria.

«E poi le hai raccontato tutto quello che è successo?»

«Be', quasi tutto, sì. Non pensavo che fosse inappropriato rivelare come avevi scoperto la tresca tra Tom e Charlotte. Ho solo detto che si vedevano alle tue spalle».

Avvertii una morsa dolorosa nel petto. «Coraggio, alziamoci», la esortai, afferrandola sotto le braccia.

Lei continuò a ridacchiare fino a quando non raggiunse il letto. Quindi lasciai la camera in silenzio e chiusi la porta.

Percorsi tutto il corridoio fino al retro della casa con passo sempre più veloce e pesante.

Spalancai la porta senza bussare.

«Chi diavolo ti credi di essere?», sibilai.

Pammie non sollevò neppure lo sguardo dal libro che stava leggendo e non si meravigliò del fatto che, all'improvviso, avessi iniziato a darle del tu.

«Mi chiedevo quanto tempo ci avresti messo», replicò.

«Come osi?», sbraitai. «Come osi invitarti ai festeggiamenti del mio addio al nubilato e portare *lei* con te?»

«Pensavo che saresti stata contenta. Io la vedevo come una meravigliosa opportunità per ritrovarvi». Ripose il libro sul comodino e si tolse gli occhiali, massaggiandosi il ponte del naso. «È un tale peccato», proseguì. «È triste avere un'amica e perdere i contatti. È successo qualcosa in particolare?».

E così, voleva giocare? Molto bene. L'avrei accontentata.

«Non esattamente», replicai secca. «Ci siamo allontanate con il tempo».

«Be', quando ho saputo che vi eravate conosciute a scuola e che eravate molto unite, non ho potuto fare a meno di pensare che una persona così speciale dovesse essere presente al giorno più importante della tua vita». Gli occhi sfavillarono in maniera sinistra. «Ho effettuato una ricerca su quella cosa sul computer. Come si chiama? Book Face, o qualcosa del genere».

Certo che era proprio brava. Ma sembrava che si fosse dimenticata che Adam non era lì in quel momento. Non avrebbe potuto sentire il tono patetico della sua voce né vedere l'espressione beffarda sul suo volto. Senza dubbio sarebbe stato orgoglioso del suo ingegnoso lavoro investigativo. "Oh, Dio la benedica", avrebbe esclamato, estatico. "Non è stata un'idea premurosa? Non è una donna incredibile?".

Sorrisi. «Facebook, Pamela. Si chiama Facebook».

Trasalì e si tirò su bruscamente. Il suo atteggiamento infantile scomparve all'istante. «Non sono obbligata a comportarmi in maniera civile con te», sibilò. «Ma, nel bene e nel male, diventerai mia nuora».

Le rivolsi un sorriso acido. «Proprio così. E, pensa, io non vedo l'ora».

«Faresti meglio a evitare quel sarcasmo», rimbeccò. «Non ti si addice».

«E tu dovresti smettere di fare la stronza».

Nei suoi occhi balenò un lampo tenebroso e strinse le labbra, rivelando la linea delle gengive sopra gli incisivi, come un cane rabbioso. «Non hai un minimo di buone maniere?

Credi davvero che mio figlio starà con una come te per il resto della vita?».

Sicura che ci fosse dell'altro, rimasi lì, a braccia conserte, in attesa che proseguisse.

«Può avere qualunque donna desideri», continuò. «Perché diavolo si stia accontentando di una come te, non lo so. Ma, alla fine, ritroverà la ragione. Ricorda bene le mie parole. E mi auguro che accada il prima possibile».

Sorrisi, come se le sue frasi perfide e crudeli mi scivolassero addosso, come l'acqua sul dorso di un'anatra. In realtà, erano lame affilate che mi si erano conficcate nel cuore. Mi sembrò di tornare indietro nel tempo, alle scuole elementari, con la malvagia Fiona che incombeva su di me in un angolo del cortile, mentre io giacevo a terra con il mio abitino a quadretti blu sollevato fino alla vita.

«Perché hai le mutandine sporche?», aveva sghignazzato. «Guardate, Emily si è fatta la cacca addosso».

Tutti gli altri bambini erano accorsi, ridendo divertiti. Io mi ero abbassata in fretta il vestito e avevo cercato di rimettermi in piedi. Fiona mi aveva offerto la mano ma, quando mi ero protesa per afferrarla, l'aveva ritratta, facendomi ricadere all'indietro.

«Oh, sciocca, sudicia Emily», aveva riso, imitata da tutti gli altri, che si adeguavano anche solo per il timore di essere presi di mira a loro volta. «Sarà il caso che tu vada a cambiarti, perché nessuno vorrà stare seduto accanto a una che puzza di merda».

Sentivo ancora adesso il peso della vergogna e dell'imbarazzo. Il rossore che mi aveva fatto avvampare le guance anche se avevo lottato con tutta me stessa per fermarlo. Ero corsa verso i bagni, dove il solito branco di ragazzini ostruiva l'entrata. Mi ero fatta strada proprio quando la campanella era suonata per segnalare la fine dell'intervallo.

«Emily Havistock, è ora di tornare in classe», aveva gridato la signora Calder dall'altro lato del cortile. Evidentemente aveva gli occhi anche dietro la testa.

L'avevo ignorata, preferendo affrontare la sua collera piuttosto che quella di Fiona. Avevo sbattuto la porta del cubicolo e l'avevo chiusa a chiave. Quindi mi ero abbassata le mutandine per controllare i segni. Non avevo trovato nient'altro che una striscia lasciata dalla terra quando ero caduta. Non so perché avevo creduto che fosse qualcos'altro. Ero scoppiata a piangere, liberando le lacrime che avevo trattenuto così a lungo per il timore che se, le avessi lasciate scorrere, non si sarebbero più fermate.

Quello stesso tipo di lacrime che minacciavano di sgorgarmi adesso, una ventina di anni dopo, davanti a un'altra prepotente prevaricatrice. Le ingoiai di nuovo e trafissi Pammie con uno sguardo d'acciaio.

«Quando ti renderai conto che Adam e io staremo insieme per sempre?», l'aggredii con la voce che mi tremava.

Schioccò la lingua e alzò gli occhi al cielo. «Non credo proprio», sospirò. «Non hai alcuna possibilità».

Mi avvicinai. «Sposerò tuo figlio. Nonostante tutto quello che tu possa dire o fare, non potrai fermarci. Succederà, che ti piaccia o no. Perciò ti suggerisco di abituarti all'idea».

Lei si sporse ancora di più in avanti, fino a quando i nostri nasi quasi si toccarono.

«Dovrai passare sul mio cadavere», sibilò.

24

«A quanto pare hai una grande ammiratrice», mi sussurrò Adam, rannicchiandosi accanto a me.

Erano le due del mattino, era tornato a casa da un'ora e l'avevamo trascorsa quasi tutta facendo l'amore. Non mi sarei mai rifiutata, soprattutto dopo che eravamo rimasti separati per quattro giorni e, senza dubbio, lui era stato indotto in ogni tentazione possibile e immaginabile. Adesso, però, ero stanca e avevo bisogno di dormire qualche ora prima della sveglia delle sei.

«Uhm», bofonchiai. «Chi?»

«Mia madre», esclamò esultante. «Ha detto che si è divertita tantissimo e che l'hai fatta sentire davvero la benvenuta».

Presi un respiro profondo, attendendo che la smettesse con il sarcasmo e mi confessasse cosa aveva detto in realtà. Dio, era riuscita a informarlo con una tale rapidità? Gli aveva parlato persino prima di me? Aveva toccato il suolo inglese solo da un paio d'ore.

«Quindi, grazie», sussurrò, schioccandomi un bacio dopo l'altro sulla guancia.

Mi girai a guardarlo.

Si mise a ridere. «Che cosa c'è?».

Ripensai alla promessa che mi ero fatta di non vederla mai più dopo il matrimonio, da quando aveva messo in discussione il mio rapporto con Seb.

Il suo commento era uscito fuori dal nulla mentre stavo prendendo il sole in piscina, la mattina dopo il nostro diverbio. «Lo sai, vero, che non potrai vederti con Seb con la frequenza di adesso dopo il matrimonio?».

Non mi ero neppure accorta che si fosse alzata, di certo non mi aspettavo di ritrovarmela distesa accanto in piscina.

Non avevo mosso un muscolo. Avevo solo sbirciato sotto gli occhiali da sole per controllare Tess e Pippa che facevano snorkelling nell'acqua bassa. Non c'era nessun altro in giro.

«Ah, davvero?», avevo replicato.

«Sì, è così», aveva dichiarato, tirando su con il naso. «Non è corretto che tu abbia una simile intimità con un altro uomo. Adam è disposto a sopportarlo fino al matrimonio, ma dopo Seb dovrà sparire».

Avevo continuato a rimanere immobile, anche se i muscoli si erano contratti sotto la pelle. Il mio più grande desiderio in quell'istante sarebbe stato di balzarle addosso e cavarle gli occhi.

«Lo ha detto Adam, immagino», avevo replicato con tono fermo.

«Certo. È una cosa su cui ha sempre avuto delle riserve. Fin dall'inizio, mi ha espresso la sua scontentezza a tal proposito».

«Non so se è sfuggito alla tua attenzione, Pamela, ma Seb è gay». Non appena avevo pronunciato quella frase, avrei voluto ritirarla all'istante. Così sembrava che volessi giustificare il nostro rapporto. Come se la sua omosessualità risolvesse la faccenda e rendesse tutto lecito.

«Apprezzo molto quest'informazione», aveva dichiarato, tirando di nuovo su con il naso. «Ma non è comunque corretto. Non dovrebbe essere qui. Adam era inorridito quando ha saputo che lo avevi invitato».

Adam non me ne aveva neppure accennato. Non lo avrebbe mai fatto. Ma ora che ci pensavo, non avevamo mai affrontato l'argomento. Il rapporto tra me e Seb era quello che era da sempre, da molto prima che Adam apparisse sulla scena. Avevo pensato, o forse solo immaginato, che non fosse un problema per lui. Ma forse mi sbagliavo.

«Dunque, che cosa ha detto?», le avevo chiesto.

«Che proprio non riusciva a crederci. Gay o no, è comunque un uomo che se la spassa con la sua ragazza e che partecipa persino alla sua festa di addio al nubilato. È imbarazzante per lui».

Mi ero tolta gli occhiali da sole e mi ero sollevata a sedere. Non so se Pammie se ne fosse accorta perché era rimasta distesa con un cappello floscio che le copriva la parte superiore del viso.

«Adam ti ha detto davvero che lo metto in imbarazzo?», avevo insistito, detestandomi per essere caduta nella sua trappola.

Lei aveva sorriso, entusiasmandosi. «Certo. Chi non lo sarebbe? Non è colpa di Adam. È solo la reazione naturale di un uomo. Non ne conosco uno che sarebbe felice di vederti trascorrere tanto tempo con un altro come fai con Seb. Non è così che ci si aspetta che si comporti una donna in procinto di sposarsi».

«Non viviamo più nel diciottesimo secolo», avevo ribattuto, mordendomi la lingua per frenare le parole che avrei voluto dire in realtà. «I tempi sono cambiati. Le donne sono diverse». Stavo incredibilmente cercando ancora di giustificare la nostra relazione.

«Forse è così», aveva ammesso con tono pacato e un sorrisino che le increspava le labbra. «Ma quello che sto dicendo, come spassionato suggerimento per evitare che tu litighi con Adam, è che questa cosa deve finire. Non lo sopporterà dopo il matrimonio».

«Non sarà Seb la persona che smetterò di vedere, ma tu», avevo sibilato.

Mi aveva fissato con il volto contorto dall'odio.

«E questo renderà difficile anche a Adam vedere te», avevo aggiunto.

«Buona fortuna», mi aveva augurato, tentando di mascherare il terrore che provava. «Credi onestamente che sceglierà te rispetto a me?»

«Con chi vive? Con chi condivide il letto? Con chi fa l'amore? A occhio e croce, direi che le tue possibilità sono ridotte al lumicino».

«Non ci conterei, fossi in te», aveva affermato prima di alzarsi e di avviarsi lentamente verso la casa, con il caftano a motivi cachemire che svolazzava nella brezza. «Vi divertite, ragazze?», aveva chiesto a Tess e Pippa, passando accanto alla piscina, come se non avesse nessuna preoccupazione al mondo. Psicopatica.

E adesso venivo a sapere che aveva riferito a Adam che si era divertita un mondo e che l'avevo fatta sentire la benvenuta? Questo suo atteggiamento mi spiazzò, come se stesse giocando al gatto e il topo.

Inutile precisare chi era il topo.

Adam trascinò il piumone sopra le nostre teste e, attirandomi a lui, mi fece sentire tutta la potenza della sua eccitazione. «Sono trascorsi quattro giorni», rise mentre io mi fingevo inorridita. «Non posso farci niente».

«Dormi», lo esortai con tono esausto. «Dobbiamo alzarci tra poche ore».

«Lo farò, te lo prometto. Mi colpirò con un martello e non ti infastidirò più. Ma solo se mi farai un favore».

«Per l'amor del cielo, quale favore?», ridacchiai.

«Mia madre ha chiesto se può venire con te alla prova finale dell'abito da sposa».

«Che cosa?», esclamai con un singulto, girandomi di colpo verso di lui. «Dici sul serio?»

«Ha detto che siete andate così d'accordo mentre eravate via che si è detta che potrebbe essere carino venire a vedere il vestito insieme a te». Assunse un'espressione interrogativa in attesa di una mia replica.

Spalancai la bocca.

«Ti prego, Em. Significa molto per lei. Come ha sottolineato, non ha una figlia con cui condividere un momento così speciale. Tu sei la persona più vicina a rivestire un simile ruolo. Le farebbe davvero tanto piacere».

«Ma...», iniziai.

«Tua madre lo ha già visto, quindi non calpesterebbe i piedi a nessuno».

«Ma nemmeno Pippa e Seb lo hanno visto. Noi quattro avevamo organizzato di andarci sabato, per poi pranzare insieme e così via».

Adam si sollevò su un gomito. «Seb?».

Smisi di respirare.

«Seb viene con te?».

Scivolai di nuovo sotto il piumone, con il cuore che mi martellava nel petto. Era stata la mia immaginazione a farmi percepire un cambiamento nell'atmosfera? Doveva per forza essere così, perché Seb era un problema che Pammie si era creata nella *sua* testa. Non era un problema di Adam. Allora, perché mi sembrava di avere appena calpestato una mina e di non poter fare altro che attendere lo scoppio?

«Certo», replicai con disinvoltura. «Perché non dovrebbe?»

«Perché è una cosa da donne», rimbeccò seccamente.

Mi rigirai e mi rannicchiai contro il suo torace caldo, cingendogli la schiena con un braccio. «Sei un sessista», rimarcai ridendo.

Lo sentii allontanarsi, sia con il corpo che con la mente. «Quindi, Seb starà lì seduto in mezzo a un gruppo di donne in un negozio di abiti da sposa?», chiese incredulo. «Vedrà il tuo vestito prima di me?»

«Oh, non essere ridicolo», protestai. «Stiamo parlando di Seb, per l'amor del cielo». Sua madre lo aveva influenzato fino a quel punto? Gli aveva piantato quello stupido tarlo nella testa?

«Mi sembra un po' troppo, a dirla tutta», affermò con tono aspro. «Comunque, se *lui* viene, non vedo perché non possa venire anche mia madre».

Non c'era una risposta possibile e mi sentii sprofondare nel materasso, sconsolata e sconfitta.

Che cosa dovevo fare per liberare la mia vita da quella vile e orribile donna?

25

Persino mia madre aveva trattenuto a stento la sorpresa quando l'avevo informata che Pammie ci avrebbe accompagnati nel nostro giorno speciale.

«Oh, va bene, cara. Qualunque cosa tu voglia. È la tua giornata», aveva affermato, democratica.

«Cosa cazzo dici? Stai scherzando?», era esplosa Pippa senza preoccuparsi troppo di moderare i toni.

Il giorno prima avevo chiamato Seb, piena di vergogna, per dirgli che ci avevo ripensato, e che quindi non volevo più che venisse a vedere il mio abito.

«Ma io voglio vederti prima di chiunque altro», aveva replicato deluso e amareggiato.

«E lo farai», lo avevo rassicurato. «Quando mi acconcerai i capelli quel giorno».

«D'accordo, allora», aveva assentito prima di chiudere bruscamente la telefonata.

Non so perché mi ero piegata a quella pressione, ma mi era sembrata la scappatoia più facile. Eliminava un altro problema di cui occuparmi o preoccuparmi. Ne avevo già abbastanza e non desideravo altro che vivere serena.

Aspettavamo alla stazione di Blackheath da venticinque minuti quando Pammie si degnò di presentarsi, facendoci tardare all'appuntamento alla boutique. Detestavo essere in ritardo. Chiedete a chiunque mi conosca qual è la cosa che è impossibile che io faccia, e la risposta sarà "arrivare in ritardo". Proprio non sopportavo la mancanza di rispetto delle persone nei riguardi del tuo tempo. Era un vero sgarbo fartelo sprecare a cuor leggero. Non lo accettavo al lavoro e non mi aspettavo incomprensioni del genere nella vita privata, a meno che, ovviamente, non ci fosse una valida ragione. Incendi, terremoti e decessi erano consentiti. Ma Pammie si giustificò con un: «Mi dispiace, ho perso il treno. Non siamo in ritardo, vero?».

Voltai la testa dall'altra parte al falsissimo bacio che mi lanciò e proseguii a grandi passi su per la collina verso la brughiera, lasciando mia madre e Pammie che arrancavano alle mie spalle, e Pippa che sbuffava per tenere il passo.

La porta del negozio tintinnò quando entrammo, e fui subito assalita dal calore del sole che filtrava dalle vetrine. Sul piccolo tavolo rotondo al centro della boutique troneggiava un'enorme composizione di gigli bianchi.

«Buongiorno, Emily», cinguettò Francesca, la mia stilista, dirigendosi verso di noi. «Mancano solo due settimane al tuo grande giorno. Sei pronta?».

Avevo il viso arrossato e chiazzato, e avvertii il sudore alla base della spina dorsale. Le sorrisi. «Quasi».

«Mi dispiace davvero ma, poiché sei in ritardo di mezz'ora, abbiamo poco tempo a disposizione. Tra trenta minuti attendo la sposa successiva».

Sarebbe dovuto essere il mio giorno speciale, rilassato e tranquillo, e invece sentii una spirale di ansia elevarsi nel petto già oppresso.

«Ma non preoccuparti», proseguì, nel tentativo di mitigare la frase precedente. «Sono più che sicura che faremo tutto».

Avrei avuto bisogno di sedermi, bere un bicchiere d'acqua e calmarmi prima di tuffarmi nel caldo soffocante del camerino, ma di certo non avevo tempo.

Non era stata una buona idea indossare un collant pesante perché pelucchi di lana nera si sparsero sul soffice tappeto color crema e si incollarono tra le dita dei piedi sudati. Non stava andando come volevo e dovetti raccogliere tutte le forze per non piangere.

Mi rimproverai per la mia reazione, che mi avrebbe fatto

apparire una principessa viziata pronta a farsi venire un attacco isterico a causa di banalissimi dettagli.

Con delicatezza, Francesca mi aiutò a infilarmi l'abito dalla testa, mentre tenevo le braccia in alto. Quindi, lo fece passare oltre le spalle e il busto.

«Eccoci al momento della verità», dissi, trattenendo il fiato come se, a quel modo, il vestito potesse cascarmi meglio. «Vediamo se dobbiamo allargarlo». Sorrisi, fiduciosa di avere mantenuto il peso che mi ero prefissata, ma dubitando, allo stesso tempo, della mia forza di volontà.

Mi guardai allo specchio e quasi non riconobbi la donna che mi fissava. Una morbida onda di chiffon era drappeggiata con voluttà sul corpetto, la vita era stretta da cuciture invisibili, la seta color avorio ricadeva in languide e perfette increspature fino a terra.

Com'era possibile che stessi per sposarmi? Dentro mi sentivo ancora una bambina che giocava con un matrimonio inventato, eppure ero lì, in teoria ormai cresciuta, pronta a assumermi le responsabilità di moglie. La moglie di Adam.

Lo immaginai in piedi, in fondo alla navata, il volto raggiante ma contratto dalla tensione mentre avanzavo verso di lui. La mia famiglia sorrideva, commossa e orgogliosa della donna che ero diventata. Mia madre con un cappello con la veletta blu e mio padre con il nuovo completo elegante. *Ha persino il gilet, sai.* Mio fratello e la sua famigliola. Sophie che tentava di fuggire dalle grinfie della madre per intrufolarsi nel suo fantastico parco giochi personale sotto le panche. Io giravo la testa verso destra, oltre Adam, e vedevo James, suo fratello e testimone, accanto a lui, e il senso di colpa mi dilaniava il cuore. La madre, aggrappata al suo braccio, con il viso contorto dall'odio che solo io potevo vedere.

«Pronta?», mi chiese Francesca, facendo capolino da dietro la tenda.

Annuii nervosamente mentre dall'altra parte udivo un chiacchiericcio. Soprattutto la voce stridula di Pammie che mi lacerava come filo spinato.

«Coraggio, allora», mi incitò Francesca. «Lascia che il tuo pubblico ti ammiri».

Spinsi da parte la pesante tenda di velluto e feci il mio ingresso.

«Oh, Em», piagnucolò mia madre.

«Sei stupenda», esclamò Pippa con gli occhi sbarrati, portandosi una mano alla bocca.

«Credi?», chiesi. «È questo che ti aspettavi?». Rivolsi la domanda a Pippa, ma fu Pammie a rispondere.

«No», replicò, esitante. «Mi aspettavo che fosse, non so... più voluminoso, ecco».

Abbassai lo sguardo sulle linee raffinate che fasciavano la mia figura, stringendosi e allargandosi attorno alla vita, accarezzando le cosce per poi ricadere a terra.

«Io penso che sia assolutamente perfetto», proruppe Pippa. «Ti dona e ti rispecchia».

«È adorabile, cara, davvero», aggiunse Pammie. «Lo potrai indossare in altre occasioni, questo è sicuro. Sarà un abito squisito se dovrai andare in qualche posto speciale».

Le sue parole mi bruciarono, ma Pippa e mia madre non se ne accorsero.

Era quello il problema con Pammie. Ti faceva complimenti che tutti potevano udire, per poi lanciare frecciatine velenose appena percettibili, che solo io – la sua vittima designata – ero in grado di cogliere.

«Farai qualcosa ai capelli?», volle sapere. «Acconciandoli in qualche modo?».

Francesca intervenne con un semplice diadema di strass con un velo.

«Li raccoglierai o li lascerai sciolti?», mi chiese Pippa, elettrizzata.

«Credo che li raccoglierò». Arricciai il naso, ancora indecisa in verità.

Francesca mi sollevò i capelli, lasciando solo delle ciocche attorno al viso, assicurandole con alcune forcine prima di posarvi delicatamente il copricapo. «Giusto per darti un'idea».

«Mi auguro che non sarà esattamente così!», sbuffò Pammie. «Suppongo che avrai dei professionisti che se ne occuperanno quel giorno».

Era una domanda retorica alla quale non mi degnai di rispondere. «Dunque, vi piace? Che cosa credete che penserà Adam?».

Si levò un fragoroso coro di "sei stupenda", "lo adorerà", "sei incantevole" che risuonò per tutto il negozio, ma il commento "interessante" fu quello che mi parve più forte.

La testa mi pulsava quando uscimmo dalla boutique, esattamente trentatré minuti dopo. Un sole basso e luminoso ci avvolse mentre scendevamo di nuovo giù verso il paese.

«Ho prenotato nel tuo posto preferito per pranzo. Da I Due Amici», esclamò Pippa. «Siamo un po' in anticipo, ma sono sicura che ci faranno accomodare ugualmente. Oppure possiamo prendere un drink al bar».

«A dire il vero... vi dispiace se rimandiamo?», chiesi.

Pippa si girò di scatto e inarcò le sopracciglia in attesa che proseguissi.

«Ho una terribile emicrania e ho bisogno di sedermi e prendere una tazza di tè».

La mia amica mi strattonò per un braccio, allontanandomi dalle madri che chiacchieravano, troppo assorbite dalla loro conversazione per accorgersene. «Ho capito bene? È una citrullaggine?».

Sorrisi. Non usavamo quell'espressione da secoli. Almeno da quando stavo con Adam. Era il nostro codice segreto per intendere "Portami via di qui". Mi venne in mente che l'ultima volta che l'avevo usato era stato quando, ubriaca fradicia, mi ero lasciata convincere ad andare a casa di un tizio che avevo conosciuto a una serata karaoke al Dog & Duck in Brewer Street. Pippa stava sbaciucchiando il suo amico in un angolo, e mi era sembrata una buona idea proseguire mentre tracannavamo uno shot dopo l'altro, cantando a squarciagola e distruggendo *Nutbush City Limits*. Ma quando ci eravamo ritrovati tutti sul taxi, con Pippa seduta a cavalcioni del suo nuovo amico, ero stata colta all'improvviso da un lampo di misericordiosa razionalità. Non era quello che volevo fare. «Citrullaggine!», avevo gridato. Pippa si era raddrizzata di scatto, come se avesse sentito l'urlo di Tarzan dalla giungla.

«Veramente?», aveva strillato.

«Sì. Citrullaggine», avevo pronunciato lentamente. Se avessi sbagliato a sillabare, Dio solo sa cosa avrebbero pensato i ragazzi che erano con noi.

«Ti sta dando sui nervi, eh?». Con la testa, fece un cenno in direzione di Pammie.

Annuii con le lacrime che pizzicavano gli occhi.

«Okay, vuoi che andiamo da me?».

Pensai a Adam che mi aspettava a casa, ansioso di sapere com'era andato il mio giorno speciale. Non me la sentivo di affrontarlo. Non sarei riuscita a mostrare un'espressione felice e mentire tra i denti, fingendo che fosse stato tutto perfetto. Ma non volevo dirgli che sua madre, ancora una volta, aveva rovinato ogni cosa. Non so come, aveva frainteso la situazione e si era persuaso che, da qualche tempo, lei e io andassimo più d'accordo. E questa convinzione pareva averci avvicinati maggiormente. Non c'erano discussioni su quella che considerava "la mia ingiustificata paranoia" ogni volta che spuntava fuori il suo nome in qualche conversazione. Avevo imparato che era molto più facile restare ad ascoltarlo quando parlava di lei, sorridere e proseguire. Perché, all'improvviso, avevo iniziato a pensare che, in fondo, Pamela potesse anche avere ragione. Se mai avessi dovuto metterlo con le spalle al muro e costringerlo a scegliere, sinceramente non sapevo chi avrebbe preferito tra noi due.

«Signore», annunciò Pippa, rivolgendosi alle mamme. «Emily non si sente bene, perciò l'accompagno a casa».

«Oh, che cosa c'è, tesoro?», mi chiese mia madre, preoccupata, accarezzandomi la schiena. «Vuoi che venga con te?».

Scossi la testa. «No, grazie, mamma. Starò bene, ho solo un po' di nausea, tutto qua».

«Probabilmente non si prende cura di sé», osservò Pammie, come se io non fossi presente. «Senza dubbio starà cercando di perdere peso seguendo qualche folle dieta per entrare in quel vestito».

Pippa dovette notare la mia espressione perché mi allontanò con rapidità, impedendomi di assestare un pugno in un occhio a quella strega invadente.

«Sono io forse?», chiesi, una volta che fummo al sicuro, comodamente sedute sul suo divano, con una ciotola di zuppa in mano. «Tutti non fanno che dire quanto lei sia premurosa e gentile, eppure quello che vedo io è un demone dalla faccia rossa con le corna che le escono dalla testa».

«Ma non è così che la vedono gli altri. La Piccola Miss Innocenza che è stata tanto gentile da portare una vecchia amica alla festa del tuo addio al nubilato, che ti ha implorato di partecipare alla prova del tuo abito da sposa perché non avrà mai una figlia con cui condividere quella speciale esperienza... bla, bla, bla. E, sinceramente, Em, ci sono cascati tutti. Persino suo figlio non vede la realtà e il dolore che ti sta causando».

«Dunque, sono io?». Le lacrime iniziarono a soffocarmi e deglutii a fatica.

«Certo che no», replicò, spostandosi sul divano per abbracciarmi. «Io vedo molto bene che cosa sta facendo, ma non ti sono di nessun aiuto, tranne che in momenti come questo». Mi attirò a sé. «Hai bisogno di avere accanto il tuo futuro marito e fargli vedere come lei si comporta, quanto ti rende infelice. Non puoi iniziare un matrimonio con questo risentimento che incombe, altrimenti distruggerà la vostra unione. O distruggerà te. Devi parlargli e raccontargli tutto».

«Ci ho provato», mi lamentai. «Ma quando gliene parlo, mi sembra tutto talmente patetico, come se fossi una bambina viziata. E se lo penso io, solo Dio sa cosa ne possa pensare lui».

«Che cosa ha detto del fatto che Charlotte è venuta alla festa del tuo addio al nubilato? Quello non è patetico. È un limite che lei ha superato. Un limite che nessuno avrebbe neppure pensato di oltrepassare».

«Non gliel'ho detto...».

«Che cosa?», annaspò Pippa. «Ti sposi tra due settimane e non gli hai riferito una cosa così importante?».

Scossi la testa. «Siamo tornati da pochi giorni e le volte in cui siamo stati insieme abbiamo parlato di Las Vegas o delle nozze».

«Stai nascondendo la testa nella sabbia», mi rimproverò con durezza. «Questa storia ti farà ammalare».

Annuii debolmente, ben consapevole che la situazione stava avendo un effetto negativo su di me. «Gli parlerò stasera».

Quando arrivai a casa, Adam stava guardando una partita di rugby in televisione.

«Possiamo parlare?», gli chiesi a bassa voce. Quasi desideravo che non mi sentisse, nella speranza di rimandare l'inevitabile, nascondendolo come la polvere sotto il tappeto.

«Sì, certo», replicò distratto. «Ma possiamo aspettare fino alla fine della partita?».

Annuii e andai in cucina. Presi dei peperoni dal frigorifero e iniziai a tagliarli con aggressività. Non mi aveva neppure chiesto com'era andata la giornata.

«A dire il vero, no. Non possiamo aspettare», gli dissi, tornando in soggiorno con il coltello ancora in mano.

Si raddrizzò sul divano, lanciandomi un'occhiata distratta. Afferrò il telecomando sul tavolino e spense il televisore.

«Cosa diavolo c'è?», sbraitò. «È la semifinale».

«Dobbiamo parlare».

«Di che cosa?», gemette. Sembrava un bambino capriccioso.

Mi sedetti sul tavolino da caffè davanti a lui così che non potesse sottrarsi a quella conversazione, né distrarsi. Con espressione cauta, abbassò lo sguardo sul coltello che stavo brandendo.

«Dobbiamo parlare di tua madre», dissi, posandolo sulla superficie di legno accanto a me.

Emise una specie di ringhio. «Sul serio? Ancora? Pensavo che avessimo superato la questione».

«È necessario che tu le parli», proseguii. «Il suo comportamento non è accettabile e non permetterò che generi problemi tra noi».

«Non è così», replicò ingenuamente. «Pensavo che le cose andassero meglio. Almeno è l'impressione che ho avuto parlando con lei dopo il weekend dell'addio al nubilato».

Mi presi la testa tra le mani e mi strofinai gli occhi per concedermi il tempo di riflettere sul modo migliore per affrontarlo. «Ha compiuto un gesto assolutamente imperdonabile in Portogallo», iniziai. «E questo mi ha causato una tale ansia e un dolore che non potrò superare fino a quando non te ne avrò parlato e non ti sarai reso conto di ciò che ha fatto. E soprattutto di come mi ha fatta sentire».

Si protese in avanti, ma compresi che era combattuto tra l'impulso ad accarezzarmi e rassicurarmi e il timore di schierarsi contro la madre.

La paura fu più forte.

«Bene, che cosa ha fatto di così terribile?».

Mi schiarii la gola. «Ha invitato Charlotte».

Mi aspettavo che balzasse in piedi gridando "Che cosa?". Invece non si mosse di un millimetro.

«Chi è Charlotte?», mi chiese, imperturbabile.

Le cose non stavano andando come speravo. «Charlotte. La Charlotte di Tom!».

Scosse la testa, perplesso.

«Lo stai facendo apposta?», sbottai. «La mia migliore amica che è andata a letto con Tom».

Sembrò confuso. «Com'è possibile?»

«Esatto! È proprio questo il punto. Tua madre ha pensato che sarebbe stata una buona idea ritrovarci, così l'ha rintracciata e l'ha invitata in Portogallo».

«Ma non ha senso», osservò.

Finalmente facevamo qualche progresso, anche se lui non mi aiutava di certo.

«Lo ha fatto per indispettirmi. Ha fatto di tutto per trovarla».

«Ma non poteva sapere cos'era successo tra voi», cercò di difenderla.

«Glielo ha detto mia madre!».

«Oh, non essere ridicola», ribatté, alzandosi dal divano. «Se mia madre avesse saputo che cosa era accaduto tra voi, non l'avrebbe mai fatto. Sicuramente pensava di fare una cosa buona, una cosa carina, per sorprenderti».

«Adam, che cos'è che non afferri?», gridai con le lacrime che mi annebbiavano la vista. «Lo ha fatto apposta. Conosceva il motivo del nostro litigio e l'ha portata là per turbarmi e farmi arrabbiare».

«Non si sarebbe mai sognata di fare una cosa simile!», contestò. «Credo che tu sia solo paranoica».

«È necessario che tu le parli per scoprire quale diamine sia il suo problema perché, se non lo fai, ci distruggerà».

Si abbandonò a una risatina secca. «Non ti sembra un po' melodrammatico?»

«Dico sul serio, Adam. Devi chiarire le cose con lei. Questa vendetta personale contro di me deve finire».

«Lei non ha mai detto niente su di te o contro di te. Non ti ha mai sminuita o roba del genere».

«Puoi credere ciò che vuoi, ma ti sto dicendo che vivi tra le nuvole, nella totale negazione.»

«È mia madre, per l'amor del cielo. Penso di conoscerla meglio di te».

Lo fissai e mi ripromisi di mantenere la voce calma e ferma. «Qualunque sia il problema, devi risolverlo. Non ho intenzione di sopportare tutto questo ancora a lungo».

Sorrise e scosse la testa con fare accondiscendente.

«Mi hai sentito?», gridai come per chiarire il punto.

Andai in camera da letto e sbattei la porta con violenza. Se non era disposto a fare qualcosa riguardo a Pammie, allora l'avrei fatto io.

26

Scivolai sott'acqua nella vasca da bagno quando il campanello suonò, il trillo improvvisamente attutito dal crepitio delle bolle di sapone che scoppiettavano sopra la mia testa.

Vattene, supplicai dentro di me. E pensai che le mie preghiere fossero state ascoltate, ma quando riemersi, il suono echeggiò di nuovo nell'appartamento.

«Oh, lasciatemi in pace!», gridai.

Niente da fare. Continuò, ancora e ancora.

«D'accordo, arrivo!», brontolai, infastidita per aver dovuto interrompere in fretta la mia sessione di coccole. Avvolsi i capelli in un asciugamano e afferrai la vestaglia dal gancio sulla parete.

«Sarà meglio che sia una cosa importante», sbraitai aprendo la porta, aspettando di trovarmi davanti Pippa o Seb. «James!».

D'istinto, mi strinsi la vestaglia addosso, nella vana speranza di potermi sentire meno vulnerabile.

«Adam non c'è», lo informai senza aprire di un centimetro di più la porta. «È andato a bere qualcosa con i ragazzi del lavoro».

«Non sono venuto a trovare mio fratello», annunciò con tono agitato. Spinse la porta con delicatezza.

«Non è un buon momento».

Cercai di bloccare la porta con un piede scalzo. Il cuore mi galoppava nel petto.

«Ho bisogno di parlarti. Non sono venuto qua per causare problemi».

Lo scrutai. I suoi occhi gentili, i lineamenti morbidi, le labbra carnose con gli angoli increspati all'insù. Aveva bevuto, ma sembrava cordiale, avvicinabile. Allentai la pressione sulla porta e mi feci da parte per permettergli di entrare. Sorrise e si scostò i capelli dagli occhi. Mi sembrò di vedere Adam con dieci anni di meno, al tempo in cui stava con Rebecca. Mi domandai se le chiazze grigie alle tempie di Adam e il cipiglio irritato che mostrava sempre fossero frutto della morte prematura di Rebecca. Non doveva essere stato facile. Era così giovane, con una vita pianificata davanti a sé, e l'intenzione di condividerla con la persona che amava, solo per poi perderla in maniera inaspettata e immotivata. Non avevo mai considerato la forza che doveva avere avuto per emergere da quel buco nero in cui era precipitato.

«Serviti da bere», lo invitai, indicandogli la cucina.

Sorrise e inarcò le sopracciglia in maniera allusiva.

«Un tè o un caffè, intendevo. Nel frattempo, vado a cambiarmi».

Udii il rumore di un tappo che saltava da una bottiglia mentre mi pettinavo i capelli umidi davanti allo specchio del bagno ancora appannato dal vapore. L'acqua era stagnante, ormai priva di bolle di schiuma, e allungai la mano per farla defluire. Quindi, ripiegai l'asciugamano e lo appesi sul termoarredo.

Il mio aspetto non era importante. Perché avrebbe dovuto esserlo? Ma mi controllai comunque nello specchio, strofinando il vetro con la mano per creare un cerchio. Sobbalzai quando, alle mie spalle, vidi James con un bicchiere di vino rosso in mano.

Il tempo parve fermarsi. L'unico suono in quell'imbarazzante silenzio fu il gorgoglio dell'acqua che scorreva nello scarico.

«James...». Mi girai di colpo e la vestaglia si allentò sul petto.

«Scusa... io...», balbettò. «Ti lascio alle tue cose».

Indossai in fretta un paio di leggings neri e una delle camicie di Adam, arrotolando le maniche mentre entravo in soggiorno. Mi resi conto che, inconsciamente, avevo scelto quel capo di abbigliamento per evidenziare che ero la ragazza di Adam.

«Allora, che cosa ti porta qua?», gli chiesi con il tono più casuale che potei simulare.

«Ho solo pensato di fare un salto».

Mi avvicinai alla finestra. «Non hai guidato, vero?». Non vidi la sua auto nella strada sottostante.

«No, ho preso un taxi».

Lo guardai sbalordita. «Fino da Sevenoaks?».

Annuì.

«Be', come ho detto, Adam non è a casa, perciò temo che tu abbia fatto un viaggio inutile».

«Non sono venuto a vedere Adam».

Mi versai un bicchiere di vino rosso dalla bottiglia sul ripiano della cucina per calmarmi.

«Così...», iniziai, restando in piedi piuttosto che sedermi sul divano accanto a lui.

«Volevo parlare con te. Avevo bisogno di parlare con te».

«James, no», lo fermai, girando attorno alla penisola della cucina. Mi sentii più sicura con un metro di granito tra noi.

«Tu devi sapere», sentenziò, alzandosi.

Le mie difese si stavano indebolendo. Una parte di me voleva sentire cosa aveva da dire ma, allo stesso tempo, mi sarei tappata le orecchie per non farlo. Non avevo bisogno di altra confusione nella mia vita. Adam e io avevamo fatto un grosso passo avanti dall'ultima volta che avevo visto James. Se mi avesse confessato i suoi sentimenti, temevo che avrei fatto due passi indietro.

«Credo che faresti meglio ad andartene». Mi resi conto che stavo indietreggiando.

«Puoi ascoltarmi per un minuto, per favore?». Allungò una mano per afferrarmi. «Se tu mi concedessi la possibilità, solo per qualche settimana, ti dimostrerei quanto potrei renderti felice». Mi fissò intensamente con i suoi occhi penetranti.

«Non ti stai affatto comportando in maniera leale, James. Sto per sposare tuo fratello. Questo non significa niente per te?»

«Ma non si prenderà mai cura di te come farei io».

A essere sincera, probabilmente aveva ragione. James era l'antitesi di tutto ciò che rappresentava il fratello. Adam trasudava sicurezza in ogni situazione. Era sempre il primo a presentarsi, ad assumere il comando in un ristorante o ad abbassarsi i pantaloni durante un coro di rugby. Adam era fatto in questo modo, ed ero consapevole che, se non fosse stato così diretto e schietto da subito, non ci saremmo mai messi insieme. James, al contrario, era riservato, più raffinato, e sembrava sempre riflettere bene su ciò che diceva e faceva. Mi ascoltava sempre, molto più di Adam. Ed ero certa che mi avrebbe sostenuta anche se tutto il mondo attorno mi fosse crollato addosso.

Il suo viso era vicinissimo al mio, le sue labbra a un respiro di distanza, quasi potevo assaporarle. Avrei dovuto solo chiudere gli occhi e lasciarmi trasportare.

«Meriti di meglio», mormorò. «Ti prometto che non ti farò mai soffrire».

Mi tirai indietro. Nonostante tutti i suoi difetti, sapevo che Adam non mi avrebbe mai fatto del male intenzionalmente. James stava forse suggerendo il contrario?

«Adam è buono con me…».

Trasalii, sentendo un rumore nell'ingresso. Mi voltai e vidi Adam, decisamente in pessime condizioni. Noi due balzammo indietro, come se avessimo preso una scossa elettrica. Non lo avevo neppure sentito entrare.

«Ehi, ehi, che cosa sta succedendo qua?», biascicò, appoggiandosi allo stipite della porta del soggiorno e allentando ancora di più la cravatta già semi snodata.

«Io… noi…», iniziai, tenendo la testa bassa e tentando di celare il senso di colpa che ero più che sicura brillasse evidente sul mio viso.

«Sto per vincere una scommessa», disse James, allungando una mano sulla mia nuca e tirando il colletto. «Credo che questa camicia sia mia. Devi avermela fregata quando eravamo dalla mamma a Natale».

«Neanche per sogno», ribatté Adam, cercando di camminare in linea retta verso di noi. «Sappi che questa è la mia camicia di Gant».

James si chinò per leggere l'etichetta e il suo respiro caldo mi sfiorò il collo. «Ah, Eton! Te lo avevo detto. È mia, maledetto ladruncolo!».

Quindi, stavo indossando la camicia di James. Non mi sfuggì l'ironia della cosa.

«Ciao, piccola», farfugliò Adam, dandomi un bacio umidiccio.

Mi ritrassi d'istinto. Il suo alito era maleodorante di alcol, kebab e fumo.

«Che cosa c'è, tesoro? Non sei felice di vedermi?»

«Certo che sì», risi nervosa. «Ma puzzi. Hai fumato?». Ne sarei rimasta sorpresa perché sapeva che era una cosa che detestavo.

«Che cosa? No, naturalmente». Annusò le maniche della giacca e mi guardò perplesso, come se quel gesto dimostrasse che me lo ero immaginato. Mi cinse le spalle con un braccio e appoggiò il corpo traballante contro di me. «Allora, che ci fai qui, J bello?», gli chiese, alzando il tono di voce.

Fissai James sbarrando gli occhi, nella speranza che escogitasse una scusa plausibile e pronta.

«Devo prendere la ricevuta degli anelli. Ce l'hai tu», replicò con calma.

Con gesti goffi, Adam si batté sulle tasche con la mano libera. L'altra era ancora aggrappata e pesante sulle mie spalle. «Non ce l'ho. L'hai presa tu», replicò confuso. «Io ricordo disht…». Si scostò da me e si accasciò a terra, ridendo. «Ricordo distintamente che l'hai presa tu».

«Forse hai ragione», osservò James. «Ho controllato nel portafoglio, ma forse è nella tasca dei pantaloni».

«Ecco dove sarà di certo», affermò Adam, pronunciando la

prima parola ad alta voce e altre in un sussurro quasi impercettibile.

James e io ci scambiammo un'occhiata rassegnata.

«E tu pensavi di essere ubriaco?», scherzai.

«Coraggio, ragazzone», disse a Adam, chinandosi verso di lui. «Andiamo a letto».

«Solo se tu vieni con me». Scoppiò a ridere e noi non capimmo con chi stesse parlando.

James lo tirò su e se lo appoggiò di peso in spalla.

Mi precipitai in bagno e mi sfilai rapidamente la camicia che indossavo. Non so se rimasi sorpresa o no quando sull'etichetta lessi "Gant".

27

Cinque giorni prima del matrimonio, Pammie mi chiamò per chiedere se potevano essere invitati alla funzione altri sei ospiti. Quattro giorni prima, chiese se poteva stare con me in hotel la notte prima. Tre giorni prima, pretese che il piano dei posti a sedere le fosse inviato via email.

Risposi con un deciso no a ogni sua richiesta.

«Sta solo cercando di essere d'aiuto», commentò Adam quando mi lamentai della sua invadenza. «Quella povera donna non fa niente di male».

Gli lanciai un'occhiataccia, infastidita ma di certo non sorpresa. Aveva chiarito la sua posizione. E, onestamente, non mi aspettavo niente di diverso.

Com'era prevedibile, Pammie aveva aperto le cateratte, facendo l'innocente, quando Adam l'aveva apparentemente ripresa durante il pranzo due giorni prima. Lei aveva affermato che non sapesse della rottura tra me e Charlotte e giurò solennemente che ogni dubbio che nutrivo su di lei e sulle sue motivazioni era del tutto fuori luogo. «L'unica cosa che desidera al mondo è essere tua amica», mi aveva riferito Adam quando era tornato a casa.

«Quindi, tutto qui?», avevo commentato incredula. «Lei ha detto questo e tu le hai creduto? Fine della storia?».

Si era stretto nelle spalle. «Che cos'altro potevo fare?»

«Credermi!», ero sbottata prima di andarmene.

La "cena di famiglia" sancì l'inizio dei festeggiamenti, una semplice faccenda intima, un momento per stare con i nostri cari prima che la frenesia del grande giorno si scatenasse su di noi. Se fosse stato per me, avrei preferito che fosse presente soltanto la mia famiglia, ma non volevo egoisticamente non prendere in considerazione i desideri di Adam.

«Sto bene?», gli chiesi, lisciando l'abito nero di crêpe e prendendo una sciarpa di seta.

«Sei a dir poco stupenda», si complimentò e mi schioccò un bacio sulla guancia.

«Ma se non mi hai nemmeno guardata!», lo stuzzicai.

«Non ne ho bisogno».

«Battuta banale, persino per te».

Infilai due rossetti nella pochette. Uno rosso acceso, riservato alle sere in cui uscivo, e un altro neutro quando la serata volgeva alla fine. Tuttavia, considerai, quella serata poteva anche terminare in rosso. Dopotutto, era la penultima notte prima delle nostre nozze.

I miei genitori, Stuart e Laura erano già al bar del ristorante Ivy quando arrivammo. Mia madre, con le guance arrossate, sollevò allegramente una coppa di champagne mentre un cameriere portava via i nostri cappotti.

«Ehi, tua madre si è già tuffata nell'alcol», rise Adam.

«Probabilmente è prosecco, non champagne», osservai. «Almeno finché non scoprirà che paghiamo noi».

La serata sarebbe stata perfetta se fossimo stati solo noi sei, ma la pesante nuvola nera dell'imminente arrivo di Pammie incombeva su di me. Con il passare dei minuti, sentivo le spalle curvarsi sempre di più per il peso dell'ansia.

Mezz'ora dopo l'orario concordato, Pammie fece il suo ingresso con James al fianco.

Vederlo mi provocò un terremoto nel cervello, mandandomi in confusione. Tuttavia, mi rifiutai di cedere. Quella sera sarei stata l'emblema dell'autocontrollo.

«È un piacere vederti», dissi a James. Le sue labbra si soffermarono un secondo di troppo sulla mia guancia.

«Anche per me è un piacere», replicò a bassa voce. «Come stai?»

«Va tutto benissimo», esclamai, consapevole che i miei occhi non confermassero ciò che dicevano le mie labbra.

«Chloe non si unisce a noi?», chiesi, guardandomi intorno per qualche istante.

«Temo di no. Credevo che mia madre ti avesse informato».

Scossi la testa e inarcai le sopracciglia.

«Le nostre strade si sono separate».

«Oh, mi dispiace», replicai a fatica.

«Meglio così», commentò. «Non era una storia positiva. Lei non era la donna giusta per me».

«Chi può dirlo?», ribattei con tono leggero. «Magari lo era».

«Non credo». Affondò gli occhi nei miei. «Lo capisci quando è la persona giusta, non è così?».

Lo ignorai e mi voltai per salutare Pammie. La sua bocca era contratta in una linea tesa e sottile.

«Pamela, che piacere», dissi con enfasi eccessiva. «Non è elettrizzante?».

Sapevamo entrambe che le mie parole traboccavano di sarcasmo, ma nessun altro se ne era accorto.

«Emily», mi salutò, torva.

Attesi il commento che ero sicura stesse per sputare. Quanto ero ingrassata o dimagrita, a seconda dell'umore. Il colore dei miei capelli, più chiari del solito. Oppure qualche osservazione riguardo all'abito che indossavo. Per la prima volta, mi sentii pronta alla battaglia. Invece, non disse nulla.

«Caro», si sciolse, voltandosi verso Adam e abbracciandolo. Le sue labbra, però, rimasero rigidamente strette, come se temesse che le potesse sfuggire qualcosa di sgradevole.

Lui l'abbracciò con calore. «Mamma, come stai?».

Pammie abbassò gli occhi. «Potrebbe andare meglio», replicò, cupa.

Dentro di me, implorai Adam di non approfondire, di non darle soddisfazione. In quell'istante, mia madre rovesciò il contenuto del bicchiere mentre si alzava dallo sgabello del bar. La risposta alle mie preghiere.

«Oh, scusate», esclamò, ritrovando l'equilibrio. «Non mi ero resa conto di essere seduta così in alto».

Con una risata, Adam le tolse il bicchiere dalle mani e, sostenendola per il gomito, la guidò fino al nostro tavolo. Pammie, il volto prosciugato di qualsiasi traccia di gioia, non poté fare altro che seguire a ruota. Bisognava riconoscerglielo. Era stata in grado di rovinare l'atmosfera senza neppure dire una parola.

«Allora, siete pronti?», chiese mia madre con entusiasmo, anche se la risposta sarebbe stata la stessa delle altre tre volte in cui mi aveva rivolto quella domanda. Ma era talmente elettrizzata da diventare contagiosa. Preferivo mille volte avere a che fare con lei che sopportare l'insostenibile umore nero con cui Pammie era entrata. Un peso di cui si sarebbe fatto carico Adam.

«Certo, siamo tutti prontissimi», replicai. «Ci sono stati alcuni inconvenienti all'inizio della settimana, ma li abbiamo sistemati. Non vedo cos'altro possa andare storto da qui a sabato». Cercai qualcosa di ferro da toccare. Anche un chiodo sotto il tavolo. «Manca solo un giorno».

«Non ne sarei così sicura», intervenne Pammie con tono lugubre. «Il giorno che ho sposato il mio Jim, il gruppo musicale non si presentò. Avevamo prenotato una tribute band degli Abba, ma solo dopo cena scoprimmo che non sarebbero venuti».

Adam scoppiò a ridere, senza dubbio per cercare di sollevare l'umore. «Quindi, che cosa accadde, mamma?»

«Mandarono dei sostituti», proseguì a voce alta, senza gli abituali alti e bassi. «Ma erano del genere dei Black Sabbath».

Tutta la tavolata si mise a ridere, tranne Pammie che rimase immusonita. La sua abietta infelicità era un'impresa faticosa persino per lei.

Abbassò gli occhi in grembo, contorcendosi le mani. *Eccoci di nuovo*, pensai tra me e me. E dovetti trattenermi da dirlo ad alta voce, quando Adam si girò a guardarmi.

Pammie fa ciò che sa fare meglio.

Non avrei tollerato né appoggiato la sua necessità di ottenere attenzioni domandandole cosa c'era che non andava.

Mia madre, la solita ingenua, cadde invece nella trappola.

«Oh, Pammie, che cosa succede?».

Lei scosse la testa e nascose una lacrima fuggente, l'unica che riuscì a far sgorgare dai suoi occhi.

«Non è niente», piagnucolò con quel suo tono vittimistico che invitava a non preoccuparsi per lei, ma che ormai ero perfettamente in grado di tradurre con "preoccupatevi tutti per me".

Ne avevo fino sopra i capelli.

Svuotai il mio calice di champagne e il premuroso cameriere lo riempì di nuovo ancora prima che lo posassi sul tavolo. «Coraggio, su di morale, Pammie», la esortai, sollevando il bicchiere. «Potrebbe andare peggio».

«Emily», mi richiamò mia madre.

«Non credo», mormorò Pammie, con un filo di voce, appena udibile.

Mi misi a ridere in maniera esagerata e teatrale. «Perché mai?», le chiesi, puntando i riflettori su di lei, proprio come le piaceva tanto. Lasciamole la scena, pensai. Facciamola finita una volta per tutte e andiamo avanti con la serata. *Forse, allora, potremo tornare a essere Adam e io i protagonisti, come dovrebbe essere.*

«Em, smettila», cercò di fermarmi Adam con voce calma.

«Oh, no. Andiamo, Pamela», proseguii, ignorandolo. «Che cosa succede?».

Riabbassò lo sguardo, presumibilmente imbarazzata dalla scenata che stava causando.

«Non intendevo parlarne stasera. Non mi sembrava giusto».

«Be', siamo tutti orecchie. Quindi, coraggio, parla».

Giocherellò nervosamente con la collana senza incrociare i nostri sguardi, ma facendo guizzare gli occhi per la sala affollata del ristorante.

«Temo di avere brutte notizie», gracchiò, sforzandosi di spremere un'altra lacrima dagli occhi.

Adam lasciò la mia mano per stringere la sua. «Di che cosa si tratta, mamma? Mi stai spaventando».

«Ho un tumore, figliolo», annunciò. «Mi dispiace. Non intendevo davvero fartelo sapere stasera. Non volevo rovinare la tua occasione speciale».

Sulla tavolata piombò un silenzio sbigottito. Mia madre rimase a bocca aperta mentre il resto della famiglia distolse lo sguardo per l'imbarazzo. James chinò la testa, come se fosse già al corrente della notizia.

Non sapevo se ridere o piangere. «Oh, mio Dio». Quelle parole mi sfuggirono inconsapevolmente. Il mondo intorno a me prese a ondeggiare in maniera confusa, come se ogni cosa si muovesse al rallentatore.

«Che cosa? Come?», balbettò Adam.

«Cancro al seno», gli spiegò. «Al terzo stadio, perciò c'è ancora un barlume di speranza».

«Da quanto tempo lo sai? Chi... dove sei andata?», volle sapere Adam, sconvolto.

«Sono seguita con attenzione, figliolo. Ho una fantastica consulente al Princess Royal Hospital».

«Che cure ti stanno facendo?»

«Tutto il possibile. Mi hanno sottoposto a numerose analisi ed eseguito una biopsia». Con una piccola smorfia si portò una mano al petto per ottenere maggiore effetto scenico. «Non sanno ancora quanto sia diffuso. Ma davvero non era mia intenzione parlarne stasera. Coraggio, non roviniamo questa serata speciale».

Non riuscii neppure a formare le parole che avrei voluto pronunciare, né tanto meno a dirle ad alta voce. Ma fu decisamente meglio così.

«Quando ne sapranno di più?», le chiese Adam. «Quando sapremo con che cosa abbiamo a che fare?»

«Di certo sarò sottoposta a dei trattamenti. Ma non sanno ancora per quanto tempo». Ridacchiò amara. «Né se valga la pena farli. Ma bisogna accettare quello che ti offrono, no? Magari accadrà un piccolo miracolo».

Adam si prese la testa tra le mani.

«Su, su», esclamò lei con improvviso ottimismo. «Dimentichiamoci di tutto questo ora. È la serata di Adam ed Emily. E poi non sapremo nulla fino a quando non sarete tornati dalla luna di miele».

«Non andremo da nessuna parte finché non sarà passato questo momento».

«Che cosa?», sbottai senza rendermene conto.

Adam si girò verso di me con espressione esasperata.

«Non essere sciocco», replicò Pammie, stringendogli la mano. «Non c'è niente che tu possa fare. Voi andrete in luna di miele e tutto il resto andrà avanti come previsto».

«Per quanto riguarda il trattamento?»

«Inizierò la chemioterapia lunedì. L'ho rimandata a dopo il matrimonio, nel caso mi cadessero i capelli». Fece un'altra risatina amara. «Devo apparire al meglio».

Mi rivolse un sorriso patetico. Sostenni il suo sguardo, sfidandola a mostrare un barlume di rimorso per quello che aveva appena fatto. Ma nei suoi occhi non vidi altro che un trionfante bagliore di soddisfazione.

28

Com'era prevedibile, dopo l'annuncio sconvolgente di Pammie, la cena terminò presto, e sia Adam che James insistettero ad accompagnarla a casa e assicurarsi che si fosse sistemata.

Mia madre venne a casa con me. Mio padre, invece, rientrò con Stuart e Laura.

«Ti preparo una tazza di tè», si offrì mia madre, dandosi da fare in cucina mentre io sedevo sul divano, frastornata e intontita. «Ti farà sentire meglio».

Davvero? Non sapevo perché noi inglesi fossimo così convinti del potere curativo del tè.

Anche lei era sotto shock dopo la notizia bomba di Pammie, ma per motivi del tutto diversi.

Tornò in soggiorno con due tazze fumanti e le posò sul tavolino da caffè. «Non riesco proprio a capacitarmi. E tu?».

Scossi la testa. «Sembra quasi incredibile, non è vero?».

Se notò l'intonazione particolare con cui posi quella domanda, non ne fece parola. Tirò fuori un fazzoletto dalla giacca blu, che aveva acquistato appositamente per quella sera, e si soffiò il naso.

«È così difficile da comprendere. Pensi di stare bene, ed ecco che all'improvviso ricevi una notizia del genere. Non riesco nemmeno a immaginare che cosa stia passando nella testa di Pammie in questo momento». Chinò il capo. «Ah, poverina».

Osservai mia madre, la mia orgogliosa mamma, che aveva sempre avuto a cuore unicamente il bene mio e di Stuart. Che si prendeva cura di mio padre. Che aveva abbandonato la carriera di infermiera per occuparsi di tutti noi. Che, elettrizzata per quella serata, si era asciugata i capelli con il phon. Quindi pensai a Pammie, così consumata dalla gelosia e dall'odio, che aveva deciso di distruggermi per il suo distorto divertimento.

Non era giusto. Pammie poteva farmi tutto il male che desiderava. Ma perché doveva farne a mia madre? Non ero disposta ad accettarlo.

Cambiai posizione sul divano e mi sistemai accanto a lei. Le presi le mani tremanti tra le mie.

«Mamma, devo dirti una cosa. È importante che mi ascolti».

Le lacrime le rigavano il viso stravolto dalla preoccupazione e dalla paura. «Che cosa? Di che si tratta?»

«Pammie non ha un tumore».

«Che cosa? In che senso?». Scosse la testa confusa. «Ma se ci ha appena detto…».

«So che cosa ha detto, ma sta mentendo».

«Oh, Emily», esclamò con un singulto, portandosi una mano alla bocca. «Come puoi dire una cosa simile?»

«Mamma, ti prego, ascoltami. Non voglio che tu dica una parola fino a quando non avrò finito. Solo allora potrai darmi la tua opinione. D'accordo?».

Le raccontai ogni cosa, fin dall'inizio. Dal giorno di Santo Stefano a ciò che Pammie aveva fatto con Charlotte durante il weekend del mio addio al nubilato. Mia madre rimase impietrita, a bocca aperta, incapace di articolare una sola parola. Ci provava, ma non usciva nessun suono.

Quando ebbi terminato, stavo singhiozzando. Mi abbracciò stretta, cullandomi.

«Non ne avevo idea», pianse anche lei. «Perché non me lo hai detto?»

«Perché sapevo che ti saresti agitata», le confessai. «Te lo dico adesso perché non sopporto di vederti così».

«Quindi, è stata *Pammie* a portare Charlotte al tuo addio al nubilato?». Era incredula. «Nonostante tutto quello che le ho detto?».

Annuii. «Sì».

«Se avessi avuto anche solo una vaga idea di quello che stava succedendo, non avrei mai… E quei poveri ragazzi? Chi potrebbe mai fare una cosa simile ai propri figli?»

«Mi prenderò cura di Adam».

«Glielo dirai? Gli dirai ciò che sai? Sei sicura di aver capito bene, Em? È un'accusa orribile da lanciare, e se ti sbagliassi…».

«Mi occuperò di Adam a tempo debito», la rassicurai. «Lasciamo passare il matrimonio e poi risolverò la cosa. Ho provato a dirglielo, ma proprio non riesce e non vuole vedere come stanno le cose. Ai suoi occhi, lei non può fare nulla di male. Ma qualcosa accadrà. Se le do abbastanza corda, si impiccherà da sola».

«Sicura di voler andare avanti con il matrimonio? Perché se non te la senti…».

«Amo Adam con tutto il cuore e non vedo l'ora di diventare sua moglie. Non sposo sua madre. Lei è solo un ostacolo che dovrò trovare il modo di affrontare».

«Mi dispiace tanto, Em…».

«Risolverò tutto», le assicurai. «Inoltre, Charlotte e io abbiamo ripreso a parlarci. Quindi, non va poi tutto così male».

Ci scambiammo dei deboli sorrisi e ci abbracciammo forte. E mi sentii già mille volte meglio.

29

Quando Adam rientrò, mia madre era già andata a casa.

«Promettimi che starai bene», mi aveva implorato sulla porta. «Rimango qui, se vuoi».

«Non ti preoccupare per me», l'avevo tranquillizzata. «Devo solo andare a controllare come sta Adam. Ci vediamo domani pomeriggio in albergo. Sai cosa devi portare, vero?».

Sorrise. Avevamo ripassato il piano centinaia di volte. «Ho la lista», aveva detto salutandomi con la mano mentre saliva nell'auto di mio padre.

Adam aveva l'aria distrutta, un uomo ridotto in pezzi. Avrei desiderato così tanto poter cancellare il suo dolore, ma dovevo aspettare. Dovevo essere paziente. Non potevo rovesciargli addosso tutto quello che avevo raccontato a mia madre. Con lui era diverso. Si trattava di sua madre ed era necessario che mi muovessi con cautela.

Si sedette al tavolo da pranzo e si prese la testa tra le mani. «Non posso credere che stia succedendo davvero».

Mi avvicinai e lo abbracciai da dietro. Ma lui si irrigidì. «Supereremo questo momento», lo consolai. «Una volta che ci saremo sposati e saremo tornati dalla luna di miele, elaboreremo un piano».

«Come posso pensare di andare alle Mauritius, a stendermi sulla spiaggia, quando mia madre è qui a lottare per la vita? Non è giusto».

«Ma non sappiamo ancora con che cosa abbiamo a che fare», obiettai. «Quando torneremo a casa, avremo più informazioni».

Non mi aspettavo che Pamela portasse avanti quella crudele farsa molto a lungo.

«Forse. Tuttavia, se inizia il primo ciclo di chemio lunedì, voglio esserci».

Una morsa dolorosa mi stritolò il petto, ma mi imposi di rimanere calma. «Ci sposiamo domani». Controllai l'orologio. «Affrontiamo un giorno alla volta».

«In questo momento, non riesco nemmeno a pensare al matrimonio», scattò. «Non mi sembra giusto festeggiare quando mamma potrebbe morire».

Non dissi nulla. Mi allontanai con calma, lasciando che le mie parole sedimentassero nel suo animo. Andai in camera e, devastata dalla frustrazione, presi silenziosamente a pugni il cuscino.

Quando mi raggiunse, stavo sonnecchiando, ma mi risvegliai appena scivolò a letto.

«Come ti senti?», gli chiesi. «Meglio?».

Fece un lungo respiro. «Credo che dovremmo rimandare il matrimonio».

Balzai a sedere, voltandomi di scatto. «Che cosa?».

Si schiarì la voce. «Non penso che noi… che io… dovrei andare avanti date le circostanze attuali. È uno shock troppo grande e ho bisogno di riflettere».

«Stai dicendo sul serio?».

Si limitò ad annuire.

«Sinceramente sul serio?». La mia voce andava alzandosi di un'ottava a ogni sillaba.

«È che non mi sembra giusto, Em. Ammettilo. Non è la situazione ideale per sposarci. Non vogliamo che le nostre nozze siano tristi e offuscate dal dolore. Giusto?».

Se si aspettava una mia conferma, si sbagliava di grosso. «Tua madre ha il cancro». Marcai l'ultima parola facendo le virgolette con le dita.

«Che cosa accidenti significa?». Saltò giù dal letto, nudo tranne che per i boxer, e si passò una mano tra i capelli. «Ha il cancro, Em. Santo Dio!».

Lo osservai mentre camminava avanti e indietro. La rabbia e l'impotenza che emanava erano palpabili. Sembrava un pollo da batteria, rinchiuso in gabbia, che non sapeva dove andare, senza una meta, senza nulla su cui sfogare la furia che stava accumulando. Avrei potuto alleviare in qualche modo le sue angosce, sollevando il coperchio della pentola a pressione in cui si era infilato. Avrei potuto dirgli che pensavo che Pamela mentisse. Anzi, che *sapevo* che mentiva. Avrei potuto condividere con lui la convinzione che si fosse inventata tutto per fermare il matrimonio. Ma sarebbe stato ridicolo. Chi avrebbe mai fatto una cosa del genere? Una persona normale e sana di mente non avrebbe neppure immaginato di raccontare una menzogna così vile e malvagia. Avrei potuto raccontargli tutto quello che sua madre mi aveva fatto e detto da quando stavamo insieme. Come avesse spostato le montagne per separarci, per remarmi contro in ogni situazione, facendo ricorso a quest'ultima mossa infima e disgustosa, dopo otto mesi di prepotenze e piagnistei.

Mi avrebbe creduto? Improbabile. Mi avrebbe detestata? Di sicuro. Avrebbe vinto lei? Senza alcun dubbio.

No. Non avrei guadagnato nulla dicendogli la verità. Ma sarei andata all'inferno prima di arrendermi a lei e alle sue disgustose bugie. Ci saremmo sposati, che le piacesse o no.

«Ora calmati», lo esortai, alzandomi a mia volta e raggiungendolo.

«Calmarmi? *Calmarmi?* Dovrei sposarmi domani e mia madre ha un tumore. Come diavolo ti aspetti che mi calmi?»

«Noi ci sposeremo domani», lo corressi con risolutezza. «Siamo insieme. Fianco a fianco». Mi avvicinai per abbracciarlo, ma lui alzò una mano di colpo, fermandomi.

«Non siamo insieme e non siamo fianco a fianco», esclamò. «Non hai neppure tentato di nascondere i tuoi sentimenti nei riguardi di mia madre e, a dirla tutta, non le getteresti un secchio d'acqua addosso se prendesse fuoco. Quindi non fingiamo che ti importi davvero e non farmi credere che provi il mio stesso dolore.»

Indietreggiai di un passo. «Non sei onesto. Non dare la colpa a me. Tua madre ha fatto di tutto per farmi sentire indesiderata e sgradita fin dal giorno che ti ho conosciuto, nonostante io abbia cercato in ogni modo di andare d'accordo con lei. E sai una cosa, Adam? Ha reso impossibile ogni forma di convivenza!».

Alzò una mano in aria. Per una frazione di secondo, mi aspettai che mi colpisse. Invece si voltò e vibrò un pugno contro l'armadio. Le cappelliere in cui tenevo i miei ricordi scivolarono giù, rovesciandosi a terra. Rimasi immobile, pietrificata. Aprii la bocca, ma non riuscii a emettere alcun suono.

«Scusa, Em», scoppiò in lacrime e cadde in ginocchio sul pavimento. «Non lo so… non so più niente».

La parte di me che gli voleva un mondo di bene si sarebbe inginocchiata accanto a lui per cullarlo tra le braccia. L'altra parte, però, si sentiva stranamente distaccata, come se stessi osservando un estraneo, affranto e sconsolato, che cercava disperatamente di raccogliere i cocci e i frammenti della sua vita. Scoprire questo lato dell'uomo che amavo, un lato che non avevo mai visto, il giorno prima del nostro matrimonio, mi inquietò e mi terrorizzò in egual misura.

Tornai a sedermi sul letto e attesi. Avevo bisogno di prendere tempo per elaborare ciò che stava accadendo. Dovevo assicurarmi di mantenere il controllo, perché l'impulso di scaricare tutto quello che avevo nella testa era prepotente. Così come fu violento il panico che mi oppresse il petto, quando iniziai ad acquisire la consapevolezza che Adam avrebbe potuto davvero annullare il matrimonio.

«Mi dispiace, Em», ripeté, strisciando verso di me e appoggiando la testa sulle mie ginocchia. «Non so cosa fare».

Gli accarezzai la nuca. «Andrà tutto bene. Te lo prometto».

«Come puoi saperlo? Come puoi promettere una cosa simile? Mia madre potrebbe morire».

Trattenni a stento il desiderio di urlare. *Non morirà perché non è neanche malata!*

«Ci prenderemo cura di lei. Starà bene», dissi invece.

Mi puntò addosso gli occhi iniettati di sangue. «Lo credi davvero?».

Annuii. «Penso che vorrebbe che portassimo avanti il matrimonio. Anzi, ne sono sicura. Non sarebbe contenta se creassimo così tanti problemi annullando tutto». Dentro di me, riuscii quasi a sentir riecheggiare la mia risata.

«Forse hai ragione».

«Vengono diagnosticati tumori di continuo. Ogni minuto, ogni giorno». Mentre pronunciavo quelle parole, mi detestai per aver posto Pammie allo stesso livello di milioni di persone che stavano lottando davvero per quella orribile malattia. «E le aspettative di vita sono buone».

Annuì con aria triste.

«Possono anche stare meglio di prima. Sono stati fatti enormi progressi nella ricerca».

Dal suo sguardo vacuo e inespressivo, capii che non sarei riuscita a convincerlo.

«Le persone sopravvivono. Moltissimi ne sono già usciti». Gli presi le mani e gliele strinsi. «Ci sono ottime possibilità che lei stia bene. Vediamo con che cosa abbiamo a che fare e sosteniamola».

«Lo so. So tutto questo». Tirò sul con il naso. «Ma adesso non riesco a gestire questa cosa, oltre a tutto il resto».

«Me ne rendo conto. Perciò, andiamo avanti. Ci saranno altre cose da affrontare se annulliamo la cerimonia». Emisi un sospiro esagerato.

«Ma preferirei farlo, piuttosto che barcollare per tutta la giornata. Non riesco a concentrarmi su nient'altro che mia madre. In questo momento ha bisogno che le stia accanto».

Non mi ascoltava. La mia mente prese a galoppare, cercai di esaminare tutte le persone che avrei dovuto contattare se il matrimonio fosse saltato. Non ne sopportavo neppure il pensiero. Non sarebbe andata così. Non lo avrei permesso.

Gli afferrai i polsi e li strinsi con forza, fissandolo negli occhi. «Ascoltami», iniziai con determinazione. «Domani ci sposeremo e tua madre starà bene. Si divertirà, tutti quanti la coccoleranno, e noi andremo in luna di miele. Mentre saremo via, James sarà più che capace di prendersi cura di lei. Una volta tornati, andremo in ospedale e scopriremo cosa succede e cosa c'è da fare. D'accordo?».

Annuì, ma non ero convinta di aver penetrato la sua mente confusa.

Si alzò e iniziò a vestirsi.

«Che cosa stai facendo?», gli chiesi con un nodo di panico in gola. «Dove stai andando?»

«Da mia madre».

«Che cosa? Ma non puoi. Sono le cinque del mattino».

«Ho bisogno di vederla».

«Per l'amor del cielo, Adam. Adesso stai reagendo in modo esagerato».

«Nessuna reazione è mai esagerata quando tua madre ha il cancro», sibilò, avvicinando il viso al mio.

Ero spaventata. Era sempre così controllato. L'uomo che tutti ammiravano. Un punto di riferimento. Quello che guidava un team di analisti, il membro della famiglia a cui tutti si rivolgevano per un consiglio. L'uomo che aveva portato razionalità e ordine nella mia vita. Lui era tutto questo. Eppure adesso sembrava un coniglio spaurito, accecato dai fari di un'auto, e non sapeva nemmeno se doveva correre verso di loro o allontanarsi. Era una scena straziante e odiavo Pammie ancora di più per quello che aveva fatto a lui. A noi.

Le lacrime mi offuscarono gli occhi. «Non puoi lasciarmi qui così», gemetti. «Ho bisogno che tu stia *con me*».

«No, non è vero», replicò. «Di cosa devi preoccuparti, a parte annullare un maledetto bouquet e una torta?».

Lo guardai a bocca aperta.

«Mia madre sta morendo e tu ti preoccupi per un pan di spagna? Cerca di cambiare prospettiva e di riflettere».

«Se esci da quella porta, giuro che...».

La porta si richiuse sbattendo proprio mentre balzavo in piedi. In quel momento, compresi di non avere scelta. Dovevo mostrare al mondo chi era davvero Pammie.

30

Mi sembrava impossibile riuscire a dormire. Ma, evidentemente, dovevo essere crollata perché, quando aprii gli occhi, c'era luce. Guardai l'orologio sul comodino. Le otto e due minuti. La testa iniziò a pulsare quando mi sollevai dal letto, avvolta da una morsa di tensione che, come una molla a spirale, era pronta a scattare. Avevo un fastidioso nodo in gola che non riuscivo a mandare giù. Raggiunsi vacillando lo specchio. I miei occhi erano gonfi e il viso era chiazzato. Il cuscino mi aveva lasciato delle impronte sulla guancia.

Non era così che avrei dovuto trascorrere la vigilia delle mie nozze. Sempre che delle nozze ci fossero state davvero.

Cercai il cellulare sul letto e misi a fuoco lo schermo, attendendomi di trovare una lista di chiamate perse e di messaggi sopra la foto mia e di Adam che fungeva da screensaver.

Nessun messaggio e nessuna chiamata persa.

Non avevo idea di dove fosse Adam e neppure di cosa accidenti stesse succedendo. Lo chiamai, ma scattò subito la segreteria telefonica. Riprovai. Stesso risultato.

Non avrei dato a Pammie la soddisfazione di chiamarla, perciò optai per la seconda alternativa.

James.

Rispose al secondo squillo. «Ciao, Em…».

«Sì, ciao», lo salutai trafelata. «Sai dov'è Adam? Se n'è andato stamattina presto e non riesco a contattarlo».

«Sembri scossa. Stai bene?».

No. La tua famiglia è seriamente fuori di testa.

«Sì, sto bene», replicai invece. «Hai idea di dove possa essere?»

«È da nostra madre. Mi ha sostituito qualche ora fa, così che io potessi venire a casa a dormire un po'».

«Ti ha detto niente?», chiesi ottimista, tentando di frenare la disperazione nella voce. «Abbiamo litigato e lui ha minacciato di annullare tutto. Non so cosa fare, James».

«Oh, Gesù...».

«Sembra irremovibile, dice che è la cosa giusta».

«Vuoi che venga da te?».

No. Sì. No. Non lo so.

«Em? Vuoi che venga da te?». La sua voce suonava sempre più preoccupata.

«No, digli di telefonarmi. Non mi risponde».

«Potrebbe essere meglio così», sussurrò in maniera quasi impercettibile.

Che cosa? Avevo sentito bene?

«Concedetevi un po' tempo per essere sicuri che è quello che volete».

«Come può essere "meglio così"?», strillai. «Già... perché poi dovrei aspettarmi qualcosa di diverso da te? Non hai fatto altro che tentare di sabotare questa relazione sin dall'inizio. Scommetto che ne sei contento, vero?»

«Ho sempre e solo avuto a cuore i tuoi interessi».

«L'unica cosa che hai sempre desiderato è nuocere a tuo fratello, mettergli il bastone tra le ruote».

«Non è vero», replicò a bassa voce.

«In questo momento, non mi interessa. Ho solo bisogno di sapere cosa diavolo sta succedendo».

«Adesso vado da mia madre e ti chiamo da là», annunciò solennemente.

Non sarei riuscita a pensare con lucidità finché non avessi parlato con Adam. Avevamo parecchie questioni di cui discutere. Non poteva tirarsi indietro adesso. Che cosa avrebbe pensato la gente? I progetti e i sacrifici che gli invitati avevano fatto per essere presenti, per condividere con noi quel giorno speciale. Permessi dal lavoro, babysitter, biglietti del treno. E quella era solo una parte della faccenda. Che cosa avrei detto all'hotel, all'ufficio anagrafe, al fioraio, all'animazione, a tutti?

Telefonai a Pippa. Una sola parola e lei si sarebbe precipitata da me.

«Non muoverti. Sarò lì tra dieci minuti».

Mi lanciò un'occhiata. «Giuro su Dio che se ti ha messo solo un dito addosso…».

Scossi la testa, completamente inebetita. «Pammie ha un tumore e Adam si è volatilizzato».

Inarcò le sopracciglia con aria interrogativa.

«Esattamente».

Non c'era nulla che lei o chiunque altro potesse fare, a parte prepararmi un tè e aspettare. Ma l'attesa e l'incertezza furono strazianti.

Erano le dieci passate quando il mio cellulare squillò. Sullo schermo apparve il nome di Adam.

In una frazione di secondo, Pippa balzò su e mi strappò il telefono di mano, attivando il vivavoce.

«Ora, ascoltami bene, brutto figlio di…».

«Em?», disse una voce maschile.

«Se non porti il tuo culo a casa entro mezz'ora…», proseguì Pippa.

«Em, sono James».

Pippa mi passò il cellulare.

«È con te?», chiesi quasi incapace di respirare.

«Sì, ma non è per niente in forma. Credo che sia piuttosto deciso».

Il cuore mi si schiantò in mille pezzi. «Passamelo».

«Non vuole parlare con te ora», replicò in tono di scusa.

«Passamelo immediatamente!», sbraitai.

Pippa mi accarezzò una gamba e mi afferrò la mano che stavo agitando in aria, alla disperata ricerca di qualcosa di tangibile a cui aggrapparmi per reggermi, anche se ero seduta.

Udii dei borbottii e, infine, la voce di Adam. «Ho deciso», dichiarò con fermezza. Come poteva essere così gelido e distaccato? «Rimanderemo il matrimonio fino a quando mia madre non si sarà ripresa».

«Ma...».

«È così. Punto e basta. Ho già iniziato a fare telefonate alle persone di cui possiedo il numero. Ho anche parlato con l'agenzia di viaggi. Cercheranno di capire com'è la situazione e se si può spostare la luna di miele oppure avere un rimborso».

Se il sangue potesse gelarsi nelle vene, in quel momento a me sarebbe successo. Un freddo glaciale iniziò a svilupparsi dal collo per poi scivolare verso il basso, nel petto, nel ventre, ronzando tutto intorno, su e giù. Quando attanagliò la calda acidità del mio stomaco, lanciai il telefono a Pippa e mi precipitai in bagno, scossa dai conati di vomito.

Con la testa reclinata sulla tazza del water – solo a vederlo fui dilaniata da violente contrazioni, con la bile che mi ustionava la gola – mi sembrava che lei stesse parlando sott'acqua. Non riuscii a distinguere neppure una parola.

Dopo pochi istanti, Pippa corse a inginocchiarsi accanto a me, tenendomi i capelli e massaggiandomi la schiena.

«Andrà tutto bene», mi sussurrò. «Sistemerò tutto io».

Cercai di scuotere la testa, ma fui sopraffatta da un altro conato.

Pippa mi costrinse a fare una doccia e a lavarmi i capelli. Mi giurò che una volta che mi fossi rinfrescata, il mondo mi sarebbe apparso meno orribile.

Le consegnai la lista dei contatti e, quando tornai in soggiorno, erano rimasti da chiamare solo l'hotel e l'ufficio anagrafe.

«Temo che siano cose che devi fare tu», osservò. Annuii , mesta.

«Ti preparo un po' di tè», si offrì, dirigendosi verso la cucina dove iniziò a rumoreggiare con le tazze e gli sportelli della credenza.

«Oh, mio Dio. È una situazione insolita», commentò la distaccata responsabile dell'hotel. «Non è mai successo che qualcuno abbia annullato così una cerimonia. Soprattutto il giorno prima».

«Non è per scelta», replicai cupa, ascoltandola a malapena. Avevo inserito il pilota automatico ed ero insensibile alle persone e alle emozioni. Ero come un robot che compiva manovre preprogrammate, timoroso solo di andare in corto circuito.

Mi resi conto vagamente che il telefono mi veniva strappato di mano.

«Buongiorno. Sono Pippa Hawkins, la damigella d'onore, le darò assistenza per qualunque cosa di cui dovesse aver bisogno...».

Appoggiai la testa sulle braccia conserte sul tavolo e i singhiozzi mi scossero con violenza tutto il corpo.

31

Adam si degnò di presentarsi sessanta minuti prima dell'orario fissato per le nozze.

Il nostro appartamento era stato invaso da un flusso costante di visitatori durante il giorno e la notte in cui lui era stato assente. Tutti desiderosi di sapere come stavo e di assicurarsi che non mi fossi gettata da un ponte.

Pippa era rimasta fino a quando lui era tornato a casa con l'aspetto trasandato e il volto paonazzo.

Avevo immaginato quel momento mille volte, ma adesso che era lì in piedi davanti a me, mentre ero seduta al tavolo da pranzo, mi parve una persona lontana, che avevo conosciuto tanto tempo prima. Non era l'uomo che avevo amato e con cui avevo vissuto negli ultimi otto mesi. Sembrava come ci fossimo incontrati fugacemente a un certo punto del passato. Un momento di cui ricordavo a malapena i dettagli. Non avrei saputo dire se fosse il modo con cui il cervello mi proteggeva dalla realtà, attutendo la brutalità di quanto stava accadendo.

Con la coda dell'occhio, vidi Pippa che prendeva il cappotto, ma continuai a fissare Adam, sfidandolo a tornare da me. Lui si voltò.

«Io vado…», annunciò con tono incerto Pippa. «Okay?».

Annuii senza staccare gli occhi da Adam.

La tristezza e il senso d'imbarazzo che avevo provato fino a quell'istante furono sostituiti da una collera impetuosa e reale. Mi sentii come una belva feroce trattenuta da un guinzaglio. Se lui avesse pronunciato una sola parola, una qualsiasi, la catena si sarebbe spezzata.

«Ho bisogno che tu capisca», iniziò.

Balzai in piedi con una tale irruenza che la sedia ricadde all'indietro sul pavimento.

«Non hai alcun diritto di dirmi cosa devo o non devo fare», tuonai. «Ne ho passate di tutti i colori, e tu osi venire qui a trattarmi con condiscendenza, dicendomi che è necessario che io capisca?».

Per un istante, credetti che mi avrebbe alzato le mani addosso. Le spalle tirate indietro, il torace gonfio. Poi buttò fuori l'aria come un palloncino scoppiato. Non so che cosa avrei preferito. Almeno, se avesse deciso di lottare, avrei avuto qualcosa a cui appigliarmi, uno scontro da combattere. Questa versione svuotata dell'uomo che ricordavo invece era patetica. Un ammasso di rovine fatiscenti per le quali era difficile provare rispetto. Volevo che risollevasse la testa, tornasse a essere una persona di valore, non che crollasse ai miei piedi come un fantoccio privo di dignità.

«Dobbiamo parlare», disse a bassa voce.

«Ci puoi scommettere, dannazione!».

«Da adulti».

Prese una sedia dall'altra parte del tavolo, l'unica barriera che mi impediva di lanciarmi contro di lui, e si abbandonò a sedere stancamente. Si sentiva come me. Esausto.

Per un fugace istante, pensai di dirgli la verità. Di tirar fuori il fegato di raccontargli cosa aveva fatto veramente sua madre. Ma, dopo aver immaginato la scena nella testa, mi resi conto che sarebbe stato inutile.

«Dunque?»

«Devi calmarti».

«E mi stai trattando di nuovo con condiscendenza. Quindi, se vogliamo arrivare da qualche parte, faresti meglio a smetterla».

Chinò il capo. «Mi dispiace».

«Visto che io non ho fatto assolutamente nulla di sbagliato, perché non inizi spiegandomi dove diavolo sei stato e perché il tuo cellulare è stato irraggiungibile per quasi trentasei ore?». Mi stavo mordicchiando l'interno del labbro e sentii il sapore metallico del sangue sulla lingua.

«Posso solo cercare di spiegarti come mi sono sentito, come ho vissuto tutta la situazione».

Incrociai le braccia e attesi.

«Ero assolutamente convinto di sposarmi oggi. È importante che tu lo sappia».

La mia espressione non mutò.

«Ma quando mia madre ci ha dato la notizia, ho sentito il mondo esplodere e crollarmi addosso. Ho pensato al matrimonio, la luna di miele, alla diagnosi di mia madre, e nulla di tutto ciò mi è parso reale».

«Hai perso la prospettiva», osservai.

«Sì, forse è andata così. Ma ho avuto l'impressione di non riuscire ad affrontare niente. Non sarei stato in grado di entrare in quella cappella con i nervi saldi».

«Nessuno si sarebbe aspettato che tu lo facessi», tentai di fargli capire. «Ti stavi sposando e avevi appena saputo che tua madre aveva un tumore. Sarebbe stato naturale che fossi agitato».

«Ma è stato come un totale attacco di panico, Em. Avevo un peso soffocante sul petto, il cervello paralizzato. Non sarei riuscito a riprendermi in tempo per la cerimonia».

«Eppure sei qui, quarantacinque minuti prima dell'ora fatidica», commentai con amarezza.

«Riusciremo a superare tutto questo?», mi chiese, abbassando la testa.

«Ho bisogno di stare un po' di tempo da sola per riflettere».

Sollevò il capo e mi fissò con espressione desolata.

«Non mi importa dove andrai, ma non ti voglio qui. Non fino a quando avrò deciso cosa voglio».

«Sei seria?».

Una domanda che non meritava una risposta. «I miei verranno qui stasera perché pensavano di assistere alle nozze della loro figlia e non hanno niente di meglio da fare. Ci saranno anche Pippa e Seb, perciò...».

Si alzò piano dalla sedia. «Vado a preparare la valigia».
«Bene».
Gli voltai le spalle e mi avviai verso la cucina, dove mi versai un generoso bicchiere di Sauvignon Blanc.
Poco dopo udii la porta d'ingresso chiudersi piano. Mi abbandonai sul divano e scoppiai in lacrime. Non avrei saputo dire se piangevo perché quel giorno si sarebbero dovute celebrare le mie nozze o perché Pammie, alla fine, aveva vinto. Le avevo riso in faccia quando aveva dichiarato che sarei dovuta passare sul suo cadavere per sposare Adam. E chi rideva adesso?

32

Non risposi alle telefonate di Adam per dieci giorni. Non perché intendessi fare dei giochetti psicologici o reclamare attenzioni, ma perché avevo davvero bisogno di stare da sola, lontana dalla sua influenza, per capire cosa volevo.

Mi costrinsi a tornare al lavoro, anche se avevo preso dei giorni di ferie, credendo ingenuamente che avere uno scopo mi avrebbe fatto sentire meglio. Ma quando trovai Adam che gironzolava fuori dal mio ufficio, non potei più ignorarlo. In tutto quel tempo, non mi ero domandata cosa avrei provato nel vederlo e *se* avrei provato qualcosa. Così, quando mi ritrovai senza fiato solo alla sua vista, pensai che quella reazione dovesse pur significare qualcosa. Non riuscivo a respirare, come se l'aria mi fosse stata risucchiata dai polmoni.

«Non è giusto. Non puoi tagliarmi fuori così», mi implorò.

«Non dirmi cos'è giusto e cosa non lo è», sbottai senza fermarmi e avviandomi verso la stazione della metropolitana di Tottenham Court Road. «Ho bisogno di tempo e di spazio».

«Devo parlare con te».

«Non sono pronta per questa conversazione qui e adesso», sentenziai, aumentando il passo.

«Puoi fermarti un secondo?».

Mi voltai. Aveva perso peso. L'elegante abito di sartoria gli penzolava da tutte le parti, la cintura non aveva fori sufficienti per stringerla in vita, lasciando uno spazio così ampio che avrei potuto metterci la mano in mezzo. Il viso era scarno e sciupato, sembrava che non si fosse più rasato dall'ultima volta che lo avevo visto.

«A che scopo?», abbaiai, sapendo che quel tono era peggio di un morso. Non avevo più energie. Le avevo completamente esaurite.

«Non possiamo sederci a parlare un momento, per favore?».

Guardai Golden Square, con tutti i narcisi che si ergevano con fierezza, ma il sole stava tramontando e non faceva abbastanza caldo per sederci su una delle panchine. All'angolo, però, c'era un caffè.

«Cinque minuti», dichiarai, indicandogli la vetrina. «Giusto il tempo per un caffè». Anche se avrei potuto ammazzare qualcuno per scolarmi qualcosa di più forte.

«Grazie», replicò in tono riconoscente.

Per assurdo, trascorremmo quei cinque minuti parlando di tutto tranne che del motivo che ci aveva portati lì. Gli raccontai che la piccola Sophie aveva iniziato a camminare e lui mi disse che doveva rinnovare l'abbonamento in palestra. Fu insopportabile e imbarazzante scambiare banali chiacchiere con l'uomo con cui avevo vissuto. Era come un estraneo, tanto mi sentivo distaccata da lui.

Quando me ne resi conto, dovetti trattenere una lacrima sbattendo le palpebre.

Trascorsero lentamente altri cinque minuti e, a un certo punto, ci ritrovammo entrambi a guardare fuori dalla vetrina, senza sapere cosa dire.

«Siamo qui da dieci minuti e non mi hai ancora chiesto di mia madre».

Non mi era neppure passato per la testa. Che senso avrebbe avuto? Sapevo che stava benissimo. Libera dal cancro, libera dalla coscienza e libera dalla moralità.

«Scusa. Come sta Pammie?», gli chiesi incapace di celare il vetriolo nel mio tono.

«Non riusciremo ad andare avanti se non accetti sia lei che quanto è accaduto. Non è colpa di nessuno, Em. La vita a volte va così».

«E dovrei perdonarla perché dice di essere malata?»

«Non dice di essere malata. Lei *è* malata», obiettò con

espressione severa. «Come ti sentiresti se, Dio non voglia, le succedesse qualcosa?».

Scrollai le spalle. Non me ne poteva importare di meno.

Strinse gli occhi. «Devi osservare il quadro generale. Possiamo sposarci in qualsiasi momento. Mia madre potrebbe essere con noi ancora per poco tempo».

«Esatto. Ed è proprio qui che hai sbagliato», gli feci notare. «Ci saremmo già dovuti sposare approfittando del fatto che tua madre è ancora con noi».

«Può darsi, ma ormai quello che è fatto è fatto, e dobbiamo superarlo insieme».

«Dunque, come sta Pammie?», gli chiesi di nuovo, ignorando la sua velata supplica.

«Sta bene, grazie», replicò con una punta di sarcasmo. «Siamo andati alla prima seduta di chemio la settimana scorsa. Ne farà un'altra a breve».

Mi sentii come se mi avesse investito un tir da dieci tonnellate. «Davvero?».

Annuì. «Sì, l'ho accompagnata in ospedale lunedì scorso. Volevo assicurarmi che stesse bene. Faresti lo stesso con tua madre, Em. So che è così».

Dovetti concentrarmi per comprendere bene. Era andato con lei a un appuntamento finto? Come diavolo aveva fatto a cavarsela, quella strega?

«È così straziante quello che devono affrontare», proseguì. «Gli effetti collaterali, al momento, non sono eccessivi. Si sente molto stanca, ha la nausea, ma l'hanno avvisata che, con il passare del tempo, potrebbe peggiorare». Si stropicciò gli occhi. «Sinceramente, non lo augureresti al tuo peggiore nemico.

Ero talmente scioccata che non osai nemmeno allungarmi per stringergli la mano. Per la prima volta, dopo l'annuncio di Pammie, iniziai a domandarmi se la sua malattia non fosse vera. Una vampata di calore mi salì dai piedi al collo, per poi incendiarmi le guance. Con disinvoltura, mi scrollai di dosso il cappotto nel tentativo di rinfrescarmi.

Non mi era passato per la mente neppure per un secondo che avesse detto la verità. Riflettei. Come sarebbe stato percepito il mio recente comportamento? Contavo sul fatto che le sue menzogne venissero smascherate e che si scoprisse che razza di crudele e spietata bugiarda era. E se invece fosse stato tutto vero?

«Com'è là dentro?», volli sapere. «L'ospedale, intendo». Dovevo accertarmi che stesse davvero dicendo ciò che pensavo.

«Rendono l'ambiente il più confortevole possibile per i pazienti», spiegò e il cuore mi sprofondò sempre più, sillaba dopo sillaba. «Sono in poche signore nella stessa stanza, sai, tutte con la stessa problematica di mia madre. Questa situazione l'aiuta molto perché, sai com'è fatta, non è una persona riservata». Sorrise. «Perciò le fa piacere chiacchierare, sapere cosa potrebbe attenderla dietro l'angolo, prepararsi a qualunque cosa possa accadere. E questo le fa capire che non è sola, cosa che credo sia molto importante».

Chinò la testa. «Non è troppo bello, però, Em». Abbassò le spalle e iniziò a tremare, il petto che si alzava e si abbassava.

Girai attorno al tavolo e mi sedetti accanto a lui sulla panca. Lo cinsi con un braccio e lui iniziò a singhiozzare convulsamente. Poi mi afferrò con forza la mano e la portò alle labbra.

«Ti amo», sussurrò. «Mi dispiace tanto».

«Ssh, va tutto bene».

Perplessa, non seppi cos'altro dire. Avevo rimuginato così a lungo, considerando la terribile ingiustizia di quella situazione e la crudele cospirazione che Pammie aveva orchestrato sin dal primo giorno in cui c'eravamo conosciute, che non avevo valutato ciò che Adam provava. Lo avevo liquidato definendolo uno sciocco, un uomo debole che si era lasciato ingannare. Ma non era così che *lui* si sentiva. Si sentiva solo e smarrito.

Aveva annullato il matrimonio con la donna che amava perché credeva che sua madre stesse morendo. Poiché non aveva motivo di non farlo.

«Questo non è il posto migliore per una conversazione del genere», ammisi con una risatina, mentre dalle vetrine vedevamo i pendolari affrettarsi.

«No, direi di no», convenne prima di girarsi e darmi un bacio sulla fronte. «Vuoi venire a trovare mia madre? Desidera davvero vederti e, che tu ci creda o no, dirti quanto le dispiace».

Mi ritrassi istintivamente. «Non lo so...». Non avevo più il controllo dei miei pensieri, non sapevo quali frasi sarebbero uscite dalle mie labbra.

«Per favore, significherebbe molto per lei. E anche per me».

Annuii. «D'accordo. Può darsi».

«Farà la prossima seduta di chemio mercoledì, il tuo giorno libero. Potresti venire là e incontrarci tutti insieme non appena avrà finito. A meno che, naturalmente, io non possa tornare a casa, così da andare insieme».

Non ero più sicura di niente. Invece di alleviare il brulicare dei pensieri nella mia testa, la notizia che Adam accompagnava Pammie in ospedale non fece che alimentare il caos. Tutte le riflessioni ronzarono e si ingarbugliarono fino a quando le tempie iniziarono a pulsarmi.

33

Non era il pensiero del ritorno a casa di Adam a procurarmi una devastante emicrania. Era la pressione di andare a trovare Pammie che mi stressava. Avvertivo già la tensione strisciare sulle spalle e insinuarsi lungo il collo.

D'istinto, aprii il frigorifero per prendere una bottiglia di vino, ma mi fermai di colpo. L'alcol aveva già combinato guai a sufficienza, intorpidendo i miei nervi. Non potevo far affidamento per sempre su un bicchierino, neanche fosse una stampella. Era necessario che fossi in grado di reggermi in piedi da sola, per percepire realmente ciò che provavo piuttosto che continuare a vivere nella fitta nebbia della depressione e del distacco che era andata addensandosi sempre più dentro di me negli ultimi quindici giorni.

Lanciai una languida occhiata alla bottiglia di Sauvignon Blanc, raffreddato alla perfezione. Doveva averlo portato Pippa quando era venuta a cena sabato sera, anche se mi sembrava quasi impossibile che fosse sopravvissuto fino a oggi. Non avevo avuto intenzione di bere nemmeno quella sera ma, quando le avevo detto dell'incontro con Adam, mi aveva chiesto se poteva venire da me perché le raccontassi tutti i dettagli.

Era rimasta seduta sul divano a bocca aperta mentre io andavo su e giù per la stanza, senza dubbio annoiandola a morte con tutti i particolari della conversazione che avevo avuto con Adam. A prescindere dallo stress che mi aveva annientata, la presenza di Pippa era stata un conforto eccezionale. Mi mancava vivere insieme a lei e annegarci nelle chiacchiere come un tempo. Era praticamente il mio secondo cervello. Quando il mio non funzionava e sparava cretinate, lei rappresentava la voce della saggezza e del buon senso di cui spesso avevo bisogno.

«Sei sicura che sia la cosa giusta?», mi aveva chiesto. «Permettergli di tornare a casa?».

Avevo annuito piano e dolorosamente, contorcendomi le mani, confusa e perplessa.

«Ma dovrai ancora avere a che fare con lei», mi aveva fatto notare. Non era nemmeno stata capace di pronunciare la parola "Pammie". «Sarà sempre lì, sempre presente. Adam vale davvero tutto questo?»

«Lo amo, Pip. Cosa dovrei fare? Inoltre, proviamo a concedere a Pammie il beneficio del dubbio. Magari dice la verità».

«Naa, non me la bevo». Aveva scosso la testa. «Ricordi quando avevo scherzato sul fatto che non ci sono molti sessantenni psicopatici al mondo?». Al mio assenso, aveva proseguito. «Be', mi sbagliavo».

Eravamo scoppiate a ridere e, proprio in quell'istante, il mio cellulare aveva preso a squillare, facendoci sobbalzare.

«Pronto?», avevo risposto, ridacchiando.

«Ehi, straniera, come stai? È bello sentirti di nuovo allegra», aveva detto Seb.

All'improvviso, mi ero sentita in colpa. Sarebbe stato più appropriato richiudersi nella tristezza? Ma poi avevo pensato che era la prima volta che ridevo in due settimane. Non avevo fatto nulla di male, anche se mi era sembrato che Seb non la vedesse a quel modo.

«Mi dispiace», mi ero scusata. «Mi sono trovata in una brutta e assurda situazione».

«Così brutta e assurda che non credevi che il tuo amico te ne potesse tirare fuori?».

Avevo sospirato. Con amarezza, avevo dovuto riconoscere che non avevo risposto ad alcune sue chiamate, ripromettendomi ogni volta di telefonargli il giorno successivo, ma poi non lo avevo fatto. E la cosa mi aveva tormentato. Il nostro rapporto non era mai stato complesso. Potevo pensare a un unico motivo per cui la situazione era cambiata. Ed era tutta colpa mia perché avevo permesso a influenze esterne di infiltrarsi nel legame che ci univa.

«Mi dispiace davvero».

«Sei a casa? Posso venire da te?», mi aveva chiesto.

Avevo esitato. «Ecco…».

«Non preoccuparti. È chiaro che sei impegnata», si era affrettato a dirmi con tono sconsolato.

Cosa diavolo stavo facendo? «Certo che puoi venire. C'è anche Pippa. Sarebbe bello vederti».

Non appena era entrato, mi aveva dato un casto bacio sulla guancia, non l'abbraccio che mi ero aspettata, considerate le circostanze. Avevamo chiacchierato un po' a disagio durante la nostra prima bottiglia di vino, aggirando il problema che si era frapposto tra noi, anche se non sapevo bene quale fosse. Lo avevo sentito insolitamente reticente e poco vitale, cosa che mi aveva messo in guardia, attendendo che sganciasse la bomba. Ero consapevole che lo avevo evitato da quando il matrimonio era stato annullato. In realtà, avevo evitato tutti tranne Pippa e mia madre. Tuttavia, nel profondo del mio cuore, sapevo che Seb sarebbe sempre stato al mio fianco nel momento del bisogno, e lo sapeva anche lui.

«Allora, qual è il vero motivo per cui non hai voluto che venissi alla prova del vestito?», mi aveva chiesto all'improvviso mentre apriva la seconda bottiglia di Pinot Grigio.

Di tutti gli scenari che mi erano passati per la mente durante l'ultima ora, quello non lo avevo neppure considerato. Le mie guance erano andate a fuoco all'istante.

«Come ti ho detto, volevo riservarlo per il grande giorno», avevo spiegato con tono tagliente. Era quella la verità? In qualche modo, me ne ero convinta anche io.

Aveva sollevato lo sguardo dalla bottiglia che teneva sulle ginocchia. «Quindi, non ha nulla a che vedere con ciò che ti ha detto Pammie?»

«Che cosa? Quando?», avevo replicato, pur consapevole della rivoltante realtà.

«Quando eri in piscina in Portogallo».

Mi ero girata verso Pippa come per avere conferma dei miei sospetti. Ma lei si era semplicemente stretta nelle spalle, senza dire nulla.

«Scusami, ma non ti seguo», avevo detto nella speranza di smascherare il suo bluff.

«Ero seduto su una panchina dall'altra parte della siepe».

Il cuore mi era balzato in gola mentre cercavo di ricordare ogni parola che avevo detto a Pammie.

«Speravo che fossi seria quando hai affermato che avresti preferito me a lei. Anzi, ci contavo».

Lo avevo fissato a bocca aperta. «Ma... è così. È ciò che ho fatto».

Aveva inarcato le sopracciglia con aria interrogativa. «Eppure, non appena siamo tornati a casa, mi hai informato che non volevi che venissi alla prova dell'abito. Inoltre, non ti ho più sentita da quando il matrimonio è saltato. Non desidero essere un peso per te, Em. Perciò se la mia presenza nella tua vita ti rende le cose difficili, non hai che da dirlo...».

Avevo scosso la testa con foga mentre le sue parole mi trafiggevano come frecce e tentavo di scrollarmi di dosso quella che non era che la pura verità. «Non è così».

«Dunque, Adam ha un problema con me?».

Avevo ripensato a com'era andata al cinema quella volta, ancora prima che conoscesse Seb, ai suoi commenti taglienti quando aveva scoperto che lui avrebbe visto il mio vestito. Avevo cacciato il dubbio nei recessi della mente.

«Non essere sciocco», avevo ribattuto. «Adam non si sentirebbe mai minacciato da te. È solo che Pammie è Pammie. Sai com'è fatta». Mi ero avvicinata e gli avevo cinto le spalle con un braccio. «Mi dispiace se hai pensato che sia stata scortese per una qualsiasi ragione a parte l'imbarazzo e la vergogna per il matrimonio».

Mi aveva stretta in un caldo abbraccio, quello che avevo atteso e desiderato da quando era arrivato. «Sono sempre io», aveva sottolineato. «Ma di preciso quand'è che abbiamo permesso che sentimenti come l'imbarazzo e la vergogna si mettessero tra noi?».

Avevo sorriso.

«Sono sempre qui per te. Nel bene e nel male».

«Per la miseria», era esplosa Pippa. «Forse dovreste sposarvi voi due».

Eravamo scoppiati tutti a ridere, cosa che, solo pochi giorni prima, mi era sembrata impossibile.

Ora, però, mentre ero seduta nell'auto di Adam, diretti a Sevenoaks, la vita non mi sembrava così spensierata. E, dopo tutto, avrei desiderato bere un drink, giusto per stemperare la tensione. Il mio cervello era talmente confuso che stavo perdendo di vista l'essenziale.

«Stai bene?». Adam sorrise, percependo la mia inquietudine.

Ricambiai il suo sorriso e lui si protese a stringermi la mano. «Andrà tutto bene», mi rassicurò.

Ne dubitavo, ma poi mi ricordai che non si trattava di me, ma di Pammie che forse aveva un tumore. Mi ero arrovellata su quale fosse la verità, ma nove volte su dieci mi ero convinta che non avesse nulla. Tuttavia, fino a quando non ne fossi stata assolutamente sicura, mi era ripromessa di non saltare a conclusioni affrettate. Per assurdo, mi sentii più sollevata quando mi concessi di credere che stesse dicendo la verità. Almeno, avremmo avuto qualcosa di tangibile su cui lavorare. Tutti insieme, potevamo aiutarla a combattere. E se invece non fosse stato così?

«Emily, cara! Che bello vederti!», mi accolse all'ingresso abbracciandomi. «Non sai quanto mi rammarichi per come sono andate le cose. Davvero. Sono tanto, tanto dispiaciuta. Non avrei detto nulla se avessi pensato anche solo per un istante che...».

Le rivolsi un sorriso a labbra strette. Che fosse malata o no, non doveva per forza piacermi.

«Tesoro», esclamò quando Adam l'abbracciò. «Dio, quanto mi sei mancato».

Lui rise, alzando gli occhi al cielo. «Sono passati solo due giorni».

«Sì, sì, lo so. Devi stare a casa con Emily. È quello il tuo posto».

Non capii se stesse cercando di convincere noi o sé stessa.

«Come stai?», le chiesi con il tono più sincero che riuscii a tirar fuori. «Come ti senti?».

Abbassò lo sguardo. «Oh, be', sai… sono stata meglio, ma non mi posso lamentare. Non ho avuto grossi disturbi e ho ancora tutti i capelli». Si batté la mano sulla testa.

«Signore, che ne dite di entrare, prima che tutta la strada ci senta?». Adam ci sospinse nell'ingresso dal soffitto basso.

«Oh. Certo. È che sono tanto contenta che siate qui». Mi prese per mano e mi condusse nel soggiorno sul retro.

«Come stai?», mi chiese con tono quasi sincero. «Ti ho pensata così tanto».

Lanciai un'occhiata a Adam che ricambiò con un sorriso affettuoso, come un padre orgoglioso. Lui credeva a ogni parola della madre. Pendeva dalle sue labbra. E io avvertii per l'ennesima volta una fitta di profonda delusione. Non era cambiato niente.

«Sto bene», mentii.

Cadde un imbarazzante silenzio, ma Adam sembrò non accorgersi che ci stavamo studiando come due avversarie. «Non abbiamo molto tempo», ci sollecitò. «E il traffico è piuttosto sostenuto».

«Sì, sì, dovremmo andare». Pammie prese il cardigan e la borsetta da una sedia. «Chiacchiereremo più tardi».

Mi sforzai di sorridere.

«Ho preparato alcuni panini, nel caso ti venisse un languorino. Basta togliere la pellicola. Inoltre, c'è una torta al limone nel contenitore in dispensa. L'ho fatta con le mie mani», annunciò con orgoglio.

«Sei molto gentile», replicai, ben consapevole della falsità della nostra conversazione. Non ci eravamo mai scambiate così tanti convenevoli. «Non avresti dovuto disturbarti».

«Non essere sciocca. È il minimo che possa fare per te, che sei venuta fin qui. Non dovremmo metterci molto. Devono solo attaccarmi e poi avremo finito». Sollevò una manica della camicetta per mostrarmi una garza imbottita nell'incavo del braccio. «Più tardi faremo una bella chiacchierata, d'accordo?».

Pur annuendo, guardai Adam.

«Non vuoi che Emily venga con noi?», chiese alla madre, avvertendo la mia confusione. Non avevo neppure preso in considerazione l'idea che andassero senza di me.

«Santo cielo, no», esclamò. «Non ha senso. Ci prenderemo una tazza di tè e una fetta di torta quando torno, d'accordo?». Spostò lo sguardo da me a Adam. Assentimmo con un cenno del capo.

«Scusa. Non avevo idea che ti avrebbe fatto restare qui», mi sussurrò Adam, chinandosi per darmi un bacio prima di andare. «Farò in un lampo».

«Non c'è problema», replicai secca. «Ci vediamo quando tornate».

«Fai come se fossi a casa tua», mi esortò Pammie mentre uscivano.

La guardai trascinarsi lungo il viottolo e la sentii dire al figlio di prendere la borsa mentre saliva in auto. Adam le pose una mano con fare protettivo sulla testa e lei scivolò lentamente sul sedile del passeggero.

Mi preparai una tazza di tè e mi accomodai sul divano, domandandomi cosa avrei fatto nelle lunghe ore successive. Mi ero sempre sentita a disagio a rimanere da sola in casa di estranei. Mi innervosiva essere circondata dalle cose di altre persone, sapendo di non poterle toccare. Afferrai la rivista «The Lady» dal tavolino da caffè e la sfogliai. Ma era troppo piena di rubriche e pubblicità mirate a chi conduceva una vita diversa dalla mia. Purtroppo, non avevo un maggiordomo, una guardia del corpo e neppure del personale su uno yacht.

Pensai di accendere il televisore, solo per avere un po' di

rumore in sottofondo per spezzare il silenzio, ma poi lanciai un'occhiata all'impianto stereo nell'angolo. Aveva il vecchio sistema a tre CD. Ne avevo avuto uno simile nella mia camera da ragazzina, e ricordai il lungo pomeriggio in cui mio padre e io ci eravamo impegnati a leggere e capire le istruzioni Hi-Tech. Nonostante i tempi fossero cambiati e la tecnologia avesse compiuto enormi passi in avanti, ancora adesso ci mettevo un'infinità a trovare il tasto dell'accensione e quello per espellere il disco. L'album *Greatest Hits* di Simon e Garfunkel, uno dei preferiti di mia madre, era già inserito, così richiusi il cassetto e premetti play. La strimpellata di chitarra dell'apertura di *Mrs. Robinson* echeggiò nella stanza, riportandomi indietro a quei sabato mattina in cui mia madre passava l'aspirapolvere tra i miei piedi e quelli di Stuart, mentre eravamo seduti sul divano. «Su!», ci ordinava ed entrambi ridacchiavamo.

Gli album di fotografie che Pammie aveva sfogliato con fierezza alla mia prima visita erano allineati sullo scaffale in alto, stretti tra due altoparlanti di media grandezza. Guardai sul dorso gli anni scritti con una penna nera dalla punta grossa. Ricordavo che l'album che mi aveva mostrato era di pelle marrone. Ora che li toccavo, tuttavia, mi resi conto che erano di plastica scadente che tentava di imitare la pelle. Presi il primo dei tre di colore marrone. La copertina pacchiana era incollata a quelle accanto. Le pagine traboccavano di una giovane Pammie insieme a Jim. Probabilmente erano i primi tempi del loro amore, si fissavano con occhi adoranti. Gli altri attorno li stavano a guardare.

Adam era tale e quale al padre quando aveva vent'anni. E James gli assomigliava ancora di più. Jim teneva orgogliosamente il braccio attorno alle spalle di Pammie, un chiaro avvertimento a qualsiasi aspirante corteggiatore. Un'altra istantanea mostrava Pammie appoggiata al cofano di una Hillman Imp, con un abito aderente a fantasia geometrica, mentre le sue amiche immusonite erano sedute all'interno. Mi misi a immaginare la conversazione carica di invidia mentre l'affascinante Jim si piazzava dietro l'obiettivo ad ammirare la sua ragazza. Nella pagina successiva, Pammie, Jim e alcuni amici erano distesi su una coperta da picnic. Nonostante fossero riparati tra le dune, si vedeva la sabbia che veniva sollevata da un vento impetuoso. Doveva essere senza dubbio un'estate in Inghilterra, forse a Camber Sands oppure Leysdown, sulla costa meridionale. Immaginai che sensazione di libertà dovevano aver trovato quei giovani alla fine degli anni Sessanta. Provai una punta di invidia. Vivere con un tale abbandono, senza alcun legame, doveva essere elettrizzante. Mi domandai se, in futuro, guardando indietro, ci saremmo sentiti allo stesso modo.

Le quattro coppie, gli uomini con le basette e le ragazze con i ricci creati con le lattine di Coca Cola tra i capelli, sorridevano. Eppure, in qualche modo Pammie e Jim erano gli unici che spiccavano in mezzo al gruppo. Dovevano essere gli Elvis e Priscilla della gang, quelli che tenevano sempre banco, pronti a fare ridere.

A quanto pareva, per tutta la vita, Pammie era stata abituata a essere al centro dell'attenzione. E ci si trovava a meraviglia, credendo ingenuamente che questo la rendesse importante. Era di certo convinta che sarebbe stata insignificante senza un palcoscenico. Pensai a quanto dovesse essere estenuante cercare di continuo la luce dei riflettori.

Verso la fine dell'album, le fotografie in bianco e nero erano intervallate da chiazze di colore, a mano a mano che venivano sostituite dall'avvento della vita reale delle Polaroid. Era evidente il genuino stupore sui volti dei soggetti che si meravigliavano della magia di quella moderna invenzione. Chissà se i miei figli e i miei nipoti avrebbero visto sui nostri visi la stessa espressione stupefatta mentre ammiravamo un antiquato iPhone…

Mi ricordai di aver visto la prima foto sulla pagina di apertura dell'album successivo. Un'istantanea di Jim e Adam, in piedi in riva a uno stagno, che davano da mangiare alle anatre. Adam, con mezza fetta di pane in mano, guardava il padre con aria di soggezione. Si sarebbero comportati in modo diverso, se avessero saputo di avere poco tempo da passare insieme? Si dice che nessuno di noi vorrebbe sapere quando morirà, anche se potesse scoprirlo. Ma quando osservavo immagini come quella, mi chiedevo se la consapevolezza non fosse un'opzione preferibile. In questo modo, avremmo potuto sfruttare il tempo con maggiore saggezza, trascorrendolo con le persone che amiamo.

Mi risedetti sul divano con l'album in grembo e lo sfogliai per raggiungere le ultime pagine, dove ricordavo di aver visto la foto di Adam e Rebecca, opportunamente lasciata aperta da Pammie. Quando ci riflettevo, mi rendevo conto che ogni minimo gesto che lei aveva compiuto, fin dall'inizio, era stato architettato per turbarmi e ostacolarmi. Nessun altro lo aveva notato, ovviamente. Ed era proprio lì che lei rivelava tutta la sua furbizia. "Che gentile", avevano commentato tutti quando aveva preparato una gigantesca cena di Natale, nonostante sapesse che avevo già mangiato in abbondanza. E anche quando aveva invitato in segreto una mia vecchia amica al mio addio al nubilato pur sapendo che era andata a letto con il mio ragazzo. Sì, sì. Cara, vecchia Pammie...

Sfogliai avanti e indietro, cercando la fotografia di Rebecca. Ero più che sicura che quello fosse l'album giusto. Mi ricordavo perfettamente tutte le istantanee presenti. Lo esaminai di nuovo, pagina per pagina, ma non trovai nulla. Neppure la didascalia che diceva "Cara Rebecca, mi manchi ogni giorno".

Dove diavolo era finita la foto? E perché l'aveva rimossa? Mi guardai intorno e vidi che c'erano dei cassetti sotto l'impianto stereo. Guardare gli album fotografici mi sembrava abbastanza invadente, ma mi sentii in dovere di proseguire, nonostante le farfalle che mi si agitavano nervose nello stomaco. Aprii appena un cassetto e, all'interno, vidi pile di libretti degli assegni esauriti e tenuti insieme da un elastico. Estratti conto e fatture erano scivolati fuori dalle buste trasparenti e si erano sparsi ovunque. Li estrassi, attenta a non metterli troppo in disordine. Diedi un'occhiata all'ultimo libretto degli assegni, liberandolo dallo stretto elastico. Scorrendolo rapida, lessi le matrici, tutte compilate con cura. Data, beneficiario, importo da pagare. British Gas, Southern Electric, Adam, casa, Virgin Media, Adam, Waterstone, Thames Water, Adam.

Esaminai meglio. Pammie versava a Adam duecento sterline al mese da anni. Cercai allora un pagamento simile a James – cosa che, in fin dei conti, mi sarebbe sembrata equa – ma non ne trovai neanche uno. Perplessa, riposi tutto quanto nel cassetto con cautela. Tentai di convincermi a non andare oltre, a non insistere, ma avevo la sensazione di avere trovato una crosticina e non sarei rimasta soddisfatta fino a quando non l'avessi grattata via. Mi giustificai dicendomi che stavo cercando la foto mancante, ma quella donna aveva così tanto da nascondere che avvertii quasi un brivido di eccitazione all'idea di poter scoprire qualcos'altro.

Il secondo cassetto del mobile fu più difficoltoso da aprire e dovetti strattonarlo a destra e sinistra per farlo scorrere. C'erano due mucchi di biglietti dai colori sgargianti, ognuno legato con un nastro. Tirai fuori il cartoncino in cima. Erano gli auguri di buon compleanno da parte di Adam. L'ultimo era un biglietto di condoglianze con una nota all'interno, scritta da Adam.

Carissima mamma,

solo tu puoi comprendere come ci si sente quando si perde qualcuno così all'improvviso, senza una ragione. Non faccio che domandarmi "e se...?", come credo abbia fatto anche tu milioni di volte. E se fossi stato là? Sarebbe andata diversamente? Avrei potuto salvarla? Questi interrogativi finiranno mai, mamma? Riuscirai mai a dormire sonni tranquilli sapendo che se le cose fossero andate in un altro modo...

Il cuore mi si spezzò per lui mentre leggevo le sue toccanti parole, e una parte di me provò pena anche per Pammie. Non potevo neppure lontanamente immaginare cosa si provasse a perdere una persona cara. L'altro mucchio, molto più voluminoso, era di biglietti di James per ogni possibile occasione. Compleanni, Natale, la festa della mamma, e anche per le ricorrenze che non credevo nemmeno che si celebrassero ancora tipo il giorno di St. David.

Era fortunata ad avere due figli come Adam e James che pensavano a lei con tale assiduità e attenzione. Era un peccato che non volesse condividere con altri quel loro lato, preferendo invece considerare ogni donna che si avvicinava al suo nucleo come una minaccia al tempo e all'amore che dedicavano a lei. Adesso avrebbe potuto avere due nuore che le avrebbero voluto bene, felici e disposte ad assisterla in questa battaglia, più o meno dura, che stava combattendo.

Lì nel soggiorno, non trovai altri anfratti o fessure che celassero misteri, così feci una rapida perlustrazione in cucina ma, oltre il tipico cassetto con le cose tradizionalmente ritenute maschili, come vecchie batterie, menu di cibo da asporto e chiavi prive della loro serratura, trovai solo posate e utensili.

Pensai di tornare in soggiorno, finire il tè e ascoltare *Homeward Bound*, il brano in riproduzione in quel momento sul CD. Allora, come mai mi ritrovai con un piede sul primo gradino delle scale? Seguii con lo sguardo tutti gli altri fino al punto in cui, stretti e ricoperti dalla moquette sottile, svoltavano a destra e scomparivano. La carta da parati color limone, con sgargianti scie di rododendri, iniziava a sbiadire nei punti in cui il sole la corrodeva in diversi momenti della giornata. Ma in cima alle scale, dove c'era sempre ombra, le foglie verdi apparivano ancora vivaci e luminose.

Mi dissi che desideravo dare un'occhiata più da vicino, per apprezzare l'intensità del colore. In realtà, non mi fermai neppure a guardare. I miei piedi sembrarono volare su quegli ultimi tre gradini, quelli che non si riescono a vedere dal soggiorno, e mi ritrovai in una stanza che aveva la porta aperta.

Il letto matrimoniale e un piccolo armadio erano sufficienti a riempire la camera, ma di fronte, nelle nicchie ai lati del caminetto, c'erano delle alte cassettiere. Avrei giurato che il legno dei mobili dalle sfumature marroni e arancio emanasse ancora odore di pino.

Il riverbero del sole filtrava attraverso il piccolo spazio tra le tende sottili, proiettando un fascio di luce nella stanza. Girai attorno al letto, e il parquet scricchiolò a ogni passo. Mi sedetti a terra davanti al mobile più lontano dalla finestra.

Il cassetto in basso era piuttosto pesante e dovetti sollevarlo per staccarlo dal supporto e farlo scorrere. Era pieno di scatolette ornamentali e cianfrusaglie decorative. I nervi tesi mi facevano tremare le dita mentre armeggiavo goffamente con il fermaglio del portagioie di legno che implorava di essere aperto. All'interno c'erano dei dentini da latte, il cui smalto candido si era ingiallito nel corso degli anni, sistemati con cura su un cuscinetto di velluto rosso, e due braccialetti con le targhette con i nomi di Adam e James. Fui pervasa da uno schiacciante senso di colpa quando notai un paio di gemelli da uomo d'argento, presumibilmente di Jim, e chiusi di colpo il coperchio.

Appoggiai la testa all'indietro, contro il materasso, le gambe intrappolate tra il cassettone e il letto. Che cosa diavolo stavo facendo? Un comportamento del genere non era proprio da me. Avevo permesso a quella donna di trasformarmi in una persona che non era certo meglio di lei. Nonostante tutte le terribili cose che mi aveva fatto, non le avrei permesso di cambiare le mie fondamenta. Di distorcere i valori e la morale che i miei genitori mi avevano instillato. Riposi la scatola del cassetto, inclinandola per incastrarla. Ma ricadde sul dorso, facendomi sobbalzare, e nella parte inferiore si aprì uno scomparto nascosto.

Rimasi a fissarlo per alcuni istanti, ripetendo il mantra che avevo appena recitato e che avevo ignorato.

«Chiudi quel cassetto», mi ammonii ad alta voce, nella speranza che sentire la mia stessa voce mi impedisse di fare quello che – lo sapevo benissimo – avrei fatto comunque.

Ripresi con delicatezza la scatola e feci scorrere la sezione inferiore. Non so cosa mi aspettassi di trovare. Ossa o qualcosa del genere. Quindi fu una sorta di delusione pescare null'altro che un vecchio inalatore. Lo stesso che avevo visto usare a una ragazza che era a scuola con me. Molly, credo che si chiamasse. Non mi sarei mai dimenticata di averla vista collassare in palestra, durante l'ora di educazione fisica, dopo che ci era stato detto di correre due volte attorno al campo per scaldarci per giocare a pallavolo. All'inizio, avevamo creduto che fosse uno scherzo, ma poi aveva iniziato ad ansimare e portarsi le mani al petto. La conoscevo a malapena ma, quella notte, non ero riuscita a dormire e mi ero quasi messa a piangere quando, la mattina successiva, durante l'assemblea, ci avevano comunicato che si sarebbe ripresa presto.

Non avevo idea che Pammie soffrisse d'asma, ma l'inalatore poteva anche essere di Jim. Le persone trovano confortanti i ricordi più strani.

Sotto c'era un ritaglio o una fotografia, così sollevai l'inalatore per guardare meglio. Gli occhi mi si chiusero di scatto, come se cercassero disperatamente di impedirsi di inviare al cervello il messaggio che avevano captato. Provai a reagire, lottando con tutta me stessa per sradicare l'immagine prima che raggiungesse la parte di me che l'aveva riconosciuta. Ma ormai l'avevo vista e non c'era modo di cancellarla.

Era Rebecca che mi sorrideva accanto all'uomo che amava. Era la foto che mancava dall'album.

«Ehi, sono tornato!», gridò Adam dal piano di sotto.

Che diamine ci faceva qui? Era stato via solo mezz'ora.

La scatola mi cadde di mano, l'inalatore rotolò nel cassetto, e mi arrabattai per recuperarlo e metterlo a posto. L'adrenalina mi scorreva furiosa nelle vene, pompando energia alle mie mani, rendendomi impossibile fare anche la cosa più semplice senza tremare.

«Sei qui?», mi chiamò.

Sentii lo scricchiolio delle assi del pavimento mentre si dirigeva verso la cucina.

«Em?».

Se avessi potuto impedire alle mie mani di tremare, avrei potuto rimettere tutto a posto. Distinsi i passi lungo il corridoio. E c'era un solo posto in cui poteva andare. Un'ondata di acido mi bruciò il petto e la gola si contrasse con forza per trattenerlo.

«Ehi, cosa ci fai quassù?», mi chiese, raggiungendomi proprio nell'istante in cui mi sedevo sul bordo del letto e chiudevo lentamente con un piede il cassetto aperto. Da lì non poteva vederlo.

«Io... ecco...», balbettai.

«Gesù, Em, sei pallida come un cadavere. Che succede?»

«Io... mi sono sentita male mentre ero di sotto. Forse è un'emicrania, o qualcosa del genere. Allora sono salita per distendermi un po'». Accarezzai i cuscini sotto il copriletto ricamato, ancora intatti.

Lui, però, non se ne accorse. «Oh. E come ti senti ora?»

«Un po' meglio, ma credo di essermi alzata troppo in fretta quando ti ho sentito chiamare. Hai fatto presto. Pammie sta bene? Spero che non le dispiaccia se sono salita quassù».

«Non è ancora tornata. Vado a riprenderla tra un paio d'ore. Ti va un sandwich o una tazza di tè?»

«Scusa, ma... hai lasciato Pammie là?», gli chiesi senza tanti preamboli.

«Sì. Non vuole che entri con lei».

«Ma ci sei andato la volta scorsa».

«No, nemmeno allora. Non vuole che la veda mentre le infilano aghi e tubi, o qualsiasi altra cosa le facciano. È un atteggiamento sciocco, perché sono sicuro che sia il momento in cui ha più bisogno di me. Ma proprio non ne vuole sapere. Non accetta che entri con lei. È irremovibile».

«L'ultima volta, però, mi hai parlato delle altre signore, delle chiacchiere che scambiavano».

«È quello che mi ha raccontato lei», mi spiegò senza cogliere le implicazioni di quel discorso. «Senza dubbio lo fa per non farmi soffrire. A quanto pare, vanno tutte da sole. Non è incoraggiata la presenza di visitatori o accompagnatori perché è solo una piccola stanza e non c'è spazio a sufficienza».

«Allora, dove va quando la porti là?», volli sapere. La mia bocca si muoveva troppo velocemente e il cervello stentava a starle dietro. «Dove?»

«Al reparto 306, o qualcosa del genere». Si mise a ridere. «Non lo so. Faccio solo quello che mi dice e l'accompagno all'ingresso principale».

«Quindi, non vai con lei oltre quel punto?»

«Che cosa c'è, Em?», mi chiese con una risatina nervosa. Era evidente che la tensione si stava facendo strada in lui.

Dovevo sedermi, stare tranquilla e riflettere. Il mio cervello era sul punto di esplodere tanto era stato bombardato di informazioni da ogni fronte. L'inalatore, la foto di Rebecca, l'immagine di Pammie che entrava in ospedale e che usciva dall'altra parte, mi intorpidivano i sensi.

«Non hai un bell'aspetto», osservò Adam. «Perché non ti stendi? Vado a prepararti una tazza di tè».

«Non posso», replicai spinta dall'impellente necessità di andarmene da lì. «Devo uscire. Ho bisogno di aria fresca».

«Ehi, calma. Attaccati al mio braccio. Ti aiuto a scendere le scale».

«No… non posso restare qui».

«Che cosa diavolo ti prende?». La sua voce si alzò di qualche ottava. «Devo andare a prendere mia madre tra poco, quindi bevi un po' di tè e calmati».

«Accompagnami alla stazione mentre vai. Prenderò il treno per tornare a casa».

«Ma è folle», commentò. «Dovrai andare fino a Londra e poi prendere un altro treno per Blackheath. Non ha alcun senso».

Sapevo perfettamente che aveva ragione, ma ormai niente possedeva più una logica. Dopo tutto quello che aveva fatto, avevo concesso a Pammie il beneficio del dubbio ed ero disposta a lasciarmi alle spalle i suoi comportamenti, per il bene della famiglia.

Ma questa era una storia del tutto diversa, un orrore che facevo fatica anche solo a considerare.

«Su, vieni qua», mi esortò Adam, facendomi segno di avvicinarmi. «Sono state due settimane piuttosto difficili e stiamo tutti risentendo della tensione accumulata».

Mi accarezzò la schiena mentre mi stringeva a sé, beatamente inconsapevole dei pensieri che mi stavano avvelenando piano piano il cervello.

Pammie non era solo una bugiarda, una subdola cospiratrice che aveva deciso di rovinarmi la vita, ma anche una ripugnante assassina che aveva strappato quella di Rebecca.

34

La osservai dall'auto mentre attraversava zoppicando il parcheggio, aggrappandosi al braccio di Adam. Mi fece venire la nausea. Lo aveva fatto aspettare nell'affollata reception dell'ospedale mentre terminava la sua "chemioterapia".

Adam mi aveva invitato a prendere un caffè al bar, mentre lei prolungava i tempi, senza dubbio per rendere più veritiera la sua messinscena. Avrei preferito farmi lasciare alla stazione per non incontrarla, per sfuggire alle sue malvagie bugie e ai suoi crudeli inganni. Adam, però, si era rifiutato.

«Sembra che stia per piovere», aveva insistito, passando davanti alla stazione senza fermarsi e dirigendosi verso l'ospedale. «Hai anche ripreso colore».

«Non mi sento bene davvero. Non puoi farmi scendere?»

«Ma la mamma ci rimarrà male. Si arrabbierà se non prendi almeno una tazza di tè con lei».

Se mi fossi sentita più forte, l'avrei trascinato dentro l'ospedale, mi sarei fatta indicare il reparto e l'avrei chiamata. Solo allora, forse lui avrebbe capito che cosa aveva fatto sua madre, di cosa era capace. Lei non avrebbe mai immaginato che il figlio furioso e incredulo la stesse cercando lì, e se ne sarebbe andata tranquillamente in giro per i negozi della città, magari regalandosi una camicetta nuova. Era proprio ciò di cui ci sarebbe stato bisogno per far capire a Adam come stavano le cose, quali tormenti Pammie mi aveva fatto passare. A quel punto entrambi avremmo iniziato a mettere insiemi i pezzi del puzzle di quello che aveva fatto a Rebecca.

Una volta tirato il filo, tutto quanto si sarebbe dipanato a velocità allarmante. Ma avevo bisogno di capire quale filo tirare per primo. Adam doveva vederla per quella che era, credere alla possibilità che sua madre fosse capace di fare del male. Se l'avessi accusata dell'omicidio di Rebecca senza prove concrete, se non mi avesse creduto, prendendomi magari per una squilibrata, per noi sarebbe stata la fine. Non ero pronta a tollerare un simile epilogo. Non solo perché lo amavo, ma perché mi rifiutavo di farla vincere.

Avrei desiderato che la rabbia che portavo dentro di me da lungo tempo continuasse a sostenermi, costringendomi ad alzarmi in piedi e fare ciò che era giusto fintanto che ne avevo la possibilità. Ma quel risentimento esasperante che era sempre stato sul punto di traboccare si era adesso trasformato in paura. Non solo per la relazione con l'uomo che amavo, ma anche per me. Questa donna che all'inizio avevo considerato nient'altro che una madre irritante, ma innocua e iperprotettiva, era una psicopatica che non si sarebbe fermata davanti a niente per ottenere quello che voleva.

Guardandola adesso, quel ritratto appariva a dir poco ridicolo. Ricurva, con la gonna a pieghe e un comodo cardigan ben abbottonato, si trascinava lentamente, come se ogni passo l'addolorasse. Se non fossi stata così spaventata, sarebbe stato ironico.

«Ti dispiacerebbe sederti dietro, cara?», mi chiese quando raggiunse l'auto. «Ho una nausea terribile e sto meglio sul sedile anteriore».

Non dissi una parola. Scesi e obbedii.

«Grazie mille. Non riesco nemmeno a descrivere come ci si sente».

Be', provaci, avrei voluto dire. *Spiegami come ci si sente a fingere di avere il cancro, a passeggiare con noncuranza per i negozi mentre amici e familiari pregano per la tua guarigione.*

«Com'è andata?», le chiesi invece con tono pacato, anche se il cuore mi galoppava nel petto.

«Non è stato affatto piacevole», replicò. «E dicono che sarà sempre peggio. Non riesco a immaginare cosa farò quando accadrà».

«Potrebbe andare tutto bene», osservai. «Le persone reagiscono in maniera diversa alla chemioterapia. Dipende dall'individuo. Potresti essere tra i fortunati».

«Oh, ne dubito».

«Di che cosa dubiti?», chiese Adam con gentilezza, sistemandosi al posto di guida.

«Emily pensa che supererò tutto questo, ma credo che sottovaluti la gravità della situazione».

Sorrisi tra me e me e scossi la testa, incredula, quando Adam si girò e mi lanciò un'occhiataccia come a dirmi "che diavolo ti prende?".

«Com'è andata, mamma? Stai bene?».

Lei si tirò su la manica del cardigan. Come se mostrare un batuffolo di cotone fosse una prova indiscutibile della sua malattia.

«Mi sento un po' stordita», replicò. «Anche il posto ti fa sentire strana. Tutte le storie che sento. Bastano e avanzano per farti girare la testa».

«Perché la prossima volta non permetti a Adam di venire dentro con te?», le suggerii. «Ti distrarrebbe».

«Oh, no. Non voglio che mi veda là dentro».

«Mi farebbe piacere, mamma. La mia presenza potrebbe aiutarti».

«Non ti preoccupare, sei così tenero». Gli batté la mano sulla coscia. «Non voglio che ti turbi più del necessario. Ora basta parlare di cose tristi e lugubri. Torniamo a casa e beviamo qualcosa di caldo».

Le preparai il tè mentre era distesa sul divano e impartiva istruzioni a Adam su come posizionare i cuscini così che potesse stare sollevata, ma non troppo.

«Oh, che gentile», commentò quando portai il vassoio con le tazze. «Se solo mi sentissi meglio».

«Non preoccuparti, mamma. Sono sicuro che tornerai in forma in men che non si dica. Dovremo solo prenderci cura di te fino ad allora».

«Ecco... era proprio quello di cui volevo parlarti», iniziò, prendendo con dita tremanti una tazza e un piattino dal vassoio. «Non sto proprio bene, come puoi vedere». Sollevò una mano tremolante per dimostrare il punto. «Sono caduta il giorno in cui sei tornato a stare con Emily».

«Oh, no», esclamò Adam con ansia. «Stai bene?»

«Ecco, sì. E sai che sono sempre stata fieramente indipendente, ma...», si interruppe.

Mi voltai verso la finestra in attesa del colpo imminente.

«Adesso mi è un po' difficile», proseguì. «È dura ammetterlo, ma non posso farne a meno. Mi sarebbe di grande aiuto se tu potessi essere più presente. Mi sono abituata ad averti qui con me durante quelle due settimane... oh, è sbagliato, lo capisco, non so che cosa farci. Mi sento vulnerabile ora che te ne sei andato».

Mi costrinsi a rimanere dov'ero, a concentrarmi sui girasoli che erano in piena fioritura in fondo al giardino, la vivacità del loro colore in contrasto con le nuvole pesanti e fosche che incombevano su di me.

«Non posso rimanere di più», replicò Adam. «Devo stare a casa con Emily. Ma verrò a trovarti. E poi c'è sempre James, no?»

«Lo so, lo so», sospirò Pammie. «Ma James non è molto disponibile in questo periodo, da quando ha conosciuto questa nuova ragazza».

«Una nuova ragazza?». Lo stomaco mi si contorse al pensiero di James con una donna. Non perché lo volessi per me, ma perché non mi piaceva l'idea che lo avesse un'altra.

Lei mi guardò. «L'ha incontrata in un bar in città circa un mese fa. Sembra che lo abbia messo KO».

Tentai di mantenere un'espressione neutra, ma i muscoli del viso si stavano contraendo.

«Non credo di averlo mai visto così».

«L'avrebbe portata al matrimonio?», chiesi con tono indifferente.

«No. Ne abbiamo parlato, ma siamo stati entrambi dell'idea che fosse troppo presto. Stavano insieme solo da un paio di settimane. Sarebbe stato azzardato gettarla nella fossa dei leoni e presentarla a tutto il clan».

«L'hai conosciuta?», continuai.

«No, non ancora. Ma spero di poterlo fare nelle prossime settimane, quando James si sentirà pronto».

Parlava con una tale ragionevolezza, era così convincente... Mi domandai cosa le stesse passando per la testa. Che cosa avrebbe architettato per quella povera ragazza, se la relazione fosse diventata seria?

«Sembra davvero preso, però», continuò. «Dovrete stare attenti. Potrebbero battervi e andare all'altare prima di voi, di questo passo».

«Mamma!», rise Adam con un finto broncio.

Da quando l'annullamento delle nostre nozze – solo ventiquattro ore prima – era diventato un argomento su cui si poteva scherzare, soprattutto da parte dello sposo?

«Dunque, la dieta ferrea non ha funzionato per te», osservò non appena Adam uscì dalla stanza.

Sorrisi e mi accarezzai il ventre piatto. «O forse sono incinta dopo tutto il fantastico sesso che abbiamo fatto». Inarcai le sopracciglia e lei si incupì con espressione disgustata.

«I medici non sono preoccupati degli effetti che questo trattamento potrebbe avere sulla tua asma?», osai chiederle con audacia.

«Asma?», chiese con aria sincera, sorpresa dalla mia domanda. «Io non ho l'asma».

«Oh, pensavo di ricordare che Adam una volta mi avesse accennato che ne soffrivi quando eri giovane. Ho letto da qualche parte che la chemioterapia può provocare effetti collaterali negativi sugli asmatici». La stavo buttando lì, sperando che abboccasse perché avevo bisogno di essere assolutamente certa che l'inalatore non era suo.

Anche se lo sapevo già.

«No, mai», replicò, facendo gli scongiuri.

«Mai, che cosa?», volle sapere Adam quando rientrò nella stanza.

«Niente, figliolo».

«Che cosa mi sono perso?», sorrise. «Sembra che voi due abbiate un segreto».

Ricambiai il suo sorriso e scossi la testa. «Stavo dicendo che sono sicura che tu mi abbia detto che tua madre soffriva di asma quando eri piccolo, ma forse me lo sono sognato». Lo vidi irrigidire la mascella e compresi di essermi spinta troppo oltre, così mi misi a ridere per alleggerire l'atmosfera. «Rimarresti impressionato se sapessi cosa sogno».

«Allora, quando riprogrammerete le nozze, voi piccioncini?», chiese Pammie, alla disperata ricerca di un cambio d'argomento. «Suppongo che accadrà tra un po' di tempo, non è così? Immagino che sia difficile organizzare ogni cosa rapidamente, invitare di nuovo tutte le persone, sempre che il luogo della cerimonia abbia date disponibili».

Si stava arrabattando, rispondendo alle sue stesse domande come avrebbe desiderato. Ma non ero disposta a stare al suo gioco.

«No, credo che sarà presto», affermai pur sapendo che l'hotel non aveva più posto per almeno sei mesi. Avvertii l'inaspettato pizzicore delle lacrime negli occhi, ma le respinsi con forza. Non le avrei mai concesso la soddisfazione di pensare che il suo comportamento mi facesse piangere. «Mi auguro che possa avvenire tra un mese o due».

Vidi il volto di Pammie che si accartocciava. «Oh, sarebbe un tale sollievo, cara», piagnucolò, estraendo un fazzoletto di carta da un contenitore vicino e asciugandosi gli occhi. «Questo servirà a lenire un po' il mio senso di colpa».

«Non lo so, Em», intervenne Adam aggrottando la fronte. «Ci sono un sacco di cose da fare in così poco tempo». Si inginocchiò accanto a Pammie. «E non c'è nulla di cui devi sentirti in colpa, mamma. È stata una mia decisione». Poi si girò verso di me. Se si aspettava un sorriso, un accenno di perdono, si sbagliava di grosso.

Guardai Pammie e mi inginocchiai accanto a Adam. Le presi una mano. «Ovviamente non lo faremo finché non starai meglio», sorrisi con espressione comprensiva. «Dobbiamo essere sicuri che tu abbia superato tutto al termine della terapia».

«Oh, che ragazza adorabile». Mi accarezzò la mano.

La mia pelle rabbrividì al suo tocco.

«Lo so», convenne Adam, attirandomi a sé e baciandomi su una guancia.

Mi girai così che le nostre labbra si incontrassero. Schiusi leggermente la bocca, invitandolo a intensificare il bacio. Lui si scostò, ma il mio gesto non sfuggì a Pammie che voltò la testa, disgustata.

35

Adam aveva dormito nella stanza degli ospiti nelle due notti in cui era rimasto a casa, perché credevo ingenuamente che negargli il sesso gli avrebbe fatto comprendere la gravità di ciò che aveva fatto e il rischio che aveva corso. Ma era un atteggiamento infantile e non era ciò che volevamo. Tuttavia, solo quando avevamo lasciato la casa di Pammie mi ero resa conto che stavo facendo il suo gioco. Voleva che l'annullamento del matrimonio ci distruggesse, ci contava davvero. Quindi, dovevo far sì che le sue perfide manovre non avessero un effetto negativo su noi due come coppia.

Mi aveva già cambiata come persona, aveva fatto in modo che mi guardassi in maniera diversa. Mi aveva spogliata della mia sicurezza e mi aveva causato un dolore così profondo che mi avrebbe afflitta fino al giorno della mia morte. Ma non le avrei permesso di portarmi via l'unica cosa che voleva. Non mi avrebbe portato via Adam. Avrei usato la sola arma della mia artiglieria contro la quale non sarebbe mai stata in grado di fare nulla.

La porta d'ingresso non si era nemmeno chiusa che lo spinsi contro di essa e lo baciai, cercando la sua lingua con irruenza. Adam non disse una parola, ma percepii un sorriso sulle sue labbra quando si abbandonò al mio assalto, dapprima rispondendo con dolcezza, poi con maggiore intensità. Era trascorso molto tempo per entrambi e, con così tante emozioni accumulate, eravamo come una pentola a pressione pronta a esplodere.

Gli slacciai i bottoni della camicia, strappando gli ultimi due per la smania, e lui allungò la mano sulla mia schiena per abbassare la cerniera dell'abito. La furia dei nostri baci non si placò neppure per un istante. Quando il mio vestito cadde a terra, mi rigirò, incollandomi contro la porta e bloccandomi le braccia sopra la testa. Impotente, lasciai che mi baciasse il collo prima di scivolare più in basso e scostare il delicato tessuto del reggiseno con i denti e lambire i capezzoli con la lingua.

Cercai di liberare le braccia, ma lui le tenne ferme, ora con una mano sola, mentre mi slacciava i jeans e mi divaricava le gambe con i piedi. Non trascorsero più di tre minuti e, alla fine, la liberazione dei sensi fu straordinaria, lasciandoci immobili e ansimanti contro la porta.

Adam fu il primo a parlare. «Be', è stato inaspettato, come avrai intuito. Mi dispiace».

Gli sorrisi e lo baciai. «Possiamo riprovarci più tardi, con un po' più di calma».

Ricambiò il mio bacio. «Mio Dio, quanto ti amo, Emily Havistock».

Non replicai dicendo che lo amavo anche io. Non so perché. Forse per via di quel meccanismo di difesa integrato con cui le donne sembrano nate, che ci blocca e che ci impedisce di dire quello che vogliamo dire davvero. Nella convinzione che trattenerci ci mantenga in qualche modo un passo avanti e che ci renda una razza migliore e più forte.

Allora, perché fingere di essere una persona che non ero mi faceva sentire così debole e sconfortata?

Attesi che fossimo accoccolati sul divano per affrontare l'argomento che mi tormentava.

«Posso farti una domanda riguardo a Rebecca?», gli chiesi, tentando di mantenere salda la voce.

«Devi proprio?», sospirò Adam. «Ci stiamo divertendo. Non roviniamo tutto quanto».

«Non lo faremo. Stiamo solo parlando».

Sospirò di nuovo con espressione rassegnata, ma non mi fermai.

«Hai avuto modo di dirle addio? Era ancora viva quando

l'hai trovata? Ha mai ripreso conoscenza abbastanza a lungo per sapere che eri lì?».

Scosse la testa. «No. Se n'era già andata. Era così... fredda, le labbra blu. L'ho stretta a me, ho sussurrato il suo nome, ma non è servito a nulla. Non c'era neppure un minimo battito. Niente». I suoi occhi iniziarono a gonfiarsi di lacrime.

«Hai dovuto affrontare l'inferno dell'autopsia o di un'inchiesta?»

«No, per fortuna. Aveva un'anamnesi dettagliata dell'asma di cui soffriva, anche se non era grave. O almeno così pensavamo. Non poteva che essere quella la causa della morte».

«Tua madre era là con te?».

Annuì con aria solenne. «È stata lei a trovarla. Non oso neppure immaginare che colpo sia stato per lei».

«Chi è stata l'ultima persona che l'ha vista prima che si sentisse male?»

«Che cos'è questa, l'Inquisizione Spagnola?»

«Scusa, non intendo farti un interrogatorio. È che... non so. Vorrei sentirmi più vicina a te. Sapere cosa ti passa per la testa. È una parte importante della tua vita e mi piacerebbe entrare in quello spazio e capire che cosa devi aver provato. E che cosa provi ancora adesso, dopo tutti questi anni. Ha senso per te?».

Arricciai il naso e lui lo baciò.

«Mia madre aveva preso alcuni scatoloni quel giorno e, mentre tiravano fuori le cose, hanno preso un tè. Rebecca stava bene, o almeno così sembrava».

«Cioè, assolutamente normale?»

«Sì, ma era sempre così prima di un attacco. Ti assale quando meno te lo aspetti».

«L'avevi mai vista avere un attacco d'asma prima?»

«Qualche volta. Ma sapevamo entrambi cosa fare quando lo sentiva arrivare. Quindi, non è mai stato un problema purché avesse con sé l'inalatore, cosa che si è sempre verificata. Interrompeva qualunque attività, si sedeva e prendeva profondi respiri fino a quando tutto tornava regolare. Solo in un'occasione è stato piuttosto spaventoso, dopo aver corso per prendere il treno. Non era poi così distante, ma lei è rimasta senza fiato e ho dovuto farla distendere a terra nella carrozza mentre cercavo l'inalatore disperatamente».

«Ma dopo è stata bene?»

«Alla fine, sì. Ma sai come sono le borse di voi ragazze». Accennò un sorriso. «Aveva di tutto là dentro, come se ci vivesse. Ho dovuto capovolgerla per trovarlo. La prima cosa che ha detto quando è stata in grado di parlare è stato: "Se quello che ho visto rotolare via era il mio nuovo rossetto di Chanel, giuro che ti ammazzo!". Era stesa a terra, incapace di respirare, e tutto ciò di cui si preoccupava era il suo maledetto rossetto».

Sorrise al ricordo, e io con lui. Mi piaceva il temperamento di quella ragazza.

«Se fossi stato là, avrei potuto aiutarla. Avrei trovato l'inalatore e avrei fermato l'attacco». Chinò il capo, e il petto si sollevò. «Ma non si poteva prevedere quando sarebbe arrivato. Stai benissimo e, a un certo punto, bang! Ne avverti i segnali e, se non agisci in tempo, ti porta via così». Schioccò le dita.

«Forse si era sforzata», ipotizzai con tono gentile. «Ha spostato degli scatoloni o qualcosa del genere».

Annuì. «Ce n'era uno enorme, pieno di libri, capovolto nell'ingresso. Era talmente pesante che non avrebbe nemmeno dovuto provare a sollevarlo. Ma probabilmente lo ha fatto. Uno sforzo simile avrebbe messo a dura prova i polmoni. Per non parlare del fatto che sarà andata su e giù per le scale tutto il giorno». La voce gli si spezzò. «Penso che cercasse di mettere tutto a posto per il mio ritorno».

«Ma quella sera le hai parlato, no?»

«L'ho chiamata prima di uscire dall'ufficio e stava bene».

«Tua madre era ancora con lei? A che ora se n'è andata?»

«Oh, non lo so». Si strofinò gli occhi. «Possiamo chiudere il discorso adesso? Per favore».

«Scusami, ma non riesco proprio a capire come una persona possa morire in quel modo», replicai, alzando il tono della voce a ogni parola.

Mi fissò con espressione interrogativa.

«È una cosa che mi manda fuori di testa».

Possibile che lui non *vedesse*? Di sicuro, si era posto la domanda. Era talmente lampante. Pammie era stata l'ultima persona a vedere la ragazza e la prima a trovarla priva di vita proprio il giorno in cui si erano trasferiti nella loro nuova abitazione e Adam aveva appena lasciato la casa materna. Quale motivo più concreto, per Pamela, per compiere un gesto così atroce e impedire che si realizzasse il suo peggiore incubo? Si sarà resa conto che stava perdendo il figlio, che avrebbe dovuto rinunciare ad avere il pieno controllo sulla sua vita. Cosa che non avrebbe mai sopportato. Chissà cos'altro aveva fatto passare a Rebecca nel tentativo di farla uscire dalla vita di Adam. Fino a che punto si era spinta? Rabbrividii al pensiero. Povera Rebecca. Una donna che, un tempo, aveva avuto tante aspettative, proprio come me. Una vita con l'uomo che amava. Una famiglia. Ma non si era tirata indietro. Aveva tenuto testa a Pammie e, con questo, si era inconsapevolmente immolata al sacrificio estremo.

Anche io stavo correndo lo stesso pericolo? Stavo firmando la mia condanna a morte?

Non volevo portare questo rovinoso senso di presentimento da sola. Ma non avevo scelta. Un conto era raccontare a Pippa e Seb come mi faceva sentire Pammie. Avevano visto con i loro occhi la crudeltà di cui era capace. Ma accusarla di omicidio? Era qualcosa di completamente diverso. Fino a quando non ne fossi stata più che certa, fino a che non avessi avuto la sicurezza assoluta che avesse a che fare con la morte di Rebecca, avrei dovuto tenermi tutto per me.

Sorrisi a Adam.

«A cosa stai pensando?», mi chiese.

Se tu sapessi...

Durante le settimane successive, mi tuffai nel lavoro, accettando ogni appuntamento che ero in grado di gestire. Mi aiutò a tenere occupato il cervello, a impedire alla paura e al panico di prendere il sopravvento. Fisico e mente erano a pezzi quando rientravo a casa la sera. Ma Adam non se ne sarebbe mai accorto. Facevo tutto il possibile perché mi desiderasse e avesse bisogno di me più che mai.

«Che cosa diavolo ti è preso?», mi chiese sorridendo quando, tornando dal lavoro, mi trovò con addosso unicamente slip e reggiseno di pizzo nero mentre servivo in tavola un filetto con salsa di pepe nero fatta in casa.

Gli rivolsi il più provocante dei miei sorrisi. Non era necessario che sapesse che non avrei desiderato altro che accoccolarmi sul divano, in pigiama, e guardare la televisione, mangiando noodles. Invece, facemmo sesso sul tavolo da pranzo e, dopo aver mangiato, ascoltai con comprensione le sue lamentele nei riguardi di un collega pigro mentre lavavo i piatti.

Mi ero trasformata nell'incarnazione di tutti i suoi desideri. Così alla resa dei conti, quando sarebbe stato costretto a decidere, avrebbe scelto me. Perché non sarebbe mai stato in grado di lasciarmi.

36

«Ho un enorme favore da chiederti», annunciò Adam mentre stavamo facendo colazione sabato mattina.

Lo guardai con aria incuriosita.

«Sei ancora libera mercoledì prossimo?».

Annuii, masticando un pezzetto di pane tostato integrale. «Non lavoro di mercoledì, lo sai».

Lui sorrise e compresi che quello che stava per dire non mi sarebbe piaciuto.

«Ho un appuntamento con un cliente piuttosto importante e…».

Rimasi in attesa. Qualunque cosa stesse per chiedermi, volevo che faticasse per ottenerla. Giusto un pochino.

«Mi domandavo se… è che la mamma ha un'altra seduta di chemioterapia. Ho già parlato con James, ma lui è via con la sua nuova ragazza…».

«Davvero? Dove va?», lo interruppi.

«A Parigi, credo», replicò, scrollando le spalle. «Comunque, se ci sei, mi chiedevo se te la sentiresti di accompagnare mia madre in ospedale».

Lo fissai con espressione assente. «Glielo hai chiesto?»

«No. Volevo chiederlo prima a te e sapere se eri disponibile».

Sorrisi dentro di me. Buon segno.

«Si tratterebbe solo di andarla a prendere e portarla in ospedale. Magari fai un giretto in città per un paio di ore prima di riportarla a casa», mi suggerì, speranzoso.

Poteva essere la mia occasione, l'opportunità di scoprire il suo imbroglio e dimostrare, al di là di ogni ragionevole dubbio, che aveva crudelmente ingannato tutte le persone attorno a lei, compresi i suoi due amati figli. Ma sapevo che avrei corso un considerevole rischio, che avrebbe potuto condurre a pesanti conseguenze. Ne valeva la pena? Non avrei potuto più salvare Rebecca, ma potevo salvare me stessa. Non appena quel pensiero mi attraversò la mente, presi la mia decisione.

«Certamente», accettai con tono indifferente, anche se il cuore aveva raddoppiato i battiti. «Sarà bello trascorrere un po' di tempo con lei. Non dirle nulla. Lascia che sia una sorpresa».

Mi scrutò con aria scettica, sapeva bene quanto me che non ne avevo alcuna voglia.

Avevo pianificato ogni cosa e, mentre mi dirigevo verso Sevenoaks, mi sentii sicura di me e in totale controllo. La mia volontà di smascherarla era molto più forte del terrore che mi aveva attanagliato nelle ultime due settimane. Ma, mentre percorrevo il vialetto del suo cottage, tutta la mia determinazione svanì, e lo stomaco mi si contorse con violenza. Lo contrastai, rifiutandomi di cedere.

«Pamela!», esclamai quando aprì la porta.

Si guardò intorno, attendendosi di vedere Adam raggiungermi alle spalle.

«Sorpresa!», dissi con entusiasmo. «Scommetto che non ti aspettavi di vedermi».

Continuò a scrutare dietro di me. «Dov'è Adam? Pensavo che mi avrebbe accompagnato oggi».

«No. Aveva da lavorare, perciò temo che dovrai accontentarti di me».

«Ma non ce n'è bisogno. Posso andare da sola».

«Non essere sciocca», ribattei, allegra. «Sono qui, perciò andiamo, forza. Non vorremo certo far tardi al tuo appuntamento, giusto?».

La osservai mentre armeggiava nervosa con il contenuto della borsetta, la mente di certo distratta a causa del mio arrivo inaspettato. Non riuscì a trovare le chiavi, né a ricordare quale libro stava leggendo. Sorrisi tra me e me e ascoltai le sue farneticazioni.

Non pronunciò una sola parola fino a quando non ci fermammo nel parcheggio dell'ospedale. Feci il giro dell'auto per aiutarla a scendere.

«Che cosa stai facendo?». Udii il panico nella sua voce. «Dove stai andando?»

«Ti accompagno dentro. Adam mi ha chiesto di assicurarmi che tu vada nel posto giusto».

«Sono perfettamente in grado di arrangiarmi da sola», sbuffò sdegnata.

«Sì, ma l'ultima volta ti reggevi a malapena in piedi», scandii, lentamente e ad alta voce, come se mi stessi rivolgendo a una vecchietta con problemi di udito.

«Non avrò bisogno del tuo aiuto», replicò, imbronciata. «Da qui in poi, faccio da me».

«Ne sei certa? Mi sentirei più tranquilla se ti accompagnassi dentro».

Le sorrisi mentre saltava fuori dalla vettura con agilità e attraversava il parcheggio.

«Torno a prenderti tra un paio d'ore. D'accordo?», gridai, ma lei non si girò.

La seguii con lo sguardo mentre superava le porte automatiche ed entrava nella reception principale.

Avevo scaricato la mappa del vasto edificio ospedaliero e avevo notato che c'erano altre due uscite sul retro. Avevo calcolato che le sarebbero serviti quattro o cinque minuti per attraversare i vari corridoi e reparti e raggiungere una delle uscite. Non sarebbe tornata subito fuori dall'ingresso anteriore. Troppo rischioso. Avrebbe optato per uno degli altri due. Io avrei scelto quello più vicino al centro commerciale. Una volta là dentro, poteva smarrirsi per ore, ecco perché era necessario che la trovassi prima. Feci inversione e mi diressi verso la tangenziale, attraverso il quartiere residenziale, oltre Sainsbury. Entrai nel parcheggio a pagamento per il centro della città. Tutto questo in meno di due minuti.

Posteggiai tra le altre auto ferme in modo da tenere d'occhio l'uscita dell'ospedale e attesi. Avevo la bocca secca e mi resi conto che stentavo a respirare. Quando scorsi un lampo bordeaux, della stessa tonalità del suo cardigan, avvertii una morsa nel petto e annaspai per prendere aria.

Battei con impeto la mano sul volante. «Merda!», strillai, come se fossi sorpresa di vederla.

All'improvviso, desiderai di non averlo fatto. Per quanto fossi certa di non sbagliarmi, la conferma che aveva mentito riguardo al cancro rendeva ogni cosa molto più complessa. Come lo avrei annunciato a Adam? Come avrebbe reagito? Mi avrebbe creduto? Che cosa avrei dovuto fare per dimostrargli che avevo ragione?

Rimasi lì seduta totalmente frastornata. Non avevo riflettuto molto su cosa avrei fatto dopo.

Pammie si stava avvicinando all'uscita dell'area ospedaliera e, se non mi fossi mossa in fretta, l'avrei persa.

«Merda», ripetei.

Sfilai le chiavi dal quadro e aprii lo sportello. Dovevo rischiare con il parcheggio a pagamento, non avevo tempo per prendere il biglietto.

La pedinai mantenendomi a una discreta distanza. Non sapevo cosa stavo facendo, ma un incombente senso di terrore iniziò a pervadermi quando mi resi conto che avrei dovuto affrontarla. Se non l'avessi fatto, tutto questo non avrebbe avuto senso. Cercai di ragionare, dicendomi che potevo semplicemente tenere quelle informazioni per me, portarle a casa e gestirle da là. Tuttavia, sapevo che quella linea di condotta non avrebbe portato a nulla. La situazione andava affrontata lì e subito.

La tallonai per una ventina di minuti, sfrecciando dentro e fuori dai negozi, nascondendomi dietro alle colonne. Avvertii una stretta nel petto quando la vidi scomparire dentro il Costa Coffee.

«Rilassati e guarda che cosa succede», mi dissi, seguendola all'interno cinque minuti dopo.

Rimasi sollevata quando vidi che era seduta di spalle alla porta. Avevo altri dieci secondi per cambiare idea e ritirarmi.

«Che cosa le porto?», mi chiese la vivace barista.

Troppo tardi. «Un cappuccino da asporto, grazie».

Guardai verso Pammie, supponendo che avesse sentito la mia voce. Anche se era quasi impossibile udire qualcosa sopra il frastuono del montalatte.

Non presi lo zucchero, come sempre, e mi spostai verso la cassa. Così sarei passata davanti a Pammie, uscendo. Doveva sembrare una felice coincidenza.

«Pa... Pamela?», finsi di balbettare mentre mi avvicinavo al tavolo.

Sollevò lo sguardo e il colore svanì di colpo dal suo viso.

«Emily?», chiese, come se sperasse che, non si sa come, le rispondessi di no.

«Oh, cielo! Che sorpresa!», esclamai con falso stupore. «Hai finito così presto in ospedale?».

La sua testa e la bocca lottarono per riacquistare il controllo, cercando la cosa giusta da dire. «Sono arrivata in ritardo, ecco tutto», spiegò. «A quanto pare, il mio appuntamento era stamattina».

«Oh, davvero?», commentai. «Che strano».

«Sì, devo tornare domani».

«Non ti avevano avvertito per tempo del cambiamento di orario?»

«Hanno detto che mi hanno inviato una lettera... per posta», vacillò.

Provai una malsana soddisfazione di fronte al suo lampante disagio. Mi aspettavo di trovarla più preparata a questa eventualità, se mai si fosse presentata.

«Veramente? Che strano che tu non l'abbia ricevuta».

Per quanto tempo avrei continuato a portare avanti questa farsa?

Tirai indietro la sedia di fronte a lei e mi sedetti. «Vuoi che ti dica cosa sta succedendo davvero qui?».

Mi fissò, gli occhi d'acciaio, sfidandomi a proseguire.

Mi sporsi sul tavolino. «Quello che succede è che tu non hai mai avuto il cancro, vero?».

Fu come se avesse ricevuto un violento schiaffo. «Come? Che cosa orribile da dire».

Ignorai le lacrime che iniziarono a scivolarle sulle guance. Ero abituata ai suoi finti pianti. Era in grado di farlo a comando, in qualsiasi momento o situazione.

«Intendi davvero andare avanti con questa messinscena?», le chiesi, incredula.

«Non so cosa tu stia insinuando», replicò. «Non capisco di che parli».

«Oh, credo che tu lo sappia molto bene. Non sei mai andata nel reparto di chemioterapia».

«Certo che ci sono andata», dichiarò alzando la voce.

«No, non lo hai fatto. E sai come faccio a saperlo?», insistetti, mettendola alla prova. «Perché sono appena stata là e mi hanno detto che non hanno mai sentito parlare di te».

Si asciugò una lacrima e si abbandonò a una risatina beffarda. «Puoi credere a ciò che vuoi».

«Oh, so a cosa credo», rimbeccai un po' spiazzata. Non era così che mi aspettavo che sarebbe andata. «Mi domando come reagirà Adam una volta che lo avrà saputo».

Le lacrime le scesero copiose sul viso. «Non è necessario che lo sappia», disse a bassa voce.

Così andava già meglio. «Non hai idea da quanto tempo attendevo questo momento. Quanto ho atteso per smascherare chi sei veramente».

«Non puoi dirglielo». Serrò le palpebre e le ciglia si incollarono tra loro. «Sarebbe la fine di...».

«Sarebbe la fine delle tue menzogne e dei tuoi inganni. Scoprirà la persona che sei in realtà. Non la madre perfetta che fingi di essere».

«Non puoi dirglielo», ripeté.

«No? Allora, guardami». Spinsi indietro la sedia e mi alzai. «Guarda se non lo farò».

Stavo per allontanarmi, per andare incontro a una nuova

vita senza di lei. Immaginai il mio mondo, come sarebbe diventato. Libero da ogni stress e pieno d'amore. Avevo appena fatto pochi passi quando udii la sua voce.

«Come spiegherai al tuo fidanzato di James?».

Mi fermai di colpo. «Che cosa?».

Mi fissò negli occhi. «Come spiegherai a Adam che hai visto il fratello alle sue spalle?».

Il sangue mi si gelò nelle vene mentre il cervello esaminava quello che avevo fatto con James. Dove ci eravamo incontrati, che cosa ci eravamo detti. Nessuno poteva averci visti. Che cosa sapeva Pammie?

Mi domandai se lei avesse notato che ogni mio sguardo diretto al figlio era troppo lungo, troppo esitante. E i nostri baci sulla guancia erano troppo affettuosi quando ci vedevamo. Non era niente, eppure era tutto.

Era un doppio imbroglio, cercava di aggrapparsi agli specchi. La fissai e, nonostante la folle scarica di immagini che mi bombardavano la mente, mantenni lo sguardo fermo e risoluto.

«Stai insinuando davvero che ci sia qualcosa tra me e James?», le chiesi con una risatina beffarda.

Annuì. «Oh, ne sono sicura. E sai come faccio a saperlo?», si divertì a usare le mie stesse parole. «Perché sono stata io a dirgli cosa fare».

37

Rimasi sveglia per tutta la notte, alternando pianti disperati sul divano e corse in bagno per i conati di vomito. Com'era possibile che la situazione fosse arrivata a quel punto? Avevo finalmente trovato il modo di distruggerla, annientarla una volta per tutte, eppure sarei stata io a pagare il prezzo maggiore alla fine. E lei lo sapeva.

Oltre la rabbia accecante e il rivoltante ribrezzo che provavo nei confronti di Pammie per quello che aveva fatto a Rebecca, ero profondamente amareggiata al pensiero degli sfortunati tentativi di seduzione da parte di James per indurmi a cedere e per compiacere la madre psicopatica. Come aveva fatto a comandarlo a bacchetta? Perché lui aveva accettato? Era come se lei avesse una sorta di potere sui figli. Un potere al quale nessuno dei due voleva o poteva ribellarsi.

Mi sentii violata. Il solo pensiero che James ci avesse provato con me su istruzione della madre mi faceva sentire sporca e oltraggiata. A quanto pareva Pamela era pronta ad arrivare a qualunque follia pur di allontanarmi dalle loro vite.

Adam dormì profondamente per tutta la notte e, quando si svegliò, entrò in soggiorno e mi guardò.

«Hai un aspetto orribile».

Non avevo neppure l'energia per rispondergli.

«Vuoi un caffè?», mi chiese.

Scossi la testa. Non riuscii a pensare a nulla di peggio.

«Che cosa succede?», volle sapere mentre riempiva la tazza di acqua calda. «Hai l'influenza o qualcosa del genere?».

Mi strofinai gli occhi. Il mascara che avevo applicato il giorno prima resisteva ancora, nonostante tutte le lacrime che avevo pianto. «Non ne ho idea. Mi sento come se fossi stata… avvelenata».

«Cosa hai mangiato ieri? Forse qualcosa con mia madre?».

Scossi la testa.

Venne a sedersi accanto a me sul divano, sorseggiando rumorosamente dalla tazza. L'odore del caffè mi pervase le narici e mi portai la mano alla bocca nel tardivo tentativo di fermare il vomito che, invece, finì sul tavolino.

«Cristo!», gridò Adam, balzando in piedi e rovesciando la bevanda calda sulla moquette.

«Oddio, mi dispiace». Perché poi mi dovevo scusare? «Dammi un minuto. Vado in bagno e poi sistemo tutto».

La gola mi bruciava per la bile rovente che risaliva dalle viscere, gli occhi si riempivano di lacrime per gli sforzi per contenere i conati. Com'era possibile che una donna di sessantatré anni mi avesse manipolato al punto da distruggermi corpo e mente? Ero una donna forte che non aveva mai tollerato i malvagi e gli sciocchi, che sapeva come comportarsi in ogni situazione. Come poteva essere accaduto a me? Sfidava ogni ragionevole principio.

Ero ancora in bagno piegata su me stessa quando pensai che forse la causa principale del mio stato fisico era qualcosa di più logico. Alla sola idea, il cervello parve esplodermi nel cranio.

Fu necessaria tutta la mia forza di volontà per trascinarmi in città. Non solo perché mi sentivo un cadavere ambulante, ma anche perché, nella mente, si stava facendo strada una possibilità piuttosto concreta. Acquistai un numero esorbitante di test alla farmacia della stazione di Charing Cross e spesi cinquanta centesimi per il gabinetto per fare pipì su uno stick. Pensai di avviarmi verso l'ufficio mentre gli agenti chimici eseguivano il loro lavoro, ma non avevo ancora tirato su gli slip che una chiara linea blu apparve nella piccola finestra. La vista mi si offuscò e stentai a leggere di nuovo le istruzioni per verificare se una linea significava che ero incinta o no. Sperai con tutta me stessa che fosse la seconda opzione.

Telefonai a Pippa, sbattendo ripetutamente contro i cancelli girevoli per uscire dalla toilette del seminterrato. Una ragazza con i capelli blu che biascicava una gomma in maniera sguaiata mi fissò con aria istupidita mentre ci provavo per la quarta volta, i nervi sempre più a fior di pelle.

«È il tornello d'entrata».

«Grandioso», commentai, sarcastica.

«Che cosa c'è?», mi chiese Pippa quando finalmente rispose al cellulare.

«Sono incinta», replicai con voce flebile.

«Cazzo...», commentò. «E che cos'è che è grandioso?»

«Non c'è niente di grandioso. Stavo parlando con... oh, lascia perdere. Merda. Pippa, sono incinta».

«Be', è una bella sorpresa», commentò lentamente.

«Insomma, dico, ma che cavolo!» La mia testa non era in grado di elaborare cosa stava accadendo.

Pippa rimase in silenzio dall'altra parte della linea fino a quando non raggiunsi la Strand.

«Com'è successo? Ci stavate provando?»

«Certo che no», sbottai, anche se non aveva senso che me la prendessi con lei.

«Credevo che prendessi la pillola».

«È così, ma l'ho dimenticata per un po', quando è iniziata la faccenda del matrimonio. Probabilmente ho saltato... che so, una settimana. Forse di più. Adam non era a casa e non avevo intenzione di andare a letto con lui tanto presto, così...».

«Allora, di che si è trattato? L'Immacolata Concezione?»

«Le cose ci hanno un po' colto di sorpresa una notte. La prima notte che noi... ecco...».

Mi sfuggì un ringhio quando mi ricordai di aver detto a Pammie che potevo essere incinta con tutto il sesso che avevamo fatto. Oh, Cristo...

«Pensavo che volessi riprogrammare il matrimonio il prima possibile», osservò.

«È cosi, infatti. Ma che faccio adesso? Non riuscirò mai a riorganizzare tutto quanto prima che si inizi a vedere la pancia. Non mi piacerebbe andare all'altare incinta di sette mesi. Oddio, Pippa non ci posso credere. È tutto... troppo». Mi misi a piangere così disperatamente che un fattorino che si era fermato davanti all'ufficio postale mi chiese se stessi bene. Gli sorrisi debolmente.

«Che cosa ha detto Adam?»

«Non lo sa ancora. Ho appena fatto il test a Charing Cross. Aspetta. Ti richiamo».

Mi precipitai verso il primo cestino della spazzatura e ci infilai dentro la testa. Trovarmi davanti agli occhi un contenitore di KFC capovolto, da cui fuoriuscivano ossa di pollo, non fece che peggiorare le cose. I pendolari mi passavano accanto, alcuni di corsa, altri che rallentavano e mi guardavano a bocca aperta, ma tutti con espressione disgustata.

«Ehi, stai bene?», mi chiese Pippa quando risposi alla sua telefonata.

Grugnii. «Ho solo vomitato in un bidone per strada».

«Oh, un gesto di classe», scherzò. «Ma, seriamente, che cosa intendi fare?»

«Lo dirò a Adam stasera e ne parleremo. Ti giuro, Pippa, è un vero casino, non ne hai idea».

«Non è un casino, è una benedizione».

«Intendo tutta la situazione. Ogni cosa intorno a me è una totale catastrofe. Come posso pensare di avere un figlio quando Adam e io abbiamo tanti problemi da affrontare? Che cosa penserà? Oh, mio Dio».

«Calmati», mi sollecitò. «Questo potrebbe essere ciò di cui entrambi avete bisogno. Di sicuro, mostrerà a *lei* che non può più giocare con te. È come alzarle in faccia il dito medio», ridacchiò.

Comprendevo bene la sua osservazione, ma sapevo anche che mettere al mondo un nipote di Pammie avrebbe sancito per sempre un legame con lei. Il solo pensiero mi terrorizzava.

«Sinceramente, Pippa, non riesco a crederci. Che cosa farò?»

«Innanzitutto, facciamo un passo alla volta. Stasera parla con Adam e, una volta che capiremo la sua reazione, vedremo come risolvere la cosa. D'accordo?».

Annuii in silenzio.

«Okay, Em?»

«Sì. Cerco di telefonarti più tardi. Al massimo, ci sentiamo domattina».

«Perfetto», replicò. «Chiamami quando puoi».

Riagganciai e mi resi conto che non mi stavo dirigendo verso l'ufficio. Non avevo svoltato per Old Compton Street, ma avevo proseguito dritto.

Quando finalmente arrivai, combinai tanti di quei guai ed errori che Nathan, il mio boss, mi domandò se volessi andare a casa. Solo in quell'istante mi venne in mente che non avevo preso un giorno di ferie dopo l'annullamento del matrimonio. Avevo goduto dei miei due giorni liberi alla settimana, ma avevo rifiutato l'offerta di Nathan di prendere una settimana di vacanza, la seconda metà della mia luna di miele, dichiarando che stavo bene e che non desideravo altro che andare avanti. Mi ero data da fare come mai prima, cercando di spazzare via la tragedia delle mie nozze e di tutto ciò che ne era conseguito, come se non fosse che uno spiacevole inconveniente.

In quell'istante, però, mentre lui mi osservava con aria comprensiva, la testa inclinata, finalmente capii. Avevo bisogno di una pausa. Uno stacco dalla monotonia del pendolarismo, dai miei clienti esigenti, ognuno dei quali riteneva di essere più importante degli altri trenta con cui avevo a che fare. Dalle chiacchiere banali dei colleghi e dalla necessità di fingere, sempre e comunque, che fosse tutto perfetto nel mio piccolo mondo. Perché non era così. E adesso avevo un altro problema. Un problema molto grosso.

«Possiamo farcela», mi incoraggiò Nathan, intuendo la mia esitazione.

Non volevo che lui ce la facesse. Il mio ego desiderava che l'azienda crollasse a pezzi senza di me.

«Va' a casa», mi esortò. «Prenditi una pausa».

Avevo bisogno di andarmene, ma non volevo. «Sembri un life coach americano», replicai con un sorriso.

«Se devo prenderti di peso e portarti fuori io stesso, lo farò», mi minacciò, ridendo. «Coraggio, fuori dai piedi!».

Raccolsi dalla scrivania il burro di cacao per le labbra, la Oyster Card per i trasporti pubblici e un pacchetto di biscotti integrali al cioccolato. Quindi mi gettai la borsa in spalla. «Sei sicuro?», gli chiesi un'ultima volta prima di dirigermi verso la porta.

«Vai!», mi gridò dietro.

Dato che non erano ancora le quattro, presi la Central Line per raggiungere la City, sperando di recuperare Adam appena usciva dall'ufficio. Non so perché ma mi sembrava più facile dargli la notizia del bambino in territorio neutro, in un bar o in un ristorante affollato, piuttosto che a casa. Speravo che la gravità della situazione sarebbe parsa meno reale, meno allarmante.

«Ciao», mi salutò appena rispose al telefono.

«Ciao», replicai esitante. «Esci presto dal lavoro?»

«Sto mettendo mano a un'ultima cosa e poi sarò libero. Perché? Che succede?»

«Niente». Da quando avevo iniziato a mentire con tanta nonchalance? «Sono dalle parti del Bank e mi domandavo se per caso ti andasse di vederci per un drink prima di andare a casa».

«Fantastico. Ho proprio bisogno di una bella bevuta. Ho avuto una giornata orribile».

Sussultai. Forse, visto che aveva avuto una giornataccia, avrei fatto meglio a tenere la notizia per me, rimandare a un momento più propizio. Mi rimproverai per aver deciso per lui, e mi ripromisi di dirglielo a prescindere. Avevo trascorso *un mese* orribile, ma la gente non mi aveva comunque risparmiato nulla.

«Ci vediamo al King's Head tra dieci minuti?»

«Perfetto. A tra poco».

Arrivai con sei minuti di anticipo. Tempo sufficiente per bere qualcosa e calmarmi i nervi.

«Posso avere un bel bicchiere di Sauvignon Blanc, per favore?», chiesi al barman.

Lo osservai mentre prendeva un bicchiere dal ripiano sopra il bar, si avvicinava al frigorifero sotto il bancone e spillava il nettare ambrato.

Solo quando mi posò il calice davanti, l'aroma dolciastro mi pizzicò le narici e fui colpita dalla scioccante consapevolezza che aspettavo un bambino.

«Ehm… mi scusi, potrei avere anche un succo di pomodoro, per cortesia?», gli chiesi con un tono quasi rammaricato.

Si guardò attorno e dedusse che ero sola. «È una combinazione interessante».

Scossi la testa con un sorriso. Dio, sarebbero stati così i successivi nove mesi? Sarei andata in giro con lo stomaco come una lavatrice e il cervello pieno di ovatta?

«Ciao, splendore», mi salutò Adam, giungendomi alle spalle e baciandomi sulla guancia. «Ti senti meglio?».

Scossi la testa, ma lui stava già ordinando un drink.

«Una pinta di Fosters. Grazie, amico».

Sorrisi piuttosto goffamente mentre aspettavamo, grata di avere ancora qualche minuto a disposizione prima di sganciare la bomba che avrebbe fatto esplodere l'intero mondo di Adam. Lo osservai ingollare tre lunghi sorsi di birra come se fosse acqua. Avrebbe avuto bisogno di ordinarne un'altra prima di quanto pensasse.

«Ho qualcosa da dirti», iniziai.

Adam mi scrutò per un istante e poi mi afferrò le mani. «Oh, mio Dio. Sei malata?», mi chiese, assalito dal panico. «Perché se è così, non credo di poterlo sopportare».

Curioso, no? Una mia eventuale malattia sarebbe stata un

bel problema *per lui*. Non avevo mai fatto caso a questo suo atteggiamento.

«No». Scossi la testa. «Sto bene. Stiamo bene».

«Certo che stiamo bene, non è così?»

«Non tu e io», chiarii lentamente. Mi accarezzai il ventre. «Io e...».

Aggrottò la fronte. «Scusa, ma non ti seguo».

«Sono incinta», annunciai a bassa voce, anche se mi sembrò di aver gridato a pieni polmoni.

«Che cosa?», esclamò.

L'espressione sul suo volto passò dalla confusione alla rabbia, dalla gioia alla confusione, di nuovo, tutto in una frazione di secondo.

«Sei incinta? Come?»

«Devo davvero spiegartelo?»

«Ma io credevo che tu... che noi... che avessimo tutto sotto controllo».

«Era così... ma poi ho perso alcuni giorni dopo il matrimonio, con tutto quello che stava accadendo. Semplicemente, non sono stata attenta».

«Quanti giorni hai saltato?», mi chiese, come se quel particolare potesse avere una qualche rilevanza.

«Non lo so... forse dieci, un paio di settimane. Non me lo ricordo. Ma comunque sia, adesso sono incinta».

«Non avresti potuto stare più attenta?».

Non stava andando come avevo pensato. O forse era *esattamente* quello che, in fondo, mi ero aspettata.

Si strofinò la radice del naso. «Quindi, cosa facciamo?».

Lo guardai, senza capire bene cosa mi stava chiedendo. Non pensavo che avessimo scelta. Ma per come la vedeva lui, ce l'avevamo eccome.

«Niente», replicai secca. «Avrò un bambino».

Strinse gli occhi e rimase in silenzio per quella che mi parve un'eternità.

«Okay...», disse infine. «Quindi, è una buona notizia?»

«Non ho ancora avuto modo di elaborare bene la cosa.

L'ho scoperto solo stamattina. Ma potrebbe essere una buona cosa, no?».

Rimanemmo entrambi lì, con espressione sbalordita, senza sapere cosa fare o dire. Si passò una mano tra i capelli e attesi. In tutta sincerità, non sapevo se aspettarmi che mi abbracciasse o che se ne andasse.

Non fece nessuna delle due cose.

«Allora, che cosa faremo con il matrimonio?».

Sembrava che camminassimo sulle uova.

«Non voglio sposarmi mentre sono incinta. Perciò, suppongo che dovremo aspettare».

«D'accordo. Allora, è deciso», dichiarò senza convinzione prima di stringermi in un abbraccio imbarazzato. «È davvero fantastico».

Il suo viso, tuttavia, raccontava tutta un'altra storia. Ma dovevo dargli il tempo di comprendere cosa significasse per lui. Per noi, come coppia. Io avevo avuto otto ore per riordinare i pensieri e digerire la sconvolgente notizia. Lui aveva avuto sì e no otto minuti, quindi gli avrei concesso il beneficio del dubbio, e anche il modo per assimilare la cosa.

«Sì...», replicai, esitante. «È fantastico».

38

«Come sto?», gli chiesi senza distogliere lo sguardo dal mio riflesso nello specchio.

Adam mi si avvicinò da dietro, pose le mani sulla pancia che stava crescendo e mi baciò il collo. «Sei incredibilmente sexy».

Tutto mi sentivo tranne che sexy, ma era chiaro che lui trovasse attraente il mio corpo che andava trasformandosi, dato che, nelle ultime settimane, non mi aveva lasciato in pace. Mentre lottavo cercando di infilare le mie enormi tette in indumenti delle dimensioni di un'amaca, spesso lo trovavo seduto sul bordo del letto a guardarmi con stupore e desiderio.

C'era voluto un po' di tempo prima di abituarci all'idea della mia gravidanza. Avevamo alternato liti e sesso, molte volte tutto nella stessa notte.

Solo alcune settimane prima, avevamo avuto una violenta discussione sul mio abbigliamento.

«Non uscirai vestita a quel modo», aveva sentenziato Adam, vedendomi indossare un nuovo abito nero per una serata in città con Pippa e Seb. Mi era piaciuto tantissimo quando l'avevo visto da Whistles. La sua foggia aderente mi aveva fasciato i fianchi sottili e il ventre ancora piatto.

«E perché?», lo avevo preso in giro. «Ti piaccio con gli abiti che mi disegnano il corpo. E il bello di questo è che crescerà con me». Tirai il tessuto di lycra del girovita per sottolineare il punto.

«Questo era in passato», aveva ribattuto con tono severo. «Non voglio che tu esca così».

Mi ero girata e lo avevo fissato negli occhi. «Sei serio?».

Aveva annuito e poi distolto lo sguardo. «Aspetti un figlio adesso. Mio figlio. Devi vestirti in maniera adeguata».

«Quale sarebbe la "maniera adeguata"?», avevo riso. «Dovrei indossare una tenda, anche se ancora non si vede niente?»

«Almeno mostra un po' di rispetto. Sia per me che per il bambino».

«Oh, andiamo, Adam. Sembri tua madre. Quello che decido di mettermi non ha nulla a che fare con te». Avevo abbassato lo sguardo per osservarmi. «Questo vestito ti avrebbe fatto impazzire qualche mese fa. Non è cambiato niente. Sono sempre la stessa. E tu mi stai dicendo sul serio che non sono rispettosa?».

Era venuto verso di me e mi aveva afferrato un polso. «Sei incinta e sei felice di andare in giro conciata come una sgualdrina? Attirerai attenzioni sbagliate e non mi piace l'idea che qualche ubriacone ci provi con te quando non dovresti nemmeno essere in giro».

«Oh, adesso ho sentito proprio tutto!», avevo sbraitato. «Sono incinta di due mesi e non dovrei uscire mai più? Non intendo cambiarmi». Avevo afferrato la borsetta e mi ero diretta verso la porta della camera da letto.

Lui era rimasto immobile, sbarrandomi l'uscita.

«Togliti», gli avevo intimato, con una voce controllata che non rispecchiava affatto come mi sentivo.

«Tu non esci».

Il cuore aveva iniziato a martellarmi nel petto e mi si era seccata la gola. La tensione stava per scatenarmi una violenta emicrania. Lo avevo guardato, implorandolo con gli occhi di spostarsi.

Lui non si era mosso di un millimetro. Era iniziata una guerra dei nervi, uno scontro di volontà.

«Togliti», avevo ripetuto.

«No».

Lo avevo colpito al petto con i pugni. «Togliti di mezzo!»,

avevo urlato mentre lacrime di frustrazione mi rigavano il viso. «Se non ti levi, giuro su Dio...».

Mi aveva afferrato i polsi e mi aveva sbattuta con la schiena contro il muro. Mi ero aspettata che mi sputasse addosso altro vetriolo, o peggio, che mi mettesse le mani addosso. Così mi ero ripiegata su me stessa, preparandomi a un'aggressione. Invece, mi aveva baciata, facendosi strada brutalmente con la lingua nella mia bocca. Non avevo alcuna intenzione di rispondere, volevo mostrargli che ero inviperita. Eppure non ero riuscita a resistere. Mi aveva strappato via le calze, con il furore di un uomo posseduto. E avevo gridato quando era affondato dentro di me.

«Ti fa male?», mi aveva chiesto.

Avevo scosso la testa. Allora mi aveva fissato, come se mi vedesse per la prima volta. «Mi dispiace», aveva mormorato con tono docile e arrendevole. «Non so cosa mi ha preso. Ma eri talmente bella che...». Aveva chinato la testa sul mio collo, in cerca di supporto, le gambe tremanti. «Intendi ancora uscire?», mi aveva chiesto, ansimando.

«Sì», avevo replicato prima di lisciarmi l'abito.

Non avevo ancora capito bene che cosa era successo. Era normale? Come potevano due persone litigare, scagliandosi l'uno contro l'altra, per poi fare l'amore pochi minuti dopo?

Ero uscita, ma non mi ero divertita. Non poter bere mentre i tuoi amici si ubriacano non è il massimo di una serata. Forse Adam aveva ragione. La situazione adesso era diversa e lo sarebbe stata per sempre.

In quell'istante mi osservai allo specchio, infilando dentro la camicetta per poi tirarla fuori di nuovo. Avevo appena superato i primi tre mesi e stava diventando difficile mascherare il ventre che sporgeva. Quel giorno, per la prima volta, potevo metterlo in mostra, incinta e orgogliosa. Invece, mi sentivo solo grassa.

«Non mi entra più niente», gemetti frustrata, rovistando nell'armadio in cerca di ispirazione, senza però vedere niente. L'agitazione andava crescendo e avvertivo un senso di oppressione nel petto.

«Quello che indossi è perfetto», cercò di convincermi Adam mentre mi osservava combattere con le grucce e lanciare magliette e pantaloni sul letto.

Avrebbe potuto ripetermelo all'infinito, ma niente mi sembrava perfetto. Non mi sentivo perfetta. Volevo solo slacciare i bottoni dei pantaloni, distendermi sul letto e piangere.

«Dobbiamo proprio andare?», frignai come una bambina di tre anni.

«Non vedi mia madre da secoli, e dobbiamo annunciarle la novità», replicò.

«Non puoi dirglielo semplicemente per telefono?», lo implorai sempre più disperata.

«Em, avremo un figlio e lei diventerà nonna per la prima volta. Non è una notizia che si può dare per telefono. Inoltre, non andrà così male. Ci sarà anche James con la nuova ragazza e questo cambierà un po' le dinamiche».

Mi sarei messa a gridare. Come diamine sarei riuscita a superare tutto questo? Non vedevo Pammie dalla débâcle dell'ospedale e avevo ignorato due suoi messaggi vocali. Adam l'aveva accompagnata alla sua ultima "seduta di chemio" ed era stato felicissimo quando lei lo aveva chiamato una settimana dopo per annunciargli che i medici erano rimasti soddisfatti dei suoi progressi e che, per il momento, le sospendevano la terapia. Gli avevo rivolto un freddo sorriso quando me lo aveva riferito, soffocando a fatica il desiderio di mettermi a strillare che stava mentendo.

Il solo pensiero di vederla mi fece rabbrividire. Erano settimane che non avevo più la nausea, ma avvertii una stretta familiare allo stomaco all'idea di trovarmi nella stessa stanza con lei. Avevo i nervi a fior di pelle.

Immaginai la sua espressione arcigna quando mi avrebbe provocato davanti a James, sfidandomi ad accusarla, pronta a sferrare il colpo finale che avrebbe distrutto tutto ciò che avevo con Adam. Oppure, sarebbe stato James a mettermi sotto pressione? Come accadeva ogni volta che ci riflettevo, fui colta da un senso di vertigine mentre mi domandavo quale motivazione l'avesse spinto a fare quello che aveva fatto. A dire quello che aveva detto. Che cosa poteva averli spinti a complottare insieme per annientarmi e separarmi da Adam? James le aveva detto la verità? Ovvero che lo avevo rifiutato? Oppure era un bugiardo, proprio come sua madre, e le aveva riportato una versione distorta dei fatti? Comunque fosse, non aveva alcuna importanza. Lei poteva rendermi la vita un inferno e ricattarmi, ma era quello che intendeva fare? Di sicuro, si sarebbe resa conto che non sarebbe stato saggio, con quello che sapevo di lei, eppure... Adam e io ci saremmo lasciati ancora prima che avessi la possibilità di dirgli che sua madre aveva mentito spudoratamente sulla sua malattia.

«Non mi sento bene. Non abbastanza da venire», dissi a Adam. «Ho la nausea. Perché non ci vai da solo a comunicare la notizia?»

«Andiamo, Em. Riprenditi. Sei incinta, non sei malata. Si tratterà di un paio d'ore in un bel ristorante e poi ce ne andremo. Sono sicuro che ce la puoi fare».

Sinceramente non avevo idea di come avrei potuto sedermi a tavola con Pammie, Adam, James e la sua ragazza, intimorita, e attendere che esplodesse la bomba a mano. Anche se bisognava vedere chi di noi sarebbe stato il primo a strappare la sicura.

«Mi prenderò cura di te», mi rassicurò come se mi avesse letto nel pensiero. «Non andrà così male».

Le lacrime mi pizzicarono gli occhi quando mi resi conto che l'unica persona che avevo dalla mia parte era proprio quella che poteva essermi portata via, in qualsiasi momento, da Pammie.

39

Quando arrivammo al ristorante, fui sorpresa di vedere Pammie già seduta al tavolo che stava ridendo sonoramente in compagnia di James e la sua ragazza. Mi sentii subito l'estranea della situazione, la destinataria delle loro prese in giro.

Pammie si alzò per accoglierci. «Tesoro», cinguettò a Adam. «Che bello vederti».

Io sorrisi a labbra strette.

«E... Emily, cara. Sei...», prese un profondo respiro e mi squadrò dalla testa ai piedi. «Incantevole».

Adam mi aiutò a togliermi il cappotto.

«Ciao, Em. Lei è Kate», mi salutò James, piuttosto imbarazzato.

Si chinò per baciarmi sulla guancia e ci volle tutta la mia forza di volontà per non scostarmi da lui. Strinsi la mano a Kate e la osservai. Era bionda, alta e snella, e il cuore mi si strinse un po'.

Le sorrisi. «È un piacere conoscerti».

«Anche per me. Ho sentito molto parlare di te».

Fui sul punto di chiedere "come mai?".

«Spero bene», le dissi invece, dandole la tipica risposta di queste occasioni in cui, nonostante siano solo frasi fatte, ci si aspetta sempre una replica.

Ci scambiammo un sorriso mentre Adam andava alla ricerca di un attaccapanni.

«Allora, come vanno le cose?», mi chiese James. «Sempre impegnatissima al lavoro?».

Non lo vedevo dalla cena prima del matrimonio che poi

era stato annullato. Aveva i capelli più lunghi e il ciuffo che gli ricadeva sulla fronte gli sfiorava gli occhi. Il sole li aveva inoltre schiariti e resi di un bel biondo miele scuro. Avevo pensato che la sua abbronzatura dorata dipendesse dalle giornate trascorse all'aperto a curare i giardini d'Inghilterra, ma poi notai che anche Kate mostrava lo stesso colorito. Avvertii un peso sul petto mentre li immaginavo in qualche località romantica. Una villa o un piccolo hotel intimo, in Italia o in Francia magari, a trascorrere pigre giornate in piscina e calde notti a fare l'amore.

Cercai di scacciare quel pensiero, detestandomi perché mi sentivo ancora attirata da lui, nonostante quello che mi aveva fatto.

«Tutto bene», replicai. «Voi? Siete stati in vacanza?»

«Siamo stati in Grecia», intervenne Kate, tutta elettrizzata. «È stato stupendo, non è vero?». Si voltò verso James che la guardò con la stessa espressione e le strinse una mano.

Chissà se Adam e io ci guardavamo così...

«Ecco il grande uomo», disse James quando suo fratello tornò al tavolo sorridendo.

Gli presentò Kate. Notai un certo imbarazzo quando Adam le diede due baci sulle guance mentre lei se ne attendeva solamente uno. Provai una specie di fitta di disagio per entrambi.

Kate era tutta occhi e denti, e mi ritrovai a tirare la mia sciatta camicetta, desiderando di avere indossato l'abito nero per il quale Adam e io ci eravamo azzuffati qualche settimana prima. Almeno avrei potuto competere in qualche modo.

«Non è splendida?», sussurrò Pammie, accanto a me, guardando la coppia. «Ha proprio tutto».

Non reagii. Continuai a guardare i due uomini che pendevano dalle sue labbra. Quella serata sarebbe stata peggio di quanto avessi immaginato.

«Allora, che cosa c'è di nuovo?», chiese James, coinvolgendomi di nuovo nella conversazione.

«Prima ordiniamo il vino e poi ve lo diremo». Adam fece segno al cameriere.

«Uhm, sembra inquietante», rise James.

«Niente affatto», rimbeccò Adam. «A dire il vero, abbiamo grandi novità».

Guardai Pammie che cercò di contrarre i muscoli del viso per rimanere inespressiva.

«Oh, davvero?», riuscì a dire, infine. «Avete stabilito una nuova data per il matrimonio?»

«Non proprio. Diciamo che la situazione è diventata più incalzante». Adam mi guardò e mi prese la mano. Lo ricambiai con il sorriso più smagliante che potei simulare.

«Oh, è così eccitante!», trillò Kate.

Adam guardò tutti quanti attorno al tavolo. «Bene... avremo un bambino».

James spalancò la bocca, Kate sorrise raggiante e batté le mani. Pammie rimase impietrita, il volto teso e contorto.

«Wow! Ragazzi, questo è sorprendente», commentò James. «Davvero pazzesco. Wow!».

«Di quanti mesi sei?», mi chiese Kate. «Quando nascerà? È un maschio o una femmina?».

Replicai con la stessa velocità con cui mi aveva mitragliata di domande. «Tre mesi. A primavera. Non lo sappiamo ancora».

James strinse la mano del fratello e poi fece il giro del tavolo per darmi un bacio sulla guancia. «Congratulazioni», bisbigliò, facendomi irrigidire.

«Mamma?». Adam attendeva ancora la sua reazione.

«Be', ecco... è uno shock», osservò con le lacrime che le scorrevano lungo il viso. «Uno shock bellissimo, ma pur sempre uno shock». Accennò un sorriso, la cui luce, tuttavia, non raggiunse gli occhi. «È una splendida notizia, figliolo, davvero».

Non si mosse, così fu Adam ad alzarsi e andare da lei. Io non ci pensai nemmeno.

Pammie si aggrappò a lui come una cozza.

«Mamma, dovresti essere felice, non piangere», rise. «Non è mica morto nessuno».

«Hai ragione, caro». Tirò su con il naso. «Ci vorrà un po' perché mi abitui a fare la nonna. Sono felice per te, davvero». Si districò dall'abbraccio del figlio e mi lanciò un'occhiata.

Fui sul punto di non guardarla. Poi, però, incrociando i suoi occhi, le rivolsi un sorriso smagliante, come se il mondo intero fosse un paradiso.

La rabbia, la furia che mi attendevo non c'erano. Vidi solo paura. Una grande paura.

«Parlando di buone notizie», iniziò Pammie, distogliendo lo sguardo. «Anche James ha qualcosa da dirci. Non è vero, caro?».

Lui sorrise e cercò di nuovo la mano di Kate. «Sì, ho chiesto a Kate di sposarmi e lei ha detto di sì».

Il sangue mi andò alla testa in una frazione di secondo.

«Non è meraviglioso?», cinguettò Pammie, allungandosi sul tavolo per stringere le mani di James e Kate. «Diventeremo grandi amiche. Ne sono già sicura».

Guardai Kate alla ricerca di una qualche sorta di punto di contatto, un segno che eravamo anime gemelle che combattevano furiosamente contro la potenza di Pammie. Ma nei suoi occhi non notai altro che innocente devozione e la convinzione distorta che la futura cognata stesse dicendo la verità.

Non avrei saputo dire per chi provavo più compassione. Per Kate, per la sua inconsapevole ingenuità, serenamente ignara che quella donna, che si dichiarava sua amica, stava per diventare sua acerrima nemica, oppure per me, vittima della sua crudeltà e del suo desiderio di distruggermi. Ero l'ombra della persona di un tempo. Insicura e paranoica. Mi reggevo solo grazie all'amore di un uomo di cui speravo di potermi fidare, al momento dell'implosione finale.

Kate si rannicchiò nell'abbraccio di James, il viso arrossato dall'eccitazione e dalla passione. Pammie aveva ragione. Aveva tutto. E desiderai essere lei. Ripensai a poco tempo prima, quando anche io ero stata travolta dall'emozione della nuova relazione, godendomela per quello che era, senza pensare, neppure per un istante, che qualcuno – men che meno la madre di Adam – potesse causare così tanta sofferenza.

«Ordiniamo una bottiglia di champagne per festeggiare», esclamò Pammie.

Possibile che nessuno intendesse chiedere che fretta c'era? Come potevano essere così sicuri di voler trascorrere le loro vite insieme quando si conoscevano solo da pochi mesi? Pammie sarebbe di certo intervenuta, avrebbe fatto il suo discorsetto, come aveva fatto con me. Invece, niente. Aveva mantenuto un atteggiamento stoico.

La osservai mentre riempiva quattro bicchieri di champagne e li distribuiva. A tutti, tranne che a me.

«Congratulazioni!» Alzò il calice. «A James e Kate».

Guardai James. I suoi occhi sfrecciavano avanti e indietro tra sua madre e Adam, senza fermarsi mai nel mezzo, su di me.

«Mamma, Emily può avere un bicchiere?», chiese Adam.

«Oh, scusa. Non pensavo volesse bere», replicò. «Credevo che non potessi dal momento che sei incinta. Almeno, ai miei tempi era così».

«I tempi sono cambiati», rimbeccai secca. «Prenderò solo un bicchierino, grazie».

«Alla salute del piccolo Banks!», disse James.

Serrai le palpebre e assaporai il primo sorso, l'effervescenza mi pizzicò la lingua.

«Allora, avete già fissato una data?», chiese Pammie tutta elettrizzata.

«Stiamo pensando alla primavera dell'anno prossimo, se riusciamo a organizzare», replicò James.

«Giusto in tempo per la nascita del piccolo», osservò lei, inclinando la testa in direzione del mio ventre.

Sorrisi tra me e me, sapendo che per allora sarei stata grossa come un autobus, oppure avrei avuto un bambino attaccato al seno. Nessuno dei due scenari mi avrebbe fatta apparire uno splendore.

«Ho un quaderno a casa, pieno di tanti desideri e fantasie», disse Kate. «Ce l'ho da quando avevo otto o nove anni. Alcune persone pensano che sia un po' pazza», ridacchiò.

Sussultai di nuovo in attesa di un commento derisorio di Pammie. Invece, niente.

«Che cosa dolce», commentò, al contrario. «Ne avevo uno anche io quando ero giovane. Lo mostrai a Jim e lui mi promise che avrei potuto avere tutto quello che c'era scritto dentro».

Kate le sorrise.

«Allora, mostraci l'anello», la invitò Pammie.

«Sono rimasta sbalordita», ammise Kate facendo scintillare un solitario nella nostra direzione. «Non me lo aspettavo».

«Sono davvero felice per te». Pammie le rivolse un sorriso affettuoso. «Benvenuta in famiglia».

Cosa mi stava sfuggendo? Mi sentii come una estranea, in un momento speciale tra madre e figlia. Pammie era mai stata così con me all'inizio?

Ripensai al nostro primo incontro, nel suo cottage, quando aveva lasciato l'album fotografico aperto sulla fotografia di Rebecca che mi fissava. Aveva voluto che vedessi quell'istantanea. Aveva iniziato già allora a fare giochetti mentali con me, sfidandomi a porre domande di cui non desideravo conoscere le risposte.

Aveva piantato un seme ed era rimasta a osservarlo germogliare, nella speranza che fossi troppo debole per affrontarne le conseguenze. Aveva creduto di potermi mettere da parte, annientarmi, come aveva fatto con Rebecca. Ma non aveva calcolato il mio amore per Adam. Lo amavo più di me stessa. E seduta lì, con una nuova vita che cresceva nel mio ventre, compresi che non c'era nulla che potesse fare per portarmelo via.

40

«Ti prometto che non sarà niente di esagerato», mi assicurò Pippa quando storsi il naso davanti alla proposta di una festa per il nascituro. «Solo gli amici, qualche palloncino, e fiumi di prosecco».

Alzai gli occhi al cielo e le indicai il mio pancione.

«Okay», proseguì, come se, all'improvviso, si fosse resa conto della situazione. «Solo *pochi* amici, *tu* sarai il palloncino e *io* berrò il prosecco!».

Due settimane più tardi, lei e Seb si presentarono nel mio appartamento con una montagna di cupcake rosa e uno striscione di due metri con la scritta "Futura Mamma". Dietro di loro si snodava il gruppo del mio addio al nubilato, a eccezione di Pammie che non era stata invitata.

«Non credi che sia un po' folle che non venga la nonna del tuo bambino, ma che invece sia presente la ragazza che è andata a letto con il tuo ex?», aveva osservato Pippa, qualche giorno prima. «Non te lo saresti mai aspettato, eh?».

In effetti aveva ragione. Non mi sarei mai immaginata che Charlotte rientrasse nella mia vita, ma le cose adesso erano diverse. Avrei avuto un bambino, e una parte di me desiderava condividere questo momento con lei.

«Come ti senti?», mi chiese entrando, carica di dolcetti rosa. Mi attirò a sé e mi strinse a lungo, come se non volesse lasciarmi andare.

Mi misi a ridere. «Grassa! Ecco come mi sento».

«Grassa e stupenda!», intervenne Seb per poi superarci lungo il corridoio.

Tutti apprezzarono le bollicine, mentre io e mia madre ci

limitavamo a inzuppare i biscotti alla crema nel tè. Mi dovevo accontentare.

«Non berrò mai più», aveva replicato quando Pippa le aveva offerto un calice di prosecco. «Non dopo l'addio al nubilato».

Eravamo scoppiati tutti a ridere al ricordo di mia madre che emergeva dalla sua stanza alle undici del mattino dopo la serata al BJ, lamentandosi che l'avevamo lasciata dormire troppo a lungo, prima di domandarci se avevamo gli ingredienti per preparare un toast al bacon. «Oh, che cosa penserà Gerald?», aveva borbottato mentre si dirigeva verso la cucina in cerca di cibo consolatorio.

«Quindi, immagino che tu non abbia avuto notizie di Pammie da quando le hai annunciato che eri incinta», mi disse a bassa voce mentre gli altri giocavano a "Indovina il peso del bambino".

Scossi la testa. «Ha telefonato alcune volte e ha lasciato dei messaggi vocali chiedendomi di richiamarla ma, a parte questo...».

«E tu non lo hai fatto? Non l'hai richiamata?»

«No. Non ho niente da dirle».

Mia madre annuì. Le avevo raccontato tutto dell'alterco che avevo avuto con Pammie nella caffetteria, esclusa la parte che riguardava James. Non volevo che pensasse male di me, e non c'era modo di spiegarglielo senza correre quel rischio. Seb e Pippa, invece, sapevano tutto. Per quanto avessero cercato di convincermi che non avevo fatto niente di male, provavo comunque un profondo senso di vergogna.

Stavamo guardando *What to Expect When You're Expecting,* accoccolati sotto le coperte, quando sentii sbattere la porta d'ingresso. Ebbi un sussulto al cuore udendo dei passi pesanti che salivano le scale. Riuscii a capire quanto fosse ubriaco Adam da quei rumori. Mi sbagliavo di rado.

«Ehi, ehi, ehi! È l'assemblea generale dell'associazione femminile?», chiese ad alta voce.

Colsi un luccichio nei suoi occhi mentre scrutavano il soggiorno e si soffermavano su Seb. Giurerei di avergli visto increspare le labbra con disgusto.

«Voi signore vi state divertendo?», proseguì, accentuando la parola "signore".

Tutti mormorarono "Ciao", aggiungendo subito dopo riflessioni come: "Si è fatto tardi?", oppure "Dovrei andare".

Vidi Seb che si irrigidiva, stizzito. Gli lanciai un'occhiata, scuotendo la testa.

«Adam, posso parlarti un istante?», gli chiesi alzandomi dal divano, grazie anche a una spinta di Pippa.

«Stai bene?», mi chiese la mia amica.

Annuii ed entrai in camera da letto senza dire una parola, seguita a ruota da Adam.

«Qual è il tuo problema?». Usai il tono più calmo e tranquillo che potei.

«Qual è il *mio* problema?», sghignazzò. «Sei tu quella che ha invaso il nostro soggiorno con le Golden Girls. E, per giunta, vedo che *lui* è ancora qui».

«Abbassa la voce».

«Questa è casa mia e parlo a voce alta come e quanto mi pare».

«Oh, cresci un po'!».

«E poi da quando in qua abbiamo deciso di annunciare il sesso di nostra figlia?».

Non era poi così ubriaco se aveva notato i festoni rosa che ornavano l'ingresso.

«Non l'ho ancora annunciato a mia madre, e tu? Eccoti qua a gridarlo ai quattro venti. Certo, se mia madre fosse stata invitata a questa stupida festicciola, suppongo che lo avrebbe scoperto insieme a tutti gli altri». Mi rivolse uno sguardo di puro disprezzo.

Mi voltai per andarmene. «Non ho intenzione di fare stupidi giochetti con te, Adam», replicai stancamente. «Tua madre non è qui perché non la volevo, e il sesso di nostra figlia non è mai stato un segreto. Ma immagino che se fosse stata un maschio, saresti stato più felice di condividere la notizia».

Ripensai all'ecografia di un paio di mesi prima, alla mia ventesima settimana, e all'espressione sul volto di Adam quando la radiologa aveva annunciato che era praticamente certa che fosse una femmina.
«Le capita di sbagliarsi?», le aveva chiesto Adam.
«Cerco di non farlo mai», aveva replicato lei.
«Che cosa dicono le statistiche?», aveva insistito.
«Se dovessi quantificare, direi che si verifica un errore su venti casi, o qualcosa del genere».
Adam mi aveva rivolto un'occhiata compiaciuta.
«Ma per quanto riguarda sua moglie», aveva proseguito la radiologa, «sono piuttosto sicura che possa iniziare a lavorare a maglia delle scarpette rosa».
Le spalle di Adam erano crollate di nuovo.
«Credo che dovresti prendere in considerazione me e i miei sentimenti in… tutto questo», sbraitò, gesticolando come un pazzo per la stanza.
«Oh, per l'amor del cielo, Adam! Ti comporti come un bambino», sentenziai prima di andarmene.
Seb mi venne incontro lungo il corridoio con espressione tempestosa. «Se vuoi scusarmi», mi disse superandomi.
«Seb, ti prego». Lo afferrai per un braccio ma, invece di scendere le scale e lasciare l'appartamento, si diresse verso la nostra camera da letto.
«Qual è il tuo problema, Adam?», lo affrontò preparandosi a combattere.
«Seb, lascia perdere», lo implorai mentre guardavo Adam che si ergeva in tutta la sua altezza con espressione incredula.
Lo tirai indietro.
Adam fece una smorfia di scherno. «Non pensavo che ne avessi il coraggio», sibilò, anche se non avrei saputo dire a chi si stesse rivolgendo.
«Lei è troppo per te», dichiarò Seb mentre lo trascinavo fuori dalla stanza.

41

Ci fu un costante susseguirsi di visite quando tornai a casa dall'ospedale con Poppy. I miei genitori, Pippa, Seb, e persino James, arrivarono con un cestino rosa traboccante di leccornie.

«Ottimo lavoro», osservò James con tenerezza, baciandomi la fronte.

Anche Adam aveva fatto lo stesso gesto in sala operatoria quando avevano fatto uscire Poppy dal mio ventre. Il progetto di un parto in acqua non aveva avuto alcun seguito dopo sedici ore di travaglio che avevano affaticato e messo a rischio la bimba.

Li accolsi tutti in totale confusione, attendendo da un momento all'altro l'arrivo di Pammie. Non era voluta venire per i primi tre giorni perché aveva il raffreddore e non voleva infettare la bambina. Ma, sinceramente, avrei desiderato che si presentasse al più presto, così da togliermi il pensiero, potermi rilassare e godermi il tempo con Poppy.

«Ti va bene se mia madre viene domani?», mi chiese Adam proprio mentre Pippa usciva dalla porta. «Probabilmente si fermerà per la notte e io la riaccompagnerò a casa la mattina dopo».

«Sono esausta», gemetti. «Non puoi riportarla a casa domani sera prima di cena?»

«Andiamo, Em. È la sua prima nipotina e lei è l'ultima persona a vederla. Potrebbe esserti d'aiuto».

Era proprio ciò che temevo. Osservai il visetto perfetto di Poppy, i grandi occhi che mi fissavano, e avvertii un brivido. «Preferirei che tornasse a casa. Per favore».

«Le telefono e sento cosa ne pensa. Non le proporrò di restare se lei non me lo chiede».

Sapevo già com'era andata la conversazione ancora prima che lui rientrasse. Di certo non a mio favore.

«Allora, vado a prenderla verso mezzogiorno e la riporterò a casa la mattina successiva».

«Ah, vedo che ti sei sforzato al massimo», commentai a bassa voce.

Se anche mi sentì, non mostrò alcuna reazione. «Più tardi vado al pub. A festeggiare la nascita della bambina e le solite cose», mi informò. «Non ti dispiace, vero?».

Me lo stava chiedendo, oppure me lo stava comunicando? Comunque fosse, me l'aveva posta in modo tale che avrei fatto la figura della possessiva dispotica se avessi osato aprire bocca.

«Che cos'è quella faccia?», mi chiese, brusco. «Non è che un drink veloce, santo cielo».

Non avevo fatto un fiato, eppure era come se discutesse con sé stesso, solo per sentirsi giustificato a lasciarmi.

«Quando è stata organizzata questa cosa?»

«In questi giorni. Mike ha suggerito un drink e tutti gli altri si sono uniti a noi. È un rito di passaggio».

Conoscevo la tradizione, perciò non riuscivo a capire perché sentisse il bisogno di assolversi.

Iniziò a montarmi la collera, non perché usciva, ma perché era troppo sulla difensiva. Si sentiva in colpa, eppure cercava di prendersela con me, facendomi passare per la cattiva della situazione.

«Okay, bene», replicai con tono indifferente. «Cerca di non fare tardi. Potrei avere bisogno di una mano per sistemare la casa per l'arrivo di tua madre domani».

Quando, a mezzanotte, non era ancora rientrato, ritenni ragionevole telefonargli. Poppy non si calmava e tra allattarla, cullarla e farle il bagnetto, stavo faticando a sbrigare tutto da sola.

«Ti richiamo», biascicò quando rispose al quarto squillo.

In sottofondo si udiva un frastuono di voci, tintinnii di bicchieri e musica ad alto volume.
«Adam?».
Cadde la linea. Dieci minuti dopo, dato che non mi aveva richiamato, riprovai io.
«Sì», fu tutto quello che disse. Questa volta sembrava più calmo. Sentii il suo respiro che si interrompeva, come se stesse inspirando e poi espirando con forza.
«Adam?»
«Sì», ripeté impaziente, come se dovesse andare di fretta da qualche parte. «Che c'è?».
Mi sforzai di rimanere calma, anche se Poppy stava strillando a squarciagola e il mio cervello di neo mamma faticava a mettere le cose in prospettiva. «Volevo sapere se starai fuori ancora a lungo».
«Perché? Qualcosa non va?».
Respirai profondamente. «No, volevo chiederti se devo andare a letto o no».
«Be', non sarai stanca?». Dal tono, sembrava che cercasse di fare lo spiritoso.
«Sì, sono a pezzi».
«Allora, cosa aspetti?»
«Lascia perdere», sbottai. La mia pazienza si stava esaurendo. «Fai quel cavolo che ti pare».
«Grazie, lo farò». Quindi chiuse la telefonata.
Avrei potuto inveire e mettermi a sbraitare, ma era troppo sbronzo per rendersene conto e mi avrebbe solo fatto arrabbiare di più. Poteva restare fuori tutto il tempo che voleva, d'altronde avrei solo avuto a che fare con un rompipalle. Sarebbe stato un peso e un intralcio se fosse tornato ubriaco. E avevo fin troppe questioni di cui occuparmi con la preoccupazione per l'imminente visita di Pammie.
Una volta che riuscii a mettere giù Poppy, il mio folle istinto mi sollecitò a correre su e giù per la casa e assicurarmi che fosse tutto a posto prima del suo arrivo. Quando, però, avvertii uno strattone ai punti mentre stendevo il piumo-

ne nella stanza degli ospiti, mi domandai perché mi stessi dando così tanto da fare. Non aveva bisogno di un pretesto per mortificarmi e sminuirmi. Se non ne aveva uno, se lo inventava.

Adam tornò a casa alle tre del mattino e fece tanto di quel baccano che svegliò Poppy, che pianse disperata fino alla poppata successiva.

«Grazie mille», ruggii mentre la cullavo avanti e indietro per la stanza.

Lui ruttò, grugnì e rotolò sulla schiena.

Non lo vidi per le otto ore successive quando si alzò, prese due Alka-Seltzer. «Mi sento di merda», annunciò e tornò a letto.

Mentirei se dicessi di non aver provato una grande soddisfazione quando entrai in camera da letto e aprii le tende. «Sveglia, sveglia! Devi andare a prendere tua madre».

Lui ringhiò come un animale ferito e, in quell'istante, pensai che temesse la sua visita ancora più di me.

Quando ritornò con Pammie, l'appartamento era immacolato, Poppy dormiva rannicchiata sul mio braccio, e il caffè era pronto. Mi sentii come una superdonna compiaciuta, là seduta in poltrona, in attesa della mia nemesi, con un cuscino triangolare per la gravidanza sotto il braccio dolorante.

«Che ragazza in gamba», esclamò Pammie quando mise piede nell'ingresso. «Hai fatto un capolavoro!».

Non si degnò di baciarmi e si dedicò subito a Poppy. «Che splendore», cinguettò. «Ti assomiglia tantissimo, Adam».

«Tu credi?», replicò lui con orgoglio, ma con la voce ancora un po' impastata.

Lui prese la bambina dalle mie braccia e la mise in quelle di Pammie. Ogni cellula del mio corpo iniziò a fremere, sollecitandomi a riprenderla. Si mise a camminare dandomi le spalle mentre guardava fuori dalla finestra, nella strada sottostante. Io mi aggirai per la stanza come una leonessa, incapace di distogliere gli occhi da loro. Pammie bisbigliava e la dondolava su e giù, e io non riuscivo a vedere Poppy. Sapevo che era lì, in braccio a lei, ma dovevo vederla, stringerla a me.

«Ora la prendo io», dissi infine, avvicinandomi. «Ha bisogno di essere cambiata».

«Ma se ce l'ho solo da un minuto!», rise Pammie. «Che cosa sarà mai un pannolino sporco tra una nonna e una nipote?». Guardò Poppy come se si attendesse una risposta. «Non sento nessun odore e sono sicura di essere in grado di cambiarla se ce ne sarà bisogno».

Lanciai un'occhiata a Adam, implorandolo in silenzio di restituirmi la mia bambina, ma lui si voltò dall'altra parte. «Qualcuno vuole una tazza di tè?»

«Ne prenderò una volentieri, figliolo». Quindi, si rivolse a me. «La allatti tu?»

«Sì».

«Se vuoi tirarti il latte, sarò più che felice di darglielo io questa notte, se vuoi. Per concederti una pausa».

Scossi la testa. «Non sarà necessario».

«Be', potrei portarla a fare una passeggiata con la carrozzina. Così tu e Adam potrete stare qualche momento da soli. Ricordo quanto fu difficile per me e Jim quando arrivarono i ragazzi. Cambia tutto, e devi lavorare il doppio per far funzionare ogni cosa».

Le rivolsi un sorriso teso.

«Oh, ho comprato una cosina per Poppy. Spero che non ti dispiaccia».

«Perché dovrebbe?»

«Be', alcune mamme fanno un po' le difficili, lo hai mai notato? Riguardo a quello che desiderano che indossi il figlio e via dicendo».

Mi strinsi nelle spalle.

«Ma quando ho visto questo, ho dovuto acquistarlo perché mi ha fatto ridere tantissimo».

Mi porse un sacchetto e, all'interno, vidi che si trattava di una tutina bianca.

«È molto carina», mi costrinsi a dire. «Grazie».

«Aspetta, non l'hai ancora vista. Guarda cosa c'è scritto davanti».

La estrassi e la sollevai. Sul petto c'era stampata la scritta *Se la mamma dice di no, chiedilo alla nonna*. Trasalii.

Pammie rise. «Non è graziosissima?».

Avrebbe potuto anche comprarle una medaglietta per i cani con inciso *In caso di ritrovamento, restituitela alla nonna*.

«Guarda che cosa ha comprato tua madre per Poppy», dissi a Adam, tenendola in alto per mostrargli la tutina. «Non è graziosissima?», le feci il verso nella speranza che lei cogliesse il sarcasmo.

Adam mi sorrise.

Mi diressi verso Pammie. «La prendo io mentre bevi il tè».

Scoppiò a ridere. «Ho avuto due figli, non dimenticarlo. E riuscivo tranquillamente a bere una tazza di tè. Sono capace di fare due cose in una volta, sai».

Adam rise di me insieme a lei. Trattenni il fiato quando Pammie portò la tazza di liquido bollente alla bocca, pregando silenziosamente che non lo rovesciasse.

Non appena Poppy iniziò a piangere, mi alzai dalla sedia e, incombendo su Pammie, attesi che mi riconsegnasse la bambina. Invece, lei le infilò il dito in bocca.

«Santo cielo, Emily, sei nervosa come un gatto. Sta bene, guarda».

«Preferirei che tu non lo facessi», replicai con la massima calma, nonostante dentro di me stessi ribollendo dalla collera.

«Solo perché piange non significa che abbia fame. Magari vuole solo essere coccolata, e se questo la tranquillizza, non può essere una cosa negativa, non trovi?»

«Non voglio che si abitui ad avere un ciuccio o cose simili», insistetti con voce pacata. «Inoltre, non è molto igienico».

«Onestamente, al giorno d'oggi, è una follia. Ti dicono di acquistare costose apparecchiature per la sterilizzazione e tutti questi sofisticati comfort moderni, ma ai nostri tempi c'era la pastiglia Milton e l'acqua bollita, se andava bene.

Se un ciuccio cadeva a terra, lo raccoglievamo, ce lo mettevamo in bocca per ripulirlo e poi lo ridavamo al bambino. Guarda i miei ragazzi adesso. Quel metodo non ha certo fatto loro del male, direi».

«Stiamo ancora imparando, mamma», mi difese finalmente Adam. «Procediamo per tentativi ed errori per vedere cosa funziona e cosa no».

Lo guardai con gratitudine.

«Quello che intendo dire è non devi fare troppo la difficile. Sono piccole creature che non richiedono molto. Se piange, lasciala fare per un po'. Ti rovinerai la schiena se continuerai a precipitarti a darle da mangiare ogni volta».

Controllai l'orologio. Pammie era arrivata da meno di quindici minuti.

Più tardi, dopo una conversazione forzata mentre mangiavo la pasta al pollo di Adam, mi scusai e andai a letto portando Poppy con me. L'ultima cosa che udii prima di chiudere la porta del mio santuario fu la voce di Pammie.

«Non mangia abbastanza. Ha bisogno di assumere tutti i nutrienti necessari per la bambina».

Adam non era ancora venuto a letto quando Poppy si svegliò per la poppata di mezzanotte, ma mi parve di udire la televisione in soggiorno. Ricordavo vagamente di averlo sentito entrare in camera più tardi, non so a che ora. A dire il vero, non sapevo nemmeno che giorno fosse. Si fondevano l'uno nell'altro, come se il tempo avesse smesso di scorrere. Se Poppy dormiva, io dormivo. E quando mi svegliai alle sei, era tutto tranquillo. Il mio pensiero fu *Sì! Ha dormito più di cinque ore.* Il secondo fu *Oh, cavolo. Respira ancora?*

Mi chinai sulla culla e vidi la copertina rosa e il lenzuolino di mussola. Tesi l'orecchio nella penombra per cogliere il suo respiro, ma l'unico suono che udii fu il cinguettio degli uccellini. Cercai di aggiustare la vista sfocata, sfregandomi gli occhi. Guardai di nuovo la copertina e il lenzuolino, ma mi parvero piatti, distesi sul piccolo materasso, senza la bambina. Mi drizzai e infilai la mano. La culla era fredda e immobile.

Mi precipitai verso l'interruttore accanto alla porta, con le gambe che mi tremavano e l'adrenalina che mi scorreva a fiumi nelle vene.

«Cosa accidenti...?», gridò Adam quando la luce invase la stanza.

Con un singulto, mi avvicinai di nuovo alla culla vuota. «La bambina. Dov'è la bambina?»

«Che cosa?». Adam era ancora confuso e stordito.

«Non c'è. Poppy non è qui». Strillai e singhiozzai, e ci scontrammo mentre cercavamo entrambi di uscire dalla camera. «Pammie! Poppy!».

«Mamma!», gridò Adam saltando giù dal soppalco per poi precipitarsi nella stanza degli ospiti.

Dalla mia posizione in cima alle scale, vidi che le tende erano tirate e il letto era fatto e vuoto.

Mi accasciai sul pavimento. «Ha preso la bambina», piansi sconfortata.

Adam mi superò per controllare il soggiorno e la cucina, ma sapevo che non era lì. Me lo sentivo.

«Ha preso la bambina», continuai a singhiozzare.

Adam tornò da me e mi rimise in piedi, afferrandomi con forza per le braccia. «Riprenditi», sbottò.

Avrei desiderato che mi prendessi a schiaffi per farmi uscire dalla mia disperazione. Magari mi sarei svegliata da quell'incubo, ritrovandomi con Poppy tra le braccia.

«Quella stronza», urlai. «Sapevo che lo avrebbe fatto. Lo aveva pianificato fin dall'inizio».

«Per l'amor del cielo, calmati!».

«Te lo avevo detto. Te lo avevo detto che era una psicopatica. Non hai voluto credermi, ma avevo ragione!»

«Devi tranquillizzarti e moderare le parole. Ti avverto».

Adam chiamò la madre al cellulare, ma squillò a vuoto.

«Telefona alla polizia», gli ordinai con la voce rotta. «Telefona subito alla dannata polizia».

«Ma ti ascolti?», strillò. «Non chiameremo la polizia. Nostra figlia è uscita con la nonna. Non è un crimine».

Mi sedetti sul divano, singhiozzando istericamente, mentre i miei seni gocciolavano latte nella camicia da notte. «Ha intenzione di fare qualcosa di folle, so che è così. Tu non hai idea di cosa è capace. Giuro su Dio che, se ha fatto del male a Poppy, l'ammazzo».

Ogni emozione repressa risalì in superficie. L'odio, la sofferenza ma, soprattutto, il terrore. Il terrore che mi portavo dentro da quando avevo scoperto cosa aveva fatto a Rebecca. Non esisteva persona al mondo che detestassi di più. Nessuno al mondo di cui avessi più paura.

«Devi trovarla, Adam! Giuro su Dio...».

«Chi stai minacciando?», sibilò, il suo viso a un respiro dal mio. «Non ascolterò i tuoi vaneggiamenti deliranti finché non ti sarai calmata».

Lo osservai impotente mentre indossava i jeans e una maglietta. «Dove stai andando?»

«Be', non può essere andata lontano, no? Probabilmente verrà fuori che l'ha portata a fare una passeggiata. Non sarebbe bello?»

«L'ha fatto apposta!», gli urlai dietro mentre saliva i gradini due alla volta. «Spero che tu sia felice! Tu e la tua fottuta famiglia!».

Camminai avanti e indietro per l'appartamento in attesa che Adam mi chiamasse. Più tempo passava e più mi convincevo che Pammie aveva combinato qualcosa. Nella mente, continuavo a rivedere la stessa scena – lei che cullava Poppy, sussurrandole che andava tutto bene, pur sapendo che non era affatto così. Al cellulare di Adam mi rispose direttamente la segreteria telefonica.

Lanciai il telefono contro il muro, gridando per la frustrazione. «Dove diavolo sei?». Caddi in ginocchio e mi raggomitolai a palla sulla moquette. Non riuscivo a immaginare un dolore più forte.

Non so quanto tempo fosse trascorse quando il cellulare squillò e mi affrettai a raggiungerlo. Lo schermo era in frantumi. «Sta bene? Ce l'hai tu?», chiesi agitatissima.

Trattenni il respiro e attesi la risposta.

«Certo che ce l'ho io», replicò Pammie dopo una lunga pausa.

Mi drizzai a sedere con il cuore che batteva a velocità forsennata. Mi ero aspettata di udire la voce di Adam e mi parve che l'aria mi fosse stata risucchiata dai polmoni.

«Riportala a casa», sibilai a denti stretti. «Riportala qua immediatamente».

Pammie ridacchiò. «Altrimenti?»

«Altrimenti ti ammazzo», minacciai. «Hai tre minuti per ritornare qui con la mia bambina o chiamo la polizia. Perciò faresti meglio a sperare che loro ti raggiungano prima di me».

«Oh, santo cielo!», cinguettò. «Non capisco perché tu sia così stressata. Non hai ricevuto il messaggio che ti ho inviato prima?»

«Quale messaggio?»

«Aspetta».

Udii un trillo di avviso.

«Questo».

Cercai di leggere sullo schermo scheggiato, e riuscii appena a distinguere le parole.

Non volevo disturbarti. Poppy è sveglia. La porto a fare una passeggiata a Greenwich Park. Ti lascio riposare. Baci. Pammie.

«Me lo hai mandato adesso», ringhiai.

«No, cara. Te l'ho inviato un'ora fa, prima di lasciare l'appartamento. Non volevo che ti agitassi. Forse non ti è arrivato, chissà».

Fissai il telefono con aria assente. Ero senza parole.

«Comunque, stiamo tornando. Saremo lì tra dieci minuti. Credo che avrà molta fame».

La linea si interruppe. Mi abbracciai le ginocchia, dondolandomi avanti e indietro, domandandomi se stavo impazzendo. Poco dopo, udii i passi di Adam sulle scale. Forse erano trascorsi dieci minuti o dieci ore.

«Non le ho trovate, ma sono sicuro che ci sia una valida ragione». Mi osservò lì sul pavimento, fradicia di lacrime, latte e follia.

«Stanno tornando a casa», gli riferii.

Vidi che le sue spalle si rilassavano, la tensione abbandonava il suo corpo. Evidentemente non era così tranquillo come aveva voluto farmi credere.

«Dove sono?», mi chiese con il fiato corto.

«A Greenwich Park. Sembra che Pammie volesse farci un favore». Mi lasciai sfuggire una risatina sarcastica. «Chi poteva immaginare che tua madre potesse essere così premurosa? Ha preso la nostra bambina dalla culla accanto al letto ed è scomparsa».

«Credo che tu abbia detto abbastanza», abbaiò. «Vai a lavarti».

Riprendi il controllo, mi ripetei mentre mi spruzzavo dell'acqua fredda sul volto gonfio. Ma quando mi asciugai, mi rimisi a piangere. Chi stavo prendendo in giro? Non avevo alcun controllo. Ce lo aveva lei. Lo aveva sempre avuto. Affondai di nuovo il viso nell'asciugamano, cercando di raccogliere tutto il coraggio di cui avevo bisogno.

«Basta, Emily», mi imposi ad alta voce. «Finiscila».

Udii il pianto di Poppy ancora prima di vederla e mi precipitai giù dalle scale verso il suo richiamo disperato.

Pammie la stava tenendo in braccio, come se niente fosse. «Credo che questa signorina abbia bisogno della sua poppata», mi informò con un accenno di sorriso sulle labbra.

«Vattene da casa mia», sibilai.

«Scusa?». Assunse un'espressione stupita prima di scoppiare in forti singhiozzi.

Adam corse al piano di sotto. «Che cosa succede?»

«Oh, caro. Mi dispiace così tanto», piagnucolò. «Non volevo fare arrabbiare nessuno. Ho pensato di essere d'aiuto...». Sollevò lo sguardo affranto sul figlio, implorandolo di crederle. Ma sapevo già che sarebbe stato così.

Le strappai Poppy dalle braccia e iniziai a salire le scale. «Sarà meglio che questa stronza non sia più in casa mia quando tornerò».

Raggiunsi rapidamente la camera da letto e sbattei la porta. Attaccai Poppy al seno e piansi fino a quando non ebbi più lacrime.

42

Io e Adam ci scambiammo a malapena qualche parola nelle due settimane tra la visita di Pammie e il matrimonio di James e Kate. Avrei voluto parlargli, raccontargli tutto ma, mentre ripercorrevo la sequenza degli eventi nella testa, mi resi conto che, ogni volta, Pammie si era assicurata di farmi apparire come una pazza bugiarda e paranoica. Non c'era stata una sola occasione in cui potessi inchiodarla. Era sempre la mia parola contro la sua. Le mie affermazioni mi facevano sembrare rancorosa, e mi avrebbero fatta passare per una psicopatica.

Avevo Poppy a cui pensare adesso. Non potevo correre quel rischio.

«Oggi non vengo», annunciai mentre indossava lo smoking.

«Va bene», replicò. «Ma porto Poppy con me».

Le gambe mi tremarono. Era ciò che mi terrorizzava di più. «Non la vorrai là con te», suggerii con tono pacato. «Sarà solo un peso e tu avrai voglia di divertirti. È il matrimonio di tuo fratello».

Scosse la testa, terminando di abbottonarsi la camicia. «Tu fai quello che ti pare, ma la porto con me».

Per nessuna ragione al mondo Poppy sarebbe andata senza di me. Mi diressi lentamente verso l'armadio e scelsi l'abito viola, ancora nell'involucro della lavanderia. L'avevo già indossato una volta, all'inizio della gravidanza, e la vita mi concedeva abbastanza spazio per il ventre post-parto senza farmi apparire troppo grassa.

«Questo va bene?», gli chiesi, consapevole che avrei dovuto fare uno sforzo. Avrei dovuto sopportare una giornata insieme alla sua famiglia, ed era necessario che almeno mi rivolgesse la parola.

Lui annuì con un accenno di sorriso. Di soddisfazione o di sollievo? Non lo sapevo.

In auto, chiacchierammo in maniera superficiale, affrontando argomenti banali come il tempo e il prezzo degli immobili. Rimasi sul marciapiede mentre lui sollevava Poppy dal seggiolino, e poi mi prese per mano per avviarci verso la chiesa. Mi abbandonai a un sorrisino interiore al pensiero di Pammie che ci avrebbe visti come un fronte unito, anche se non ci credevo molto.

Di sicuro, il suo volto si contrasse quando andammo incontro a lei e James. Non ci scambiammo neppure uno sguardo mentre tendeva le braccia al figlio.

«James», lo salutai a denti stretti.

Lui si chinò per darmi un goffo bacio sulla guancia. Quindi strinse la mano a Adam. «Ehi, grande uomo».

«Nervoso?», gli chiese Adam.

«Terrorizzato!», rise.

«Kate come sta?».

Non udii la risposta. Ripensai alla email nella cartella delle bozze nel mio computer.

Cara Kate,

mi dispiace di aver impiegato così tanto tempo a scriverti, ma desideravo trovare le parole giuste.

Non ci conosciamo bene, eppure condividiamo già parecchie cose. Avrai forse già compreso che entrare a fare parte del clan Banks comporta affrontare un problema che non dovresti mai sottovalutare.

Il tuo amore per James sarà messo in discussione più e più volte. Ti troverai davanti a delle barriere. Non verrà lasciato nulla di intentato per farti allontanare per sempre dalla sua vita. Nessuna azione sarà troppo malvagia per denigrarti, intimidirti e farti sentire indegna.

Non è troppo tardi per renderti conto dell'errore che stai commettendo. Sono solo preoccupata per te. Fuggi subito, finché sei ancora in tempo.

Un abbraccio

Emily

Ripensai anche alle numerose telefonate che le avevo fatto, per poi mettere giù non appena sentivo la sua voce dall'altra parte. Avrei voluto aiutarla, esprimerle tutta la mia comprensione per quello che stava passando. E soprattutto porre fine all'inferno nel quale, senza dubbio, si era ritrovata. Ma ero troppo debole. Non volevo che la sua vita fosse rovinata come era accaduto a me. Non volevo che il suo carattere venisse stravolto al punto da renderlo irriconoscibile. Per me era troppo tardi, così come lo era stato per Rebecca. Ma potevo salvare Kate, se solo avessi trovato la forza.

Le parole pronunciate dal prete mi turbinarono nella testa, come se stesse parlando sott'acqua. Ma forse ero io che stavo annegando.

«Se qualcuno è a conoscenza di qualche impedimento per il quale quest'uomo e questa donna non dovrebbero unirsi in matrimonio, parli ora o taccia per sempre».

Mi raddrizzai al fianco di Adam, con le gambe che minacciavano di cedere. Mi appoggiai al suo corpo forte e tonico, fingendo che andasse tutto bene. Sentendo il contatto, si voltò e inarcò le sopracciglia con aria preoccupata. Gli rivolsi un debole sorriso. Non poteva immaginare i pensieri che mi ronzavano vorticosamente nel cervello, alla disperata ricerca di una via d'uscita, di uno sfogo per tutta l'amarezza e il senso di tradimento che mi divoravano.

Il sangue mi salì alla testa, facendosi strada tra il labirinto di capillari a una velocità tale che, all'improvviso, mi sentii avvampare il collo e il viso.

Pregai che qualcuno, da qualche parte, si alzasse e dichiarasse il motivo per cui quell'unione non poteva essere portata avanti. Ma ci fu solo un assordante silenzio.

Si udì qualche colpo di tosse tra le centinaia di persone presenti. Senza dubbio sfuggito a qualcuno che si sentiva a disagio sotto il peso dell'atmosfera. Poi seguì una risatina, ma il suono fu attutito dal pulsare che mi tormentava la testa.

Abbassai lo sguardo sul programma della funzione che tenevo tra le mani tremanti. Sulla parte superiore erano graziosamente stampati i nomi degli sposi in corsivo argentato. La loro foto in basso ondeggiò davanti ai miei occhi lucidi, sfocando i lineamenti.

I secondi scorsero lenti come ore mentre il silenzio nella cappella si faceva sempre più soffocante. Era la mia unica occasione. Potevo fermare tutto prima che fosse troppo tardi. Stavo per fare un passo avanti quando l'adrenalina iniziò a scorrermi nelle vene come un fiume in piena. Guardai l'uomo al mio fianco con nostra figlia in braccio, gli amici e la famiglia, tutti radunati per quell'importante occasione, con gli occhi lucidi e i sorrisi orgogliosi.

Seguii i loro sguardi puntati su Kate che fissava con occhi sbarrati e traboccanti di stupore l'uomo in piedi accanto a lei. Era la sua favola. Lo si percepiva dal suo sorriso. Le intense iridi azzurre di James si posarono su di lei, incantate. E io avvertii uno strappo al cuore.

Avevo avuto tanto tempo per impedire che accadesse. Kate meritava di conoscere la verità. Glielo dovevo.

Ma, come non ero stata coraggiosa allora, non lo fui neppure in quel momento.

Il prete si schiarì la voce per continuare e Kate si guardò attorno con timidezza, prima di esalare un esagerato sospiro di sollievo. Gli invitati ridacchiarono e le spalle di James si rilassarono visibilmente. L'attimo era passato, portandosi via la mia ultima possibilità.

Il soprano si esibì in una travolgente interpretazione di *Jerusalem*. Mentre il sole filtrava attraverso le imponenti finestre di vetro colorato, sentii cento cuori sprofondare al pensiero di tutto quello che avrebbero potuto fare in quella giornata di aprile insolitamente calda e assolata. Perché, nonostante i sorrisi, ai matrimoni c'è sempre una nota di seccatura di fondo. Ci premuriamo di sostenere tutta quella profusione d'amore e di impegno futuro. Tuttavia, se si gratta la superficie, si scoprirà che, più che felici di partecipare, ci sentiamo obbligati. C'è sempre qualcosa di meglio da fare in un sabato pomeriggio di sole piuttosto che rintanarsi accanto a qualche noioso sconosciuto durante un'interminabile cena. Soprattutto considerando che per prendere parte all'evento abbiamo speso un mucchio di soldi, che in realtà non possediamo, per un vestito che indosseremo una sola volta e per il regalo più economico sulla costosissima lista di nozze da John Lewis.

Riuscivo a percepire la gelosia e l'insicurezza che trasudavano dalle persone intorno a me. Senza dubbio, c'era qualcuno tra i banchi lì in chiesa che erano amici della ex dello sposo e stavano ingaggiando una lotta con la loro coscienza riguardo alla loro partecipazione alla cerimonia. Inoltre, era probabile che fosse presente la donna che aveva frequentato lo sposo per un tempo adeguatamente lungo per attendersi una proposta che, però, non era mai arrivata. C'era poi, di sicuro, la coppia che osservava sognante la sposa, desiderandola entrambi, ma per motivazioni diverse. Infine, c'erano tutte le altre persone che ripensavano al passato, a quando era arrivato il loro giorno, l'inizio della loro favola, domandandosi perché fosse andato tutto storto.

Oggi, tuttavia, c'era qualcuno che stava vivendo quella situazione con maggiore intensità. Che dovette reprimere il dolore lancinante nel petto nell'istante in cui il prete dichiarò James e Kate marito e moglie. Che sorrise con tenerezza quando i giovani sposi si baciarono.

Adam mi prese la mano e la strinse mentre ingoiavo le lacrime che mi bruciavano la gola. Un anno prima sarebbe stato il nostro giorno, il nostro lieto fine. E sapevo esattamente perché era finito tutto in niente.

Osservai Pammie, con un sorriso stampato in faccia, che interpretava la parte della perfetta madre dello sposo con il suo abito di seta rosa lampone e la giacca con le maniche corte abbinata. Volevo vedere il suo dolore, sapere che guardare il figlio sposarsi l'avrebbe uccisa. La sua maschera, però, rimase rigida e imperturbabile.

Avrei desiderato essere in grado di celare i miei sentimenti, ma erano troppo prossimi alla superficie, troppo esasperati.

Piansi quando James e Kate percorsero la navata insieme, invidiandoli. La loro unione era stata suggellata. Temetti per il nostro futuro.

Se Kate aveva qualche preoccupazione, non lo mostrò mentre abbracciava Pammie con trasporto fuori dalla chiesa.

«È stato meraviglioso», disse Pammie tra le lacrime. «Tu sei meravigliosa», aggiunse poi accarezzandole la guancia.

Kate sorrise e l'abbracciò di nuovo. «Vieni, voglio presentarti a tutti». Prese Pammie per mano e la guidò verso un folto gruppo di persone.

In quell'istante, il mio punto di vista mutò. Non guardai più a Kate come a uno spirito affine, l'unica persona che potesse relazionarsi con me.

All'improvviso mi sentii disperatamente sola.

Per tutto il resto della giornata, Adam non fece che sorridermi al momento giusto ma, quando poteva, mi stava il più lontano possibile. Mi aggrappai a Poppy, la mia barriera sociale, e la usai per respingere le situazioni spiacevoli. Le zie e i cugini di Adam vennero a vederla e a cinguettarle intorno, domandandomi se avevamo fissato una nuova data per il matrimonio.

«No, non ancora», mi toccò ripetere più volte. «Speriamo presto, ma al momento abbiamo le mani impegnate».

«Eccome se siete impegnati», osservò l'adorabile Linda, la sorella di Pammie. «Incrociamo le dita che, per allora, sapremo se Pammie sta bene. Così avremo davvero qualcosa da festeggiare».

«Ma è guarita da mesi», replicai confusa.

Linda accennò una smorfia come per rimproverarsi. «Scusa, pensavo che lo sapessi...».

«Sapessi cosa?»

«Che la malattia è tornata di nuovo. Non avrei dovuto dire niente...».

«Mi stai prendendo in giro». Mi misi a ridere.

Quindi, Pammie aveva ritentato il suo gioco, con la stessa acrobazia, per cercare di fermare il matrimonio di James e Kate. Provai un perverso senso di soddisfazione perché, allora, non era una cosa personale. Tuttavia, avrei dovuto ridere di me stessa. Ogni sua azione era personale.

Dovevo togliermi il cappello davanti a Kate e, ancora di più a James, per non aver permesso alla madre di rovinare il loro giorno speciale con le sue crudeli menzogne. Mi sentii commossa, e se proprio dovevo essere onesta, anche un po' invidiosa che James avesse difeso Kate e ignorato il malvagio tentativo di distruggere la loro felicità. Aveva preso posizione. Aveva agito come avrebbe dovuto fare Adam per me mesi prima.

«Che cos'ha questa volta?», chiesi a Linda.

Parve presa alla sprovvista. «Il tumore si è spostato nei polmoni».

«Quanto le rimane?», chiesi, senza riuscire a trattenermi.

«Non lo hanno detto», replicò in tono secco. «Si sta sottoponendo a una terapia. Vedremo come andranno le cose. Ora, se vuoi scusarmi...».

«Certo».

La guardai mentre si allontanava. Forse il problema non era Pammie. Forse ero io. Possibile? O, ancora peggio, era Pammie che voleva convincermene?

Mi avvicinai a Kate che si stava comportando da perfetta sposa, assicurandosi di passare da tutti e ringraziandoli per le loro felicitazioni. Mi dissi che era buffo che, come ospite, ti sentivi a disagio a trattenere troppo a lungo la sposa, perché avevi la sensazione di impedirle di andare da qualcuno di molto più importante. D'altro canto, lei doveva sentirsi costantemente respinta, mentre svolazzava da un invitato all'altro, e ognuno di loro le diceva che non desiderava trattenerla.

Le diedi un leggero tocco sulla spalla e lei si voltò con un enorme sorriso.

«Sei incantevole», le dissi, ben consapevole che era un complimento che aveva sentito già mille volte e che stava diventando un po' trito.

«Grazie», replicò, mostrando i denti candidi e perfetti.

«Questa è la piccola Poppy? Oh, ma è semplicemente stupenda, sai?».

Ora che era davanti a me, non sapevo cosa dire. Come potevo confidarle tutto ciò che era necessario che sapesse? E poi, non era comunque troppo tardi?

«Kate... mi dispiace di non essermi tenuta in contatto con te negli ultimi mesi. Mi sarei dovuta adoperare di più per farti sentire ben accetta nella formidabile famiglia Banks».

Si mise a ridere. «Non essere sciocca, avevi già abbastanza pensieri. Inoltre, Pammie è stata fantastica. Non sai quanto mi sia stata d'aiuto, soprattutto dal momento che i miei genitori stanno in Irlanda».

Non mi resi conto di avere un'espressione strana, ma di sicuro doveva essere così.

«Che cosa c'è? Che succede?»

«Scusa». Questa volta fui io a ridere. «Stiamo parlando della stessa persona?»

«Be'... ecco... credo proprio di sì», replicò confusa.

«Pammie è stata incredibile, non è vero?». Avevo percepito di averla allarmata.

«Oh, sì. Sinceramente, non so che cosa avrei fatto senza di lei».

Era uno scherzo? Avevo immaginato che, una volta che fosse tornata dalla luna di miele, ci saremmo incontrate e avremmo discusso di cosa fare nei riguardi di Pammie, come l'avremmo affrontata. Insieme, come una squadra.

E invece Kate mi stava presentando una realtà del tutto diversa.

«In che senso ti ha aiutata? Senza incidenti?», le chiesi. Non riuscivo a capacitarmene.

«Incidenti? Non sono sicura di capire a cosa ti riferisci».

«Pammie ti ha davvero dato una mano? Senza giudizi o commenti? Senza farti sentire fuori di testa?»

«Oh, ho capito di cosa stai parlando!». Scoppiò a ridere, come se finalmente avesse colto il punto.

Feci un respiro di sollievo. Grazie al cielo...

«Ho davvero creduto di aver perso la ragione. Quando sono andata a prendere l'abito…».

Annuii con aria incoraggiante, spronandola a proseguire. «Sì?»

«Ho fatto per porgere la carta di credito alla commessa, ma lei mi ha detto che era già stato pagato. Allora, io ho detto: "Ehm, non credo. Devo ancora saldare". Ma non c'è stato verso. Mi sono sentita una sorta di ladra quando sono uscita con un vestito da millecinquecento dollari sul braccio. Non riuscivo proprio a capire. Ma quando ho chiamato Pammie quel pomeriggio, mi ha detto di considerarlo un suo regalo. Ti giuro che ho stentato a crederci».

Figuriamoci io. Rimasi a bocca aperta mentre lei continuava a raccontare.

«Cerchiamo sempre di vederci il sabato mattina per un caffè e una piccola colazione. Perché non vieni anche tu, se hai tempo? Sappiamo che sei molto impegnata».

Sappiamo? Non ero in grado neppure di pensare a una frase in cui avrei potuto usare il plurale parlando di Pammie.

«Ti ha mai detto niente? Su di me, intendo».

Kate sembrò perplessa. «A proposito di cosa?»

«Così, di tutto. Parlate mai di me? Che cosa dice di me?»

«Solo che te la stai cavando benissimo con la bambina. Lei adora Poppy».

Annuii. «Grandioso. Be', chiamami quando torni, così ci organizziamo per vederci».

«Fantastico». Quindi, raccolse lo strascico e scivolò via.

Cercai Adam. Si stava facendo tardi e avevo bisogno di mettere a letto Poppy. Avevamo prenotato una stanza in albergo, proprio dall'altra parte del giardino. Avevamo stentato a convivere negli ultimi quindici giorni, e supponevo che condividere una stanza non sarebbe stato molto divertente.

«Cerchi Adam?», mi chiese James, venendomi incontro.

«Sì», replicai senza tanti giri di parole.

«L'ultima volta che l'ho visto, stava uscendo», mi informò. «Probabilmente sarà andato a fumare».

Mi fermai di colpo e lo fissai come se fosse uno stupido. «Strano. Non sapevo che fumasse».

«Ci sono tante cose che non sai di lui», disse a bassa voce.

Lo ignorai e mi avviai verso le porte del patio e quindi in giardino. Tuttavia, continuai ad avvertire la sua presenza alle mie spalle. Fuori era già buio e avvolsi accuratamente Poppy nella copertina. Le giornate di aprile erano calde, ma la sera faceva ancora fresco.

C'era un gruppo di invitati che fumava sulla sinistra, sotto luci soffuse. Adam non era con loro. Andai a destra, superai i gargoyle che adornavano i gradini e procedetti nell'oscurità, fino a quando James non mi afferrò per un braccio.

«Perché non torni dentro? Fa freddo qua fuori».

Mi scrollai dalla sua presa e proseguii imperterrita. Avevo bisogno di mettere la maggior distanza possibile tra lui e me. Vidi l'entrata del labirinto di siepi. Molti visitatori vi entravano, pagando una fortuna. Non avevo idea di dove stessi andando. Sentivo le lacrime pizzicarmi gli occhi e strinsi ancora di più Poppy nella speranza di nasconderle.

«Vuoi aspettare un attimo?», mi gridò alle spalle.

Mi voltai. «Per favore, James…».

Credo che sentì le risate dall'altra parte dei muri di bosso del labirinto ancora prima di me.

«Senti, Em, perché non rientriamo?», mi esortò con voce calma. «È troppo freddo qui fuori per Poppy».

La guardai dormire serena tra le mie braccia e compresi che aveva ragione. Ma non potevo allontanarmi da quei rumori.

«Ssh!», squittì una voce femminile. «Ho perso una scarpa».

Udii altre risate.

«Trovata, trovata!». La donna era decisamente ubriaca.

«Cerca di avere un aspetto decente», replicò una voce maschile. «Non puoi tornare là dentro con gli slip attorno alle caviglie».

Da quell'istante, tutto parve muoversi al rallentatore. Mi sentii cadere e, d'istinto, mi piegai su Poppy per proteggerla. Vidi un lampo di colori e luci mentre mi sentivo sprofondare in quello che mi parve un caleidoscopio che ruotava. Chiusi le palpebre e immaginai di coprirmi il capo per non sentire ciò che in realtà avevo sentito benissimo. Imposi al cervello di mescolare le parole, così che non fossi in grado di decifrarle. Di cambiare la voce con una che non conoscevo. Stavo ancora precipitando in attesa di toccare il fondo, ma non lo raggiunsi mai.

Aprii gli occhi e vidi James che mi scrutava, stringendo tra le braccia sia me che Poppy.

«Torniamo dentro».

«No», ansimai. «Voglio aspettare qui. Voglio vederlo in faccia».

«Ti prego, Em», insistette. «Non hai bisogno di questo. Rientriamo».

«Non osare dirmi cosa devo o non devo fare», sbraitai.

Cercò di cingermi le spalle, ma lo allontanai.

Forse fu a causa dell'oscurità o del suo stato di ebbrezza, ma Adam impiegò qualche istante per riconoscermi quando uscì dal labirinto. Fui colta da un senso di vertigine nel momento in cui i suoi occhi si posarono su di me.

«Em?», biascicò.

Si girò per guardare la sua compagna di giochi. In disordine, con i capelli arruffati, le spalline del reggiseno che le pendevano a metà delle braccia. La riconobbi come una delle invitate che avevo visto durante la giornata. Qualche ora prima, però, il suo abito di raso beige e la sua acconciatura mi erano parsi di classe. Ora il tessuto era arricciato attorno ai fianchi e aveva sbavature di rossetto su tutto il viso.

«Che cosa fai qua fuori? Poppy si prenderà un accidente con questo freddo».

Se non avessi avuto mia figlia in braccio, gli sarei saltata agli occhi. «Che dolce», replicai gelida. «Quanta premura».

«Ciao», mi salutò la donna accanto a lui, barcollando in avanti e tendendomi la mano. «Io sono...».

«Smettila», le ruggì Adam.

«No, va tutto bene», dissi. «Perché non mi presenti alla tua amica?»

«Lascia perdere, Em».

«Presentami alla tua fottuta amichetta», sibilai.

«Ecco… lei è…».

«Oh, non dirmelo», farfugliò lei. «È tua moglie con tua figlia». Rise tra sé e sé. «Ma non è fantastico?».

Io rimasi in silenzio.

«Oh, Cristo… sul serio?». Solo allora, si rese conto di come stavano davvero le cose.

«Temo di sì», dissi con tono tagliente.

«Mi dispiace», si scusò prima di allontanarsi barcollando. Frastornata, la vidi dirigersi verso l'albergo, zigzagando sul prato.

«Tutte le tue donne devono essere in quello stato?», gli chiesi, gelida.

«Em, vieni. Torniamo dentro», riprovò a convincermi James, afferrandomi per un gomito e cercando di trascinarmi via. Ma io non mi mossi.

«Che tu ci creda o no, ci sono alcune donne sobrie che vogliono scopare con me. Tranne la mia fidanzata». Sottolineò l'ultima parola facendo le virgolette con le dita.

«Okay. Ora basta, Adam», intervenne James. «Emily, andiamo, su».

Mi liberai della sua stretta. «Quindi, ce n'è più di una?».

Adam rise. «Che cosa credevi? Sono mesi che non mi fai avvicinare. Pensi forse che sia un monaco?»

«Vai a farti fottere!», gli gridai.

«Con piacere», ebbe la faccia tosta di rimbeccare quando gli voltai le spalle.

«Mi dispiace che tu abbia dovuto assistere a una scena come questa», disse James.

«Ti dispiacerebbe chiamarmi un taxi, per favore?», lo pregai completamente intontita. «Vorrei portare Poppy a casa».

43

Pippa fu la mia roccia per i cinque giorni successivi mentre cercavo di elaborare quello che Adam aveva fatto e ciò che significava. Un tempo, disprezzavo le donne che scoprivano di essere tradite dai loro compagni e affermavano cose tipo: "Proprio non me lo aspettavo. Non era nel suo carattere".

Le compativo per non aver visto ciò che era lampante. Eppure, adesso mi ritrovavo nella medesima situazione, a pensare le stesse cose. Non riuscivo quasi a crederci, figuriamoci ad analizzarlo. Di recente, avevamo avuto un periodo difficile con la storia di Pammie e la nascita della bambina, ma non credevo che avessimo raggiunto il punto di rottura. E di certo non pensavo che lui fosse pronto a buttare via tutto con leggerezza.

«Che cosa hai intenzione di fare?», mi chiese Pippa per l'ennesima volta. «Che cosa vuoi fare?»

«Quello che *voglio* fare e quello che *dovrei* fare sono due cose completamente diverse».

Sapeva cosa intendevo. Avevamo avuto tante di quelle conversazioni riguardo a come avremmo reagito se il nostro ragazzo ci avesse tradite. Certo, era più facile ergersi a paladine della moralità e lanciarsi in coraggiosi proclami quando eri convinta che a te non sarebbe mai successo. Adesso, tuttavia, nella meschinità del momento, tutto mi pareva confuso e complesso. Avevo amato il mio uomo, mi ero convinta che avrei trascorso il resto della vita con lui.

«Non è tanto cosa ha fatto, ma come lo ha fatto».

«Che differenza fa?», chiede Pippa. «Un tradimento è un tradimento».

«È il modo in cui mi ha parlato, l'allusione che ci fosse di più. Molto di più. Perché ha sentito il bisogno di ferirmi a quel modo?»

«Ehm, magari perché è uno stronzo di prima classe?»

«Com'è possibile che mi sia capitato di nuovo?», piagnucolai. «Che stupida sono stata».

Pippa mi posò una mano sulla schiena per rassicurarmi. «Non sei tu la stupida. Se lui non capisce che cos'ha da perdere...».

«Allora, che faccio adesso?»

«Lo ami?»

«Certo che lo amo. Ma non sono disposta a fargliela passare liscia. Se mai tornerà, sarà alle mie condizioni».

«Non puoi riprendertelo!», proruppe. «Non puoi!».

«Ma devo pensare a Poppy. Non ci sono solo io adesso. Lei ha bisogno di un padre».

«Em, siamo sincere. Probabilmente lui si comporta così da molto tempo».

Annui, consapevole che avesse ragione. Ma non volevo crederci. Ripensai a tutti i suoi giovedì fuori con i ragazzi nella City.

«È imprescindibile», aveva dichiarato poco tempo dopo che ci eravamo conosciuti. «Il giovedì sera è come il Sacro Graal. Non può essere annullato, né per l'amore e neppure per la morte».

Ci avevo riso su e non ci avevo più pensato. Sapevo che era così che funzionava la City. Ma era andato a letto con altre donne per tutto il tempo? Ce n'era forse una speciale da cui andava ogni giovedì, giocando alla coppia felice che aveva una serata intera alla settimana per stare insieme? Capitava spesso che non tornasse prima delle tre del mattino. Nel peggiore dei casi, lo avevo immaginato spendere cifre impensabili in qualche club di lap dance, non tra le braccia di una donna a cui teneva davvero. Ma se era così, perché non mi aveva lasciata? Poteva tranquillamente andarsene prima del matrimonio, prima di Poppy.

«Che cosa? Avrebbe dovuto rinunciare alla sua torta?», sbottò Pippa dopo aver pazientemente ascoltato le mie riflessioni. «Non sto dicendo che non ti ama. Anzi, sono sicura del contrario. Altrimenti perché ti avrebbe chiesto di sposarlo? Perché avere Poppy?»

«Sarà. Però Poppy non è stata una scelta di vita per nessuno di noi». Mi sentii in colpa nell'istante stesso in cui pronunciai quelle parole.

«Certo, ma sapevate quali rischi avreste corso. Avevate delle scelte. Stava a voi decidere se osare o no».

Sbirciai nella culla dove Poppy dormiva beatamente, con le braccine sollevate sopra la testa. Non riuscii neppure a immaginare di non averla con me.

«Stiamo dimenticando una cosa importante. Diamo per scontato che lui voglia tornare», le feci notare. «Ciò che io desidero potrebbe non avere alcuna importanza».

«Oh, credimi. Dopo qualche giorno là fuori, si accorgerà che l'erba del vicino non solo non è più verde, ma è anche piena di muschio, sterpi e macchie aride!».

Non riuscii a trattenermi dal ridere. Ero stanca di piangere. Quando ci pensavo, mi rendevo conto di aver trascorso la maggior parte dell'anno immersa nell'infelicità, a singhiozzare per una cosa o un'altra. Il matrimonio annullato, il ripugnante comportamento di Pammie, gli sconvolgimenti ormonali per l'attesa di Poppy.

«Grazie, Pip». L'abbracciai prima che se ne andasse.

«Ti voglio bene», mi sussurrò all'orecchio. «Non permettergli di calpestarti».

Adam si presentò più tardi quella sera. Avrei potuto imprecare, prenderlo a schiaffi, sbattergli la porta in faccia. Invece, mi feci di lato e lo lasciai passare. A cosa sarebbe servito fare scenate?

Eravamo dei genitori adesso, si presumeva che fossimo adulti responsabili. Quindi era tempo di comportarci come tali.

«Hai un aspetto orribile», osservai.

Gli occhi erano infossati, la carnagione grigiastra, un velo di barba gli ricopriva il mento e le guance.

Mi sedetti di fronte a lui al tavolo della sala da pranzo.

«Posso vedere Poppy?», mi chiese.

«No, sta dormendo. Che vuoi?»

«Voglio tornare a casa».

Mi abbandonai contro lo schienale e incrociai le braccia. «Che cosa? Tutto qui? Ti aspetti davvero di arrivare qua e annunciarmi che vuoi tornare, come se niente fosse?».

Annuì.

«Quindi, intendiamo aggirare il problemino di te che vai a letto con un'altra?». Mi resi conto che stavo alzando il tono della voce e mi sforzai per abbassarlo. Non volevo svegliare Poppy.

«Non era come sembrava».

Mi sfuggì una risata aspra. «Allora, dimmi com'era».

«Stavamo solo facendo gli stupidi», affermò con aria seria. «Ci siamo solo baciati. Tutto qui».

«Tutto qui?», esplosi.

«Lo so, lo so che non è giusto. Ma è tutto quello che è successo. Te lo assicuro».

Mi aveva preso per una stupida? «E credi che così vada tutto bene? Credi che sia normale e accettabile che tu te la faccia con un'altra al matrimonio di tuo fratello, a pochi metri dalla tua fidanzata e da tua figlia? Credi che sia tollerabile?».

La mia voce andò crescendo sillaba dopo sillaba, come un impianto stereo che mi risuonava in testa. Eppure c'era un ronzio flebile che proveniva dalle casse posteriori, un suono di allarme, di avvertimento. *Chi è senza peccato scagli la prima pietra.*

«Quante altre ce ne sono state?», volli sapere.

Chinò la testa e fissò il pavimento.

«Allora?», gli misi pressione.

Mi guardò. «È stata l'unica. Te lo giuro. Non so cosa mi sia passato per la testa. È stato tutto così faticoso...».

Alzai una mano per fermarlo.

«No, ascoltami», proseguì invece, indignato. «È stato davvero difficile per me. Non so che cosa ci sia successo. Le cose non sono andate bene, ti pare? Sai anche tu che è così».

Lo fulminai, sfidandolo ad andare avanti.

«È da parecchio tempo che non sei in te, e questo mi ha abbattuto. La gravidanza, le problematiche con la nascita di Poppy, tutta la faccenda con mia madre. Ogni giorno devo capire in che posizione mi trovo. Non mi sembra di essere più tra le tue priorità».

Gli rivolsi un sorriso sarcastico. «Poverino», lo schernii. «Povero Adam che ha una fidanzata incinta, una che poi deve prendersi cura di una neonata e allattarla, e deve anche avere a che fare con la suocera psicopatica».

«Non iniziare, Em», mi avvertì.

«Eppure, nonostante tutto, non si tratta di me, giusto?», proseguii ignorandolo. «Ogni cosa deve girare intorno a te. Quanto *tu* ti senti frustrato e maltrattato. Come *tu* ti senti smarrito».

Riabbassò la testa.

«E allora cosa fai? Te ne vai in giro a scopare chi ti pare, per sentirti di nuovo un uomo, alla ricerca di conferme? Del riconoscimento che sei un maschio rude, dal sangue bollente? Perché il punto è quello, non è vero? Dimostrare a te stesso che ce la puoi ancora fare».

«Mi sono sentito rifiutato, come se non mi trovassi più attraente».

Scoppiai a ridere. «Non dovrebbe essere mia questa battuta? Eppure, invece di concedermi tempo o di parlarne con me, hai deciso di risolvere la faccenda andando a letto con un'altra».

«Non sai come mi hai fatto sentire».

«Per l'amor del cielo, Adam. Ma ti ascolti quando parli? E io? Che cosa dire di me, delle mie esigenze? Prova a immaginare come mi sento io. Quanto sia faticoso per me. Nel mio mondo è cambiato tutto. Il mio corpo, la mia quotidianità, le mie priorità… tutto. Che cosa è cambiato per te? Un po' meno sesso, una splendida bambina da cui tornare a casa e con cui giocare per un'oretta prima di andare a dormire».

Lui tentò di aprire bocca, ma glielo impedii.

«Ma mi vedi forse trascinarmi per strada, alla disperata ricerca di una scopata? Vado forse a un matrimonio per concedermi uno squallido intermezzo con un uomo di cui non conosco nemmeno il nome?»

«Non accadrà più», promise, come se dovessi essergliene grata. «Ero ubriaco, mi sentivo solo e ho commesso un errore».

«Tutto qui? Ti aspetti sul serio di tornare tranquillamente a casa e che sia tutto rose e fiori?»

«Non avevo intenzione di ferirti. Ti prometto che non ti farò mai più del male».

Le sue parole mi riecheggiarono nella testa. Mi sembrò che le stesse pronunciando qualcun altro. Serrai le palpebre quando un ricordo di James mi balenò nella mente. Lui, in piedi davanti a me, che mi diceva la stessa cosa. «Ti prometto che non ti farò mai soffrire», aveva giurato.

All'improvviso, fui colta da un violento senso di nausea quando mi resi conto che ciò che intendeva non era che *lui* non mi avrebbe ferita. Mi stava avvertendo che Adam lo avrebbe fatto.

«Che cosa faresti se, in questo momento, ci fossi tu al posto mio?», gli chiesi. «Se scoprissi che sono stata con un altro?».

Il viso di Adam si contorse e uno spasmo gli contrasse la mascella. «Lo ucciderei».

44

Adam tornò a casa due settimane dopo le nozze di James e Kate. Le sue suppliche si fecero più impetuose mano a mano che si avvicinava il loro ritorno dalla luna di miele – a quel punto l'avrebbero di certo buttato fuori dal loro appartamento.

«Puoi andare a stare da tua madre», gli avevo suggerito.

«Stai scherzando? È furiosa».

Stavamo giungendo a un punto decisivo. Finalmente arrivava la resa dei conti.

Pammie era in cima alla lista delle regole che intendevo stabilire non appena fosse tornato a casa. Sua madre poteva vedere Poppy quando lui decideva di portargliela, ma con l'imprescindibile obbligo di non lasciarla mai sola con lei.

«Ma quando…?», provò a dire.

«In nessun caso», sentenziai con tono autoritario.

Lui annuì, serio.

Non ci sarebbero più stati giovedì sera fuori con gli amici. Poteva giocare a rugby ma, dopo un drink veloce, doveva tornare subito a casa, non quattro ore dopo, completamente ubriaco.

Rimase nella stanza degli ospiti per alcune notti ma, se intendevamo far funzionare le cose, dormire in letti separati non ci avrebbe aiutato. Non mi sentivo pronta ad avvicinarmi, né emotivamente né fisicamente. Avevo la sensazione di essere seduta su una bomba a orologeria e mi domandavo quante ore e quanti minuti sarebbero trascorsi prima che si sentisse giustificato a "guardarsi attorno". Detestavo che mi facesse sentire così.

«Che cosa vuoi fare a proposito del matrimonio?», mi chiese una sera a cena.

Era appena stato da Pammie. Lui e James si alternavano per accompagnarla a fare il "secondo ciclo di chemioterapia". Mi sorprendeva che insistesse a portare avanti quella farsa, dal momento che Kate e James erano sposati adesso. Il suo tentativo di fermarli era fallito. Quindi, per quale motivo continuare a mentire?

«Non credo che sia il caso di organizzarlo presto», replicai. «Ma mi piacerebbe battezzare Poppy».

Annuì. «Come vuoi procedere?»

«Pensavo a una cerimonia semplice in chiesa, e poi un rinfresco da qualche parte».

«Mi piacerebbe procedere il prima possibile», disse. «Vorrei che ci fosse mia madre».

Ignorai il suo commento. «Ci penserò quando avrò tempo».

«Temo che il tempo non sia dalla nostra parte», osservò con la voce rotta. «Non so quanto le resta».

«Oh, sono sicura che starà bene», affermai senza mezzi termini.

Scosse la testa. «La malattia questa volta non sembra avere pietà. I medici ritengono che si stia diffondendo. Non so se sarà abbastanza forte da superarlo...». L'ultima frase gli si strozzò in gola.

Mi protesi e posai la mano sulla sua con poca convinzione. Non potevo fingere una compassione che non provavo.

Guardai Poppy nella sdraietta ai miei piedi, con i suoi grandi occhi pieni di fiducia che mi sorridevano. Mi domandai come una madre potesse far passare l'inferno al proprio figlio. Come si poteva essere così crudeli?

«Che cosa farò?». Iniziò a singhiozzare. «Che cosa farò quando non ci sarà più?». Le sue spalle presero a scuotersi e io, a malincuore, mi alzai e mi avvicinai. «Non si merita questo. Ne ha già passate tante».

Gli baciai la testa mentre lo cullavo. «È una donna forte», fu tutto ciò che riuscii a dire.

«Finge di esserlo, ma la verità è diversa. Ha dovuto imparare a resistere per tutto ciò che lui le ha fatto. Ma dentro di sé, è spaventata come sempre».

Lo scostai per guardarlo negli occhi. «Che cosa le ha fatto chi?».

Scosse la testa e tornò ad appoggiarsi a me.

«A cosa ti riferisci?».

Si asciugò il naso con il dorso della mano tremante.

«Vuoi dirmi, per favore, di cosa stai parlando?», lo sollecitai con impazienza.

«Jim», sogghignò. «O mio padre, se vogliamo chiamarlo così».

«Che cosa c'entra tuo padre?»

«Era un bastardo», sbottò.

«Che cosa? Perché?». La mia bocca si muoveva con maggiore rapidità del mio cervello.

«Lui l'ha distrutta. L'ha picchiata a sangue».

Mi sentii come se avessi ricevuto un pugno in faccia. Ricaddi a sedere sul divano.

«Che cosa stai dicendo? Lei lo amava. E lui amava lei. Non capisco...».

Si prese la testa tra le mani.

«Che cosa le faceva?», insistetti.

«Tornava a casa e la picchiava senza pietà, ecco cosa le faceva. Sera dopo sera, era come vedere un bellissimo fiore morire un po' alla volta».

«Ve lo ha detto lei?», gli chiesi, sbalordita.

«Non ce n'era bisogno. Lo vedevamo con i nostri occhi. Sia io che James. Lui andava al pub dopo il lavoro e lei gli faceva trovare la cena pronta in tavola. Ma ogni maledetta sera, le diceva che non andava bene, la gettava contro il muro e la prendeva a schiaffi».

Rimasi seduta, impietrita.

«Vedevo la sua mano sollevarsi in aria, quasi al rallentatore, prima che la colpisse. Lei emetteva un flebile gemito, si tratteneva dall'urlare per non svegliarci, ma noi stavamo seduti in cima alle scale a osservare la scena attraverso la ringhiera, pregando che smettesse».

«Ne sei sicuro? Voglio dire, sei sicuro di aver visto quello che credi di aver visto? Eri molto giovane. Forse non era quello che sembrava». Cercavo di essere razionale e logica, in quel folle girone infernale.

«Ho visto cose che nessuno dovrebbe vedere mai, tanto meno dei bambini piccoli come noi. Troppo piccoli per comprendere perché nostro padre picchiava la mamma e la faceva piangere. Ma sapevamo che era sbagliato. Avevamo architettato piani segreti per scappare tutti e tre al mare, tornare a Whitstable, dove eravamo stati l'estate prima che papà morisse. Lui non era venuto con noi. C'eravamo andati con la zia Linda, Fraser ed Ewan. Mia madre sembrava così felice là, lontana da lui».

«Com'è morto?», chiesi con delicatezza.

Adam fissò il pavimento, perso nei pensieri. «Ha avuto un infarto dopo essere tornato a casa dal pub a tarda notte. È semplicemente crollato in cucina. Mia madre non ci ha mandati a scuola il giorno dopo. Ci ha vestiti per bene, con la camicia e la cravatta, mentre la casa brulicava di poliziotti e di addetti delle pompe funebri». Increspò le labbra in un mesto sorriso. «Ricordo che la camicia era ruvida e il colletto mi irritava il collo. Mi davo più pensiero per quello che per la morte di mio padre. Ho pensato che ci fosse qualcosa che non andava in me. Non provavo niente. Mi sentivo frastornato e insensibile».

«Ti ha mai messo le mani addosso?»

«No, non ha mai toccato né me né James. Interpretava la parte del padre e del marito perfetto quando noi due eravamo presenti. Ma io sapevo. Sapevo cosa avrebbe fatto più tardi. Anche mia madre lo sapeva. Vedevo il terrore nei suoi occhi, ma si sforzava di non mostrarlo».

«Le hai mai detto quello che hai visto?».

Scosse la testa. «Le avrebbe solo fatto ancora più male. Ha fatto di tutto per fingere che lui fosse il migliore marito e padre del mondo. All'epoca, tutti i loro amici pensavano che fosse un buon partito. Dicevano che lei era stata fortunata. Ma nessuno di loro lo conosceva davvero. Non avevano idea di cosa fosse capace dentro le mura domestiche. Come avrebbero potuto? Lei non faceva che proteggerlo, esattamente come fa adesso».

Ripensai a tutte le foto che avevo visto. Una coppia che sembrava innamorata, con gli amici attorno, invidiosi di ciò che c'era tra loro.

«Mi dispiace tanto», dissi, riavvicinandomi a lui e cullandogli la testa contro il seno. «Nessun bambino dovrebbe assistere a scene del genere».

Tuttavia, niente di tutto ciò aveva senso. Com'era possibile? Mi sforzai di trovare una maniera per discolpare Pammie da quello che aveva fatto. Di sicuro, doveva esserci un motivo, una spiegazione se lei era così. Ma, per quanto ci provassi, non la trovai.

Più rimuginavo, più diventava complesso comprendere le sue azioni. Se in passato era stata trattata male, perché infliggere deliberatamente lo stesso dolore a qualcun altro?

45

Quando arrivò il giorno del battesimo, mi ero preparata con grande frenesia per vedere Pammie, James e, per una ragione o per l'altra, anche Kate. Nella mia mente era passata dall'essere un'alleata, l'unica persona in grado di relazionarsi con me, a essere la complice di Pammie, il braccio destro che le concedeva più potere. Così, la prospettiva di vederle insieme mi intimoriva.

Avevo acquistato un abito nuovo per l'occasione. Avevo bisogno di qualcosa che mi infondesse sicurezza, mi ero detta per alleviare il senso di colpa quando avevo tirato fuori la carta di credito.

«Caspita! È piuttosto abbagliante, non trovi?», commentò Adam. «Avrò bisogno degli occhiali da sole».

«Troppo?», gli chiesi, abbassando gli occhi sul capo di chiffon giallo canarino.

Mi sentivo bene con quel vestito addosso. Il taglio asimmetrico faceva risaltare le mie forme di un tempo, prima della gravidanza. Nessuno avrebbe intuito che sotto indossavo una guaina contenitiva.

«No, mi piace. Sono solo contento che la stagione dei narcisi sia finita, altrimenti non riuscirei mai a trovarti». Si mise a ridere e io lo colpii con la pochette.

Dal centro del letto, Poppy gorgogliava felice, osservando il battibecco dei genitori.

«Menomale che ti ho messo un bavaglino, signorina». La sollevai nel suo batuffolo di taffetà color avorio. «Non possiamo sbavare su questo bell'abitino».

«Sei sicura che non si sentirebbe più a suo agio con una

tutina della Gap?», chiese Adam mentre lottava per sistemare lei e l'ingombrante vestito sul seggiolino dell'auto.

Allontanai le sue mani incapaci. «Ecco fatto». Mi misi a ridere mentre affondavo le dita nel tessuto per recuperare una cinghia. «Dov'è l'altra?»

«Avremmo dovuto prenderle la carrozza di Cenerentola», scherzò. «Si sarebbe di certo sentita più a suo agio».

Non volevo dirlo per scaramanzia, ma sembravamo sulla buona strada per tornare al nostro vecchio rapporto. Di nuovo la coppia che eravamo stati. Non vedevo l'ora di arrivare in chiesa per mostrare a chi non credeva in noi che ce l'avevamo fatta. Far vedere che, nonostante avessero cercato di metterci i bastoni tra le ruote, eravamo sopravvissuti. Non so perché pensassi al plurale, quando in realtà avevo in mente solo Pammie. Ma, a volte, mi sembrava che il mondo intero fosse contro di me, e stentavo a mantenere le cose in prospettiva. Non quel giorno, però, perché ero io ad avere ciò che lei voleva. La vittoria. Avevo trionfato io.

Accogliemmo gli invitati che varcavano il cancello della chiesa, mentre io ribattevo alle frecciatine dei compagni di rugby di Adam su quanto somigliassi a un calabrone. Vidi James e Kate scendere dall'auto, in fondo al vicolo, e mi sbracciai in saluti esagerati. Riempii di complimenti il bambino di mia cugina Fran, e mi chinai con Poppy in braccio per presentarla a un altro piccoletto in carrozzina. Qualunque cosa pur di distogliere la mente dall'imminente arrivo del clan Banks. Senza nemmeno accorgermene, mi ero girata di spalle, ma udii le persone che salutavano Pammie, chiedendole come stava.

Tossii per schiarirmi la gola e mandare giù il groppo che si era formato. Contai fino a dieci per concedermi il tempo di assumere la giusta espressione prima di voltarmi. *Fingi che sia tutto normale*, mi imposi. *Ce la puoi fare.*

«È un piacere vederti, Pamela», la salutai girandomi, pronta alla grande offensiva. «Sembra che tu stia...».

Mi trattenni dall'aggiungere "bene". Ciò che mi trovai

davanti mi lasciò senza parole. Pammie era completamente calva, le sopracciglia non c'erano più, il viso era gonfio. Rimasi paralizzata dallo shock. Dovevo dire qualcosa, qualunque cosa, mentre loro tre stavano aspettando. Ma non riuscivo a mettere insieme le parole.

«Ciao, Em». James si sporse per baciarmi sulla guancia. «È passato un po' di tempo. Stai bene?».

Non era una domanda che meritasse una risposta.

«Em!», gridò Kate. «Sei uno splendore, e Poppy... wow!».

Balbettai una risposta. Pammie e io rimanemmo lì per una frazione di secondo, a studiarci a vicenda, incerte su come reagire. In qualche modo, ci mettemmo in moto nello stesso istante, scontrandoci goffamente.

Lei mi attirò a sé e mi strinse. «È bello vederti», sussurrò con voce roca. «Sei incantevole».

Il respiro mi si bloccò in gola e sentii gli occhi riempirsi di lacrime. Non so cosa fosse stato. Ero rimasta colpita dalle sue parole. Non per quello che aveva detto, ma dal modo in cui le aveva pronunciate. Per la prima volta, avevo percepito una nota autentica nella sua voce, come se fosse davvero sincera. Ma forse mi stavo lasciando ingannare dal suo aspetto. Continuai a sorridere e cercai disperatamente Adam. Avevo bisogno di averlo al mio fianco.

«Se volete scusarmi», dissi e mi allontanai con Poppy per dirigermi verso Adam, ma mia madre mi afferrò una mano mentre le passavo accanto.

«Quella è Pammie?», mi chiese, perplessa.

Annuii, confusa quanto lei.

«Ma come...»

Scossi la testa. «Non lo so davvero», fu tutto ciò che riuscii a dire. «Mi terresti un attimo Poppy?»

«Certamente». Il suo volto preoccupato si illuminò con un ampio sorriso mentre la nipotina farfugliava felice.

Scambiai un'occhiata con Pippa, proprio quando stavo per raggiungere Adam. Anche lei era scioccata. Non potei far altro che stringermi nelle spalle.

Cercai di concentrarmi, ma le mie terminazioni nervose, ingarbugliate e in tilt, parevano stabilire solo connessioni sbagliate. Avevo bisogno di guardare di nuovo Pammie, giusto per essere sicura, ma non osavo voltarmi. Avvertivo tre paia di occhi puntati sulla schiena. Si sarebbe davvero spinta a tanto pur di convincere le persone che stava dicendo la verità? Ripensai al suo viso, alle guance gonfie, gli occhi infossati. Come poteva essere possibile?

Dovevo pensare alle parole giuste da usare con Adam. Quelle sbagliate ci avrebbero riportati indietro di mesi.

«Non mi avevi detto che tua madre era…». Non seppi come concludere la frase.

«Malata?».

Annuii.

«Non me lo hai chiesto», proseguì in tono teso. «Perché non ti importava».

Mi tornarono alla mente tutte le occasioni in cui lui aveva provato a parlarmi e io lo avevo zittito. Mi sentii travolgere da un nauseante senso di colpa.

Ogni volta che guardavo Pammie, la coglievo a fissarmi. Appena avevo la percezione che si stesse avvicinando, trovavo una scusa per spostarmi. Non saprei dire se fossi più spaventata dall'idea di parlarle o dalla possibilità, piuttosto concreta, che avesse tentato l'inimmaginabile per portare avanti la sua messinscena. In entrambi casi, non avrei saputo cosa fare.

James cercò di fermarmi proprio mentre mi stavo dirigendo verso il bagno delle signore.

«È stata una splendida funzione, Em. Non ho avuto modo di ringraziarti per aver chiesto a me e Kate di fare i padrini di Poppy».

«Non è stata una mia scelta», replicai, senza fermarmi.

«Come vanno le cose?».

Mi girai e lo guardai negli occhi per cogliere almeno un barlume di ammissione di quello che mi aveva fatto e del perché. Ma erano gli stessi di sempre. Caldi e gentili.

«Bene». Il mio tono era aspro.
«Che cosa ho fatto per irritarti così?»
«Tua madre mi ha raccontato tutto. Pensavo che fossi dalla mia parte. Ho ingenuamente creduto che ciò che c'era tra noi fosse...».
«Era così», mi interruppe.
Mi sfuggì una risata amara.
«Io *sono* dalla tua parte», rimarcò. «E lo sarò sempre. Ma tu sei stata piuttosto chiara su quali fossero i tuoi sentimenti, ricordi?».
Strinsi gli occhi. «Quindi, io mi confidavo con te e poi tu correvi da tua madre a raccontarle tutto quanto?»
«Che cosa? No!», obiettò con fermezza. «Non le ho mai detto niente di quello che mi dicevi tu. A parte che tra noi non ci sarebbe mai stata nessuna relazione».
«Allora, non è stata lei a mandarti da me? Non hai agito dietro suo ordine?»
«Che cosa?». Sbarrò gli occhi, come se non stesse comprendendo quello che dicevo. «No. Per chi mi hai preso? Non lo farei mai. Le ho confessato i miei sentimenti per te e quanto mi sentissi in colpa. Mi sono aperto con lei perché è mia madre».
Alzai gli occhi al cielo e scossi la testa.
«Devi credermi!».
«Ehi, fratellino», lo chiamò Adam, avvicinandosi di soppiatto. «Che cosa dovrebbe credere?».
James arrossì. «Niente. Non era niente».
«Su, coraggio, sono tutto orecchi», insistette Adam, farfugliando. «Perché la mia adorabile signora ti sta dando del bugiardo?»
«Stavamo solo scherzando», insistette James in maniera poco convincente.
«Naaa, non me la dai a bere».
Sia James che io lo conoscevamo abbastanza bene da sapere che l'alcol e il nervosismo lo rendevano a dir poco cocciuto.
Gli posai le mani sul petto e lo guardai negli occhi, cercan-

do di distrarlo. «Stavamo solo scherzando. James mi prende in giro per farmi innervosire e ci sta riuscendo benissimo». Gli battei la mano sul braccio in maniera scherzosa.

Cercai di trascinare via Adam, ma lui non sembrava intenzionato a mollare. «Allora, a cosa non credevi?», chiese di nuovo.

Sospirai pesantemente. «Per l'amor del cielo, stavamo solo scherzando. Non era niente».

«Non mi sembrava affatto... niente», perseverò, stizzito.

Lo fermai e gli cinsi la vita, facendolo voltare verso di me. «Ti amo». Mi sollevai sulla punta dei piedi e lo baciai sulle labbra. «Ora, vai dai tuoi amici e divertiti. Ci vediamo più tardi».

Ricambiò il mio bacio. «Anche io ti amo».

Mentre rientravo, vidi Pammie sulla soglia, pronta all'attacco.

«Emily?».

Sembrò quasi sorpresa, nonostante fosse chiaramente rimasta lì ad attendermi. La ignorai, ma quando mi chiamò una seconda volta, con tono abbastanza alto da farsi udire dagli altri, dovetti fermarmi per timore che scatenasse una scenata.

Lì davanti a me, sembrava attendere qualcosa ma, in tutta sincerità, non sapevo cosa dire. C'era troppa rabbia che ribolliva dentro di me. Tuttavia, mentre la osservavo, la collera lasciò il posto alla confusione. La parte bianca degli occhi era giallastra, la pelle gonfia, levigata e lucida era tesa sugli zigomi. Mi sarei attesa qualsiasi cosa da lei, ma questo?

«Pamela», riuscii a dire.

«Per favore, non chiamarmi così», replicò a bassa voce. «Lo sai che non mi piace».

«Senti, se hai intenzione di cominciare come al solito, sappi che non sono...».

«No. C'è solo qualcosa che devo dirti».

«Qualunque cosa sia, non me ne importa niente. Non c'è nulla che tu possa dire o fare che possa sorprendermi ancora. Sei qui perché devi esserci, come madre di Adam, ma non pensare neppure per un istante che ci sia qualcosa di più. Puoi vedere Poppy quando Adam ritiene opportuno portartela ma, onestamente, le cose tra me e te finiscono qua».

Si passò una mano sulla testa calva e accennò un sorriso. «Mi dispiace. Mi dispiace davvero».

Non so cosa mi attendessi che dicesse ma, di certo, non mi aspettavo delle scuse. Soprattutto quando non c'era nessuno nelle vicinanze che potesse sentirla. Abbassò lo sguardo, come se si vergognasse. Ma era un atteggiamento che avevo già visto in mille occasioni. Lo usava ogni volta che si sentiva messa con le spalle al muro, sul punto di essere scoperta. Anche io mi ero lasciata ingannare dalla recita della Piccola Miss Innocenza, ma era accaduto tanto tempo fa. Non ci sarei cascata più.

«Non ho proprio tempo per questo», dichiarai con fermezza. «È il battesimo di mia figlia e ho una sala piena di gente che merita molto più di te. Persone con cui mi fa piacere intrattenermi e chiacchierare. Non intendo stare qui a sprecare il mio tempo con te».

Cercai di non guardarla mentre parlavo perché il suo aspetto mi confondeva e mi faceva sentire in colpa.

«Lo comprendo e non ti biasimo. Tuttavia, voglio solo che tu sappia che sono profondamente dispiaciuta. Non intendevo comportarmi in quel modo e so che non mi perdonerai mai. Ma non mi è rimasto molto tempo e voglio almeno provare a fare ammenda prima che sia troppo tardi. Ti prego».

Mi tese una mano e io indietreggiai. Lei, però, continuò ad avanzare e perse l'equilibrio.

Per una frazione di secondo, il silenzio ci avvolse. Subito dopo scattarono tutti per afferrarla prima che cadesse a terra. Se qualcuno avesse ripreso la scena, mi avrebbero visto tirarmi indietro con le braccia alzate. Ero l'unica che avrebbe potuto attutire il colpo ma, mentre tutti si precipitavano invano, io mi allontanavo.

Si udì un singulto collettivo quando lei crollò sul parquet.

«Mamma!», gridò James.

«Pammie!», urlarono tutti gli altri.

«Cosa diavolo...?», strepitò Adam, accorrendo per chinarsi in ginocchio accanto a lei. «Che cosa è successo?». Si girò verso di me in attesa di una risposta.

Io mi strinsi nelle spalle.

«Perché poi lo chiedo a te?», ringhiò.

Udii gli invitati, che si erano radunati tutti attorno, trattenere il respiro.

«Ora basta», lo zittì James. «Mamma...».

«Sto bene», riuscì a dire Pammie mentre l'aiutavano a sollevarsi. «Ho solo perso l'equilibrio. Sto bene».

Lo aveva fatto di nuovo.

Mi feci strada tra la calca e cercai Poppy. L'ultima volta che l'avevo vista era con mia madre.

«Voglio andare a casa», le dissi quando le raggiunsi.

«Che cosa diamine è accaduto?», mi chiese. «Non può aver finto anche questo».

Scossi la testa. Non sapevo più cosa pensare.

«Tu e papà potreste accompagnarmi?».

Mio padre controllò l'orologio. «Si è comunque fatto tardi», osservò, come se avesse bisogno di una scusa. «Vado a prendere l'auto».

Raccolsi i regali per Poppy e salutai con discrezione Pippa e mia zia Bet. Erano le uniche due persone a cui tenevo. Il resto del gruppo era formato dai compagni di rugby e dai colleghi di Adam. Nessuno di loro si sarebbe accorto della mia presenza. Tanto meno della mia assenza.

«Stai bene?», mi chiese Pippa mentre radunavo tutto in fretta. «Vuoi che venga con te?».

Scossi la testa. «Voglio solo andare a casa e mettermi in pigiama».

Mi sorrise. «Conosco quella sensazione. Ti chiamo domani mattina».

Le diedi un bacio sulla guancia e uscii.

Mia madre insistette per venire a casa con me per aiutarmi a sistemare tutto.

«Ho ventisette anni», le ricordai con una risatina stanca.

«Non sarai mai troppo grande perché tua madre smetta di preoccuparsi per te», commentò. «Sicura che starai bene?».

Annuii. «Adam tornerà tra poco. Il bar chiuderà tra circa un'ora».

«Qualunque cosa stia accadendo, non abbatterti», mi incoraggiò, baciandomi la fronte. «Stai facendo un ottimo lavoro e siamo molto orgogliosi di te».

Con le lacrime agli occhi, l'abbracciai e la lasciai andare via a malincuore.

46

Dovevo essermi addormentata sul divano, Sì, perché la cosa successiva che ricordo era qualcuno che bussava vigorosamente alla porta. Per un istante, mi sentii del tutto disorientata e pensai di stare ancora sognando. Udii il suono lontano di un messaggio in arrivo sul mio telefono, ma non avevo idea di che ora fosse, né tanto meno di che *giorno* fosse. Poi pensai a Poppy. Era ora di svegliarla? Le avevo dato il latte prima di metterla nella culla?

Mi alzai in piedi troppo in fretta e ricaddi subito, stordita e con un fastidioso senso di vertigini. Mi presi la testa tra le mani, cercando di ricomporre i pezzi del puzzle. Ma quelli non volevano andare al loro posto.

Di sotto, i colpi alla porta non cessavano, mentre dal mio cellulare provenivano segnali acustici ininterrotti di messaggi che pretendevano di essere letti.

Sbirciai nella stanza di Poppy e vidi che dormiva serena. Okay.

Era passata la mezzanotte. Okay.

Adam non era ancora tornato a casa. Ok…

Un attimo, dove diavolo era? Lo avevo lasciato tre ore prima.

Frugai sotto i cuscini del divano per cercare il telefono e stentai a mettere a fuoco tutte le notifiche che riempivano lo schermo. Chiamate perse, messaggi vocali e scritti. Pammie, Adam, James, Pammie, Adam, James.

«Oh, Cristo!», esclamai, domandandomi cosa potesse essere successo di tanto grave.

Frastornata, mi diressi verso la porta. Stavo per scendere l'ultimo gradino quando il telefono squillò un'altra volta. Pammie. Fui tentata di non rispondere, ma poi pensai che potesse essere qualcun altro a usare il suo cellulare. Era chiaro che ci fosse qualcosa che non andava. Mi augurai solo che non fosse capitato niente a Adam.

«Sì», sbottai.

«Emily, sono io. Pammie. Adam sta venendo da te. Non farlo entrare!».

«Che cosa?», replicai senza fiato.

«Non lasciarlo entrare. È completamente fuori di sé. Sa tutto, Emily. Mi dispiace. Non farlo entrare».

«Di che diavolo stai parlando?»

«Sa di James», mi informò con la voce rotta.

Il sangue mi salì alla testa mentre parlava. Stentavo a comprendere cosa stesse dicendo.

«Che cosa?», gridai con il respiro che mi si bloccava in gola.

«Hanno avuto una lite», mi spiegò ansimando. «Mi dispiace tanto».

Il mio cervello pulsava per il panico e non riuscivo a ragionare con lucidità.

Mi avvicinai piano alla porta. Le mani mi tremavano quando cercai di aggrapparmi al chiavistello, senza riuscirci. Balzai indietro quando un violento pugno si abbatté dall'altra parte. Il legno di pessima qualità sembrò resistere a malapena.

«Adam?», lo chiamai ad alta voce, scossa.

«Apri!», sbraitò. Era così vicino alla porta che udivo il suo respiro.

«No», replicai. «Non finché non ti sarai calmato».

«Giuro su Dio, Emily... Apri subito questa fottuta porta!».

«Non farlo entrare!», mi ripeté di nuovo Pammie.

«Che cosa accidenti hai fatto?», sibilai nel telefono, prima di gettarlo a terra. Non le avrei permesso di logorarmi con le sue bugie. Di distruggere Adam. Dovevo parlare con lui. Farlo ragionare.

«Mi stai spaventando», gridai. «E stai spaventando anche la bambina».

Lo udii inspirare ed espirare piano.

«Emily». Il suo tono divenne all'improvviso controllato. «Vuoi aprire la porta, per favore?».

Misi la catena. «Mi prometti di rimanere calmo?»

«Sì, lo prometto».

Non appena feci ruotare la serratura, la porta si spalancò con uno schianto, sradicando la catenella. Caddi a terra quando la porta mi venne quasi addosso. Alzai le braccia, agitandole impotente per difendermi dalla furia di Adam che incombeva su di me. Solo allora capii il terribile errore che avevo commesso. Avrei voluto alzarmi, ma le gambe non rispondevano. Vacillando, strisciai su per le scale. Così facendo, però, sapevo che mi sarei bloccata da sola ogni via di fuga. Ma dovevo frappormi tra Adam e Poppy. Non potevo permettergli di avvicinarsi a lei.

Mi protesi per aggrapparmi all'ultimo gradino, ancora carponi, quando lui mi afferrò una caviglia, tirandomi indietro. Mi agguantò per i capelli. Era come se il cuoio capelluto mi venisse strappato dal cranio. Alzai un braccio nel tentativo di aprirgli il pugno in cui aveva attorcigliato i miei capelli, e con l'altro cercai di fare leva sulle scale. L'anca subì il danno peggiore durante la lotta, sbattendo impietosamente contro ogni gradino mentre Adam mi trascinava in su. Avrei voluto gridare, ma dovevo trattenermi per Poppy. Non avevo idea di cosa fosse capace di fare suo padre.

Mi tirò lungo il corridoio. Cercai di rialzarmi, ma lui era troppo forte e, più lottavo, più imprimeva potenza ai suoi gesti.

«Ti prego», strillai. «Ti prego, fermati!».

Mi gettò nel soggiorno e mi guardò dall'alto in basso. Era la prima volta che vedevo il suo viso con quegli occhi sporgenti dalla furia, i lineamenti stravolti dall'ira.

«Per favore, ascoltami», lo supplicai.

«Puttana!», sbraitò con il fiato che puzzava di alcol. «Credi di potermi prendere in giro?». La bava gli gocciolava agli angoli della bocca.

«No, mai. Non lo farei mai».

La sua mano volò verso il basso, colpendomi in pieno viso e centrando l'arcata sopraccigliare. Avvertii un'acuta fitta di dolore e l'immediata sensazione di gonfiore.

Si mise a camminare avanti e indietro per la stanza, stringendo e aprendo i pugni mentre io mi raggomitolavo.

«Non è come pensi. Ti prego, credimi»», mi difesi.

«Oh, io so come stanno le cose. Ti scopi mio fratello». Rovesciò la testa all'indietro e si abbandonò a una risata acuta. «La mia fidanzata, la madre di mia figlia, si scopa mio fratello alle mie spalle».

«Non l'ho mai fatto», mi discolpai. «Sei ridicolo».

Si fermò di colpo e mi scrutò con gli occhi stralunati, iniettati di sangue. «Ma è davvero mia figlia poi?», ruggì. «Poppy è mia?».

Mi inginocchiai ai suoi piedi. «Certo che lo è. Sai che è così. Non ti sono mai stata infedele. Santo cielo, sai bene che è la verità!».

Si accovacciò accanto a me e mi afferrò il viso con una mano. «Allora, perché è così preso da te?»

«Non so di cosa tu stia parlando», stentai a dire.

«Mi ha allontanato di peso dalla ragazza con cui ero e mi ha sferrato un pugno in faccia perché, a quanto pareva, ti stavo mancando di rispetto».

L'ultima minuscola parte del mio cuore che non era ancora spezzata andò in mille pezzi.

«Eri con un'altra ragazza?», gli chiesi, sforzandomi di mantenere un tono calmo. «Al battesimo di nostra figlia?»

«Sì. E ci stavamo divertendo davvero parecchio».

«Bastardo», sibilai.

Mi guardò e scoppiò a ridere. «E tu hai creduto alle stronzate che ti ho detto l'ultima volta?».

Rimasi in silenzio, limitandomi a fissarlo mentre continuava a sghignazzare di me.

«È così, non è vero? Oh, è fottutamente geniale. Ma ti svelerò un piccolo segreto...». Si chinò su di me e avvertii il suo fiato caldo sulla guancia. «Non ti sono mai stato fedele. Come avrei potuto? Non c'è niente in te che mi ecciti. Mi lasci del tutto indifferente». Accennò una smorfia per sottolineare il punto. «Ma hai quell'aria pateticamente riconoscente ogni volta che mi avvicino».

Gli sputai in faccia. La mia saliva gli scivolò sulla guancia.

La sua mano sbucò dal nulla e mi colpì sulla testa, facendomi cadere all'indietro. Ebbi la sensazione che i denti mi fuoriuscissero dalla bocca, a uno a uno, così come accade negli incubi, e istintivamente strinsi la mascella per cercare di fermarli.

Mi rovesciò sulla schiena e si sedette a cavalcioni su di me, inchiodandomi a terra. «Ma va bene così, perché adesso so che anche tu te la spassi in giro».

Rammentando a sé stesso il motivo per il quale era così furioso, si scagliò contro di me e mi mise le mani attorno alla gola. Affondai gli occhi nei suoi, alla disperata ricerca di un barlume di lucidità per farlo riemergere da quella follia. Per far cessare tutto quanto. Ma erano bui come la notte, le pupille talmente dilatate da invadere completamente l'iride. Infilai le dita tra le sue, ma la sua presa sulla delicata pelle del mio collo era troppo energica. Non stringeva, ma godeva del terrore che mi stava suscitando.

«Io non l'ho mai fatto, noi non abbiamo mai...».

La morsa sulla gola si fece più feroce a ogni parola che pronunciavo. Ebbi la sensazione di allontanarmi, di essere trasportata in un posto diverso e lontano dove udii un grido, prima flebile, poi sempre più lacerante. Aprii gli occhi di scatto quando mi resi conto che era Poppy. Anche Adam si fermò e iniziò a sollevarsi.

«No!», gridai afferrandolo, tirandogli i capelli, il colletto della camicia, qualsiasi cosa a cui potessi aggrapparmi.

Mi colpì la mano per liberarsi ma, mentre si alzava in piedi, mi lanciai contro di lui con tutta la ferocia che potevano catalizzare le mie ultime forze. Non gli avrei mai permesso di mettere le mani su Poppy. Gli balzai sulla schiena, artigliandolo e graffiandolo. Raggiunsi il suo viso, cercando gli occhi con i pollici. Lui tentò di scaricare il mio peso scrollando la sua pesante mole. Ma non mollai. Non si sarebbe mai avvicinato alla mia bambina.

Raddrizzandosi, mi sbatté contro l'architrave della porta del soggiorno e avanzò verso la stanza di Poppy.

«No!», strillai, piangendo.

Lo tirai indietro con la furia della disperazione e lui perse l'equilibrio, inciampando sul mio corpo lungo il corridoio. Si rialzò e mi aggrappai alla sua gamba nel tentativo di trattenerlo, ma la presa mi sfuggì. I pianti di Poppy stavano diventando sempre più acuti e vicini, i miei nervi erano ormai al limite. I suoi singhiozzi si fusero con le mie grida, e da qualche parte mi giunse un altro suono che non riuscii a decifrare.

Accecata dal sangue e dalle lacrime, attesi che il pianto di Poppy cessasse quando suo padre la prese in braccio. Non poteva sapere che l'uomo che la stava confortando in quel momento era ben lungi dall'essere un vero padre.

«È finita», disse una voce. Una voce di donna.

Il mio cervello, confuso più che mai, tentò di dare un senso a quello che stava accadendo. Sollevai lo sguardo e, attraverso la fessura dell'occhio tumefatto, vidi una figura sulla soglia della camera di Poppy. A fatica, mi tirai a sedere e mi costrinsi a concentrarmi. Per prima cosa, vidi la mia bambina, accoccolata tra le braccia di questa sagoma sconosciuta, il suo corpicino che veniva cullato con delicatezza. Un'ondata di terrore, quasi tangibile, mi travolse mentre osservavo il viso della persona che la teneva.

Pammie.

Non riuscivo a dare un senso a tutto quanto. Erano d'accordo? Era questo che tramavano da sempre?

«Dammi la mia bambina!». Tentai di rialzarmi, ma Adam, in piedi tra noi due, mi spinse indietro.

«È finita», ripeté Pammie con voce scossa.

«Dammela!», sbraitai disperata. Volevo sentirla tra le mie braccia.

La mia mente si smarrì immaginando Pammie che si precipitava giù per le scale e correva per strada, insieme a mia figlia. Per andare dove? Non ne avevo idea. Ebbi la sensazione che il cuore avesse smesso di battere, schiacciato da un macigno.

«Ti prego», la supplicai, tendendo le mani verso di lei.

«Mamma». Il tono di Adam si era fatto calmo all'improvviso. «Dalla a me».

«So che cosa hai fatto», dichiarò Pammie. «Ti ho visto».

«Mamma, non essere stupida», la minacciò. «Dammi Poppy».

La porta d'ingresso sbatté un'altra volta.

«Mamma, Emily... la polizia sta arrivando», gridò James, ansimando mentre si precipitava su per le scale. «Gesù», esclamò quando mi vide attraverso la ringhiera.

Rimanemmo tutti e quattro impietriti, immobili nelle nostre posizioni, soppesandoci e scrutandoci a vicenda. Pammie fu la prima a parlare ma, quando lo fece, rimasi sbigottita. Non mi sarei mai attesa nulla di simile da lei.

«Emily, vieni a prendere Poppy».

Spostai lo sguardo da lei a James, poi fissai Adam che incombeva ancora sopra di me. Strisciai sulle mani e le ginocchia verso Pammie. Quando mi misi seduta, appoggiata alla parete, lei mi porse la bambina con delicatezza. La strinsi forte a me, respirando il suo odore.

«Ti ho visto, Adam», ripeté Pammie. «E tu hai visto me. È finita».

«Che diavolo succede?», intervenne James.

«Ero in casa quella sera», proseguì Pammie, rivolgendosi a Adam. «Quando Rebecca è morta». Le sue spalle presero a scuotersi quando cedette alle lacrime. «Ti ho sentito provocarla mentre lei lottava per respirare. Ti ho visto quando le hai negato l'inalatore».

Io rimasi senza fiato ed emisi un singhiozzo.

«Che cosa?», sbottò James.

«Non so di cosa tu stia parlando», replicò Adam con tono di sfida, le spalle all'indietro, la mascella contratta.

«Adam, ero là. Lei ti implorava di aiutarla. E tu avresti potuto farlo. Avevi la sua vita nelle mani. Non dovevi far altro che darle l'inalatore. Ma sei rimasto lì a guardarla morire. Come hai potuto farlo?»

«Tu sei pazza», sogghignò Adam. Ma nei suoi occhi balenò un lampo di panico.

«Quando sei sparito per andare alla stazione e poi sei tornato a casa, io sono rimasta lì, tentando disperatamente di salvarle la vita». I singhiozzi le spezzarono la voce. «Non mi perdonerò mai per non esserci riuscita».

«Che cosa stai dicendo?», abbaiò Adam. «*Io* ero al lavoro. *Tu* mi hai telefonato, ricordi? Sei stata la prima persona ad accorrere. L'ultima a vedere Rebecca viva. Alcune persone potrebbero pensare che sia coincidenza eccessiva, non trovi?»

«Non osare», lo gelò Pammie. «Porterò il peso di questa responsabilità per il resto dei miei giorni, per quello che sei diventato, per i gesti spietati che hai compiuto. Ma ho fatto di tutto per aiutare quella povera ragazza, così come ho fatto con Emily». Si voltò verso di me, gli occhi che mi imploravano di crederle. «Mi dispiace che sia stato necessario giungere a questo punto prima che comprendessi di cosa è capace».

Registrai le sue parole, ma non avevano alcun senso. «Che stai dicendo?»

«Ho tentato di aiutarti», disse tra le lacrime. «Ho fatto l'impossibile per metterti in guardia. Ma non è servito a niente. Non intendevi mollare. Perché non hai capito che cosa stavo cercando di fare?»

«Ma tu mi odi», replicai. Le parole traboccarono dalla mia bocca prima che il cervello potesse controllarle. «Hai compiuto azioni crudeli!».

«Dovevo farlo, non capisci?», singhiozzò. «Dovevo allontanarti da lui e ho pensato che fosse l'unica maniera. Ma non è da me. Quella non sono io. Chiedi a chi vuoi... Tu forse pensi di conoscere Adam, ma non sai niente».

«È pazzesco», commentò lui, strofinandosi furiosamente i capelli con una mano e camminando avanti e indietro lungo il corridoio come un animale in gabbia.

Lo osservai e, poco alla volta, mi tornò in mente ogni conversazione che avevamo avuto, parole e frasi a effetto. *Sei stata irrispettosa. Non esci conciata così. Perché deve venire anche Seb? Voglio annullare il matrimonio. Cosa credi che sia, un monaco?*

La potenza dei suoi colpi mi faceva ancora male, ma era il ricordo delle sue parole feroci che mi trafiggeva il cuore. Rendermi conto che il dolore più profondo me lo aveva procurato la sua mania del controllo.

«Mi dispiace di averti ferita. Veramente», proseguì Pammie. «Ma non sapevo che altro fare. Ero convinta che fosse la cosa giusta. Sapevo che saremmo giunti a questo, se tu fossi rimasta».

«Ma perché... perché non me lo hai semplicemente detto?», balbettai. «Se sapevi quello che aveva fatto a Rebecca?».

Scosse la testa ed evitò di incrociare il mio sguardo.

«Piccola, non sa cosa dice». Adam mi guardò con aria supplichevole. Esitò, cercando di capire chi di noi due avrebbe potuto difenderlo. «È una povera pazza. È fuori di testa. Devi credermi».

«Credevo che mi amassi...», iniziai.

Sussultai quando si accovacciò davanti a me. Ero tesa e impaurita.

«È così, lo sai». Gli tremavano le mani e la mascella gli si contraeva di continuo. Il segno che rivelava quanta adrenalina gli stava fluendo nelle vene.

«Adesso ogni cosa ha un senso», dissi a voce bassa. «Non mi hai mai amata. Volevi solo avere il controllo su di me». Strinsi Poppy contro il mio petto e lei emise un gemito assonnato.

Tentai di alzarmi, nella vana speranza che in piedi mi sarei sentita più forte. Le gambe cedettero sotto il mio peso e James accorse a reggermi. Ricaddi tra le sue braccia.

Adam si scagliò contro noi due. «Toglile subito di dosso le tue luride mani!», sbraitò. «Lei appartiene a me!».

James si spostò per proteggermi e mi schiacciò contro la parete, allontanandomi dal pericolo, mentre affrontava Adam in quello spazio ristretto.

«Hai sempre voluto quello che avevo io», sogghignò Adam. «Anche quando eravamo piccoli. Ma tu sarai sempre il secondo, sempre l'ultimo».

Mentre scivolavo di nuovo a terra, difendendo Poppy con un braccio, nella mente balenò il folle flash di due ragazzini che andavano a caccia di granchi sulla spiaggia. Immaginai lo scricchiolio di un carapace. Quello del granchio di James. Le sue lacrime. Mi domandai a quando risalissero le tendenze omicide di Adam.

«Ora basta!», ordinò Pammie, frapponendo la sua esile corporatura tra i due. «Non ce la faccio più. Non posso continuare a fingere che vada tutto bene. Non è più andato bene niente dalla morte di vostro padre». Poi si rivolse a Adam. «Da quel momento in poi, mi hai tenuta in ostaggio, ricattandomi con i tuoi commenti minacciosi e i biglietti crudeli. Tutto architettato per lasciarmi intendere che sapevi. Ti ho dato fino all'ultimo centesimo che avevo, tutto ciò che potevo permettermi. Eppure, non era mai abbastanza per fermarti. Mi dispiace per quello che ho fatto, e mi dispiace che il mio gesto ti abbia trasformato in quello che sei. Ma ora basta!».

James strinse una mano alla madre. «Shh, mamma. Va tutto bene».

Lei crollò tra le sue braccia. «Non posso più andare avanti così, figliolo. Sono troppo debole».

Il volto di Adam si contrasse alla vista dei due poliziotti che si precipitavano su per le scale verso di noi.

«Non può andare così». Mi rivolse uno sguardo implorante e terrorizzato. «Dobbiamo pensare a Poppy. Ha bisogno di noi due. Possiamo ancora essere una famiglia. Una vera famiglia».

«Adam Banks?», chiese l'ufficiale.

Lui mi guardò di nuovo e cercò di prendermi la mano. «Ti prego», mi supplicò con le lacrime agli occhi. «Non farlo».

Il poliziotto gli bloccò le braccia dietro la schiena e lo ammanettò. «Adam Banks, ha il diritto di rimanere in silenzio. Tutto ciò che dirà potrà essere usato contro di lei in tribunale».

«Hai appena commesso il peggiore errore della tua vita», mi abbaiò contro Adam mentre veniva condotto giù per le scale.

Quando la porta si richiuse alle sue spalle, noi tre rimanemmo lì dove eravamo, immobili e paralizzati dallo shock.

Infine, James si rivolse alla madre. «Se eri a conoscenza di tutto questo, perché non sei andata alla polizia all'epoca? Perché hai messo a rischio Emily?»

«E l'inalatore era a casa tua», intervenni in uno stato di trance, pensando ad alta voce e cercando di combinare tutti gli elementi. «L'ho visto. Hai nascosto l'inalatore di Rebecca in camera tua».

«Non potevo riferirlo alla polizia», pianse. «Dovevo prendere l'inalatore, altrimenti per quale motivo Rebecca non lo aveva usato? Lui lo aveva lasciato accanto al corpo. Come in tutti i precedenti attacchi che aveva avuto, con qualche spruzzo si sarebbe ripresa. La gente lo sapeva. I genitori di Rebecca lo sapevano. Avrebbero iniziato a fare domande. Dovevo tenere Adam lontano dalla scena».

«Ma perché?», volle sapere James, confuso quanto me.

«Perché mi aveva vista», replicò a bassa voce.

Ci scambiammo un'occhiata perplessa mentre Pammie chinava la testa, scossa dai singhiozzi.

James si avvicinò e le cinse le spalle, ma lei lo allontanò di scatto.

«No, non farlo. Renderà le cose ancora più difficili».

«Come potrebbe andare peggio di così?»

«Mi dispiace così tanto», continuò a piangere. «Non avrei mai voluto che accadesse».

«Parlami», la esortò James con una nota di terrore nella voce. «Dimmi di cosa si tratta».

«Tuo padre...», singhiozzò. «Non era l'uomo che credevi. Mi maltrattava».

«Mamma... lo so», disse in tono calmo.

Lei sollevò lo sguardo, scioccata. «Ma come...?»

«Lo sapevamo entrambi. Adam e io ci sedevamo in cima alle scale, cercando una soluzione per farlo smettere, ma eravamo troppo spaventati».

Pammie gli strinse una mano. «Una sera lui mi aggredì...». Le parole le morirono in gola. «Fu un incidente. Devi credermi. Era ubriaco e si gettò su di me. Io ero spaventatissima e indietreggiai. Lui, tuttavia, mi intrappolò. Sollevò un braccio e io lo spinsi indietro con la poca forza che avevo. Ma fu sufficiente per fargli perdere l'equilibrio. Cadde all'indietro e sbatté la testa contro il caminetto».

James si morse il labbro inferiore, i suoi occhi si riempirono di lacrime.

«Era così tranquillo mentre giaceva a terra», proseguì Pammie. «Non sapevo cosa fare. Immaginavo però che, una volta che si fosse ripreso, mi avrebbe uccisa. Dovevo scappare, portarvi via. Mi precipitai fuori dalla cucina, ma lui era là». Il suo sguardo divenne vitreo.

«Chi?», le chiesi.

«Adam», singhiozzò. «Era seduto in cima alle scale e mi osservava attraverso la ringhiera. Rimase là per qualche istante e poi sparì. In preda al panico, salii di corsa di sopra, ma lui era già tornato a letto e fingeva di dormire. Allungai una mano per toccarlo, ma mi allontanò con una scrollata di spalla e si girò verso il muro».

«Si è trattato di un incidente, mamma», cercò di rassicurarla James, attirandola a sé. «Non è stata colpa tua».

Accennò un sorriso. «Sei sempre stato un bravo ragazzo. Anche quella notte, quando venni a controllarti, tu ti svegliasti e mi dicesti: "Ti voglio bene, mamma". Cosa ho fatto per meritare un figlio come te?»

«Non è stata colpa tua», ripeté lui con dolcezza.

«Sì, invece». Ricominciò a singhiozzare. «Ho trasformato Adam in un mostro. Lui non ha mai detto una parola, ma sa quello che ho fatto. È per questo che si è comportato in maniera così criminale con Rebecca. Ecco perché temevo che potesse fare lo stesso anche con Emily. Dovevo allontanarla da lui».

Rimasi immobile, seduta dov'ero, sconvolta e a bocca aperta, mentre assorbivo ciò che diceva.

«Devo dirlo alla polizia», annunciò, scuotendosi. «Devo confessare prima che sia Adam a raccontare ogni cosa. Era così piccolo che non può ricordare gli eventi con chiarezza. Lui dirà senza mezzi termini che ho ucciso suo padre. Devo andare là per potermi difendere».

James l'afferrò per le spalle e la costrinse a guardarlo. «Adam non dirà niente».

Lei tentò di nuovo di liberarsi. «Devo andare», insistette con impazienza. Come se, all'improvviso, fosse ansiosa di rivelare la sua storia.

«Adam non dirà niente», ripeté James.

«Lo farà, invece. Lo so che lo farà», rimbeccò, in preda al panico.

«No. Non lo farà, perché ero io».

Un singulto le strozzò la gola mentre lo fissava, confusa e sconvolta.

«Ero io, non Adam, seduto in cima alle scale».

«Ma... non può essere», balbettò.

«Ho visto che cosa è successo. E non è stata colpa tua».

«No... era Adam. Deve essere stato così, perché tu mi hai detto che mi volevi bene».

«E te ne voglio ancora», ribadì James.

Pammie crollò tra le sue braccia spalancate.

Epilogo

I narcisi sono nel pieno della fioritura e Poppy sta gattonando in mezzo a loro, con grande disperazione di sua madre. Ci scambiamo un'occhiata mentre la solleva e ridiamo insieme notando le sue ginocchia inzaccherate.

Poppy lancia una delle sue risatine divertite quando Emily la alza in aria e le fa una pernacchia sul pancino. Assomiglia tanto a sua madre quando sorride. Ha anche gli stessi occhi dolci e il naso a patatina.

«Questo è ciò che ti aspetta». Accarezzo la mano di Kate che, d'istinto, porta l'altra sul pancione e sorride.

«Io, per esempio, non vedo l'ora», osserva James.

Emily rimette Poppy sull'erba e la piccola si lancia di nuovo verso gli irresistibili fiori gialli.

Ridiamo tutti divertiti quando James le striscia dietro, ruggendo come un leone, e lei scappa più veloce con uno strillo d'eccitazione.

«Sarà un padre meraviglioso», non posso fare a meno di dire.

Penso a tutte le lettere da parte di un padre che Poppy non conoscerà mai. Non so che cosa dicono perché non le ho aperte, ma Adam deve sapere ciò che si sta perdendo. Lei sarà già adolescente quando lui uscirà dalla prigione e, per allora, Emily avrà voltato pagina e starà vivendo la vita che merita.

Spero che incontri un uomo che ami lei e Poppy come le amo io. Che si prenda cura di lei nello stesso modo in cui lei si prende cura di me.

Non è passato un giorno senza che sia venuta a trovarmi,

neppure durante il processo quando ero troppo debole per partecipare alle udienze.

«Stai bene?», mi chiede, posandomi la mano sulla spalla con delicatezza.

Gliela stringo e sorrido.

Sì, sto bene.

Sono libera dalla paura con cui ho convissuto troppo a lungo.

Vorrei solo avere più tempo da vivere…

Ringraziamenti

Un enorme ringraziamento alla mia agente, Tanera Simons, che ha dovuto assistermi quando sono andata in iperventilazione nel momento in cui mi ha annunciato di aver ottenuto un contratto editoriale. Mi ha dovuto anche convincere (molte volte da allora) che non era uno scherzo. Grazie a Tanera e a tutte le altre persone della Darley Anderson. Mi sento davvero fortunata ad avervi trovato.

Grazie alle mie incredibili editor, Vicki Mellor della Pan Macmillan e Catherine Richards della Minotaur Books, che hanno seguito *Una donna di troppo* sin dall'inizio. È stato un piacere lavorare al vostro fianco per migliorare il libro.

Al favoloso Sam che è stato il mio banco di prova e che mi ha sempre esortato ad andare avanti a scrivere, ancora prima che iniziassi. E ai miei amici davvero speciali che, senza dubbio, si ritroveranno qua e là tra le pagine di *Una donna di troppo*. Magari in un ricordo condiviso, in un familiare tratto distintivo o in un riferimento nascosto. Grazie per l'ispirazione, per il sostegno e l'incoraggiamento.

Alla mia compianta suocera che non avrebbe potuto essere più diversa da Pammie, neppure se ci avesse provato. E a mia madre. Be', dovrete chiedere a mio marito!

Al mio meraviglioso marito e ai miei figli che non avevano nemmeno idea che stessi scrivendo un romanzo. Grazie per avermi permesso di portare avanti qualunque cosa pensaste io stessi combinando! Ecco cosa stavo facendo!

Infine, a tutti coloro che hanno letto *Una donna di troppo*. Grazie dal profondo del cuore. Spero vi sia piaciuto.

Indice